Manuel Vermeer
Mit dem Wasser kommt der Tod

Vom Autor bisher bei KBV erschienen:

Mit dem Wasser kommt der Tod
Tod am Taj Mahal
Am seidenen Faden

Prof. Dr. Manuel Vermeer, Sohn einer indischen Mutter und eines deutschen Vaters, studierte klassische und moderne Sinologie in Heidelberg, Shanghai und Mainz. Er lehrt am Ostasieninstitut der HWG Ludwigshafen, an der PFH Göttingen und weiteren Institutionen in Asien und Europa und ist Inhaber der Dr. Vermeer Consult, einer Unternehmensberatung für asiatische Märkte.

Seit über vierzig Jahren bereist er Indien, China und andere asiatische Länder. Er ist Autor von Sachbüchern zu Indien und China; zahlreiche Interviews in Radio und TV, Podcasts und Youtube-Videos. *Mit dem Wasser kommt der Tod* ist der Auftakt seiner Thriller-Reihe um die Heldin Dr. Cora Remy.

MANUEL VERMEER

MIT DEM WASSER KOMMT DER TOD

THRILLER

1. Auflage 2015
2. Auflage 2016
3. Auflage 2018
4. Auflage 2023
5. Auflage 2025

© KBV Verlags- und Mediengesellschaft mbH
Am Markt 7 · DE-54576 Hillesheim · Tel. +49 65 93 - 998 96-0
info@kbv-verlag.de · www.kbv-verlag.de

Bei Fragen zur Produktsicherheit wenden Sie sich bitte an unsere Herstellung:
info@kbv-verlag.de · Tel. 0 65 93 / 998 960

Umschlaggestaltung: Ralf Kramp
unter Verwendung von © Maximilian Wagner
Lektorat: Nicola Härms, Rheinbach
Druck: Druckhaus Nord GmbH, Bremen
Printed in Germany
ISBN 978-3-95441-264-8 (Taschenbuch)
ISBN 978-3-95441-275-4 (eBook)

*Oft tut auch der unrecht, der nichts tut,
nicht bloß, der etwas tut.*

Marc Aurel

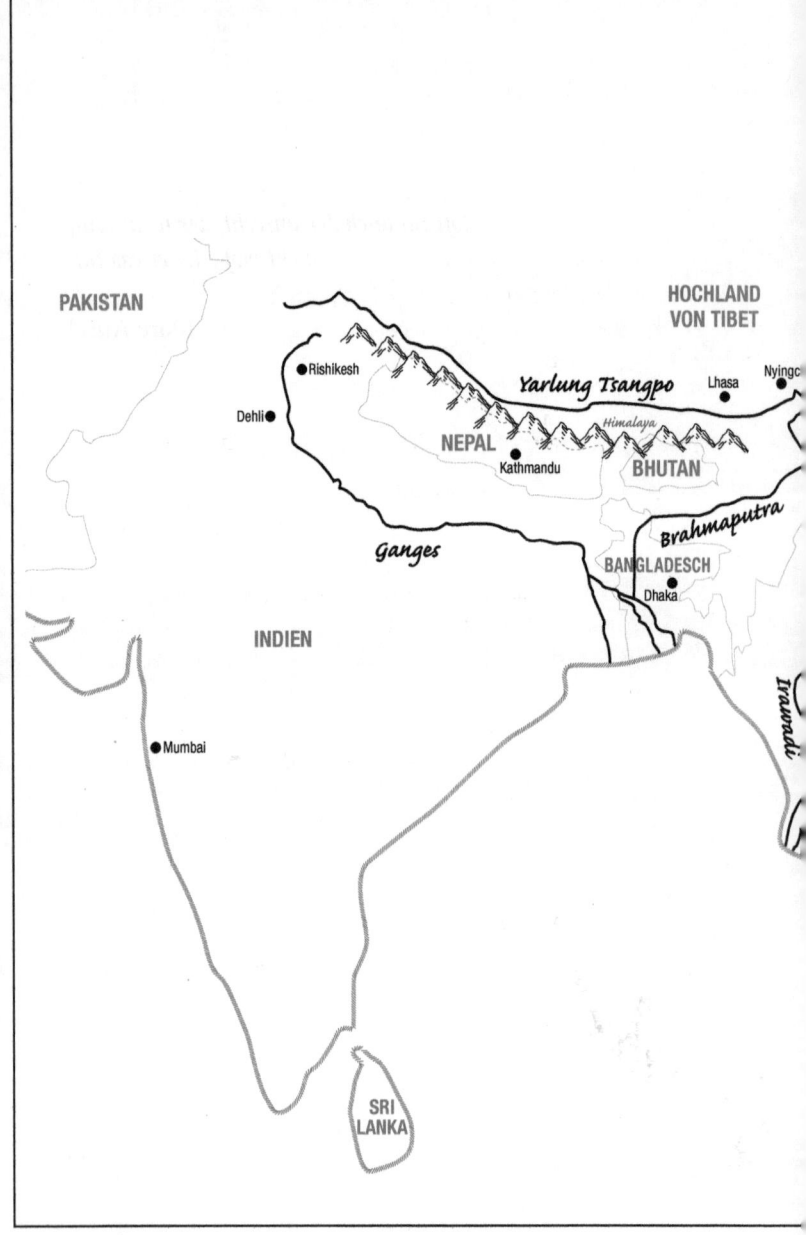

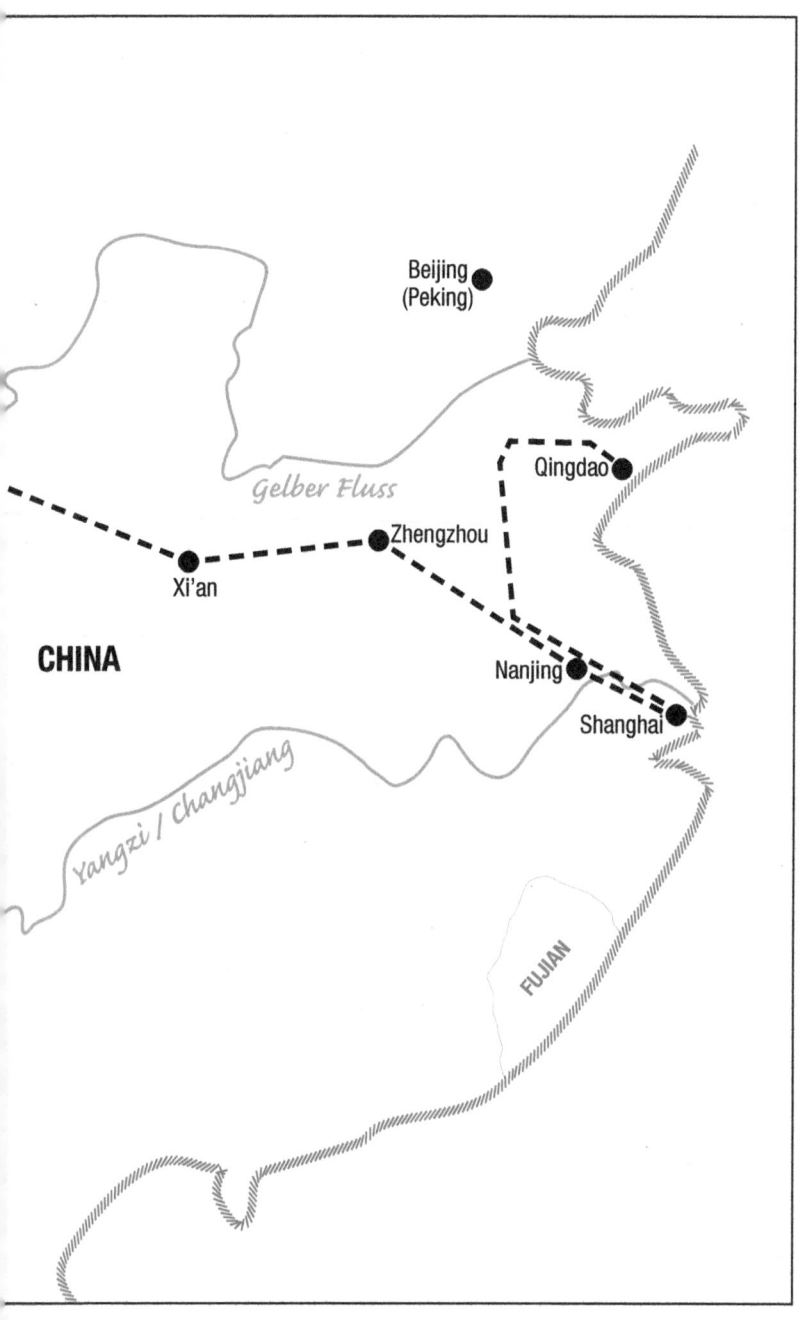

1. KAPITEL

Die Jagd hatte ihre Instinkte geschult. Als sie den Schatten sah, der ihr über die Schulter fiel, wusste sie sofort, dass Gefahr drohte. Sie duckte sich, aber es war zu spät. Der Schlag kam mit voller Wucht, auch wenn er durch das Ausweichen nur ihre Schulter traf und nicht ihren Kopf. Sie stöhnte auf und ging in die Knie, riss im Fallen ein paar Papiere vom Tisch; der Schmerz kam härter, als er sie seitlich an den Knöchel trat. Sie registrierte, dass Li Ping im Nebenzimmer am Kopierer aufschrie, es mussten also mehrere Angreifer sein. Das Summen der Klimaanlage verstummte, und es wurde schlagartig dunkel im Büro. Jemand war am Sicherungskasten. Sie rollte sich zur Seite ab, wie sie es im Judotraining gelernt hatte, sah etwas Dunkles vor sich und stieß instinktiv mit der Schere, die sie noch umklammert hielt, darauf ein. Ein lauter Aufschrei, der Fuß verschwand, und sie hörte, wie der Mann im Fallen einen Tisch umstieß und laut fluchte. Obwohl sie vor Schmerzen Tränen in den Augen hatte, kroch sie auf allen vieren in die Richtung, in der sie die Tür vermutete. Noch ein Schrei aus dem Kopierraum, dort fand ein Kampf statt; waren es mehr als zwei Angreifer? Aber wer, warum – egal, sie hatte jetzt keine Zeit zu überlegen. Da war die Tür; als sie sich vorsichtig erhob und geduckt Richtung Flur schlich, dämpfte der Teppichboden ihre Schritte. Sicher auch die des Angreifers. Wo war er? Die Frage beantwortete sich sofort, als sie einen weiteren Schlag auf den Rücken erhielt. Sie trat nach hinten, Volltreffer, er schrie erneut auf, sie rannte zur Tür, die auf den Flur führte, schlug auf den Türöffner in der Wand, riss die Tür auf und zog sie geistesgegenwärtig sofort hinter sich zu. Ein lautes Krachen und Splittern verriet ihr, dass er gegen das Glas gerannt war. Wohin jetzt? Was war mit Li Ping? Sollte sie zurück und ihr helfen? Nein, sinnlos, gegen zwei oder mehr Angreifer hatte sie keine Chance. Sie rannte den Gang entlang, da waren die Aufzüge, daneben die Toiletten und der Abstellraum mit den Putzmitteln. Cora drückte auf den Aufzugknopf, die Tür öffnete sich, dann drückte sie auf den untersten Knopf.

Als der Angreifer den Aufzug erreichte, schlossen sich die Türen für Cora gerade rechtzeitig. Er sah auf der Anzeige oberhalb der Türen, dass sich der Aufzug nach unten bewegte, nahm den zweiten Aufzug und fuhr ebenfalls nach unten. Ein zweiter Mann nickte ihm wortlos zu, riss die Tür zum Treppenhaus auf und sprang, immer zwei Stufen auf einmal nehmend, die Treppe hinunter. So konnte sie nicht entkommen.

Cora drückte sich in dem kleinen Raum für die Putzgeräte hinter die Tür. Hier war sie hineingerannt, nachdem sie den Aufzug gerade noch verlassen hatte, bevor sich die Türen schlossen. Sie entschied, sicherheitshalber noch etwas zu warten. Als sie sich langsam an der Wand heruntergleiten ließ, um sich bequemer auf den Boden zu setzen, spürte sie das Knistern der Papiere, die sie noch im Büro in ihre Jacke gesteckt hatte. Neugierig zog sie sie heraus. Sie begann zu lesen; es war zwar Englisch, aber Cora verstand trotzdem nichts. Es ging um eine Beauftragung zur Lieferung von Materialien für den Bau einer Kläranlage. Auftraggeber schien ein chinesisches Ministerium zu sein, Auftragnehmer eine Great Wall Ltd. aus Beijing. Das sah alles ganz normal aus. Aber dann tauchte der Name NIB Consult in den Papieren auf; offenbar hatte ein von NIB beratener chinesischer Kunde mitgeholfen, dass die Great Wall Ltd. den Auftrag bekam. Irgendetwas musste daran faul sein, sonst wäre Li Ping nicht das Risiko eingegangen, ihr, Cora, die Papiere zu übergeben. Wer war diese Firma Great Wall? Stand sie mit NIB in Verbindung? Sie musste das herausfinden. Aber jetzt war keine Zeit dafür; es war besser, das Gebäude zu verlassen und sich erst mal in Sicherheit zu bringen.

Es blieb nur ein Weg: nach oben. Vorsichtig schaute sie ins Treppenhaus; die Schritte des Mannes nach unten wurden leiser. Langsam schlich sie die Treppe hinauf. Der weiße Kittel einer der Putzfrauen, den sie im Abstellraum gefunden hatte, kam gerade recht, denn sie brauchte eine Tarnung. Im obersten Stock öffnete sie ein Fenster im Treppenhaus und schaute in den Hof hinunter. Alles war dunkel, es war nichts zu erkennen. Ein paar Rufe und Schritte, die sich zu entfernen schienen; unmöglich zu sagen, ob das die Angreifer waren. Sie wartete eine ganze Stunde, geduckt unter einen Putzwagen, der wohl im Flur vergessen worden war. Dann erst wagte sie sich nach unten. Noch mal ins Büro? Zu gefährlich; vielleicht warteten sie dort. Sie lief die ganzen dreißig Stockwerke die Treppe hinunter, hielt immer wieder an. Lauschte. Nichts. Als sie die Lobby erreichte, öffnete sie vorsichtig die Tür des Treppenhauses. Auch hier alles dunkel; ein Portier saß hinter seinem Tisch und schlief, laut schnarchend. Sie durchquerte die Halle, öffnete eine der beiden Glastüren, ging leise die drei Stufen in den Hof hinab. Nichts, alles ruhig. Als sie die Straße erreichte, rannte sie erst hektisch los, fiel dann aber automatisch in einen leichten Dauerlauf, wie sie es von ihrem Training gewohnt war. Aber wohin sollte sie laufen?

Ein Fehler. Von Anfang an war es ein Fehler gewesen, aber jetzt wurde ihr das ganze Ausmaß bewusst, während sie die Straße entlangrannte, an der Kirche vorbei, deren Uhr noch immer »Brocken im Harz« eingraviert trug, stolz auf ihre Herkunft verweisend. Dann, gehetzt, immer wieder sich umblickend, die Straßen entlang, die an eine schwäbische Kleinstadt erinnerten, den Berg hinab, vorbei an rot gedeckten Häusern, hinunter zum Wasser. Die Bar *Rudi* ließ sie links liegen; der Innenhof, von dem aus die schmale Treppe in den ersten Stock führte, lag ohnehin schon verlassen im Dunkeln. Noch heute Mittag hatte sie dort gesessen, ein deutsches Bier getrunken, Schnitzel gegessen. Der Blick hinaus aufs Meer war herrlich, der Wind auf der Terrasse angenehm. Kellnerinnen im Dirndl, exotisch, wenn man aus dem Westerwald kam. Aber doch irgendwie Deutschland. Heimat. Alles fast wie zu Hause, hatte sie gedacht, vertraute Namen, die Kirche mit dem Wetterhahn, das alte Rathaus im wilhelminischen Stil erbaut, der Bahnhof vom Beginn des 20. Jahrhunderts. Alles wie zu Hause eben. Deutsch. Nur war es nicht zu Hause. Es sah deutsch aus. Aber das war es nicht. Nicht mehr. Schon seit hundert Jahren nicht mehr. Damals mussten die deutschen Kolonialherren die Stadt aufgeben; der Weltkrieg hatte auch China erreicht. Genauer gesagt die Stadt Qingdao, deutsche Kolonie. Oder Schutzgebiet, wie sie es nannten. Qingdao oder Tsingtau. Was ihr alles durch den Kopf ging! Sie war doch in Gefahr, hörte sie Schritte hinter sich, Rufe, oder bildete sie sich das ein, wieso dachte sie jetzt an die wenigen Geschichtseindrücke, die sie behalten hatte, jetzt, wo es nur darauf ankam, schnell aus dem Gewirr der Straßen hinauszufinden. Deutsche nächtliche Straßenzüge, deutsche Bauten, Kneipen mit deutschem Bier. Sogar deutsches Oktoberfest, mit Blasmusik aus Bayern und Chinesinnen im mühsam ausgefüllten Dirndl, eine Maß mit zwei Händen umklammernd. Aber es war eben China. Und sie war allein. In Gefahr. In China, 10.000 Kilometer von zu Hause entfernt, ohne Freunde, eine völlige Analphabetin angesichts des Zeichenwirrwarrs auf den Straßenschildern. Und vor ihr nur das kalte Wasser der Bucht von Qingdao.

Aber sie musste ja ihre Nase überall hineinstecken. Korruption bei der Auftragsvergabe, hatte Li Ping ihr vorhin im Büro zugeflüstert. Es ging um große Summen. Die Unterlagen seien im Büro, und sie, Cora, als Vertreterin von NIB Consult würde mit der Todesstrafe bedroht, sollte die Polizei von der Korruption erfahren. Deshalb waren Li Ping und Cora allein im Büro gewesen – um das Beweismaterial zu finden. Wieso hatte sie sich darauf eingelassen?

Wie gesagt, es war ein Fehler. Und plötzlich wurde ihr klar, dass es vielleicht zu spät war, ihn zu korrigieren.

2. KAPITEL

Zwei Tage zuvor

Guten Morgen!« Fröhlich und dynamisch wie immer verließ Cora den Fahrstuhl und begrüßte zwei Kollegen, die ihr entgegenkamen. Sie freute sich auf den neuen Arbeitstag und war neugierig, was er ihr bringen würde. Ihr Chef hatte sie zu einem Gespräch einbestellt, gleich um acht Uhr. Das war nicht ungewöhnlich; wahrscheinlich ein neues Projekt. Ihre Spezialisierung schon im Studium auf das Thema Wasser hatte dazu geführt, dass sie für das Ingenieurbüro inzwischen sämtliche Planungen im Hydrobereich leitete und auch selbst oft zu neuen Projekten fuhr. So kam sie viel herum, in Rheinland-Pfalz und Deutschland, aber auch weltweit. Energiegewinnung aus Wasserkraft wurde für viele Entwicklungs- und Schwellenländer immer wichtiger, obwohl die Kohle noch immer der Hauptenergieträger war. Kohle! Wann würden die Menschen endlich lernen, dass Kohle die Vergangenheit war, nicht die Zukunft? Auch die Klärung von Abwässern nahm einen immer größeren Raum in ihrer Arbeit ein; mit dem weltweiten Bevölkerungswachstum und der zunehmenden Urbanisierung wuchsen die hygienischen Probleme im gleichen

Maße. Die Auftragslage war für ein spezialisiertes Ingenieurbüro daher prächtig.

Ein neuer Turbinenbau an der Mosel oder sogar in den Alpen? Oder Südamerika? Auch dort war sie häufig; sie war die Einzige im Büro, die fließend Spanisch sprach. Und im Gegensatz zu manchen Kollegen reiste sie gerne. Was konnte spannender sein?

Cora betrat ihr Büro, warf die kurze Lederjacke nachlässig über die Stuhllehne und blickte auf ihre Armbanduhr. Ein Geschenk ihres Ex-Ehemannes; auch wenn sie ihn schon zwei Jahre los war, hatte sie die Uhr doch gern behalten. Andenken an eine Zeit, als sie noch glücklich mit ihm in seiner spanischen Heimat unterwegs war ... Sie schüttelte den Kopf, um den Gedanken an ihn zu verscheuchen. Vorbei. Noch fünf Minuten, sie hatte also noch Zeit, schnell ihre Mails durchzugehen. Die üblichen Spammails, die ihr in diversen Bereichen Unterstützung anboten, nein danke, heute nicht. Ein paar Anfragen, ein Kunde mit dem inzwischen wohl hundertsten Änderungswunsch für eine Anlage, nichts Wichtiges. Konnte alles warten. Punkt acht Uhr klopfte sie der Form halber an den Türrahmen des Chefbüros, die Tür stand – wie in allen Büros hier – sowieso offen. Fischer erhob sich und winkte sie lächelnd herein.

»Guten Morgen, Cora. Siehst ja wieder blendend aus! Offensichtlich gebe ich dir zu wenig Arbeit ... na, das werden wir ändern müssen!« Er grinste und zeigte auf einen der Stühle an dem runden Besprechungstisch vor dem Fenster. »Setz dich bitte. Kann ich gleich zum Thema kommen?« Er sah das als eine rein rhetorische Frage, was es im Grunde ja auch war. Ohne daher ihre Antwort abzuwarten, legte er los: »Du ahnst es sicher schon, es gibt ein neues Projekt für dich. Also genau genommen ist das Projekt nicht neu, aber es ist neu für dich. Eigentlich sind es sogar zwei Projekte. Es geht um Kläranlagen. Nichts Kompliziertes, aber das Ganze ist doch etwas ungewöhnlich. Du weißt, wir haben da ein paar Spezialkunden, die uns etwas Sorgen machen. Ich brauche dich vor Ort.«

Cora hörte neugierig zu. Ihr Chef hatte vor dreißig Jahren begonnen, sich mit seiner Firma Neuwied Ingenieure Beratung, NIB, auf die Planung, Konstruktion und Bauüberwachung von Kläranlagen und Wasserturbinen zu spezialisieren. Damals war das eine überwiegend standardisierte Arbeit gewesen: Eine Stadt benötigte eine Kläranlage, man besprach die Details wie Größe, Standort et cetera, baute – und fertig. Inzwischen waren nicht nur die Anforderungen in ökonomischer Hinsicht deutlich gewachsen, sondern auch die ökologischen Implikationen waren sehr komplex geworden. Wohin baute man so eine Anlage? Was passierte, wenn die Stadt wuchs und die Anlage nicht mehr ausreichte? Konnte man von vornherein so planen, dass die Anlage erweitert werden konnte? Das dynamische Wachstum afrikanischer und asiatischer Städte überholte jegliche Planung. Wer besaß die beste Technologie? Deutschland war wie in vielen Bereichen auch in dieser Hinsicht sehr weit vorn; in dem berühmten und weltweit bewunderten deutschen Mittelstand gab es auch in der Wasserbranche sogenannte Hidden Champions, also Firmen, die in ihrer Nische Weltmarktführer waren, auch wenn der normale Bürger ihren Namen noch nie gehört hatte. Und die weltweit immer katastrophalere Ausmaße annehmende Umweltverschmutzung führte endlich nicht nur in Europa, sondern auch in den sogenannten Schwellenländern zu einem gesteigerten Bewusstsein für diese Thematik. Wasserqualität war das Thema jeder Klima- und Umweltkonferenz.

»Also, es geht um zwei Kläranlagen, eine ist fertig, da musst du nur die Bauabnahme machen. Dürfte Routine sein. Die andere ist etwas spezieller; sie ist noch im Bau, und es treten Probleme auf. Du schaust dir das an und klärst die Situation, okay? Ich brauche da meinen besten Mann, und das bist nun mal du!«

Cora lächelte pflichtschuldigst; sie mochte ihren Chef, aber diesen Spruch hatte sie sich schon während des Studiums anhören müssen. Sie war die einzige Frau in ihrem Jahrgang gewesen; Ingenieurwesen war damals mehr noch als heute eine Männerdomäne. Ihre schnelle Auffassungsgabe, ihr Fleiß und ihre ruhige, bestimmte Art hatten ihr nach anfänglichen Problemen, ernst genommen zu werden, schnell den Respekt der Professoren eingebracht.

»Okay«, sagte sie. »Alles klar so weit. Wo fahre ich hin? Mir fällt gerade kein Projekt in der Region ein, das du meinen könntest. Worum geht es? Darf ich Koffer packen?« Hoffnungsvoll strahlte sie ihn an. Eine Reise? Womöglich in die geliebten Berge? Vielleicht konnte sie das Projekt mit einer Klettertour verbinden?

»Nun«, sagte Fischer etwas gedehnt. »Jetzt kommen wir zu dem interessanten Teil. Es geht nicht um eines deiner Projekte, da wüsstest du ja ohnehin Bescheid. Es geht um zwei Projekte von Michael«, – er nickte mit dem Kopf zu dem gegenüberliegenden Büro hinüber, das ihrem Kollegen Michael Wams gehörte –, »der sich gestern abgemeldet hat. Die Kinder haben die Läuse im Kindergarten, seine Frau ist krank, er muss sich kümmern und kann nicht weg. Du hast das große Los. Die schon fertige Kläranlage ist in China. Qingdao, genau genommen.« Erwartungsvoll schaute er sie an. Er wusste ja, wie sehr sie das Reisen liebte, und in China war sie noch nie gewesen.

»China? Qingdao? Ich? Wow!«, rutschte es ihr heraus. »Äh, entschuldige, ich meine, das ist ja sehr interessant, mache ich natürlich gern, wann soll ich denn fliegen?«

»Du musst dich im Flugzeug einarbeiten, wir haben es eilig. Gleich morgen Abend 17.10 Uhr ab Frankfurt, Stopover in

Beijing. Das Ticket und alle Details der Route, Hotels und so weiter findest du in deinem Kalender auf deinem Smartphone. Irene kümmert sich um das Visum, du kriegst das bei der Ankunft in Beijing als *visa on arrival* und musst es dann dort verlängern lassen. Das ist mit dem Konsulat in Frankfurt abgesprochen. Michael hat dort einen Freund, er fliegt ja ständig nach China.«

China! Sie versuchte gar nicht erst, ihr glückliches Strahlen zu verbergen. Da hatte sie immer schon mal hingewollt, nie hatte es geklappt. Nicht, dass sie viel über das Land wusste, das Übliche eben: unglaublich dynamisches Wachstum, die nächste Weltmacht, Diktatur, Fleiß – die normalen Klischees. Aber sie würde sofort Michael anrufen, der konnte ihr sicher noch Tipps geben. Sie wollte schon aufstehen, als Fischer sagte: »Cora? Du hast etwas vergessen.«

»Was denn?«

»Die zweite Anlage.«

»Ach ja, genau. Wo ist die? Auch Qingdao?«

»Nicht ganz. Nyingchi.«

»Gesundheit!«

»Sehr witzig, Cora. Das ist eine Stadt in China. Genauer, in Tibet.«

Jetzt verschlug es sogar der sonst so wortgewandten Cora die Sprache. Ihr blieb der Mund offen stehen, was mit dem fröhlichen Strahlen zusammen einen etwas seltsamen Ausdruck ergab.

Kirchen, Westerwald

Nachdenklich betrachtete sie ihren Koffer. Zwei Wochen China, was nahm man mit? Einen Reiseführer würde sie am Flughafen kaufen. Es war Ende Juli, also sicher warm in Qingdao.

Das überprüfte sie besser noch einmal, sie überließ die Dinge ungern dem Zufall. Sie scrollte durch ihr Smartphone. 32 Grad waren es heute in Qingdao, na, das klang doch vielversprechend. Andererseits würde sie ja den ganzen Tag auf der Baustelle verbringen, da war es schon wieder zu heiß eigentlich. Dann folgte eine Zugfahrt nach Shanghai, hatte Fischer gesagt, dort würde sie einen chinesischen Kollegen treffen, mit dem sie gemeinsam mit dem Zug nach Lhasa, der Hauptstadt der Provinz Tibet, fahren sollte. 44 Stunden dauerte die Fahrt, quer durch China! Aber es war besser so, Lhasa lag auf einer Höhe von 3.600 Metern, und auf der Fahrt zu diesem Ort, den Namen hatte sie schon vergessen, genau, Nyingchi, im Osten Tibets, würden sie über 5.000 Meter hohe Pässe überqueren. Da war eine langsame Akklimatisierung durch die Bahnfahrt besser als ein Flug nach Tibet. Viel zu gefährlich, nach der Ankunft auf dem Dach der Welt aus dem Flugzeug zu steigen und dann gleich weitere 1.000 Höhenmeter mit dem Jeep in Angriff zu nehmen. Nun, sie hatte nichts dagegen. Zwei Tage Bahnfahrt quer durch China! Ob es in Tibet auch heiß war? 22 Grad, Regen versprach das Internet. Das machte die Kleiderwahl nicht einfacher. Normalerweise war das kein Problem, sie war immer sehr sportlich und praktisch angezogen. Sneaker, Jeans, T-Shirt, fertig. Aber ging das in China? Und in Tibet? Da war wohl festes Schuhwerk angesagt. Nicht schön, aber praktisch. Sicher konnte es da auch sehr windig und kalt werden. Also die Wanderschuhe. Um ihr Aussehen machte sie sich weniger Sorgen, da war sie unkompliziert. War ja auch einfacher, wenn man so eine Figur hatte, würde ihre Freundin, die ständig mit den Pfunden kämpfte, jetzt sagen. Sie musste unwillkürlich lachen, als sie an das Telefonat eben dachte. Ihre Freundin hatte vor ein paar Minuten angerufen.

»Hallo Elisabeth. Wie geht's dir?«

»Hi Cora. Kommst du morgen mit auf die Jagd? Wir sind zu siebt diesmal, hast du Lust?«

»Tut mir leid, das geht nicht. Ich muss morgen für NIB ins Ausland fliegen. Rate mal wohin!«

»Keine Ahnung. Fliegen? Also etwas weiter. Rom? Das wäre mein Traum. Madrid?«

»Viel besser. China!«

»China? Oh Gott. Ist das nicht gefährlich? Kennst du dich da aus? Kann man da als Frau allein hin? Und essen die da nicht Hunde? Was ist wenn …?«

»Moment, Moment, Elisabeth«, lachte Cora. »Alles gut. Das ist nicht gefährlich. Ich habe vorhin mit Michael telefoniert, der war schon oft dort, ist ja auch sein Projekt. Für Frauen kein Problem. Shanghai ist sicherer als Koblenz. Liegt wohl an der Diktatur, die Strafen sind hart, bis zur Todesstrafe. Und ich werde abgeholt, und später begleitet mich ein chinesischer Kollege. Es gibt auch anderes als Hund zu essen, da bin ich mir sicher. Und man braucht keine Impfungen, die Hygiene ist im Allgemeinen sehr gut, keine Krankheiten wie in Indien oder Afrika. Also keine Sorge, das wird richtig interessant. Soll ich dir was mitbringen?«

»Hm, was gibt es denn da? Tee? Seide? Ich weiß nicht. Wie lange bleibst du?«

»Zwei Wochen etwa. Muss dann nach Tibet.«

»Wow, du erlebst ja Sachen. Dann nimm dein Jagdmesser mal mit, vielleicht begegnest du einem Yeti …«

Cora strich sich eine widerspenstige Locke aus dem Gesicht. Sie trug ihre Haare seit ihrer Scheidung relativ kurz, aber manche wollten einfach nicht an ihrem Platz bleiben. Neuer Lebensabschnitt, neue Frisur, hatte sie damals gedacht … Das Messer nahm sie wohl besser nicht mit, das gab sicher nur Ärger beim Zoll. Angst hatte sie ohnehin nicht. Sie ging seit ihrer Kindheit mit einer Freundin auf die Jagd, hier im Westerwald. Da lernte man tapfer zu sein, mit Blut umzugehen, wenn man ein Reh ausnehmen musste, Kälte auszuhalten. Und wenn man dann hinter dem Wild her war und durch ein Brombeergestrüpp lief, musste man Kratzer schon ertragen können. Da war zimperlich sein keine Option. Inzwischen hatten sie eine eigene Jagdgruppe gebildet, nur Frauen. Das war viel entspannter als mit den Männern, die immer beweisen mussten, wie toll sie waren. Sich teure, verzierte Gewehre kauften, um damit anzugeben. Das waren oft Waffennarren. Albern.

Also gut. Sie hatte nur 20 Kilogramm Freigepäck, da half alles nichts. Sommersachen für Qingdao, zwei Pullis für Tibet, eine Regenjacke, eine warme Mütze, das musste reichen. Michael hatte Handschuhe wegen der Kälte empfohlen, aber das war sicher nicht nötig. Sie war schließlich nicht auf der Jagd, sie arbeitete auf einer Baustelle. Sie ging ins Bad, packte die wichtigsten Sachen in ihren Kulturbeutel, eine etwas gehaltvollere Hautcreme mit einem hohen Lichtschutzfaktor war sicher angeraten. Sie überlegte. Schuhe, richtig. Zwei Paar, das musste reichen. Und Sportsachen, es würde ja wohl einen Fitnessraum im Hotel geben.

Sie schaute auf die Uhr. Schon zwölf. Bis nach Frankfurt musste sie zwei Stunden Fahrt rechnen, zwei Stunden vorher am Flughafen sein … bliebe noch etwas Zeit. Sie goss die Blumen, checkte ein letztes Mal ihre Mails, schaltete den Laptop aus und packte ihn ein. Aufladekabel! Hatten die in China die gleichen Steckdosen wie in Deutschland? Wie gut, dass es ein Smartphone gab, das ihr bei dieser Frage helfen konnte. Natürlich, die Stecker in China waren anders geformt, drei schmale Stifte, im Dreieck angeordnet. Sicher konnte sie am Flughafen einen Adapter kaufen. Gut, auch geklärt. Ein letzter Blick durch ihre Wohnung; die Opernkarten, die sie für das Wochenende gekauft hatte, würde sich ihre Freundin abholen. Puccini, *Turandot*. Wirklich schade darum. Spielte das nicht auch in China? Genau, diese Prinzessin wollte nur den heiraten, der drei Rätsel lösen würde ... die anderen Bewerber ließ sie hinrichten. Auch eine Möglichkeit. Vielleicht hätte sie das mit ihrem Ex auch machen sollen. Er hätte mit Sicherheit kein Rätsel lösen können. Der kannte lediglich die Namen all der anderen Frauen, die er neben ihr gehabt hatte. Aber wenigstens das wunderschöne Schachspiel aus Eukalyptusholz war ihr geblieben, das er ihr einmal geschenkt hatte, weil sie das Spiel so liebte. Sie hatte ihm erklärt, dass es von den Arabern nach Europa gebracht worden war, wie so vieles; *Shah* war ja der König in Persien, *mat* hieß »tot« im Arabischen, daher »Schachmatt«. Aber das hatte ihren Ex alles nicht interessiert; sie sah förmlich, wie er bei ihren Erklärungen das Interesse verlor. Na gut. Vorbei.

Ihr Blick glitt noch einmal durch das Zimmer; an der Pinnwand hing ein Foto ihres Vaters, der 1982 bei dem Besuch des Dalai Lama auf Schloss Wachendorf in der Eifel eingeladen worden war. Dort, bei Mechernich, war mit dem Bau der ersten Stupa, einem Heiligtum der Buddhisten, in der Bundesrepublik begonnen worden. Das Foto, auf welchem ihr Vater neben Seiner Heiligkeit, dem Dalai Lama stand, war dessen ganzer Stolz gewesen. Und nun würde sie in die Heimat des Dalai Lama, nach Tibet fahren!

Achtlos schaute sie noch einmal über das Jagdmesser, das auf dem Tisch zurückblieb, dann ging sie und zog die Tür hinter sich ins Schloss. Die Klinge, von der sie erst vorgestern noch das Blut eines Rehes abgewischt hatte, funkelte in der Sonne, die auf den Tisch schien. Hätte Cora gewusst, was auf sie zukam, hätte sie das scharfe Jagdmesser sicher eingepackt.

3. KAPITEL

Sie lief immer weiter die Uferstraße entlang, Richtung Innenstadt. Vielleicht konnte sie so ihren Verfolgern entkommen. Die ehemalige deutsche Kolonie lag etwas westlich der eigentlichen Innenstadt Qingdaos, und nur das Stadtzentrum bot die Chance auf ein Untertauchen. Die Bucht zog sich über viele Kilometer hin, immer wieder von kleineren Landzungen unterbrochen. Unmöglich, das zu Fuß zu schaffen; sie war zwar fit durch ihr regelmäßiges Joggen, aber hier auf dem rutschigen Asphalt – es hatte zu regnen begonnen – würde sie das nicht lange durchhalten.

Da! Beinahe wäre sie darüber gestolpert, aber ein Aufblitzen im Schein einer Laterne hatte sie gerade noch darauf aufmerksam gemacht. Ein rostiges Fahrrad lehnte an einer alten Steinmauer, die der Stabilität nach zu urteilen noch von den deutschen Kolonialherren gemauert worden war. »Festgemauert in der Erden.« Hieß das nicht so? Schiller, *Lied von der Glocke*. Warum merkte man sich aus der Schulzeit immer die unwichtigen Dinge? Die zeitliche Zuordnung schien auch für das Rad zuzutreffen, aber in ihrer Situation war sie nicht wählerisch. Sie schwang sich auf den Sattel und kurvte Richtung Innenstadt, die DongHaiLu entlang. *Lu* hieß »Straße«, so viel hatte sie schon mitbekommen, die Straßenschilder waren ja Gott sei Dank sowohl in chinesischen Schriftzeichen als auch in westlicher Schrift geschrieben, sodass man zumindest den Namen in seine Karten-App eingeben konnte und wusste, wo man war.

Die Landzungen abkürzend, fuhr sie am Zhongshan Park vorbei, der sich den Berg hinaufzog, dann weiter die DongHai-Lu entlang, am Yachthafen vorbei. Alles war still, das Nachtleben der Millionenmetropole spielte sich an anderen Stellen ab. Da kam ihr ein Gedanke. Noch weiter östlich, aber an der gleichen Straße, lag das Hyatt Hotel, ein internationales Fünf-Sterne-Hotel. Davon hatte Michael erzählt; er wohnte immer dort. Dort würde sie nicht auffallen. Ob sie eine Chance hatte, so weit zu kommen? Es waren sicher noch drei bis vier Kilometer, und ihr Puls schlug schon jetzt wie verrückt. Aber sie konnte nicht aufgeben, musste einfach weiter, trat in die Pedale, immer weiter die Straße entlang, bis sie endlich die Lichter des Hyatt aufblitzen sah.

Das Hotel hatte sich ein herrliches Grundstück gesichert, Zimmer mit unverbaubarem Meerblick, eine Seltenheit in dieser Stadt, die täglich neue Wolkenkratzer hervorzubringen schien. Ihr eigenes Hotel lag etwas landeinwärts, an der Hauptverkehrsstraße, aber an eine Flucht dorthin war ohnehin nicht zu denken. Dort warteten sie vielleicht schon. Wenn etwas in China funktionierte, dann war es die Überwachung, das hatte sie schnell – und schmerzhaft – begriffen. Ein Wunder, dass ihr niemand zu folgen schien.

Sie trat noch einmal kräftig in die Pedale, versuchte das Ziehen in ihren Beinen zu ignorieren. Fuhr die Straße entlang und erreichte schließlich die strandgesäumte Bucht, an welcher das imponierende Hotel lag. Viel zu langsam näherte sie sich dem Komplex. Ihre Lungen brannten; die Luftverschmutzung war zwar nicht sichtbar wie in Beijing, aber bei der körperlichen

Anstrengung spürte sie doch deutlich das Kratzen im Hals, ihre Augen tränten. Sie erreichte eine flache Abzäunung, warf das Rad in ein Gebüsch und ließ sich gleich daneben auf den Boden fallen.

Ausruhen! Es war schön, wie der Schmerz in ihren Oberschenkeln nachließ. Aber weiter, weiter! Sie musste weiter. Sie wusste nicht, ob ihr überhaupt noch jemand auf den Fersen war, aber das spielte nun keine Rolle mehr. Sie musste weg, in die Sicherheit der Anwesenheit anderer Ausländer, da konnte sie am besten untertauchen. Gegen den Willen und die wunderbare Vorstellung, einfach liegen zu bleiben, ankämpfend, lief sie Richtung Hotel und hinunter ans Wasser. Das Hotel lag fast direkt am Meer; nur ein schmaler Streifen Sand trennte es davon. Vom Strand führte ein breiter Holzsteg mit dicken Planken, leicht geschwungen, zum Gebäude empor. Am Ende des Steges kam Cora an eine weitläufige Terrasse, die hier und da mit drei bis vier Metern hohem Bambus bepflanzt war. Der Wind, der vom Wasser heraufwehte, ließ den Bambus hin und her wogen; bei jeder anderen Gelegenheit hätte sie das sanfte Rauschen und die angenehme Temperatur genossen. Aber nicht jetzt! Stühle und Tische waren säuberlich für die Nacht aufgestapelt. Dahinter lag ebenerdig das Restaurant. *Donghai 88* stand an der Glastür, das war wohl der Name. 88, eine Glückszahl in China. Glück konnte sie jetzt auch brauchen. Sie rüttelte an der Tür, verschlossen! Eine zweite, auch nichts, die dritte endlich offen. Schnell lief sie über den Marmorboden quer durch das Restaurant, zwei Stufen hinauf, und erreichte rechts eine lang gezogene hölzerne Wendeltreppe, die weit ausladend nach oben führte. Ein Stockwerk hinauf gelangte sie in das Erdgeschoss und damit in die Lobby des Hotels. Glitzerndes Licht, Marmor; Hotellobbys in China hatten immer gewaltig und beeindruckend zu sein, das ließ nach Meinung der Chinesen auf die Qualität des Hotels schließen. Braune, tiefe Sessel, an der hohen Decke ebenfalls in braunes Holz eingefasste Lampen, die ein warmes, angenehmes Licht verströmten.

Von ihrem Standort aus lag die Rezeption auf der rechten Seite. Links konnte sie über ein Geländer hinabblicken in das Restaurant einen Stock tiefer, das sie eben durchquert hatte. Alles ruhig so weit. Sie ging tiefer in die Lobby hinein, vorbei an dem Flügel, an dem wahrscheinlich den ganzen Tag eine Chinesin im hoch geschlitzten Seidenkleid die üblichen, belanglosen, weil weltweit austauschbaren Melodien auf dem Klavier spielte; das hatte sie in ihrem Hotel auch gesehen.

Der Haupteingang war zu riskant, dort stand immer Wachpersonal, und die Drehtür war für ein schnelles Entkommen nicht gerade förderlich. Mitten in der Lobby, direkt an der Drehtür, befand sich ein riesiger Stein, der sich, ständig von Wasser überströmt, trotz seiner Wucht erstaunlich harmonisch in die Gesamtkonzeption einfügte. Das sollte die Geister abhalten, hatte sie mal gelesen. Nach der Lehre des Feng Shui, also der Lehre von Wind und Wasser, war die Natur beseelt von Geistern, Drachen, Dämonen. Aber es gab Regeln, mit diesen Wesen umzugehen, sie sich zunutze zu machen. So konnten Geister erfahrungsgemäß nur geradeaus gehen, daher fand man in jedem Restaurant und jeder Hotellobby, kaum war man eingetreten, einen Wasserfall, einen Paravent, einen Stein, irgendetwas, das einen zwang, um es herumzugehen. Also eben nicht geradeaus. Für die Geister hieß das: Wir müssen leider draußen bleiben. Auch stand das fließende Wasser für ein gut fließendes Qi, eine Strömung von Lebensatem, Energie.

Ihre eigene Energie kam nun langsam wieder zurück. Was nun? Eine Ausländerin, verschwitzt, allein, nachts in einer Hotellobby auftauchend, würde an und für sich nicht weiter auffallen; meist war es den Chinesen ja egal, wie die Ausländer aussahen. Ohnehin immer etwas seltsam. Und dass in einem Luxushotel eine einzelne Ausländerin nachts in der Lobby erschien, war auch nichts Besonderes, wahrscheinlich kam sie vom Joggen, so was taten die Ausländer ja erstaunlicherweise. Ließen sich auch vom Smog nicht davon abhalten, etwas für ihre Gesundheit zu tun! Dabei war es gesünder, einfach im Bett zu bleiben, statt den giftigen Nebel draußen einzuatmen, das wusste jeder Chinese.

Also wohin nun? Erschöpft ließ sie sich in einen der weichen Sessel in der Lobby fallen. Das diffuse Licht der Hotelhalle, die um diese Zeit nicht mehr vollständig beleuchtet war, das Plätschern des Wassers, die Ruhe nach der Panik, die sie im Büro überkommen hatte, all das tat gut. Die Lobby wirkte durch ihre Einrichtung westlich, damit vertrauter als das echte China draußen. Sie konnte sich endlich fallen lassen, und mit der plötzlichen Entspannung begann sie, die sie ohne mit der Wimper zu zucken einen Hirsch ausnehmen konnte, unwillkürlich zu zittern. Da saß sie nun, erschöpft in einem Ledersessel in China. Allein unter einer Milliarde Chinesen. Was war eigentlich passiert? Sie wollte doch nur ihren Job machen. Das Projekt Kläranlage in Qingdao sauber abschließen und dann nach Tibet zu der anderen Baustelle fahren. Aber ihre Neugier war ihr wieder zum Verhängnis geworden. Sie musste aber auch überall ihre Nase hineinstecken! Und nun war sie in etwas hineingeraten, das größer war, als sie bewältigen konnte. Was sollte sie tun? An wen konnte sie sich wenden? Sie kannte keine Chinesen, denen sie vertrauen konnte. Da fielen ihr wieder die Papiere ein. Sie zog sie aus der Tasche und begann nochmals zu lesen, dieses Mal aufmerksamer als vorhin.

Also wenn NIB Consult einen Kunden beriet, damit der eine Kläranlage bauen konnte und dann eine andere Firma, Great Wall, den Auftrag bekam, die zum Bau benötigten und von

NIB empfohlenen Materialien zu liefern, war das doch in Ordnung. Der Auftrag kam vom Umweltministerium; das schien auch in Ordnung. Wo war das Problem?

Cora schloss erschöpft die Augen. Die *China Daily*, die englischsprachige Tageszeitung, die vor ihr auf dem Tisch lag, nahm sie nur unbewusst wahr. Die Schlagzeile »Wieder Demonstrationen wegen schlechter Wasserqualität!« und, etwas weiter unten, »2. Teilabschnitt des Süd-Nord-Umleitungsprojekts vollendet« las sie nicht mehr bewusst. Aber ihr Gehirn hatte die Information abgespeichert.

»Sind Sie auch so müde?« Sie zuckte zusammen. Heimische Klänge, jetzt und hier? Als sie sich umdrehte, sah sie einen dicklichen, schwitzenden Mann, das Polohemd an der Stelle etwas zu eng anliegend, an der wohl mal eine Taille gewesen war. Die beige Stoffhose über den weißen Turnschuhen verstärkte den Eindruck eines Touristen; zweifellos deutsch. Er nahm die Brille ab, wischte sich mit einem schon fleckigen Taschentuch über die Glatze, auf der sich Schweißperlen angesammelt hatten, die herunterzulaufen drohten, und schnaufte: »Seit Tagen früh aufstehen! Bin noch im Jetlag, zu Hause in Bitburg ist jetzt Nachmittag, hier muss ich jetzt zu Bett gehen, weil wir morgen früh den Zug nach Shanghai kriegen müssen, so ein Schnellzug, die sollen ja besser sein als bei uns, das glaube ich nicht, man weiß doch, dass die Chinesen das nur nachbauen, also wenn Sie mich fragen ...« Der Rest ging gnädigerweise in einem Stimmengewirr unter, das sich in der ganzen Lobby auszubreiten schien. Eine ganze Touristengruppe, bestimmt 30 Personen, unverkennbar (und unüberhörbar) deutsch, schob sich Richtung Aufzüge. Cora wollte sich schon tiefer in den Sessel drücken, um nicht aufzufallen, als plötzlich Unruhe entstand. Eine Dame hatte wohl etwas im Bus vergessen, musste noch mal zurück, der Busfahrer war nicht aufzufinden, die Chinesen an der Rezeption verstanden nicht, warum sie wieder in den Bus wollte, obwohl sie es doch in bestem Deutsch erklärte, für diese Chinesen auch nochmals lauter, also das konnte doch nicht so schwer sein ...

Sie hörte ein Handy klingeln. Das war nichts Besonderes, hier klingelte ja ständig irgendwo eines, aber um diese Uhrzeit war die Hotelhalle ja, abgesehen von dem überfallartigen Erscheinen der Touristen, praktisch leer. Das Klingeln hörte nicht auf, und sie fragte sich schon leicht genervt, wer denn da wieder nicht aufpasste.

»Wollen Sie nicht rangehen?«, hörte sie den schwitzenden Herrn sagen. »Ja, Sie meine ich. Das ist doch Ihr Handy? Klingt, als ob es aus Ihrer Jacke kommt!«

Jacke? Handy? Unwillkürlich tastete sie ihre Jackentaschen ab. Tatsächlich, da war ein Handy. Aber wie ... Der Anwalt! Genau, er hatte ihr ein chinesisches Handy und eine Prepaidkarte besorgt, damit sie innerhalb Chinas nicht so horrende Kosten hätte, wie er sagte. Ihr deutsches Smartphone war in ihrem Rucksack. Und der lag noch im Büro, wie ihr jetzt siedend heiß einfiel! Sie zerrte das Handy aus ihrer Jackentasche, das Klingeln wollte einfach nicht aufhören.

»Hallo?«, sagte sie.

»Frau Remy? Sind Sie das? Landmann hier. Wo stecken Sie denn? Ich versuche seit Stunden, Sie zu erreichen. Ich habe mir Sorgen gemacht, wegen Ihrer Kopfschmerzen. Was ist denn passiert?«

Vor Erleichterung hätte sie beinahe das Handy fallen lassen. Eine vertraute Stimme, ein Ausländer, der sich in China auskannte. Rüdiger Landmann.

»Ja, Remy hier«, sagte sie. Erst jetzt merkte sie, wie erschöpft sie war. »Es tut mir leid, das mit den Kopfschmerzen war eine Ausrede.«

»Wo sind Sie? Soll ich Sie abholen?«

»Ich bin im Hyatt, unten am Strand. Ich ... ich habe ein Problem. Es wäre wirklich toll, wenn Sie mich abholen könnten. Aber es ist so spät, ich weiß nicht ...«

»Nein, nein, kein Problem. Wir Ausländer müssen ja zusammenhalten. Bleiben Sie, wo Sie sind, ich bin in 15 Minuten da. Okay? Nicht weggehen! Bis gleich.«

Weg war er. Gut, dass er angerufen hatte. Er wusste sicher, was zu tun war. Erst mal weg hier, erst mal raus aus Qingdao. Dann nach Shanghai, ihren chinesischen Kollegen treffen, dann Tibet. Wenn das noch ging. Oder lieber gleich nach Hause? Sie ließ sich wieder zurück in den Sessel fallen. Die Reisegruppe hatte inzwischen ihre Probleme gelöst und drängelte sich durch die Halle zu den Aufzügen. Es wurde wieder still, und die Ruhe umfing sie wie ein Mantel. In einer Ecke wischte eine Chinesin nachlässig und sinnfrei mit einem Tuch über die Glastische der Lobby, sonst war niemand zu sehen.

»Hallo, da bin ich!«, holte sie eine fröhliche Stimme unsanft aus ihren Träumen von einem Spaziergang durch den Westerwald. Frische Luft, viel Grün, ein Bach plätscherte neben ihr. Als sie die Augen aufschlug, musste sie sich erst orientieren. Das Plätschern kam von dem Stein vor der Drehtür, über den das Wasser lief. Vor ihr stand Rüdiger Landmann; tadellos gekleidet, lächelte er sie an. »So, jetzt erzählen Sie mal. Was ist passiert? Was machen Sie hier im Hyatt? Haben Sie Ihr Hotel nicht mehr gefunden? Soll ich Ihnen einen Kaffee bestellen? Oder einen Mitternachtssnack?«

Lächelnd schaute sie ihn an. Essen klang gut, Kaffee auch. Aber sie musste erst reden, wissen, was sie tun sollte. »Können Sie sich bitte einen Moment zu mir setzen? Ich muss Sie etwas fragen«, begann sie. Dann, als er ihr gegenübersaß, sah sie sich vorsichtig um. »Ist das sicher hier? Werden wir abgehört?«

»Abgehört?«, lachte er. »Natürlich werden wir abgehört. So eine Hotelhalle ist bestimmt verwanzt. Aber wen interessiert denn, was wir hier machen? Eine Ingenieurin, die eine Planung überwacht, ist ja wohl keine Spionin. Oder sind Sie vielleicht doch eine?« Er zwinkerte verschwörerisch. Er schien sie nicht ernst zu nehmen.

»Bitte, hören Sie zu. Ich bin heute Abend noch mal in das Büro gegangen, um einige Unterlagen abzuholen ...« Sie beschrieb detailliert, was sich zugetragen hatte. Auch den Teil, bei dem er dabei gewesen war, damit er ihre Sicht der Dinge verstand.

4. KAPITEL

Noch vor dem Frühstück heute Morgen war sie am Strand entlanggejoggt; das brauchte sie einfach. Der Flug nach China war anstrengend gewesen; sie mochte es nicht, so lange still sitzen zu müssen. Das Umsteigen in Beijing nach Qingdao war auch ohne Chinesischkenntnisse problemlos verlaufen. Alles auf Englisch ausgeschildert, und man konnte immer jemanden fragen. Trotz der Größe des Flughafens, der einer der größten der Welt war und schon jetzt wieder zu klein, blieb ausreichend Zeit, um noch einen Adapter zu kaufen.

»Mrs. Cora?« Fragend sah sie ein junger Mann mit einer verspiegelten Sonnenbrille an. Sie erinnerte sich, dass Michael ihr einmal erklärt hatte, im Chinesischen stünden die Familiennamen vorn, also hatte der Fahrer ihren Vornamen Cora für ihren Nachnamen gehalten. Er sprach zwar kein Wort Englisch, fuhr sie aber schnell und sicher durch den chaotischen Verkehr ins Hotel.

China. Ihr erster Eindruck war eigentlich nur: Staunen. Achtspurige Straßen, Hochhäuser, alles perfekt sauber, effiziente Verkehrsführung, ausgesuchte Höflichkeit, soweit sie das mitbekam. Das Chaos der südamerikanischen Staaten, die sie schon besucht hatte, fand sie hier nicht vor. Auch keine Armut, keine Bettler, keine Slums. Überhaupt schien die Stadt sehr wohlhabend zu sein, luxuriöse deutsche Autos allenthalben. Dazwischen auch mal ein italienischer Sportwagen. Vor ihrem Hotel standen ebenfalls mehrere Luxuskarossen, sehr beeindruckend. Das Zimmer war hell und groß, alles perfekt sauber. Sie war positiv überrascht. Wieso eigentlich? Hatte sie sich China insgeheim rückständiger vorgestellt? Reisfelder und dreieckige Strohhüte? Das war doch albern, die beeindruckende Geschwindigkeit der chinesischen Wirtschaftsentwicklung war ja bekannt. Aber dennoch war es anders. Irgendetwas fehlte; sie wusste nicht genau, was es war. Egal. Müde fiel sie ins Bett und war eingeschlafen, bevor sie weiter darüber nachdenken konnte.

Sie war nur schwer aufgewacht, der Jetlag war doch zu spüren. Sechs Stunden Zeitunterschied! Sie war es gewohnt, morgens Sport zu treiben, und auf ein muffiges Fitnessstudio hatte sie keine Lust. Der Strand lag schließlich in Laufweite vor ihrem Hotel! Also nichts wie in die Sportschuhe und über zwei Querstraßen hinunter ans Wasser. Herrlich, die Sonne ging gerade auf, ein sanfter Wind kam auf, aber außer zwei weiteren Ausländern, die weit vor ihr liefen, war niemand zu sehen. Chinesen waren wohl nicht so sportbegeistert. Es tat richtig gut nach dem langen Flug, sich wieder zu bewegen. Das Meer war grau, kaum Wellengang, aber das Wasser schien sauber zu sein, jedenfalls sah sie keinerlei Dreck oder Algen. Im Sommer trieben hier gewaltige Algenteppiche, hatte Michael gesagt, so verschmutzt war das Wasser. Aber sie wusste ja, was man auch jetzt alles nicht sah. Na ja, schwimmen wollte sie ohnehin nicht, so sehr traute sie der Wasserqualität nun auch wieder nicht. Schnell kam sie auf ihre gewohnte Geschwindigkeit und überholte die beiden Jogger, die sich gemütlich unterhielten. Nach einer Viertelstunde kehrte sie um, erreichte wieder ihr Hotel und machte noch ein paar Dehnübungen. So, jetzt ging es ihr wieder gut! Klarer Kopf, sie fühlte sich topfit. Duschen, umziehen, Frühstück direkt am Fenster des Restaurants mit herrlichem Blick auf eine Baustelle, auf der ein noch höheres Hotel zu entstehen schien. Dafür war das Buffet beeindruckend, riesig; man musste wirklich mehrere Male um alles herumgehen, um sich einen Überblick zu verschaffen. Sie blieb aber trotz aller süßen Verlockungen bei ihrem üblichen Müsli, etwas Obst und einer Tasse Tee. Grün, diesmal, wenn nicht hier, wo sonst?

Sie suchte auf ihrem Zimmer ihre Unterlagen zusammen und ging hinunter in die Lobby. »I need a taxi«, sagte sie zu dem Portier.

»Hao, okay«, meinte dieser gelangweilt und rief etwas in sein Walkie-Talkie. Sogleich kam ein hellgrüner VW Passat vorgefahren. Sie zeigte dem Fahrer die Adresse, und er fuhr, nachdem er noch einmal herzhaft aus dem Fenster gespuckt hatte, kommentarlos an. Na gut, dachte sie, wird schon in Ordnung sein, und beschloss, die Fahrt zu genießen und etwas von der Stadt zu sehen.

Die »grüne Insel«, so die Bedeutung des Namens von Qingdao, zog sich über mehrere Buchten und dann ins hügelige Hinterland hin. Der Teil, der die ehemalige deutsche Kolonie umfasste, lag an der sogenannten Bucht von Qingdao, dann folgte östlich die Küste hinauf die eigentliche Innenstadt. Eine Millionenstadt, doppelt so viele Einwohner wie Berlin, hatte Michael ihr erklärt, aber immerhin eine der schöneren Städte Chinas, viel Grün. Die Chinesen hatten die Relevanz von Umweltthemen erkannt; sie hatten auch gar keine andere Möglichkeit mehr, als sich des Themas Erneuerbare Energien anzunehmen, wollten sie nicht Unruhen und weitere Aufstände unzufriedener Bürger riskieren. Auch in China pochten die

Menschen zunehmend auf ihr Recht auf frische Luft und sauberes Wasser. Ein Sino-German Ecopark war das Ergebnis; ein riesiges Gelände, auf welchem deutsche Firmen, die im Bereich Umwelttechnologie weltweit führend waren, ihre Produkte anboten und mit chinesischen Kunden ins Geschäft kamen. Und die deutsche Industrie bot nur zu gern ihre Produkte hierzu an. Man war willkommen als Deutscher, und dies nicht nur wegen der Historie. Immerhin hatten die Deutschen sich hier in Qingdao leidlich gut benommen (nahm man die anderen Mächte als Maßstab). Sie hatten nicht nur die berühmte Germania-Brauerei gegründet, wo man bis heute das Tsingtao-Bier herstellte (die alte deutsche Schreibweise hatte man aus Nostalgie auf den Flaschen beibehalten), nein, sie hatten auf einer Werft in Qingdao auch chinesische Lehrlinge ausgebildet, nicht nur ausgebeutet, wie das eigentlich üblich war. Sie hatten die Stadt durch strikte Quarantäne vor einer Epidemie bewahrt, und, vor allem: Sie waren deutlich beliebter als die Japaner, die nach dem Abzug der Deutschen die Stadt übernommen hatten.

Von den Relikten dieser alten deutschen Kolonie sah Cora jedoch nicht viel. Sie fuhren durch nichtssagende Häuserschluchten, über breite Straßen, gesäumt von Hochhäusern, Hotels, Kaufhäusern. Überall wurde gebaut; hohe Bauzäune verhinderten einen Blick auf das, was dahinter verborgen lag. Den Bildern nach ging es wohl um den U-Bahn-Bau. Nach 20 Minuten und nur einem Stau bog ihr Fahrer von der breiten Straße, die von in perfektem Abstand gleichförmig gepflanzten Bäumen gesäumt war, links ab. Ein riesiges Gebäude zu ihrer Rechten erinnerte irgendwie an ein Skihotel in den Alpen; die zahlreichen Türmchen und Zinnen passten so gar nicht in das chinesische Straßenbild. Da hatte sich wohl ein reicher Chinese einen Traum gegönnt; ein Hotel war es, wie sie im Vorbeifahren erkannte.

Sie erreichten eine schmale Straße, in welche der Fahrer langsam hineinfuhr. Offensichtlich suchte er die Hausnummer. Das schien nicht so einfach zu sein; die meisten Häuser hatten gar keine, soweit sie das sehen konnte. Dann hielt er doch vor einem grauen, nichtssagenden Hochhaus; das war es wohl. Er zeigte auf das Gebäude und fragte: »Xianjin?« Sie zuckte mit den Schultern, aber er wiederholte die Frage, ungeduldiger. Da Cora nun wirklich nicht wusste, was er wollte, nahm sie einfach einen Geldschein aus ihrem Geldbeutel, 50 Yuan, und gab ihn dem Fahrer. Der schien mit dieser Antwort zufrieden zu sein (später erfuhr sie, dass er nur gefragt hatte, ob sie bar zahle); jedenfalls gab er ihr korrekt heraus – die Summe stand ja auf der elektronischen Anzeige im Rückspiegel angeschrieben – und riss auch noch einen Zettel ab, den das Taxameter ausdruckte. Das war dann wohl die Quittung. Sie freute sich schon auf die Augen ihres Kollegen in der Buchhaltung, wenn sie diesen Wisch in Neuwied einreichte. Der würde seine Freude haben!

Cora betrat die riesige Lobby des Bürogebäudes, an der gegenüberliegenden Seite sah sie eine Art Rezeption. Ein junges Mädchen (jedenfalls schien sie keine 15 zu sein, was ja sicher nicht stimmte, aber Cora hätte überhaupt nicht gewusst, wie alt sie die junge Dame hätte schätzen sollen) spielte gelangweilt mit seinem Smartphone, das in einer rosa-goldenen, über und über mit Glitzersteinchen bedeckten Hülle steckte.

»Excuse me, where can I find the office of NIB Consult?«

Die Chinesin blickte sie ausdruckslos an. Sie schien sowohl Cora als auch ihre Frage nur mäßig faszinierend zu finden, schaffte es aber schließlich widerwillig, ihr Smartphone wegzulegen. »What do you want?«

Das habe ich doch gerade gesagt, dachte sich Cora. Sie fragte erneut nach dem Büro ihrer Firma hier in Qingdao. Der Name NIB schien bei der Chinesin kein Erkennen auszulösen, sie schüttelte den Kopf, zeigte auf die Aufzüge und wandte sich wieder ihrem Handy zu.

»Kann ich Ihnen helfen?«, hörte sie plötzlich eine beruhigend vertraut klingende Stimme. Sie drehte sich um. »Sie sprechen Deutsch?«, fragte sie den groß gewachsenen Ausländer, der mit seinem Anzug, dem sauber gezogenen Scheitel und der perfekt sitzenden Krawatte einem Modeprospekt entsprungen zu sein schien. Die Tatsache, dass er Deutsch sprach, hatte ihn schon sympathisch klingen lassen, in all diesem Sprachgewirr von unverständlichen Lauten.

»Ja«, lächelte er sie freundlich an. »Ich sah Ihr Lufthansaschild an Ihrer Laptoptasche, da dachte ich, ich versuche es mal auf Deutsch. Entschuldigung, ich habe mich nicht vorgestellt. Landmann, Rüdiger Landmann. Ich bin deutscher Anwalt hier in Qingdao und habe einen Termin hier im Haus. Kann ich Ihnen helfen?«

»Oh, das wäre nett. Ich muss zur Firma NIB, die haben ein Büro in diesem Gebäude. Aber die Dame dort scheint mich nicht zu verstehen.«

»Ja, das glaube ich auch. Aber zu ihrer Verteidigung muss ich sagen, selbst wenn sie noch hilfsbereiter wäre« – er zwinkerte ihr zu – »den Namen NIB hätte sie nicht verstanden. Die meisten Firmen hier haben chinesische Namen, und nur unter diesem Namen kennt man sie. Die westlichen Namen sind für Chinesen oft nicht auszusprechen. Aber in diesem Fall spielt das keine Rolle.«

»Wie meinen Sie das? Wieso spielt das keine Rolle? Ich muss da hin, und zwar jetzt«, meinte Cora, nun schon etwas ungeduldig.

»Nun, ich muss auch zu NIB. Dort ist mein Termin heute. Aber Moment, wenn Sie auch dorthin müssen, sind Sie sicher Frau Dr. Remy? Die Ingenieurin aus Neuwied?«

Cora blickte ihn erstaunt an. »Ja, das bin ich. Woher ...?«

»Ich vertrete NIB hier in Qingdao juristisch. Freut mich sehr, Sie kennenzulernen. Ich wurde informiert, dass Sie kommen, deswegen bin ich hier. Um zu helfen, wenn es erforderlich ist. Kommen Sie, ich nehme Sie mit hoch.« Im Weggehen rief er der Chinesin hinter dem Tresen »Mei wenti!« zu, doch diese reagierte überhaupt nicht.

»Sie sprechen Chinesisch? Was haben Sie denn gesagt?«, fragte Cora beeindruckt, während sie mit dem Fahrstuhl nach oben fuhren.

»Mei wenti. Kein Problem, heißt das. Ich habe Chinesisch und Jura studiert, in Passau und dann in Nanjing. Jetzt lebe ich schon seit acht Jahren hier in China, erst Shanghai, dann Qingdao. Immer mehr deutsche Firmen lassen sich hier nieder; die Stadt ist für chinesische Verhältnisse relativ schön, das Meer ist da, die Luft ziemlich sauber. Die Verkehrsanbindung ist hervorragend, und jetzt durch das German Centre im Ecopark kommt noch mal richtig Schwung in das deutsche Geschäft hier in Qingdao. Ein sehr guter Standort. NIB hat das sehr gut gemacht.«

Sie verließen den Fahrstuhl und kamen in einen langen, gewundenen Gang, von dem Büros abzweigten. Vor einer Glastür mit der Aufschrift »NIB Consult« und diversen Schriftzeichen blieben sie stehen. Der Anwalt drückte auf eine Klingel, und nach kurzer Zeit erschien eine junge Chinesin und öffnete die Tür. Cora dachte: Irgendwie schienen alle jung zu sein. Wo waren denn die alten Menschen? Die Chinesin begrüßte den Anwalt auf Chinesisch, sie kannte ihn wohl schon. Dann führte sie beide in ein Besprechungszimmer. Cora trat an die vom Boden bis zur Decke verglaste Fensterfront. Hier aus dem 24. Stock war der Ausblick imposant. Hochhäuser, so weit das Auge reichte; dahinter irgendwo musste das Meer sein. Sie hatte Qingdao für eine Kleinstadt gehalten, nicht vergleichbar mit Shanghai. Aber wenn das hier eine Kleinstadt war …

Rüdiger Landmann schien ihre Gedanken erraten zu haben. »Beeindruckend, nicht wahr? Qingdao hat etwa fünf Millionen Einwohner, ist also eine sogenannte *second-tier*-Stadt, Großstadt zweiter Ordnung sozusagen. Aber in China gibt es über 200 Städte mit mehr als einer Million Einwohnern, sogar etwa 15 Städte mit mehr als zehn Millionen Einwohnern! Dann kommen erst die Dörfer, so in der Größenordnung Frankfurts …«, grinste er.

Cora lachte. »Vielleicht sollte ich mal erzählen, dass ich aus Kirchen im Westerwald komme. Kennen die sicher hier. Die Einwohnerzahl dürfte ungefähr der von diesen drei Hochhäusern entsprechen. Kann man sich in so einer riesigen Stadt wohlfühlen? Was macht man hier in der Freizeit? Ist es leicht, Kontakt zu den Chinesen zu bekommen? Darf man einfach aufs Land fahren oder ist das verboten?«

Landmann lächelte. »Moment, Sie sprudeln ja über vor Fragen. Selbstverständlich kann man sich hier wohlfühlen. Es gibt alles, Bars, Discos, Golf, Museen, Kino, Theater. Allerdings empfiehlt es sich, Chinesisch zu sprechen, sonst wird es schwieriger. Auch Kneipen und Restaurants aller Geschmacksrichtungen sind vorhanden, das Nachtleben ist unglaublich. Und ja, man darf die Stadt verlassen. Früher, vor 30 Jahren, da war das anders. Da waren Ausländer eine seltene Spezies, wurden scharf überwacht und durften nur auf Antrag in bestimmte Städte fahren. Heute ist das egal; kaufen Sie sich ein Zugticket und fahren Sie los. Die Sicherheitslage ist besser als in jeder deutschen Kleinstadt, also müssen Sie auch als allein reisende Frau keine Angst haben. Und es gibt viel zu sehen, Tempel und alte, noch gut erhaltene Dörfer beispielsweise. Wussten Sie, dass Konfuzius in dieser Provinz geboren wurde? Vor 2500 Jahren? Unbedingt sehenswert, wenn Sie Zeit haben, sich die Gedenkstätte einmal anzuschauen. Oder die deutsche Brauerei, in der alten deutschen Kolonie. Also, China ist spannend, ich hoffe, Sie haben nicht nur die Arbeit im Kopf?«

Eigentlich doch, wollte sie antworten, ließ es aber dann. Es war nett, wie er ihr alles gleich ausführlich erklärte. Vielleicht ergab sich ja doch eine Möglichkeit, um sich etwas anzuschauen. Aber bevor sie etwas sagen konnte, ging die Tür auf.

»Nihao, Frau Dr. Remy! Mein Name ist Liu, ich leite hier die Geschäfte von NIB. Schön, dass Sie hier sind. Hatten Sie eine gute Reise?«

Der chinesische General Manager von NIB China sprach fließend Deutsch. Cora war beeindruckt. »Danke, ja, alles in Ordnung. Ich freue mich sehr, Sie kennenzulernen. Ihr Deutsch ist ja fantastisch. Wo haben Sie das gelernt? Es sprechen ja offensichtlich viele Chinesen perfekt Deutsch.«

»Technische Universität Clausthal. Studium und dann Promotion an der RWTH Aachen. Aber das ist schon einige Jahre her, ich habe vieles vergessen«, sagte Liu höflich. »Und natürlich bin ich nicht perfekt. Aber nach Englisch ist Deutsch für viele Chinesen attraktiv, da es so viele Wirtschaftsbeziehungen gibt. Wir mögen und bewundern die Deutschen. Also lernen wir schon in der Schule lieber Deutsch als Französisch oder Russisch. Wissen Sie, man lernt viel über die Menschen, wenn man versucht, ihre Sprache zu lernen. Sie sollten auch ein wenig Chinesisch lernen. Nicht, um wirklich reden zu können. Sondern um uns besser zu verstehen.«

Cora war angenehm überrascht. Kaum angekommen, und schon war sie mit einem gebildeten Chinesen in einem intellektuellen Gespräch. »Was meinen Sie damit? Wie würde mir das helfen?«

Liu lächelte. Es freute ihn, dass diese deutsche Ingenieurin sich dafür interessierte, was er wusste. »Die Konstruktion der chinesischen Sprache unterscheidet sich fundamental von den europäischen Sprachen; das nehmen viele als Begründung für anderes Denken. Das Wort ›wissen‹ zum Beispiel. Ist ja ein Verb im Deutschen, dazu gehört ein Objekt, eben das, was man weiß. Damit wird eine Sicherheit ausgedrückt, eine Bestimmtheit. Ich weiß es, also bin ich mir sicher. Im Chinesischen heißt der entsprechende Ausdruck *zhi dao*, das heißt so viel wie ›den Weg kennen‹. ›Weg‹ ist das *dao* in Daoismus. Also, das ist etwas anderes: Wenn ich den Weg kenne, kann ich mich ihm anpassen; wenn sich eine Umgebung ändert, passt sich der Weg an. Die unabänderliche Bestimmtheit des deutschen ›wissen‹ ist hier nicht vorausgesetzt. Die Flexibilität des chinesischen Wesens, die diametral entgegengesetzte Sturheit der Deutschen, um nur ein Beispiel zu nennen – das ist oft der Grund für viele Probleme, die deutsche Geschäftsleute hier haben. Sobald ich aber anfange, die Sprache des anderen zu erlernen, beschäftige ich mich auch mit seiner Art zu denken. Deshalb sollte jeder, der sich mit China beschäftigt, zumindest in den Grundzügen die Sprache erlernen. Nicht, um sprechen zu können, sondern um die Unterschiede zu erkennen. Um den Weg zu kennen, nicht um zu wissen«, lächelte er sie jetzt an. »Aber genug davon. Wie geht es Michael?«

»Ich darf Ihnen ganz herzliche Grüße von Michael ausrichten, er lässt sich entschuldigen. Aber er hat mir schon in etwa berichtet, worum es geht. Die Anlage ist fertig, korrekt? Ich soll hier nur wegen der Bauabnahme noch einmal alles überprüfen, stimmt das?« Cora war es gewohnt, gleich zum Punkt zu kommen.

Liu lächelte. »Ihr Deutschen, immer gleich an die Arbeit, nicht wahr? Nehmen Sie doch erst einmal Platz. Was darf ich

Ihnen anbieten? Tee, Kaffee?« Sie wollte gerade Kaffee sagen, als sie den Anwalt sah, wie er hinter Lius Rücken übertrieben stark eine Grimasse zog. »Tee, gern«, meinte sie höflich. Hoch gereckter Daumen des Anwaltes. Na gut. Ein starker Espresso wäre ihr lieber gewesen, aber den konnte sie hier wohl sowieso nicht erwarten.

Während Liu einer Sekretärin (jung, registrierte Cora) etwas zurief, nahmen sie alle Platz. Auf dem Glastisch standen kleine Plastikfläschchen mit Wasser; der Anwalt nahm sich eine und goss sich ein Glas voll. Okay, dachte Cora, das Wasser ist wohl in Ordnung, was die Qualität betraf. Gut zu wissen; sie nahm sich auch ein Fläschchen, steckte es dann aber unauffällig in ihren Rucksack. Sie war es gewohnt, selbst für Proviant zu sorgen, man wusste nie, wann es wieder etwas Sauberes gab. So kannte sie das aus vielen Ländern, in denen sie gereist war.

»So«, sagte der Chinachef von NIB. »Dann kommen wir ganz deutsch mal zur Sache. Also, wir haben hier in Qingdao auf dem Gelände der Gartenbauausstellung eine semizentrale Kläranlage gebaut; muss ich Ihnen ja nicht erklären. Die Anlage wurde letzte Woche fertiggestellt; wir sind insgesamt sehr zufrieden mit dem Baufortschritt und der erreichten Qualität. Wir fahren heute Nachmittag dorthin, dann können Sie sich alles in Ruhe anschauen. Nach der Abnahme fahren Sie dann morgen weiter nach Shanghai, wo ein Kollege Sie abholen wird. Die Anlage in Tibet, die Sie anschließend begutachten, macht uns weit mehr Sorgen. Es geht um die Bakterien dort, auch die Ventilatoren machen Probleme. Aber das wird Ihnen Ihr Kollege aus Shanghai, der Sie begleitet, dann erzählen. Hier in Qingdao haben wir keine Probleme. Das Konzept war für China völlig neu, aber die semizentrale Planung hat sich bisher bewährt. Trotz der Problematik, dass in China immer sehr viele verschiedene Stellen für ein Projekt zuständig sind und dass diese Stellen oft nicht miteinander kommunizieren, haben wir alles im vorgesehenen Zeitrahmen fertigstellen können. Sie werden das ja alles sehen. Die NIB Consult kann sehr zufrieden sein; ich denke, es wird zu Folgeaufträgen kommen.«

Er strahlte. Es war sein erstes großes Projekt für NIB, und er hatte seinen Job gut gemacht. Sollte er daraus resultierend auch noch Folgeaufträge einheimsen können, wäre das ein großer Erfolg. Die Konkurrenz war stark, und Kläranlagen bauen konnten viele Firmen. Michael hatte ihr von den harten Preisverhandlungen mit den Chinesen berichtet. Oft blieb nur der Umsatz, kein Gewinn.

»Wunderbar, das freut mich sehr«, meinte Cora. »Wann können wir starten? Ich bin sehr gespannt, und ein Nachmittag erscheint mir etwas wenig. Könnten wir nicht sofort losfahren? Das spart Zeit.«

»Moment«, schaltete sich Rüdiger Landmann ein. »Sie sind neu hier in China, aber so arbeitet man hier nicht. Wir wollten Ihnen bei der Gelegenheit etwas von der Stadt zeigen, die alte deutsche Kolonie, Sie haben sicher davon gehört. Dann fahren wir in den Sino-German Ecopark, dann Mittagessen. So macht man das in China, nicht wahr, Herr Liu? Die Fahrt in den Ecopark dauert etwa eine Stunde, dank der neuen Brücke über die Bucht geht das ziemlich schnell. Heute Abend gehen wir dann wieder alle zusammen essen. Was meinen Sie?«

Cora war wenig begeistert. Natürlich hatte sie schon gehört, dass in China ausführliche gemeinsame Essen immer zum Geschäft gehörten, und sie hatte ja prinzipiell auch nichts dagegen. Aber primär war sie doch zum Arbeiten hier und nicht zum Sightseeing. Aber sie konnte sich dem wohl nicht entziehen. Und dieser Anwalt machte ja einen sehr netten Eindruck;

er würde schon wissen, was richtig war. »Ja gut, dann machen wir das so«, gab sie nach.

Die Touristentour durch die alte deutsche Kolonie war dann doch interessanter als gedacht. Cora erfuhr, dass die Deutschen sich die Bucht hier ausgesucht hatten, da sie strategisch gut lag und ein eisfreier Hafen vorhanden war; auch gab es im Landesinnern zahlreiche Bodenschätze, nicht zuletzt Silber. So hatten die Deutschen Anfang des 20. Jahrhunderts eine Eisenbahnlinie entlang der Bergwerke gebaut. Genau genommen hatten sie vertraglich vereinbart, dass alle Bergwerke entlang der Bahnlinie ihnen gehörten; entsprechend krumm und gewunden war die Planung der Strecke dann ausgefallen ... Erstaunlich viele Häuser aus jener Zeit waren noch erhalten und in sehr gutem Zustand. Irgendwie sah alles aus, wie Deutschland vor hundert Jahren wohl ausgesehen haben musste. Deshalb fühlte Cora sich nicht so fremd.

Begeistert war sie dann von dem Projekt des Sino-German Ecopark. Das war ein Kooperationsprojekt zwischen dem deutschen und dem chinesischen Wirtschaftsministerium, um nachhaltiges Bauen und andere Projekte im Bereich Energieeffizienz, Umweltschutz und Erneuerbare Energien umzusetzen. So hatte Michael es beschrieben, und es war erstaunlich, was bisher schon geleistet worden war. Ein German Enterprise Centre war entstanden; eine Anlaufstelle der deutschen Wirtschaft, wo sich vor allem kleinere Mittelständler, die den Markt noch nicht kannten, zunächst ansiedeln und sich in vorbereiteter Infrastruktur (Büros, Sekretariatsservice und so weiter) langsam an den unbekannten chinesischen Markt herantasten konnten. Solche Zentren gab es auch in Beijing, Shanghai und anderen Städten innerhalb und außerhalb Chinas, etwa in Delhi, Singapur oder Mexico. Im Ecopark konnten deutsche

Firmen ihre Produkte in einem Ausstellungszentrum präsentieren; es gab eine Internet-Plattform speziell zur Vermarktung solcher Produkte. Hohe Öko-Standards, eine duale Berufsausbildung nach deutschem Modell, deutschsprachige Dienstleistungen – dieses in China bisher einzigartige Konzept, das auf die deutschen Firmen abgestimmt war, klang spannend. Vor allem das nachhaltige Konzept und der Schwerpunkt auf Umwelttechnologie waren für Cora hochinteressant. Offensichtlich hatte China erkannt, dass im Bereich Erneuerbare Energien, Umweltschutz, Gewässerreinigung, Abfallwirtschaft und Ähnlichem dringender Handlungsbedarf bestand. Dass man dies mit deutscher Hilfe anging, war natürlich besonders erfreulich. Deutschlands Ruf als Weltmeister bei den Erneuerbaren Energien war also offenbar auch in China angekommen.

Das Mittagessen fand dann in einem »deutschen« Restaurant in der »deutschen« Altstadt statt; Cora hätte viel lieber Chinesisch gegessen; das kannte sie noch nicht. Denn dass das chinesische Essen in Deutschland nicht viel mit dem Essen in China zu tun hatte, das hatte sie schon oft gehört. Was man zu Hause in den Chinarestaurants bekam, war ja eher amerikanisch beeinflusst als chinesisch. Aber so musste sie unter den begeisterten Augen chinesischer Touristen ein deutsches Schnitzel verdrücken und die Kellnerinnen im Dirndl bewundern. Aber die chinesische Sitzordnung wurde dennoch eingehalten; der Ehrengast, also Cora, rechts neben dem Gastgeber, also Liu, beide in Richtung der Tür blickend. So viel Tradition war denn doch wichtig. Auch das ging vorbei, und dann konnten sie endlich zu der Kläranlage, dem Beratungsprojekt von NIB Consult, aufbrechen. Michael hatte gründliche Arbeit geleistet und die Abnahme fast zwei Monate lang vorbereitet; Cora musste nur noch die letzten Ausdrucke der erzielten Werte überprüfen und einen standardisierten Rundgang machen. Die Kollegen vor Ort legten ihr alle Daten vor, die online aus der Anlage und den Abwasserkanälen in der Steuerungszentrale eingingen. Alles war bestens, ein wirkliches Vorzeigeprojekt. Die Qualität des in das Meer abgeführten und vorher geklärten Wassers war erheblich verbessert worden. Die Chinesen machten stolz noch ein paar Aufnahmen mit der deutschen Ingenieurin, und nach vier Stunden war alles vorbei.

Als sie aufbrachen, sagte Rüdiger Landmann: »Ich fahre Sie ins Hotel und hole Sie gegen 19 Uhr zum Abendessen ab. Ist das in Ordnung für Sie?«

»19 Uhr ist gut, da kann ich noch eine Runde aufs Laufband«, sagte Cora. »Aber ich müsste noch mal zurück ins Büro, da habe ich meinen Rucksack stehen lassen. Tut mir leid, wenn das Umstände macht.«

»Mei wenti, kein Problem, ich kann Sie mitnehmen«, meinte Liu. »Ich fahre sowieso dorthin. Kommen Sie!«

Cora hob ihren Rucksack auf, der an einem Schreibtisch in Lius Büro lehnte, und wandte sich zum Gehen. Lius Sekretärin, die sich als Li Ping vorgestellt hatte, erhob sich und sagte: »Ich bringe Sie noch zur Tür.« Sie verließen das Büro und gingen zusammen zur Glastür, die auf den Flur führte, von dem aus alle Büros auf dem Stockwerk abzweigten. Neben der Glastür befand sich ein elektrischer Türöffner in der Wand; Li Ping drückte darauf, ein Summen ertönte, und die Glastür ließ sich öffnen. Li Ping gab ihr die Hand, schaute sie an und sagte merkwürdig betont: »Achten Sie gut auf Ihren Rucksack. Er ist sehr wertvoll!« Dann, mit leiserer Stimme, fügte sie hinzu: »Eine schöne Außentasche hat er!« Schon war sie wieder im Büro verschwunden und schloss die Glastür hinter sich. Sie wandte sich noch einmal um, sah Cora in die Augen, ging und ließ eine etwas verwirrte Ingenieurin zurück. Was war das denn gewesen? Auf ihren Rucksack aufpassen sollte sie? Wieso? Und bei diesem alten, abgenutzten Stück von wertvoll zu sprechen war auch bei chinesischer Höflichkeit etwas zu viel des Guten. Kopfschüttelnd betrat Cora den Fahrstuhl und fuhr nach unten, wo der Fahrer von Herrn Liu schon auf sie wartete, um sie zurück ins Hotel zu bringen.

Dort ließ sie sich erst mal erschöpft aufs Bett fallen. Ein anstrengender Tag war das gewesen, aber sie hatte auch viel gesehen und erlebt. Sie wollte gerade aufstehen, um sich für das Laufband umzuziehen, als ihr Blick auf den Rucksack fiel. Nachdenklich betrachtete sie ihn. Dann zog sie ihn zu sich herüber und ließ ihre Hand in die Außentasche gleiten. Nichts, leer. Gerade wollte sie ihre Hand wieder herausziehen, als sie doch etwas spürte. Da war was! Ein Stück Stoff, nein, Papier. Vorsichtig zog sie es heraus. Ein Zettel, zusammengefaltet, dünnes, rosa Briefpapier, wie sie es im Büro gesehen hatte. Vorsichtig faltete sie den Zettel auseinander. In schöner, weiblicher Handschrift stand darauf geschrieben: »Bitte, kommen Sie heute Abend ins Büro. Sie müssen mir helfen, bitte. Ich bin in Gefahr, NIB ist in großer Gefahr, Sie sind in großer Gefahr. Auf Korruption steht in China die Todesstrafe. Ich habe alle Unterlagen gesammelt. Bitte vertrauen Sie niemandem. Kommen Sie um 19.00 Uhr ins Büro. L.«

L.? War das Li Ping? Korruption im Büro? Das klang doch etwas abenteuerlich; Li Ping hätte doch direkt zu Liu oder zur Polizei gehen können. Es sei denn, Liu ... Hm. Was sollte sie tun? Abends ins Büro gehen? Klang gefährlich. Na ja, die würden sie schon nicht gleich erschießen. Und mit Liu, wenn er denn auftauchte, würde sie schon fertig werden. Besonders kräftig sah er ja nicht aus, und sie war schließlich Sportlerin. Aber sollte sie nicht besser zur Polizei? Oder zu diesem Anwalt? Genau, das war besser. Er würde wissen, was zu tun war.

Cora griff zu ihrem chinesischen Smartphone; Rüdiger Landmann hatte es ihr gegeben und erklärt, dass sie mit der chinesischen SIM-Card sehr kostengünstig innerhalb Chinas telefonieren und surfen könne. Seine Nummer war gespeichert; aber er nahm nicht ab. Schließlich gab sie es auf. Ihr Entschluss stand fest: Wenn sie ihn nicht erreichte, würde sie ins Büro gehen. Sie vertrat NIB hier in China, sie musste das aufklären. Allein zur Polizei zu gehen ging nicht, und wenn Li Ping das nicht tat, würde sie ja ihre Gründe haben. Alles würde sich aufklären, und dann konnte der Anwalt ihr ja helfen.

5. KAPITEL

Die ganze Zeit über hatte Landmann aufmerksam zugehört, nicht mehr spöttisch, sondern sehr konzentriert. Als sie zum Ende kam, war er es, der nun unauffällig um sich schaute und sie mit einem Handzeichen bat, leiser zu sprechen.

»Na ja, ich bin dann abends ins Büro gefahren, statt mich mit Ihnen zum Essen zu treffen, das wissen Sie. Ich hatte Ihnen ja Kopfschmerzen vorgetäuscht. Dort wurden wir überfallen!«

»Überfallen?« Er schaute sie entgeistert an. »Was sagen Sie da?«

Cora schilderte die Einzelheiten des Kampfes im Büro. Schließlich war sie fertig. Gespannt, wie er reagieren würde, sank sie in ihren Sessel zurück. Er würde ihr helfen, das war klar. Damit war sie fertig mit dieser Geschichte und könnte sich wieder auf ihre Arbeit konzentrieren.

»Gut, dass Sie mir alles erzählt haben. So unglaublich Ihnen das erscheint, ich muss Ihnen leider sagen, dass das hier ständig passiert. Korruption ist nichts Besonderes, gerade beim Einkauf teurer Maschinenteile ist viel Geld zu machen. Allerdings dachte ich nicht, dass es auch bei uns vorkommt. Ich werde herausfinden, was Li Ping meinte, wer diese Great Wall Ltd. ist und was sie mit der Firma NIB Consult zu tun hat. Ich schlage Folgendes vor: Erst mal gehen wir in Ihr Hotel, Sie packen und gehen ins Bett. Ich buche inzwischen ein Rückflugticket nach Deutschland für Sie. Dann nehmen Sie morgen den ersten Flug nach Beijing und dann nach Hause. Ich kümmere mich um alles Weitere hier vor Ort. Keine Sorge, das klären wir auf, aber Sie sollten besser nicht involviert sein. Das wird zu gefährlich für Sie. Ich kenne mich hier aus, kenne die richtigen Leute, auch bei der Polizei. Sie wissen nicht, wie das hier läuft. Ich bringe Sie hier raus, machen Sie sich keine Sorgen!«

Cora zögerte. Das war eigentlich nicht ihre Art, fliehen. Sie war eine Kämpferin, sie war diejenige, die sich in der Männerwelt des Ingenieurstudiums durchgesetzt hatte, die bei der Jagd den Männern an Mut und Durchhaltevermögen überlegen war. Jetzt nach Hause fliegen? Wie stand sie denn vor ihrem Chef da? Aber andererseits, was sollte sie tun? Die Heldin in China spielen, ohne die Spielregeln zu kennen?

Cora lächelte Landmann freundlich an. Er schien sich wirklich Sorgen zu machen. »Gut«, meinte sie schließlich. »Wenn Sie meinen, machen wir es so. Bringen Sie mich ins Hotel, und danke, dass Sie mir ein Ticket buchen. Aber wie geht es weiter? Gehen Sie zur Polizei? Was ist mit Li Ping? Mit den Unterlagen?«

»Lassen Sie das mal meine Sorge sein«, sagte er beruhigend. »Ich kümmere mich darum. Natürlich müssen wir das den Behörden melden. Ich fahre Sie jetzt ins Hotel, dann gleich ins Büro und schaue nach dem Rechten. Sie fliegen nach Hause.«

Er nahm sie am Arm, eine Geste, die meist nett gemeint war, die Cora aber nicht leiden konnte. Sie brauchte diese Art Pseudoschutz nicht. Landmanns Wagen parkte direkt vor dem Hoteleingang, niemand beachtete sie. Dennoch fiel ihr auf, dass er sich mehrmals suchend umblickte, als sei er nicht sicher, ob sie allein waren. Er fuhr sehr schnell durch das nächtliche Qingdao; sie sprachen unterwegs kein Wort, jeder in seine Gedanken versunken. Zehn Minuten später verließ sie den Aufzug in ihrem Hotel. Im Gang stand ein brauner Holztisch mit etwas Obst und einigen Zeitungen. Es war die *China Daily*; sie erinnerte sich an das Titelbild mit dem Staudamm. Mechanisch nahm sie sich ein Exemplar mit aufs Zimmer. Todmüde schleppte sie sich noch ins Bad, nahm eine Schmerztablette, trank eine von den kleinen Wasserflaschen leer, die neben dem Spiegel standen, und fiel aufs Bett. Sie streifte die Schuhe ab, nahm sich die Zeitung, um noch darin zu lesen. Kurz darauf war sie eingeschlafen.

Als sie die Wassermassen auf sich zuströmen sah, wusste sie, dass sie verloren war. Erst war es nur ein Riss gewesen, aber bei der zweiten Detonation brachen riesige Betonstücke aus der Staumauer, und ein gewaltiger Strom schmutzig-braunen Wassers ergoss sich in den Flusslauf unterhalb der Mauer. Dieser stieg so schnell an, dass kein Entkommen möglich war; die Ufer wurden überschwemmt, Menschen mitgerissen, Tiere, Fahrzeuge, Schiffe kenterten, sie hörte grauenhafte Schreie, ein Baby trieb an ihr vorbei, sie wollte es retten, sprang in die Fluten, wurde mitgerissen, etwas schlug ihr gegen den Kopf, ein Blitzstrahl zuckte über den Himmel, ein Donnerschlag. Donnerschlag. Das war irgendwie wichtig, aber warum?

Schweißgebadet wachte sie auf. Ein stechender Schmerz durchfuhr ihren ganzen Oberkörper, irgendjemand schien auch mit einem Hammer auf ihren Kopf zu schlagen. Warum tat er das? Die Sonne schien ihr ins Gesicht, blendete sie. Wo war sie? Das Baby, hatte sie es gerettet? Erst langsam wurde ihr klar, dass sie aus einem furchtbaren Albtraum erwachte. Was war passiert? Der Damm war gebrochen, welcher Damm? Sie drehte sich um, weg von der Sonne, sah die Zeitung auf dem

Boden neben ihrem Bett. Die Schlagzeile, da war sie, das war der Auslöser gewesen! Da war die Rede von einem riesigen Umleitungsprojekt für Wasser; von Südchina nach Nordchina wollte man Flüsse umleiten und Talsperren errichten; Tausende Menschen wurden umgesiedelt, verloren ihre Heimat. Weiter unten stand, dass bei einer Überschwemmung ein Baby ertrunken war; das hatte sich in ihrem Traum vermischt.

Cora schleppte sich ins Bad. Da lag noch die Tablettenschachtel vom Vorabend; mechanisch drückte sie eine Tablette aus der Packung und würgte sie herunter. Dann trank sie aus dem Wasserhahn, ohne sich zu überlegen, ob das überhaupt gesund war. Was war der Plan für heute? Ach ja, Abreise nach Beijing, Rückflug. Cora öffnete die Glastür zur Dusche, stieg aus ihren Kleidern, die sie noch vom Vorabend anhatte und stellte sich unter die heiße Regenwalddusche. Abreisen. Klang verlockend. Der Schock des Albtraums saß ihr noch in den Knochen. Tausende Ertrunkene, weil eine Staumauer gesprengt worden war? Verschmutztes Wasser? Unsinn.

Cora lehnte sich gegen die Fliesen und ließ das Wasser über ihren Körper laufen. Den Kopf legte sie leicht schief, wie immer, wenn sie nachdachte. Die Korruption in ihrem Büro hier in Qingdao, die war real. Und sie, hilflos, floh nach Deutschland? Instinktiv schüttelte sie den Kopf. Kam nicht infrage. Sie hätte weder das Projekt Qingdao sauber abgeschlossen, noch das Projekt Tibet begutachtet! Sollte NIB jemand anderen schicken? Nein, das ließ sie nicht zu. Sie würde das Thema Korruption in Qingdao erst mal zurückstellen, das sollte der Anwalt klären. Sie selbst würde wie geplant nach Tibet fahren und dort den Stand der Planungen untersuchen. Sie würde nicht kneifen, auf keinen Fall. Außerdem glaubte sie nicht, dass sie in Tibet in Gefahr sein würde. Tibet? Das war doch mindestens 2.000 Kilometer von Qingdao entfernt! Und alles war geplant, die Zugfahrt gebucht, die Hotels. Nein, ihr Entschluss stand fest. Sie wusste, was sie zu tun hatte. Rüdiger Landmann musste ihr nur die Chinesen vom Leib halten.

Seltsam, dachte sie, als sie ihren nackten Körper in den flauschigen Bademantel des Hotels wickelte, noch vor wenigen Minuten hatte sie völlig verunsichert vor dem Spiegel gestanden, erschöpft, und nun fühlte sie sich auf einmal fest in ihrer Entscheidung. Sie wusste, es war richtig, was sie tat. In einer energischen Geste warf sie den Kopf zurück, dass das Wasser aus ihren Haaren an den Spiegel spritzte. Sollte Landmann sich um Qingdao kümmern. Sie, Cora Remy, würde nach Tibet fahren und ihren Job machen.

Zur gleichen Zeit, nur wenige Kilometer Luftlinie entfernt, saß Landmann, der deutsche Anwalt, an seinem Computer. Er war gerade dabei, eine Mail nach Deutschland abzusenden, an das Ingenieurbüro NIB. Wie er es Cora versprochen hatte, informierte er die Deutschen über den Überfall und die Ereignisse, die sie ihm geschildert hatte. Gleichzeitig sagte er zu, sich um alles zu kümmern, die Polizei zu benachrichtigen und die nötigen Schritte einzuleiten. Es war also nicht notwendig, dass jemand aus Deutschland nach Qingdao kam. Sorgfältig las er alles noch einmal durch. Dann speicherte er die Nachricht als Entwurf, loggte sich aus und lehnte sich zurück. Obwohl die Klimaanlage in seinem Zimmer lief, schwitzte er schon wieder unter den Armen. Etwas mehr Sport hätte ihm gutgetan, wie er immer wieder feststellte; so auch jetzt, als er an seinem Hemd herunterblickte, das über dem Bauch doch beträchtlich zu spannen begann. Aber das Essen war hier in China einfach zu gut, meist auch recht fettig, und wann kam ein viel beschäftigter Mann wie er schon zum Sport? Und in dieser Luft zu joggen war ja ungesünder, als auf der Couch zu sitzen. Wie zur

Selbstbestätigung blickte er auf seine Air Quality App, die für Beijing schon wieder »heavily polluted« angab. Wieder einmal ein Mehrfaches des von der WHO erlaubten Grenzwertes der Feinstaubbelastung. Das war allerdings die App der amerikanischen Botschaft; die offiziellen chinesischen Werte wurden mit »unhealthy for sensitive groups« angegeben, das klang irgendwie besser.

Da war die Luft hier in Qingdao sicher auch nicht gut, sagte er sich, da konnte man keinen Sport machen. Das fiel hier in China glücklicherweise nicht so auf; viele Chinesen waren übergewichtig. Ein Zeichen des Wohlstandes. Er seufzte. Jetzt musste er ins Büro und dort nach dem Rechten sehen. Er stand auf, stopfte sein Hemd ordentlich in die Hose, drehte sich kurz zum Bett um, wo unter der Bettdecke lange schwarze Haare und ein zartes, nacktes Bein hervorschauten, und verließ leise das Zimmer.

6. KAPITEL

Halb acht! Er würde etwa eine Stunde benötigen, um mit dem Taxi ins Taj Mahal Hotel zu fahren. Bombay war immer chaotisch, laut, voll; aber morgens, wenn alle zur Arbeit mussten, war es besonders schlimm. Natürlich nicht so schlimm wie spätnachmittags, wenn alle wieder nach Hause wollten. Oder nachts, nachts war es auch immer sehr voll. Aber es gab keine andere Möglichkeit, als mit dem Auto zu fahren; die Vorortzüge waren langsam, dreckig, gefährlich und außerdem völlig überfüllt. Bis zu zwölf Menschen auf einem Quadratmeter, hatte er gelesen. Gefühlt waren es eher mehr. Und dann würde er am Bahnhof Churchgate doch wieder ein Taxi suchen müssen. Also kontrollierte er nochmals seine Krawatte, nahm die Aktentasche vom Tisch im Flur, schloss die Wohnungstür auf (zur Sicherheit hatte er sie immer von innen verriegelt) und ging hinaus in den winzigen Flur. Eigentlich war es nur ein Treppenabsatz, von welchem aus eine Treppe nach unten, eine nach oben führte und der gerade noch Platz für den uralten Aufzug ließ. Er schloss seine Tür sorgfältig ab, öffnete das Eisengitter vor dem Aufzug, schob es nach links, öffnete dann die eigentliche Aufzugstür, ging hinein, schloss erst wieder das äußere Gitter, dann die Tür und drückte schließlich auf den Knopf mit der kaum noch lesbaren Aufschrift »G« für *ground floor*. Dieser Aufzug war bezeichnend für die ganze Stadt, das ganze Land: umständlich, veraltet, chaotisch, aber irgendwie funktionierte er. Irgendwie liebens- und lebenswert.

Stöhnend und ächzend setzte sich die nur von einer mindestens ebenso alten, nackten Glühbirne verdunkelte (beleuchtet wäre eine grobe Übertreibung) Kabine in Bewegung; bei jedem der sieben Stockwerke schien sie zu überlegen, ob sie nicht besser anhalten sollte. Nach einer gefühlten Ewigkeit kam er schließlich unten an, der ganze Vorgang des Gitter- und dann Türöffnens wiederholte sich, und nachdem er den Aufzug wieder geschlossen hatte, verließ er schnell das Haus. Er kam in den ummauerten Vorhof des Hochhauses. Der Wachmann am Tor blickte gelangweilt zu ihm auf (er hatte sich der Bequemlichkeit halber auf einen alten Plastikstuhl gesetzt, es wurde schon heiß, und er hatte noch eine Stunde, bis er sich einen herrlich heißen, süßen, gewürzten Chai gönnen würde) und grüßte immerhin freundlich. »Namaste, Mr. Sethna, Sir, guten Morgen. Sie haben es wieder eilig, wie immer? Soll ich ein Taxi rufen?«

»Namaste, guten Morgen, danke, aber ich mach das schon. Bis heute Abend.«

Das Angebot des Wachmannes war nicht wirklich ernst gemeint. Er wollte auch nicht wirklich aufstehen. Mr. Sethna, Sir, musste ja nur auf die Straße gehen, ständig kam eines der berüchtigten gelb-schwarzen Mumbaier Taxis vorbei. Oder eine Rikscha, ein Dreirad, für zwei Fahrgäste gedacht, in das aber bequem mindestens vier bis fünf Personen passten. Sofern es Inder waren und keine Touristen. Mehr Fahrtwind boten diese Rikschas, manchmal ging es sogar schneller, da der Fahrer, wenn er frech genug war, sich noch mehr zwischen den anderen Autos hindurchquetschte als die Taxis. Ganesh entschied

sich doch für ein Taxi. »Taj Hotel, Apollo Bunder. Challo! Los!«
Der Fahrer bewegte seinen von einem roten Turban umwickelten Kopf bedächtig von links nach rechts und wieder zurück, einverstanden, und klappte das Taxameter hoch. Das Taj war das berühmteste, schönste Hotel der ganzen Stadt, das kannte jeder. Eigentlich war es nicht nötig, den Straßennamen noch zu nennen. Erleichtert ließ Ganesh Sethna sich auf die Rückbank fallen. Noch war es nicht zu heiß, er schätzte um die 30 Grad, auch die Luftfeuchtigkeit lag nicht über 90 Prozent; da gab es bei geöffnetem Fenster noch etwas Fahrtwind. Später dann war es empfehlenswert, ein Taxi mit Klimaanlage zu nehmen, um nicht völlig verschwitzt zu seinem Termin zu kommen.

Das Chaos auf den Straßen nahm er, wie alle Inder, nicht mehr wahr. Auf der dreispurigen Straße drängelten sich sechs bis sieben Autos gleichzeitig nebeneinander, hupten, die Fahrer schrien sich an, dazu die alten, noch von den Briten stammenden roten Doppeldeckerbusse, LKW, Vespafahrer, Motorräder mit fünfköpfigen Familien darauf, Mädchen mit langen schwarzen Haaren, die sich hinten auf den Motorrädern an ihrem Freund festklammerten, der einen Helm trug (Helmpflicht galt nicht für Frauen, wegen der Frisur!); eine Verkehrsinsel mitten auf einer Kreuzung, auf der eine achtköpfige Familie lebte, die kleine, nackte Vierjährige wackelte gerade unsicher und unbekümmert durch all diese Apokalypse auf die andere Straßenseite. Durch das geöffnete Fenster kamen alle Gerüche herein, die man sich denken konnte, Gewürze, Fisch, Fäkalien, Abgase, die Armut, die Hitze, die Traurigkeit, das Glück – all das ergab Indien. Ein Geruch, der schwer zu beschreiben war; Ganesh versuchte das manchmal, wenn er im Ausland war und seine Freunde ihn danach fragten; es war eben der Geruch dieser Welt. Und Bombay, oder Mumbai, wie es jetzt politisch korrekt hieß, roch wieder ganz spezifisch. Überhaupt, wie sollte er Indien erklären? Es umfasste den Neuankömmling mit allen Sinnen: fühlen, riechen, schmecken, hören, sehen – incredible India. Das war einmal ein Werbespruch der Tourismusindustrie gewesen, aber wie wahr. Jedes Mal, wenn er, aus London oder Frankfurt oder New York kommend, hier landete, ging es ihm wieder so. Er liebte dieses Land, es war laut, chaotisch, dreckig, korrupt, bürokratisch, aber eben auch unglaublich farbig, lebenswert, höflich, spirituell, familiär, gastfreundlich – mit einem Wort: wunderbar.

Unbarmherzig wurde er aus seinen Träumen gerissen, als sein Fahrer jäh vor einer alten Frau, die humpelnd die Straße überquerte, abbremsen musste. Gut, dass die Götter aufgepasst hatten. Auf dem Armaturenbrett war Ganesha festgeklebt, der elefantenköpfige Gott, der unter anderem für gutes Business zuständig war. Indische Götter hatten sehr spezifische Aufgaben; man betete eben zu dem, der gerade benötigt wurde. Hatte er sich selbst nicht noch heute Morgen vor Saraswati verneigt, der Göttin der Weisheit? Diese würde er heute bei der Vorbereitung der Konferenz sicher brauchen. Mit den Chinesen war nicht zu spaßen, die waren hellwach und immer perfekt vorbereitet. Gut, dass sie erst in zwei Tagen eintrafen, kurz vor Beginn der Konferenz. Dass ausgerechnet der Gott Ganesha, so wie er da vorne neben dem Fahrer prangte, wohl »Made in China« war, war wirklich eine Ironie. Und eine Schande, soweit es ihn betraf. Der Taxifahrer spuckte elegant einen kräftigen roten Strahl Betelnuss auf die Straße, gerade vor die Füße eines Polizisten, zwang den Schaltknüppel mit roher Gewalt in den ersten Gang und gab wieder Gas.

In Thane, im Nordosten Mumbais, wo Ganesh wohnte, war der Verkehr noch erträglich, aber nun ging es in den Süden der Halbinsel, die Mumbai inzwischen war; ursprünglich gab es mehrere Inseln, die im Laufe der Jahrhunderte durch Landgewinnung verbunden worden waren. Mit den Gedanken schon bei der Konferenz, schweifte sein Blick ziellos über das, was er draußen sah. Sie fuhren schon durch das Moslemviertel, dann an der berühmten, im Meer liegenden Haji Ali Moschee vorbei, nur über eine schmale Verbindung zu erreichen, auf welcher – er erinnerte sich an seinen letzten Besuch dort – immer weinende Kleinkinder, Babys noch, saßen und die zur Moschee Gehenden um Geld anbettelten. Wer konnte einem weinenden Baby widerstehen? Die Mutter saß etwas entfernt, passte auf und sorgte dafür, dass die Kinder nicht aufhörten zu weinen ...

Dann kamen die Hochhäuser, darunter das berühmte von Mukesh Ambani, dem reichsten Mann Indiens, das wohl teuerste Haus der Welt, angeblich über eine Milliarde Dollar (oder waren es Rupien?), noch dazu selten hässlich. Aber nach traditionell indischen Bauregeln erbaut, hieß es. Ein eigener Raum, in welchem Schnee aus der Decke herabschwebte, um der Hitze Mumbais zu entgehen ... Und dann über die Brücke, Kemps Corner, rechts die Hanging Gardens, eine große Parkanlage, wo die Parsen in den Towers of Silence ihre Toten zerstückelten und von den Geiern und Hunden entsorgen ließen. Nachhaltig eben, ohne Luft, Wasser oder Erde zu verunreinigen. Gegenüber der Porschehändler. So war Indien. Mystik und Realität, Atavismus und Kapitalismus, kein Widerspruch, sondern sich ergänzend. Wo gab es das auf der Welt?

Sein Fahrer bog nach links ab, am Strand entlang, Chowpatty Beach, da gab es abends herrlich kühle Kokosmilch, direkt aus der frisch aufgeschlagenen Nuss. Marine Drive hieß diese Strandpromenade, wegen ihrer wunderschönen Beleuchtung nachts auch »the Queen's necklace« genannt. Abends saßen hier Liebespärchen, jetzt aber sah man vereinzelte Jogger, sonst war nicht viel los. So, jetzt war es nicht mehr weit, hinüber nach Colaba, so hieß das Stadtviertel, der Business District. Grundstückspreise höher als in New York. Aber auch Slums, Wellblechhütten, alles nebeneinander. Den modernen, hohen Turm des Taj Hotels, der direkt neben dem altehrwürdigen Monumentalbau des eigentlichen Hotels errichtet worden war, konnte er schon erkennen. Er ließ seinen Fahrer gegenüber halten, direkt am Gateway of India, dem berühmten Monument, errichtet zu Ehren von König George. Hunderte Touristen drängelten sich schon jetzt, Chai-wallahs boten den heißen, süßen Tee an, andere riesige Luftballone für Kinder; auf dem Gehweg saß ein Mann, der die leckeren gerösteten Kichererbsen und Erdnüsse, angeboten in kleinen Trichtern aus zusammengerolltem Zeitungspapier, verkaufte; Zuckerrohrverkäufer drehten lange Stangen des süßen Holzes durch ihre alten, rostigen Maschinen und priesen den Saft an. Es roch nach Essen, nach dem Motoröl der Schiffe, die hier im Hafen lagen und darauf warteten, Touristen hinüber nach Elephanta Island zu bringen; roch nach den Toiletten, ganz im indischen Stil, also nur ein Loch im Boden – all das vermischt mit dem üblichen Gerufe, Geschreie, dem Wiehern der klapprigen, dürren Pferde, die hier für die Touristen silbern verzierte Kutschen durch die Straßen zogen.

Er zahlte, überquerte rasch die Straße und ging zum Eingang des Taj. Seine Tasche musste er durchleuchten lassen; seit den Anschlägen von 2008 gab es überall in Indien erhöhte Sicherheitsvorschriften. Imposant wirkende, in edle, weiß-goldene Uniformen gekleidete Portiers, Sikhs zumeist, durch ihre roten Turbane noch größer wirkend, als dieser aus Rajastan oder dem Punjab stammende stolze Menschenschlag es ohnehin war. Dann die Stufen hinauf und durch eine der drei Drehtüren. Und dann – war er in einer anderen Welt. Es kam ihm immer noch wie Paralleluniversen vor: auf der einen Seite das Indien, in dem ein schreiendes Baby am Straßenrand saß und hungerte, und dann das Indien, in dem man an der Harbour Bar des Taj Hotels einen Mojito zu sich nahm, der mehr kostete, als das Baby für einen Monat Nahrung an Geld benötigt hätte. Es konnte nicht dieselbe Welt sein. Maya, nannten die Inder dies; die Welt war nur eine Illusion. Ein kollektiver Traum.

Eine kühle, raffiniert beduftete Hotelhalle empfing ihn; rechts ein paar Sessel, dann, als er sich nach links wandte, mehrere Sitzgruppen, ein riesiges Blumenarrangement auf einem runden Tisch, und schließlich die lang gezogene Rezeption. Alles wunderbar ausgeleuchtet, angenehm, stilvoll und vor allem – ruhig. Unglaublich schöne, in seidene Saris oder Salwar Kameez gekleidete Inderinnen der High Society von Mumbai, westliche Geschäftsleute im Anzug, Araber im Burnus, Inder meist ohne Krawatte, dem Klima besser angepasst als die Amerikaner und Europäer. Mehr Personal als Gäste, dem Anschein nach. So musste es wohl sein.

Ganesh Sethna, Hydroingenieur und Leiter der indischen Delegation bei dieser Konferenz, begab sich in die Chambers genannte Business Etage, um sich zur Vorbereitung mit den zuständigen Hotelmitarbeitern zu treffen.

7. KAPITEL

»Hilfe! Schnell! Mein Baby stirbt!« Weinend rannte Jiang Lianhua in die Notaufnahme des Xiehe Krankenhauses in Beijing. Ihr Fahrer hatte sie gebracht, und in ihren Armen hielt sie ihr Baby, die fünf Monate alte Lihua. Ihre Haut war blau verfärbt, sie atmete schwer, hatte die Augen weit aufgerissen.

Der zuständige Arzt warf einen raschen Blick auf das Baby und sagte dann etwas zu einer Schwester, die der Mutter ihre Tochter vorsichtig aus den Armen nahm und schnell wegbrachte. Ein anderer Pfleger hielt die weinende Lianhua sanft fest und hinderte sie daran, hinterherzurennen. Dann führte er sie zu einem Stuhl und setzte sie darauf. »Dr. Gu wird gleich bei Ihnen sein. Einen Moment bitte.«

Während Lianhua verzweifelt nach ihrem Mobiltelefon suchte, gingen ihr tausend Gedanken durch den Kopf. Was hatte sie falsch gemacht? War sie schuld an dem, was passiert war? Warum war ihre Kleine plötzlich blau angelaufen, was war denn los? Was sollte sie nur tun? Sie musste jemanden anrufen, aber wen, ihr Mann war nicht da; natürlich, ihr Vater! Der würde helfen. Das tat er immer, er war immer für sie da. Wo war nur das verdammte Handy?

»Frau Jiang?«, riss sie eine sanfte Stimme aus ihren Gedanken. »Mein Name ist Dr. Gu. Ich muss mit Ihnen über Ihre Tochter sprechen. Wir untersuchen Ihr Kind gerade; es gibt verschiedene Möglichkeiten. Ich vermute eine Sepsis, eine Blutvergiftung. Möglich ist auch ein Herzfehler, wissen Sie etwas darüber? Gab es bei der Geburt oder danach Hinweise der behandelnden Ärzte? Wir müssen auch eine Lungenerkrankung in Erwägung ziehen. Im Extremfall auch eine Zyanose, aber das würde mich wundern. Bitte erzählen Sie uns alles, was Sie wissen. Was hat Ihr Kind zu sich genommen, wie war die Atmung insgesamt bisher und so weiter. Jedes Detail kann helfen. Aber bitte, wir untersuchen sie und werden alles tun, um ihr zu helfen. Ich bin sicher, dass wir Ihnen sehr rasch werden sagen können, was genau Ihre Tochter hat.«

»Herzfehler? Lunge? Aber ... wieso ist sie denn so blau im Gesicht, was hat das denn damit zu tun?«

»Hören Sie, ich kann jetzt auch noch nichts Genaueres sagen. Bitte haben Sie Vertrauen. Die bläuliche Verfärbung spricht für eine Zyanose, aber es kann auch von der Lunge herrühren. Wir bestimmen auch das Methämoglobin im Blut, dann wissen wir mehr. Zyanose heißt übersetzt Blausucht, weil sich Haut und Lippen bläulich verfärben. Dieser Effekt rührt daher, dass das Hämoglobin, der rote Blutfarbstoff, blockiert wird. Hämoglobin transportiert normalerweise den über die Lunge eingeatmeten Sauerstoff zu den Zellen. Wird es blockiert, droht beim Säugling Erstickungsgefahr. Dies betrifft meist Säuglinge bis zum sechsten Lebensmonat, da bei ihnen bestimmte Schutzmechanismen noch nicht ausgebildet worden sind.«

»Aber ... woher ... ich meine, was mache ich denn jetzt?«

»Ich werde es Ihnen sagen, wenn wir eine konkrete Diagnose haben. Beruhigen Sie sich, Sie sind hier im besten Krankenhaus der Stadt. Aber wir müssen untersuchen, wodurch genau diese Vergiftung, wenn es denn eine ist, aufgetreten ist. Ich muss jetzt los und mich um Ihre Tochter kümmern. Warten Sie bitte hier.«

Mit diesen Worten schritt Dr. Gu rasch durch die Tür der Intensivstation. Jiang Lianhua, Mutter der kleinen Lihua und Tochter des Vize-Ministers Jiang, blieb weinend auf einem roten Plastikstuhl im Gang des Xiehe Krankenhauses zurück.

8. KAPITEL

Huzhao!« Die wenig charmante Stimme einer Mitarbeiterin der chinesischen Eisenbahn, die das Kunststück fertigbrachte, gleichzeitig gelangweilt und herrisch zu klingen, verlangte von jedem, der den imposanten, frisch eröffneten Nordbahnhof betreten wollte, den Reisepass. »Das sieht aber gar nicht deutsch aus«, beäugte ein älterer Herr aus der Gruppe, einen Kunstreiseführer in der Hand, kritisch das Gebäude. »Der Bahnhof ist doch 1901 von den Deutschen erbaut worden, wo ist denn das rote Dach?«

»Das war doch der alte Bahnhof, im Stadtzentrum, das habe ich dir doch schon erklärt, wieso hörst du mir nie zu, immer dasselbe! Wir fahren vom neuen Bahnhof, mit dem Schnellzug. Der braucht nur sechs Stunden bis Shanghai, Wahnsinn! Die haben doch diese neuen Superschnellzüge, die fahren mit 350 Sachen durch das Land. Und sie haben sogar Internet im Zug! Nicht wie im ICE!« Die Frau, mit einem typisch chinesischen dreieckigen Strohhut in der Hand, der genervten Tonlage nach seine Ehefrau, schob ihn weiter. Den Hut hatte sie extra in Beijing erworben, damit sie als Touristin nicht so auffiel. Bei den Chinesen sorgte dies stets für große Heiterkeit, da in der Hauptstadt niemand so etwas trug, nur Bauern vom Lande, und von denen wollte man sich ja höchstens distanzieren. Und dann eine Ausländerin! Sie wiederum war hocherfreut, so viele lachende Chinesen um sich zu haben, die auf sie zeigten, und fühlte sich in ihrem Bild von den freundlichen, immer lächelnden Chinesen bestärkt.

Die Truppe drängelte sich durch die Kontrolle. Cora hatte sich dazwischen gemischt. Sie hatte sich, nachdem ihr Entschluss feststand, schnell fertiggemacht, gepackt, ein Taxi zum Bahnhof genommen, und hier war sie jetzt. Glücklicherweise waren ihr Bahnticket und die anderen Unterlagen im Hotelsafe geblieben, als sie abends ins Büro ging. Das Ticket für den Schnellzug nach Shanghai hatte sie schon am Nachmittag von der Sekretärin erhalten, ebenso eine Hotelbuchung. In Shanghai würde sie einen Tag Aufenthalt haben; dort sollte sie den chinesischen Kollegen treffen, der mit ihr nach Tibet fuhr. Michael hatte gesagt, sie würde ihn abends auf einem Empfang im deutschen Konsulat in Shanghai sehen. Am Bahnhof in Qingdao war sie dann wieder der rheinland-pfälzischen Touristengruppe begegnet und hatte sich dazugesellt.

»G224 um 06.57 Uhr. Shanghai Hongqiao 1336. Das ist er!« Begeistert zeigte eine junge Frau aus der Touristengruppe an die Tafel. Sie hatten sich auf die Sitze verteilt, einige hielten besorgt ihre Taschen fest an sich gedrückt. Es war doch etwas unheimlich, all diese wuselnden Menschen, alle irgendwie gleich, laut, manche spuckten auf den Boden, Babys schrien, ein älterer Mann rief lauthals in sein Mobiltelefon, ungerührt davon, dass alle mithören konnten.

»Ah, Sie sind auch da, wir kennen uns doch aus dem Hotel.«

Na bestens. Ausgerechnet der nervige Dickwanst aus dem Hyatt saß neben ihr!

»Aber Sie gehören doch nicht zu unserer Gruppe! Was machen Sie hier? Auch nach Shanghai? Soll ja eine tolle Stadt sein, habe schon viel gehört, Wahnsinn, die Hochhäuser, die die bauen, und in welcher Geschwindigkeit, da könnten die in Berlin sich mit ihrem Flughafen mal was abgucken, aber dann, die Qualität, sicher nicht wie bei uns ... und der Zug, fantastisch, nur sieben Stopps bis Shanghai. Mal sehen, ob die auch einen guten Kaffee haben, den könnte ich jetzt vertragen, oder ein ordentliches Bitburger, aber wahrscheinlich gibt es nur Tee, Chinesen eben ...«

Sie lächelte mal aufmunternd, mal verständnisvoll, sagte kein Wort und sehnte die Abfahrt des Zuges herbei. Der Schock des gestrigen Überfalls saß ihr noch in den Knochen, die Schmerzen auch. Sie wollte weg aus Qingdao, weg von alldem. Als es endlich so weit war, 20 Minuten vor der Abfahrt, konnten sie mit ihren Tickets eine elektronische Schranke passieren und so auf den Bahnsteig gelangen. So gut es eben ging, drückte sie sich durch die Massen: Chinesen mit großen Säcken, blau-rot gestreiften Tragetaschen, riesigen Koffern, schreiend, stoßend, lärmend, telefonierend. Nur weg hier, aus Qingdao, weit weg. Sechs Stunden Fahrt, der Zug fuhr auf die Minute pünktlich los, sie lehnte den Kopf an die Fensterscheibe und schlief, völlig erschöpft, sofort ein.

»Chifan, chifan!« Laute Rufe weckten sie auf. Eine Schaffnerin oder Kellnerin, der Unterschied war nicht so ganz klar, lief durch den Wagen und rief zum Essen. Man konnte wohl in den Speisewagen gehen oder direkt am Sitz etwas kaufen. Es roch gut, irgendwie Fleisch mit Reis oder so, und als die Angestellte der Eisenbahn sie auffordernd ansah, nickte Cora wortlos, nahm sich eine Plastikschale und gab ihr ein paar Geldscheine, die noch in ihrer Jacke steckten. Die Chinesin sagte »xiexie!«, danke, das wusste Cora noch von Michael, aber sie schaute etwas erstaunt, schüttelte dann den Kopf, gab ihr bis auf einen

Schein alle wieder zurück und noch einige Münzen. Kostete wohl nicht viel. Stäbchen gab's dazu, sie schlang das Essen gierig hinunter, wusste gar nicht mehr, wann sie das letzte Mal etwas gegessen hatte. Durst hatte sie auch, Wasser wäre fein, oder eine Cola. Sie sah sich um, da kam auch schon ein junger Chinese mit Getränken vorbei, Säfte, Limonade. Sicherheitshalber blieb sie bei Cola, das tat gut, ging schon besser jetzt.

Draußen zog eine eher eintönige Landschaft vorbei, flache Felder, grün, der Himmel grau. Jeder Quadratmeter schien genutzt; bis dicht an das Schienenbett wurde irgendein Gemüse angebaut, Bewässerungskanäle durchzogen die Felder, nirgends Brachland. Dann und wann ein Dorf, oder eine Stadt, jedenfalls Hochhäuser, Kräne, aber auch kleine Weiler, abbruchreife Ziegelhäuser, die Wände mit Schriftzeichen bemalt. Ob das politische Parolen waren oder einfach Graffiti wie zu Hause?

Sie sah auf die Uhr. Zwölf Uhr, noch anderthalb Stunden. Sie sah sich um. Wie es Li Ping jetzt wohl ging? Ob Landmann sich um sie gekümmert hatte? Vielleicht hätte sie das doch selbst machen sollen, immerhin hatte die Chinesin versucht, sie zu warnen. Sie musste auch NIB informieren. Nein, das wollte ja auch der Anwalt machen. Als sie sich etwas vorbeugte, fühlte sie wieder den Kopfschmerz. Aber sie wollte nicht noch eine Tablette nehmen, vielleicht in Shanghai, wenn es nicht besser wurde. Ob man ihr ansah, was sie durchgemacht hatte? Der Waggon war voll besetzt, neben den deutschen Touristen, von welchen einige in ihrem Wagen saßen, alles Chinesen. Niemand achtete auf die Ausländerin. Sie spielten auf ihren iPads, schauten sich Filme an, einige Kids hörten lautstark Musik. Privatsphäre wurde hier wohl nicht so groß geschrieben. Es schien aber auch niemanden zu stören, jedenfalls nicht die anderen Chinesen. Sie tranken Tee, füllten ihre Trinkbecher gelegentlich im Gang neben der Toilette mit heißem Wasser auf, dafür gab es einen extra Wasserhahn. Sie aßen Sandwiches, Obst, spuckten die Melonenkerne auf den Boden. In regelmäßigen Abständen (sicher war auch das genau geregelt) kam die Schaffnerin vorbei und verteilte mit einem feuchten Wischmopp den Dreck ebenso gleichgültig wie gleichmäßig im Wagen. Ein junger Mann trug die Stoffschuhe, die man in guten Hotels bekam, weiß, mit dem Hotellogo aufgedruckt. Witzig. Wollte wohl Eindruck schinden, zeigen, in welchen Hotels er verkehrte.

Schräg vor ihr saßen zwei ältere Chinesen im Unterhemd, die Hosenbeine hochgerollt, und spielten ein Brettspiel. Es sah aus wie Mühle oder Dame, aber die flachen Steine trugen verschiedenfarbige Schriftzeichen auf der Oberseite. Cora sah interessiert herüber; die beiden machten einen sehr konzentrierten Eindruck und sprachen kein Wort. Das Ganze erinnerte sie eher an Schach denn an Mühle. Einer bemerkte schließlich ihren Blick und lächelte freundlich. Er sagte etwas zu ihr, was sie nicht verstand; er wiederholte es. Chess? Hatte er wirklich das englische Wort für Schach benutzt? Sie zeigte auf das Brett und sagte fragend: »Chess? Chinese chess?«

»Yes, chess. You know?«, fragte der Chinese zurück und entblößte eine Reihe schiefer und gelblicher Zähne, als er sie angrinste. »Come!« Er zeigte auf den Platz neben sich. Cora zögerte nicht; sie hatte immer gern mit ihrem Vater Schach gespielt und interessierte sich sehr, wie denn diese chinesische Variante gespielt wurde. Sie erinnerte sich ein wenig wehmütig zurück; die Stunden des Schachspiels waren eine Zeit großer Innigkeit und Vertrautheit mit ihrem Vater gewesen. Er sprach selten dabei; aber wenn, dann waren es gute, wichtige Dinge, die sie ansprachen und nach dem Spiel fortführten. So war Schach für sie für immer mit Vertrautheit, mit dem

Pfeife rauchenden Vater verbunden, der ihr gegenübersaß, sie manchmal prüfend anschaute, manchmal lächelte oder tadelnd den Kopf schüttelte, wenn sie einen Fehler machte. Und dabei seine Lieblingsopern hörte, die jetzt ihre waren. *La Bohème*, *Turandot*, Puccini eben, den liebte er.

Er hatte ihr das Spiel beigebracht, als sie noch ein Kind war; hatte ihr erklärt, es käme aus Indien und sei dann über Persien nach Europa gekommen. Ihr Vater hatte das Schachspiel mit dem Leben verglichen; es gebe immer eine Mischung aus Klugheit und Glück, die das Leben bestimme, aber wie im Schachspiel sei die Klugheit das Entscheidende und besiege letztlich die Unwissenheit. »Weißt du, Cora«, hatte er zu ihr gesagt, »im Leben, wie im Schach, hat man die Freiheit der Wahl zwischen verschiedenen Möglichkeiten. Aber aus jeder Wahl entstehen Konsequenzen, die wiederum die freie Wahl einschränken. Man kann also nur frei handeln, wenn man alle Möglichkeiten kennt. Du musst lernen, dein Leben so zu regeln, dass es mit deinen eigenen Gesetzen übereinstimmt. Freiheit entsteht aus dem Wissen um die Möglichkeiten.« Erst viel später hatte sie verstanden, was er meinte.

Es stellte sich heraus, dass der eine Chinese leidlich Englisch sprach. Mit seinem etwas schiefen Lächeln erklärte er ihr die Regeln. Die waren den ihr bekannten erstaunlich ähnlich, nur gab es keine geschnitzten und somit erkennbaren Figuren wie Pferd oder Turm, sondern eben flache Steine, deren Bedeutung in Schriftzeichen daraufgeschrieben war. Es standen sich auf dem Brett zwei feindliche Heere gegenüber, getrennt durch einen breiten Fluss. Es gab Elefanten, Pferde, Krieger, Kanonen und einen General, den es zu beschützen, beziehungsweise zu besiegen galt. Keine Königin, wie sie sofort anmerkte; spielten denn die Frauen keine Rolle in China? Das führte zu lautem Lachen der Chinesen; doch, auch in China spielten die Frauen eine große Rolle, wie sie beide leidvoll bestätigen könnten. Aber eben nicht im Schach. Cora erinnerte sich, dass ihr Vater ihr erklärt hatte, in Persien habe es auch keine Dame gegeben im Schach, nur Berater der Königs. Und das persische Wort für Berater, *fersan*, war dann in Europa zu *fierge* geworden, *Jungfrau*, und somit war wohl auch die Frau, sprich Königin, in Europa als wichtige Figur eingeführt worden.

Nachdem sie eine Weile zugeschaut hatte, hatte sie das Prinzip verstanden. Das ursprünglich kriegerische Konzept, das sie beim Spiel mit ihrem Vater nie wirklich als solches empfunden hatte, trat hier doch deutlicher in den Vordergrund. Die Heeresaufstellung, der General, die Kriegselefanten, die den Fluss nicht überschreiten konnten – die Aggression war nicht zu leugnen. Man kämpfte um die Vorherrschaft über den Fluss. Dann konnte man den Feind schnell besiegen.

Als sie sich wieder zurück auf ihren Platz setzte, fieberte sie Shanghai entgegen. Sie hatte für NIB eine Aufgabe, eine Pflicht übernommen, und die musste sie jetzt auch zu Ende bringen. Unwillkürlich fasste sie sich an die Stirn; die Schmerzen dahinter ließen nach. Das Schachspiel und den Kampf um den Fluss hatte sie längst vergessen. Schon bald würde sie sich daran erinnern.

»Are you from America?« Der Chinese, der neben ihr saß, hatte sich endlich ein Herz gefasst und sie angesprochen. Wie sich herausstellte, war er Student und hatte gerade begonnen, sich auf ein Auslandsjahr in Amerika vorzubereiten. Jetzt wollte er sein Englisch üben, was lag da näher, als es an einer Ausländerin auszuprobieren? Cora antwortete freundlich, nein, sie sei nicht aus Amerika, sondern aus Deutschland, aber sie spreche natürlich Englisch.

Sie unterhielten sich eine Weile, dann kam Cora eine Idee: »Haben Sie ein Mobiltelefon?«, fragte sie den Chinesen. Dieser lachte. »Natürlich. Jeder hat hier ein Mobiltelefon. Und immer das neueste! Wozu denn?«

»Ich, äh, zeige Ihnen mal, wo ich wohne.« Schnell rief sie eine Seite mit einer Karte Deutschlands auf, zoomte auf den Westerwald und erklärte, sie wohne dort. Ihr Sitznachbar wunderte sich, wie klein Deutschland war. Die Fläche von ganz Rheinland-Pfalz entsprach gerade mal der Fläche der Region Beijing! Cora nutzte die Ablenkung und gab schnell die Adresse ihres Mailproviders ein, vielleicht gab es etwas Wichtiges von NIB? Während sie auf Englisch von ihrer Heimat schwärmte, checkte sie ihre Mails. Beste Verbindung, hier im Zug, durchgehend 3G. Nichts, keine Nachricht von zu Hause. Merkwürdig. Hatte Landmann nicht sofort an NIB schreiben wollen? Dann fiel ihr ein, dass in Deutschland noch Nacht war; es konnte ja noch gar keine Reaktion erfolgt sein.

Sie schloss die Seite und gab das Telefon zurück. »Wir sind sicher bald in Shanghai, nicht wahr? Wie heißt der Bahnhof?«

»Hongqiao, das ist im Westen der Stadt, nahe am Inlandsflughafen. Wo ist denn Ihr Hotel?«

»Hm, mein Hotel, also, wie war noch der Name ... Irgendwo am ›Bund‹, glaube ich. Wie komme ich da hin?«

»Oh«, rief der Chinese, glücklich, so viel Englisch reden zu können, »das ist einfach. Sie können direkt am Bahnhof in die U-Bahn steigen. Wenn Sie wollen, helfe ich Ihnen, eine Fahrkarte zu kaufen. Kostet drei Yuan, nicht teuer. Haben Sie Münzen?«

»Münzen? Ach so, ja, habe ich, kein Problem. Ja, das wäre supernett, wenn Sie mir helfen, das Ticket zu kaufen. Mein Chinesisch ist ja nicht so gut ...«

Der Chinese lächelte freundlich. »Kein Problem. Konfuzius hat schon gesagt: ›Wenn Freunde von weit her kommen, ist das nicht auch eine Freude?‹«

Cora erschloss sich der Zusammenhang nicht so recht; sie war ja kein Freund des Chinesen, und diese Kalendersprüche des Konfuzius konnte sie noch nie leiden. Der hatte ja zu jeder Situation etwas parat! Wer war das überhaupt? »Konfuzius?«, fragte sie, scheinbar interessiert. »Wer war das eigentlich? Hat der nicht eine Religion gegründet?«

»Nein«, lachte ihr Nachbar. »Wir nennen ihn Meister Kong. Hat so vor etwa 2500 Jahren gelebt. Übrigens, er wurde ganz in der Nähe von Qingdao geboren, in der gleichen Provinz. Er hat keine Religion gegründet, wie Jesus oder Mohammed, sondern eher eine Morallehre. Wie ist der ideale Staat aufgebaut, wie verhält man sich idealerweise, wie gehen die Menschen miteinander um. Es geht nicht um Religion, es geht um Verhaltensweisen, Respekt, Tradition. Natürlich ist sehr vieles im Umbruch; die heute Dreißigjährigen haben oft ganz andere Werte als ihre Elterngeneration. Das ist im Ausland sicher auch so, aber die Unterschiede sind hier in China, aufgrund der schnellen sozialen und politischen Umbrüche der letzten Jahrzehnte, viel größer. Wer unter Mao aufwuchs, hat eine völlig andere politische und soziale Erziehung erhalten, seine Werte sind ganz anders. Privateigentum war nicht erlaubt, alles gehörte allen, Mao strebte eine Politik der Gleichschaltung aller an. In Volkskommunen wurden sogar Familien aufgelöst.«

Die Stimme des jungen Mannes hatte sich bis zu einem Flüstern abgeschwächt, aber er sprach weiter, es schien ihn nicht zu kümmern, ob jemand mithörte. »Und heute? Es regiert der Kapitalismus, jeder will Geld verdienen; will es auch zeigen. Wir hatten vor dreißig Jahren bitterste Armut in vielen Landesteilen, da muss man heute zeigen, dass man es geschafft hat. Statussymbole wie große Autos und teure Kleidung und Uhren sind wichtig. Die Chinesen achten heute sehr auf diese Luxussymbole; wer schäbig aussieht, gilt als Verlierer, wird schlecht behandelt. Das ist nicht richtig, finde ich. Es kann doch nicht nur um materielle Werte gehen! Aber für viele ist das so; gerade die jungen Leute sind meist unpolitisch und auch nicht religiös. Nur das Geld zählt. Aber um auf die Frage zurückzukommen, Konfuzius ist wichtig. Seine Lehren macht sich der Staat zunutze, um seine Position zu festigen. Er hat gesagt, dass es Herrscher und Untertanen geben muss, dass die Menschen unterschiedlich sind und dass das richtig ist. Das kann man natürlich gut finden, wenn man selbst gerade Herrscher ist. Aber was er wirklich gesagt hat, wissen wir nicht; die ihm zugeschriebenen Bücher sind ja nicht von ihm geschrieben, sondern nur von seinen Schülern. Deswegen wurde er immer so ausgelegt, wie es den Herrschern gerade passte. Auch die alten konfuzianischen Tugenden wie Höflichkeit, Respekt gegenüber den Älteren und vor allem den eigenen Eltern, gibt es so heute oft nicht mehr.« Er schwieg nachdenklich und blickte aus dem Fenster.

Cora war tief beeindruckt. Das hatte sie nicht gewusst, und dass ein junger Mann sich solche Gedanken machte, imponierte ihr sehr. Interessant war das ja doch, vielleicht hätte sie sich früher mal damit beschäftigen sollen. Von kultureller Vorbereitung hatte sie leider nicht viel gehalten, Geschäft ist schließlich Geschäft. Die Sprache des Geldes verstanden die Chinesen ja inzwischen gut; das war bekannt. Da war es wohl egal, ob man die Visitenkarte mit einer Hand oder mit zwei Händen überreichte. Und die Sitzordnung beim Bankett würde sicher nicht über den Geschäftserfolg entscheiden. Aber wenn sie das jetzt hörte, woran Chinesen glaubten und welche Werte sie hatten, dann wäre es vielleicht doch ganz spannend gewesen, das vorher zu wissen.

Ihr Sitznachbar hatte den Faden unterdessen wiederaufgenommen, aber sie hörte nicht mehr zu, ihre Gedanken schweiften ab. Durch das Fenster auf der anderen Seite des Ganges konnte man sehen, wie sich die Landschaft verändert hatte. Die ewigen Felder waren einer dichten Bebauung gewichen, Haus stand an Haus, Dorf an Dorf. Sie waren sicher noch 30 Minuten von Shanghai entfernt, der Zug fuhr noch immer mit über 200 Stundenkilometern, aber schon jetzt hatte man das Gefühl, sich einer Großstadt zu nähern. Und diese Baukräne! Unglaublich, ein Wald von Kränen. Vielleicht wäre das noch eine Marktlücke, Kräne in China verkaufen ... den Bauern schien es gut zu gehen. Zweistöckige Wohnhäuser mit kleinem Vorgarten und einem Audi vor der Tür waren keine Seltenheit. Wer etwas auf sich hielt, fuhr keinen VW Passat mehr. Dass die sich das leisten konnten! Nun gewannen die Häuser auch an Höhe, die ersten fünf- oder zehnstöckigen Hochhäuser kamen in Sicht. So hatte sie sich das ländliche China nicht vorgestellt. Bei aller Kritik an China musste man doch Leistung anerkennen.

Es konnte nicht mehr weit sein, die Chinesen um sie herum wurden unruhig. Die ersten begannen ihr Gepäck aus dem Ablagefach zu zerren und den Gang zu verstopfen. Alles begleitet von lautem Lachen, Rufen, Telefonieren, Melonenkerne auf den Boden spucken, Kinder ermahnen, Tee schlürfen. Sie konnte sich nicht recht entscheiden, ob sie genervt war von dem Chaos und dem Krach, oder es doch eigentlich liebenswert fand, diese Lebendigkeit und Unbekümmertheit der Menschen. So hatte sie sich jedenfalls Leben unter einer Diktatur nicht vorgestellt! Irgendwie war dieses Land völlig anders, als sie es erwartet hatte, aber was hatte sie denn erwartet? Hatte sie sich vorbereitet? Nein. Etwas gelesen, gegoogelt? Nein, nicht wirklich. Nur Klischees im Kopf gehabt, China als eher rückständig gesehen, blaue Ameisen, die alles kopierten, ein Entwicklungsland, das durch Fleiß und Plagiate an die Weltspitze kommen wollte. Weltspitze! Ein Witz, hatte sie gedacht; die sollten erst mal lernen, selbst zu denken und nicht nur zu kopieren. Aber wenn sie jetzt diese Züge sah, die Technologie, Chinesen, die mit dem neuesten Smartphone und iPad Filme schauten – während der Fahrt! Wo ging denn das in Deutschland? Im ICE sicher nicht. Dann kam sie doch ins Grübeln. Vielleicht war Deutschland gar nicht so überlegen, wie man sich das vorstellte? Wie sie sich das ja auch immer gedacht hatte? Sicher, Kläranlagen konnten die Chinesen nicht so gut bauen, aber das war ja wohl nur eine Frage der Zeit. Die Lernkurve schien hier ziemlich steil zu verlaufen, die Chinesen lernten schnell. Aber die Fröhlichkeit der Menschen, die Unbekümmertheit, nichts von Angst, von bedrückten Gesichtern – litten die denn gar nicht unter der Diktatur? Das musste sie unbedingt noch mal nachfragen, das interessierte sie.

Shanghai! Endlich. Ob man sie verfolgte? Bis nach Shanghai, gar bis nach Tibet? Ob sie gefährlich war für die, die sie beinahe aufgedeckt hätte? Im Zug war ihr nichts aufgefallen. In Qingdao hatte sie nie das Gefühl von Gefahr gehabt, aber das hatte sie offensichtlich unterschätzt. Ob sie in Shanghai sicher war? Vorhin hatte sie das ihren Sitznachbarn gefragt, und er hatte nur gelacht. China sei das sicherste Land der Welt, hatte er behauptet. Sie könne völlig unbesorgt mit der U-Bahn fahren, mit dem Taxi, auch laufen. Auch nachts. Überall sei Polizei, man sehe sie nur meist nicht. »In Zivil, Sie verstehen schon«, hatte er gesagt. Das war für sie nicht so beruhigend, wie er dachte.

Der Zug fuhr fast geräuschlos in den Bahnhof ein. Das Wort Bahnhof schien Cora unzureichend; das Gebäude erinnerte an ein Flughafenterminal. Sie wunderte sich, dass der Bahnsteig so leer war, erfuhr dann aber von ihrem redseligen Freund, dass zunächst alle aussteigen mussten; erst dann wurden die neuen Passagiere auf den Bahnsteig gelassen.

Cora verabschiedete sich von ihrem chinesischen Englischschüler und lief über den Bahnsteig, dem Ausgang zu. Schwarzhaarige Köpfe, wohin sie schaute; wieder wunderte sie sich: Gab es eigentlich keine alten Menschen? Wo waren die alle? Hunderte Passagiere wuselten mit meist überdimensioniertem Gepäck über die Treppen, alles rief und drängelte und telefonierte gleichzeitig. Cora erreichte eine elektronische Sperre, wo sie ihre Fahrkarte wie in der U-Bahn einführen musste, damit die Sperre den Ausgang freigab. Dann ließ sie sich von den Menschenmassen auf den Bahnhofsvorplatz treiben.

Wohin? U-Bahn, richtig. Sie folgte dem roten Metrozeichen und stand vor einem verwirrenden U-Bahn-Plan. Alles zweisprachig, aber sie fühlte sich doch etwas überfordert. Was tun? Ihr suchender Blick fiel auf einen Pfeil mit der Aufschrift »Taxi«. Genau. Das war doch besser. So teuer war das nicht in China, das hatte sie schon in Qingdao gemerkt. Am Taxistand war auch wieder alles bestens sortiert; sie folgte der Warteschlange, und als sie an der Reihe war, fragte ein chinesischer Uniformierter sie etwas, vermutlich wollte er ihr Fahrtziel wissen. Sie hielt ihm ihr Handy hin, auf welchem Landmann einen Screenshot ihres Hotels in Shanghai gespeichert hatte; das war ihr eben noch eingefallen. Er deutete auf ein Taxi, das gerade vorfuhr. Der Fahrer machte sich nicht die Mühe, auszusteigen, sondern blieb entspannt sitzen und rauchte weiter.

Sie stieg ein, zeigte ihm ihr Handy, er nickte und fuhr los. Schnell erreichten sie eine Hochstraße, die wiederum zwei weitere Hochstraßen kreuzte, sich auf eine vierte Ebene hinaufwand und dann in einem weiten Bogen Richtung Innenstadt fuhr. Vier Straßen übereinander! Der Verkehr war dicht, aber nicht chaotisch; die Hochhäuser links und rechts der Straße schienen bis zum Horizont zu reichen. Unglaublich, so etwas hatte sie noch nicht gesehen, aber eigentlich auch nicht erwartet. Ein Meer von Häusern, praktisch kein Grün zu sehen, hier und da kleine, zweistöckige Bauten, die sich zwischen die hoch aufragenden Nachbarbauten duckten, teils auch schon zum Abriss bestimmt schienen. Der graue Himmel passte zu dem bedrückenden, auch erdrückenden Bild, das diese Stadt auf den ersten Blick abgab.

Schließlich bog der Fahrer von der Hochstraße ab, und sie fuhren wieder ebenerdig durch die Stadt, immer noch in derselben Richtung. Seit 45 Minuten immer Richtung Osten, wenn sie das richtig sah. Dann ging es unter einer Brücke hindurch, links, dann bog er auf der rechten Seite in eine Auffahrt vor ein Hotel ein, das hoch in den Himmel aufragte. Der Wagen hielt, sogleich wurde ihre Tür von einem Portier geöffnet. Sie bezahlte die angezeigte Summe in bar, der Fahrer riss einen ausgedruckten Zettel von seinem Taxameter ab und reichte ihn kommentarlos nach hinten. Trinkgeld war in China nicht üblich, hatte man ihr gesagt, daher nahm sie das Wechselgeld und stieg aus. Durch eine Drehtür betrat sie die riesige Hotellobby. Der Portier, der ihren Koffer trug, wies den Weg zur Rezeption. Sie checkte ein und nahm den Fahrstuhl auf ihr Zimmer im 26. Stock. Den Gang entlang, da war es. Sie steckte die elektronische Zimmerkarte in den Schlitz an der Tür und betrat ihr Zimmer. Der Portier stellte ihren Koffer ab und verschwand; auch er erwartete kein Trinkgeld. Sehr gut. Erschöpft ließ sie sich auf das Bett fallen.

Die Kameras in der Lobby, die jeden Besucher aufzeichneten, hatte sie nicht gesehen. Auch nicht die im Aufzug. Und die im Gang zu ihrem Zimmer, die jeden ihrer Schritte beobachtet hatte, sah sie ebenfalls nicht.

9. KAPITEL

Nachdenklich blickte er aus dem Fenster. Es regnete wieder; Beijing und Smog und Regen waren wirklich eine unerträgliche Kombination. Sehnsüchtig dachte er an seine Heimat im Südosten Chinas, die Provinz Fujian. Teeplantagen, fantastische Felsformationen, die Strände von Xiamen ... bald. Tee aus Fujian war der beste, da konnten die Kollegen aus Hangzhou sagen, was sie wollten. Ihm lief das Wasser im Munde zusammen, als er sich vorstellte, jetzt vorsichtig die Teeblätter seines Lieblingstees Da Hong Pao aus der roten Packung zu nehmen, sie vorsichtig in eine Tasse zu geben, natürlich hauchdünnes Porzellan, das aus Jingdezhen war noch immer das beste, dann das heiße Wasser darüberzugießen. Es musste gekocht haben, dann aber wieder leicht abgekühlt sein. Genau richtig. So, jetzt kurz warten, nicht zu lange, dann den ersten Aufguss gleich wegschütten. Zu bitter, ungenießbar. Dann erneut Wasser darüber, so, jetzt war es perfekt. Fünf-, sechsmal konnte man das machen, manche sagten, der achte Aufguss sei der beste ... Das war doch etwas anderes als das, was er im Ausland als Tee serviert bekam! Teebeutel! Und dann wussten die meisten gar nicht, dass der Tee aus China kam. Sogar das Wort hatten sie übernommen, *cha* im Chinesischen, *Çay* sagten sie in der Türkei, *Chai* in Indien. Und in Amerika? *Tea* nannten sie das, was da in die Tasse kam, eine Schande. Das Wort stammte sogar aus seiner Heimatprovinz, Fujian, im lokalen Dialekt sprach man von *te*. Daraus hatten die Briten dann *tea* gemacht. Aber nichts schmeckte so wie zu Hause! Gut, dass er sich regelmäßig mit Tee aus seinem Heimatdorf in den Wuyi-Bergen im Nordwesten der Provinz versorgte. Seine Frau schickte ihm immer Nachschub; sie war in Fujian geblieben, er hatte sowieso keine Zeit, war immer auf Reisen und selten in seinem Apartment hier in Beijing. Noch zwei Jahre, dann würde er in den wohlverdienten Ruhestand gehen und in seiner Villa in Xiamen leben, Blick aufs Meer; die Insel Gulangyu war herrlich.

Durch die Regentropfen, die fast waagerecht auf seine Fenster zu prasseln schienen, entzifferte er ein Straßenschild. Dritter Ring rechts abbiegen, stand da. Er kam gerade vom Flughafen, ganz im Nordosten der Hauptstadt, sechs Ringe führten um die Stadt, den dritten hatte er also nach 30 Minuten Fahrt schon erreicht. Heute war der Smog besonders schlimm, die Grenzwerte waren sicher wieder um ein Vielfaches überschritten. Er sah schon gar nicht mehr auf seine App. Man konnte die gegenüberliegende Straßenseite kaum erkennen. Die Menschen trugen wieder Mundschutz, er nicht, als Parteikader wäre das unmöglich gewesen. Es nützte ohnehin nichts. Die Feinstaubbelastung war exorbitant, das wusste jeder. Auch ihm tränten oft die Augen, er hustete viel mehr als früher; er genoss jeden Besuch in Fujian auch, um endlich wieder durchzuatmen. Aber Nordchina war nun einmal durch die industrielle Entwicklung schwer belastet; es war ja nicht so, dass die Regierung das ignorierte. Man hatte Regelungen eingeführt, wer wann mit seinem PKW fahren durfte; man hatte die zulässigen Abgaswerte ständig gesenkt und würde das auch weiter tun. Man schloss die schlimmsten Fabriken, verhängte Strafen bei Nichtbeachtung der Vorschriften. Aber das reichte nicht aus. Jeder wollte Auto fahren, und natürlich die großen Luxuslimousinen, die Statussymbole.

Während sein Fahrer laut schimpfte, weil sich eine dieser Luxuslimousinen einfach vor ihn drängelte, die Vorfahrt war bei diesen Marken wohl eingebaut, musste Jiang Jianguo bei dem Gedanken an seinen Ruhestand unwillkürlich lächeln. Noch zwei Jahre Beijing. Sicher, als hoher Parteikader ging es ihm prächtig, aller Luxus war möglich, alle Privilegien, die sich das Volk nicht vorstellen konnte. Er hatte es weit gebracht. Eigentlich unvorstellbar weit, bedachte man, was seine Generation erlebt und erlitten hatte!

In unruhigen Zeiten geboren, in den 50er Jahren, als die Kampagnen des Großen Vorsitzenden Mao Zedong China erschütterten. 1949 hatte dieser die Volksrepublik China ausgerufen, in Beijing, auf dem Tor am Eingang zur Verbotenen Stadt, dem alten Winterpalast der Kaiser, stehend. Damit waren dreißig Jahre des Bürgerkrieges beendet, die auf den Sturz der Mandschu-Dynastie 1911 gefolgt waren. Dreißig Jahre Chaos, Krieg der Kommunisten gegen die Nationalisten, auch die Japaner waren wieder in China eingefallen, unvorstellbares Leid – und dann endlich Frieden. Oder so dachte man. Unter Mao folgte eine Massenbewegung auf die nächste; die Hundert-Blumen-Bewegung, der Große Sprung nach vorn – letztlich waren alle diese Versuche Maos, China wirtschaftlich und sozialistisch zugleich nach vorne zu bringen, kläglich gescheitert. Nicht, ohne Millionen Menschen das Leben zu kosten, aber das war wohl unvermeidlich gewesen. Die Revolution ist keine Häkelstunde oder so ähnlich; wie hatten sie alle in den 60er-Jahren, während der Großen Proletarischen Kulturrevolution, begeistert Maos rotes Büchlein geschwungen! Mao war unfehlbar, das wussten sie damals, der Große Vorsitzende, die rote Sonne in ihren Herzen, würde sie in eine glorreiche sozialistische Zukunft führen. Dazu musste eben die Kultur zerstört werden, die alte, bourgeoise. Tempel, Kirchen, Bibliotheken, alles wurde niedergebrannt; Hochschulen geschlossen, Bücher verbrannt, Lehrer hinaus auf das Land verschickt, von den Bauern lernen. Kinder zeigten ihre Eltern an, wenn sie nicht dem neuen, dem roten Gedankengut folgten.

Er, Jiang Jianguo, war auch mitmarschiert, über die schlammigen Bergpfade seiner Heimat, durch Täler hinab in die nächste größere Stadt, schließlich, unglaublich, mit dem Zug nach Beijing! Welch ein Erlebnis! Der Vorsitzende brauchte sie alle, brauchte auch ihn, er war dabei, sie alle das erste Mal im Leben in einem Zug, sahen ihr Land, ihre Heimat, das wunderschöne China, Tausende Jahre Tradition und Werte, und jetzt kämpften sie für ihn, Mao, er, ein Junge noch, aber stolz, von Mao gebraucht zu werden! Hatte er nicht darauf geachtet, was die Nachbarn taten? Seinen eigenen Vater denunziert, als dieser versuchte, sich den neuen Gedanken zu widersetzen? Professor war sein Vater gewesen, eine »stinkende Nummer Neun«, so nannte man diese uneinsichtigen, ewig widerspenstigen konterrevolutionären Elemente. Man hatte seinen Vater durch die Straßen gezerrt, ihn angespuckt, ihn zusammengeschlagen. Und er, Jiang, hatte am Straßenrand gestanden und gedacht: Das habe ich gut gemacht. Mao wird stolz auf mich sein. Die roten, verweinten Augen seiner Mutter hatte er nicht beachtet. Sie hatte meist geschwiegen, sich völlig zurückgezogen. Als dann alles vorbei war, nach über zehn Jahren des Chaos, der Revolution, des Bürgerkrieges, fand er sich auf dem Land wieder, irgendwo im Nordosten, auf den eisigen, windumtosten Feldern nahe der koreanischen Grenze. Es war so kalt gewesen. Immer nur kalt. Als Sohn eines Konterrevolutionärs hatte man ihn dorthin gesandt, Umerziehung durch Arbeit, lernt von den Bauern, hieß es. Drei Jahre lang hatte er dort gearbeitet, früh bis spät, kaum zu essen, keine warme Kleidung zum Schutz gegen die eisige Kälte.

Aber er war zäh, hatte nicht aufgegeben wie so viele, hatte durchgehalten. 1976 war Mao gestorben, drei Jahre später durfte er zurück in seine Heimat, das südliche Fujian, gegenüber von Taiwan gelegen. Er arbeitete zunächst in einer Chemiefabrik, dann ging er auf die Universität, Chemie, machte seinen Abschluss, wieder Arbeit in einer Chemiefabrik, das brauchte China zum Aufbau, das Land musste doch aufsteigen. Zur Weltspitze. Deng Xiaoping hieß nun der Premierminister, verkündete Chinas Aufbruch, plötzlich war es gut, Geld zu verdienen, »to be rich is glorious« hieß es nun, und letztlich, so Deng, war es doch egal, ob die Katze nun schwarz oder weiß war, Hauptsache, sie fing Mäuse. Soll heißen, Kapitalismus, Sozialismus – egal, Hauptsache, China ging voran. Vergessen die Repressalien gegen Intellektuelle, nun brauchte man sie ja, vergessen die Volkskommunen, das Verdammen des Privatbesitzes, alles drehte sich, alles, was falsch gewesen war, war nun richtig. Wieder mussten sie alles vergessen, was sie vorher als richtig gelernt hatten, und dem neuen Geist folgen. Und die Chinesen machten mit, begeistert, losgelassen, endlich durften sie Handel treiben, arbeiten, Geld verdienen! Was war daran falsch? Wenn er nun aus dem Fenster sah, sie waren schon am zweiten Ring, immer noch Stau, sah er Luxuskarossen, Hochhäuser, edle Hotels, teure Restaurants – das alles hatten sie erschaffen, sie, die Chinesen, in nur 30 Jahren von einem der rückständigsten Länder der Welt zur Nummer zwei hinter den USA! Oder waren sie schon Nummer eins? War das etwa nichts?

Darauf waren sie stolz, sie alle, kein Chinese wollte das Rad zurückdrehen und wieder nach Maos Doktrinen leben. Und wem verdankten sie all das? War es nicht die Kommunistische Partei gewesen, die das Land zusammengehalten hatte und noch immer zusammenhielt? In einer Demokratie wäre das nie möglich gewesen; eine Milliarde Menschen, und jeder macht, was er will? Undenkbar. Nein, China brauchte die Zentralgewalt, die KP, und er war stolz, ein Teil davon zu sein. Die Partei war wie Gott, hieß es halb spöttisch, halb ehrfürchtig. Man sah sie nicht, aber sie war überall. Früh war er in die Partei eingetreten, das schaffte gute Beziehungen, sein Aufstieg ging flott voran, Fabrikleiter, dann Parteifunktionär, Parteisekretär der Provinz, nun in Beijing im Umweltministerium an wichtiger Schaltstelle. Seine Chemiekenntnisse waren es, die ihn hierhergebracht hatten, China brauchte Fachleute, keine politischen Kader.

Sein Mobiltelefon klingelte. Er drückte den Anrufer nach einem kurzen Blick auf das Display weg. Das konnte warten. Das war der Vorteil, war man einmal oben in der Nomenklatur. Privilegien. Nicht zu viel; die Antikorruptionskampagne des neuen Generalsekretärs konnte er durchaus nachvollziehen. Das hatte einfach überhandgenommen, die Korruption schadete dem Land zusehends. Gut, dass da mal einer aufräumte. Natürlich, Angst hatten sie alle. Man konnte ja nie wissen, wer als Nächster dran war. Jeder hatte ein paar Leichen im Keller; anders kam man nicht in so eine Position. Aber er verstand, dass China so nicht weiterkam. Er hatte sich nach oben gearbeitet, hart, wie er es in der Verbannung aufs Land gelernt hatte. Seine Frau, auch Chemieingenieurin, hatte er in Fujian in der Fabrik kennengelernt, die er damals leitete; auch sie war durch die Wirren der Kulturrevolution in ungewollte Bahnen gespült worden. Eigentlich interessierte sie sich für Literatur, Poesie; die chinesische Literatur hatte unglaublich schöne Gedichte hervorgebracht, eine hohe Kunst, zu einer Zeit, als in Europa noch das finstere Mittelalter herrschte, die Schriftzeichen mit ihrer vielfältigen Interpretationsvielfalt ließen da viel Kreatives zu. Aber dann hieß es Anfang der 80er-Jahre, sie habe die Chance, nach Deutschland zu gehen, zum Studium, aber Chemie müsse es sein. China brauchte eben Fachleute, keine Literaten. Also Färbemittel statt Faust, Reagenzgläser statt Rilke. Die Alternativen waren klar: Deutschland und Chemiestudium und Karriere, oder ablehnen, in China bleiben, nie wieder gefragt werden. Vielleicht nie im Ausland studieren können. Keine wirkliche Alternative.

Er vermisste Fujian, seine Frau, seine Tochter. Seine Tochter, sein ganzer Stolz. So hübsch! Sie hatte studiert, war zur Geburt ihres ersten Kindes vor Kurzem nach China zurückgekehrt. Natürlich war sie in Yale gewesen, dafür hatte er gesorgt. Mein Gott, welche Möglichkeiten die Kinder heute hatten. Und sie nahmen es als selbstverständlich hin; niemand wollte die alten Geschichten hören. Wenn er manchmal, wenn sie sich sahen, erzählte, wie es ihm ergangen war, was er hatte erleiden müssen, sie hörte gar nicht richtig zu. Das war eine andere Welt. Nur dreißig, vierzig Jahre, aber eine völlig andere Welt. Klar, sie bemitleidete ihn, vor allem wegen seines Vaters ... darüber konnte er noch immer nicht sprechen. All seinen Altersgenossen ging das so. Wer half ihnen? Niemand hörte zu. Niemand arbeitete das auf. Die Zeiten Maos waren vorbei. Punkt. Jetzt schaut nach vorn! China war zur Weltmacht geworden, niemand interessierte sich für die Vergangenheit. Eine ganze therapiebedürftige Generation ohne Therapie.

Also verdrängte man und sah zu, dass man seinem Kind das Bestmögliche mitgab, was an Ausbildung zu kaufen war. Sie hatte Literatur studiert, den Traum der Mutter verwirklicht; sobald das Baby alt genug war, würde sie hier an einer angesehenen Universität sicher bald Professorin werden. Er wollte nicht, dass sie sich dem Politikbetrieb aussetzen musste, wie er es tat. Gefährlich, anstrengend. Universität war gut, da war sie sicher. Sie war gerade zu Besuch in Beijing, um ihm seine Enkelin zu zeigen, seine über alles geliebte Enkelin! Fünf Monate war sie alt. Großvater! Unglaublich, wie schnell die Zeit verging. Schon wieder das Telefon! Ärgerlich. Waren sie nicht ohnehin bald da?

Sein Fahrer bog schon in die Chang'an Avenue ein, die breite Allee, die zum Tian'anmen führte, dem Platz des Himmlischen Friedens, und dann waren sie schon in Zhongnanhai, dem Sitz der Regierung. Dem Allerheiligsten. Sein eigenes Ministerium lag nicht hier, etwas Entfernung zum Machtzentrum war ganz gut. Aber er hatte einen Termin, beim Premierminister, wie so oft in letzter Zeit. Die Umweltthematik wurde drängender, es gab Unruhen wegen der Luftverschmutzung, es gab Bauern, die gegen geplante Staudämme rebellierten, es gab Lebensmittelskandale ... Es gab so vieles! Gut, dass man hart durchgreifen konnte, gut, dass man nicht in einer Demokratie lebte! Wie hätte man das Land im Griff haben sollen? Man sah ja, wozu das in den westlichen Demokratien führte. Unruhen, Aufstände, Streiks – so konnte ein Land nicht vorankommen. Er konnte es nicht allen recht machen, das war schon bei Mao so gewesen. Zum Wohl des gesamten Landes, des Volkes, mussten eben manche störenden Elemente entfernt werden. Wie auch immer. Und was im Arabischen Frühling geschehen war, würde hier nie passieren. Es gab ja nicht wie in Arabien nur eine dünne, sehr reiche Oberschicht und das Volk blieb arm. In China konnte jeder am Aufschwung des Landes partizipieren, jeder konnte reich werden. Eine völlig andere Konstellation.

Nein, das war klar: 1,3 Milliarden Menschen konnte man nicht demokratisch führen. Oder sollte etwa Indien das Vorbild sein? Indien? Millionen von Menschen, die verhungerten? Mit all ihren Menschenrechten, wie sie das nannten? War Essen denn kein Menschenrecht? Und in China verhungerte niemand. Nicht ein einziger Chinese. Jeder hatte etwas anzuziehen, ein Dach über dem Kopf. Nein, da war er sich sicher: China war auf dem richtigen Weg. Und er war Teil dieses Systems, und er war stolz darauf. Die Welt wusste wieder, wie stark China war. Und es würde noch stärker werden. Zu Recht. Und er leistete seinen Teil dazu. Nicht umsonst hieß er Jianguo mit Vornamen, »das Land aufbauen«. Und dann sein Familienname. Jiang. Das Zeichen bedeutete so viel wie Fluss, sprach sich aber auch wie das Wort für General. Und so sah er sich auch. Der General, mit all der Bedeutung, die dieser hatte, so wie im Schachspiel. Die wichtigste Figur. Die um den Fluss kämpfte.

So, da waren sie endlich. Die Wachen salutierten; sie sahen das Kennzeichen und wussten, wen sie da vor sich hatten. Sein Fahrer passierte das Tor, und Jiang Jianguo zupfte seine Krawatte zurecht. Jetzt also zum Premierminister. Dem zweitwichtigsten Mann Chinas. Er war gut vorbereitet. Sonst wäre er nicht so weit gekommen. Und er war mit sich im Reinen. Alles war gut. Es gab Probleme, ja, massive sogar. Aber er wusste die Staatsmacht auf seiner Seite. Er war die Staatsmacht. Er hatte die Situation im Griff.

»Papa, bist du da?« Ihre Stimme am Telefon klang anders, unruhig, angespannt. Jiang, der an seinem Schreibtisch saß und Akten durcharbeitete, wurde augenblicklich von einer inneren Unruhe erfasst. Was war los? So kannte er seine Tochter nicht, sie war immer fröhlich, ein Wirbelwind, hüpfte unbekümmert durch das Leben und steckte alle mit ihrem Charme an. So war sie als Kind schon gewesen, wenn er mit ihr in Xiamen am

Strand entlangrannte, sie vorneweg, »fang mich doch!«, er hinterher, kurze Momente des Glücks, wie er sie sich in seinem ersten Leben, wie er die Zeit unter Mao nannte, nicht mehr hatte vorstellen können.

»Ja, Lianhua, was gibt's? Alles in Ordnung?«

»Nein, Papa, komm schnell, ich habe so Angst, Lihua, sie ... es geht ihr so schlecht, die Ärzte wissen auch nicht, also, ich weiß nicht ...« Ihre Stimme schien zu versagen, ging in ein Schluchzen über.

»Aber, was ist denn? Wo bist du?« Was war denn los mit seinem Sonnenschein? Hatte ihr jemand etwas angetan? Ohne das Handy vom Ohr zu nehmen, drückte er ein paar Tasten auf seinem Tischtelefon und rief so seinen Fahrer unten ans Haupttor.

»Papa, ich war mit Lihua zu Hause, wir haben gegessen und getrunken, wie immer, und plötzlich, da war sie so komisch und hat nur noch geweint, und dann waren ihre Lippen so blau, und ihre Hände, auch die Haut so komisch, und ich hatte so Angst und bin sofort mit ihr in die Klinik gegangen, ja, und jetzt sagen sie, wir müssen hierbleiben, die Werte sind irgendwie nicht okay, und ich verstehe das alles nicht, was soll ich denn tun, Papa, kannst du kommen?« Jetzt weinte sie nur noch.

»Ich bin unterwegs. Xiehe Krankenhaus, nicht wahr? Warte dort. Und keine Sorge, ich kümmere mich um alles!«

Als sein Fahrer ihn, so schnell der Feierabendverkehr es zuließ, durch die Straßen Beijings fuhr, merkte er erst, wie nervös er war. Ich kümmere mich, hatte er gesagt. Ja, das sagte er eben immer, wenn es Probleme gab. Er konnte ja auch alles regeln. Politisch jedenfalls. Demonstrationen stoppen, Flüsse umleiten, Luftverschmutzungswerte verändern, damit es nicht so gefährlich wirkte, unliebsame Kader in eine entfernte Provinz strafversetzen – alles kein Problem. Aber seiner Tochter in der Klinik helfen? Was sollte er denn tun? Den Arzt verhaften und ins Arbeitslager schicken? Das half wohl nicht. Verdammt, wieso ging denn das nicht weiter? Die ganze Straße vor ihm schien ein einziger Stau zu sein. Da, ein Verkehrspolizist, der gelangweilt versuchte, den Eindruck von Geschäftigkeit zu erwecken, aber längst vor dem Ansturm von Fahrzeugen kapituliert hatte. Wegen der hohen Feinstaubwerte durften die Autos in Beijing nur an bestimmten Tagen fahren, je nach Kennzeichen. Sehr sinnvoll, aber bei Weitem nicht ausreichend. Außerdem gab es jede Menge Ausnahmen, ihn selbst eingeschlossen. Als hoher Parteifunktionär durfte er immer fahren. Und es schien sehr viel hohe Funktionäre zu geben. Jedenfalls kam er so nicht weiter. Er winkte den Polizisten auf einem Motorrad herbei.

»Genosse, ich muss sofort ins Xiehe Krankenhaus. Machen Sie den Weg für mich frei. Meinetwegen über den Bürgersteig!«

Mit einem raschen Blick auf das Kennzeichen setzte sich der Polizist in Bewegung. Er fuhr einfach auf den Bürgersteig, schaltete die Sirene ein und gab Gas. Alles spritzte auseinander, zwei alte Männer wurden beiseite gestoßen, ein Kind gerade noch in einen Hauseingang gezerrt. Jiang ließ seinen Fahrer folgen. Ganz gut, dass er nicht so ein großes Auto fuhr, das wär eng geworden. So überholte er einen Teil des Staus und bog dann, noch immer auf dem Gehweg, in eine Seitenstraße ein, immer dem Motorrad hinterher. Niemand hätte es gewagt, der Staatsgewalt entgegenzutreten. Natürlich schimpften alle, aber das war ihm egal. Gott sei Dank war es nicht weit. Sein Wagen hielt direkt vor dem Haupteingang des Krankenhauses, er stieß die Tür auf und rannte hinein.

»Ich suche meine Tochter, Jiang Lianhua. Wo ist sie?«

Die Mitarbeiterin an der Rezeption sah ihn ausdruckslos an. »Nehmen Sie Platz, ich rufe Sie dann auf.« Schon war sie wieder mit ihrem Handy beschäftigt. Da war sie allerdings an den Falschen geraten.

»Sie sagen mir sofort, wo meine Tochter ist, oder Sie machen morgen Dienst in der Wüste Gobi«, schrie er sie an. Sie zuckte zusammen. Wer so auftrat, besaß bestimmt eine Berechtigung dazu. Die chinesische Angst vor der Obrigkeit saß tief.

»Ja, natürlich. Jiang, sagten Sie? Warten Sie ... hier, Lihua, das muss sie sein, dritter Stock, Kardiologische Abteilung.«

»Kardiologische ...« Er wollte gerade einen erneuten Ausbruch starten, merkte dann aber, dass es keinen Sinn hatte. Den Gang entlang, dann drückte er auf den Aufzugknopf. Wieso dauerte das so lange? Gab es keine besonderen Aufzüge für hohe Funktionäre? Konnten die anderen nicht laufen? Endlich, der Aufzug. Als er im dritten Stock ausstieg, umgab ihn eine ungewöhnliche Ruhe. Keine Hektik, kein lautes Rufen, keine rennenden Ärzte. Dazu gab es auf dieser Station ja auch keinen Grund. Aber was machte seine Tochter denn hier? War sie versehentlich auf der falschen Station gelandet? Na das würde Konsequenzen haben, wer hatte das zu verantworten, er würde ...

»Ja, bitte, was kann ich für Sie tun?« Die freundlich dreinblickende Schwester beruhigte ihn etwas.

»Jiang mein Name, meine Tochter Jiang Lianhua ist hier, können Sie mir sagen, wo sie ist? Warum ist sie hier? Was ist los?«

»Kommen Sie mit, Herr Jiang, ich bringe Sie zu Ihrer Tochter. Ich schicke auch einen Arzt zu Ihnen.«

Als er das Krankenzimmer betrat, sprang seine Tochter auf und fiel ihm weinend um den Hals. Er hielt sie fest und streichelte ihre Haare, hielt sie fest, um sie zu trösten. Aber er fühlte sich hilflos. Was war denn los? Wo war seine Enkelin? Das kleine Bettchen in dem Zimmer war leer.

10. KAPITEL

Cora verließ die U-Bahn an der Station Shanghai Library und lief, der Karte auf ihrem Handy folgend, die Huaihai Middle Road nach Westen, eine breite, von Platanen gesäumte Einkaufsstraße. Im Hotel hatte sie beschlossen, die U-Bahn zu nehmen, statt wieder mit dem Taxi im Stau zu stehen. Sie hatte sich den ganzen Nachmittag ausgeruht, war dann sogar noch auf dem Laufband im Fitnessraum des Hotels gewesen; das brauchte sie einfach nach der langen Zugfahrt. Der Portier hatte ihr erklärt, wie sie mit der Metro zum Konsulat fahren konnte. Die nächste Station war nicht weit entfernt vom Hotel, der Fahrkartenautomat war auf Englisch zu bedienen, und da sie den Namen der Haltestelle wusste, wo sie aussteigen musste, hatte sie diesmal das System schnell begriffen. Nur drei Yuan kostete das Ticket! Als sie die Straße entlangschlenderte, die unglaublich voll von Menschen war, registrierte sie die teuren Boutiquen, in denen sich die chinesischen Kunden drängten. Hier wurde wirklich eingekauft, nicht nur geschaut, und alles, was international im Luxussegment Rang und Namen hatte, war angemessen vertreten. Nach wenigen Metern bog sie nach rechts ab und dann wieder rechts. Yongfu Lu, stand da, das war es. Langsam ging sie die Straße entlang, die zwar eng war, kaum passten zwei Fahrzeuge aneinander vorbei, aber ebenfalls von altem Baumbestand gesäumt. Das deutsche Konsulat befand sich auf der rechten Seite, Nummer 151, eine wunderschöne alte Villa, wie sie hier, in der ehemaligen französischen Konzession Shanghais, überall erbaut worden waren. Die Einfahrt war weit geöffnet; neben den bewaffneten Soldaten zum Schutz der diplomatischen Einrichtung, die sich aber sehr dezent im Hintergrund hielten, stand eine freundlich lächelnde, junge Deutsche und begrüßte sie. »Guten Abend, schön, dass Sie da sind! Ihr Name bitte?« Sie hakte den Namen Cora Remy auf ihrer Liste ab und wies den Weg durch die Einfahrt, eine kleine Treppe zum Eingang hoch.

Neugierig betrat Cora das Konsulat. Sie war ja eigentlich nur hier, weil Michael ihr gesagt hatte, sie würde hier den chinesischen Ingenieur treffen, der sie nach Tibet begleiten sollte. Aber vielleicht würde es doch ganz interessant werden, sicher besser als allein im Hotel zu sitzen. Sie sah einen kleinen Flur, von welchem sich rechts eine breit geschwungene Treppe nach oben wand; links und geradeaus ging es in hell erleuchtete Räume, die bereits voller Menschen waren, welche an Stehtischen standen und diskutierten, Sektgläser und Kanapees in der Hand. Cora betrat den Raum zu ihrer Linken. Gepflegter brauner Parkettboden, über ihr an der weißen Decke Stuckverzierungen in Form von grünen Reben, die sich um den ganzen Raum wanden. Jugendstilfenster, ein Kamin. In einem rechts angrenzenden Raum war ein Buffet aufgebaut, aber sie steuerte lieber sofort geradeaus auf die beiden weit geöffneten Türen zum Garten zu. Eine kleine Terrasse, dann ging es vier Steinstufen hinunter auf einen weit ausladenden Rasen, der sich um die gesamte Rückfront der Villa erstreckte. Auch hier waren überall weiße Stehtische verteilt, an denen eifrig diskutiert und getrunken wurde. Cora griff sich ein Glas Weißwein, das ein livrierter Bediensteter ihr anbot, und spazierte über den Rasen. Als sie sich umdrehte und das dreistöckige Haus betrachtete, sah sie den schönen, halbrunden, weiß gekalkten Vorbau, die Glasfenster, den eleganten Eindruck des ganzen Gebäudes. Ja, hier ließ es sich aushalten. Da sie ohnehin niemanden kannte, trank sie noch einen Schluck und spazierte langsam zum Haus zurück.

In diesem Moment berührte sie jemand vorsichtig an der Schulter. »Entschuldigen Sie bitte, Frau Dr. Remy?«

Ein hochgewachsener Chinese stand neben ihr, in einen westlichen Anzug gekleidet, und blickte sie lächelnd an. Schöne Zähne, dachte sie, das ist selten bei Chinesen. Die meisten hatten Zahnlücken oder schiefe Zähne, das war ihr schon aufgefallen. Dieser hier zeigte jedoch eine wunderschöne, perfekte, weiße Reihe gleichmäßiger ...

»Oh, sorry. I made a mistake.« Er wollte sich schon abwenden, denn diese Frau blickte ihn nur an, ohne ein Wort zu sagen, verstand ihn also offensichtlich nicht.

»Doch, doch«, konnte Cora endlich herausbringen. Was war denn in sie gefahren? Starrte einen Chinesen sprachlos an, was sollte denn das? Wie unhöflich! »Remy. Cora Remy. Ich arbeite für NIB Consult.«

»Ah, das freut mich. Ich war nicht ganz sicher, da ich Ihr Bild nur einmal gesehen hatte. Und es wird Ihnen nicht gerecht, wenn ich das sagen darf.«

Gut, dass es dunkel war. Cora war solche Komplimente nicht gewohnt; auf den Baustellen, auf denen sie sich aufhielt, waren zwar derbe Witze gegenüber einer hübschen Frau üblich, aber richtige Komplimente von einem gebildeten Mann waren dann doch etwas anderes. Sie lief sicher rot an, so heiß wie ihr Gesicht sich plötzlich anfühlte.

»Ja, danke. Ich meine, nein, also ...« Jetzt wusste sie gar nicht mehr, was sie sagen sollte.

Charmant überspielte er die Situation. »Wie unhöflich von mir, mich nicht gleich vorzustellen. Ich heiße Ma Danli. Ma ist der Nachname, der steht in China ja vorn. Ich bin Ingenieur, wie Sie, und soll mich hier in Shanghai um Sie kümmern und Sie nach Tibet begleiten. Ich arbeite freiberuflich oft für die Firma NIB. Michael hat gesagt, ich solle hier nach Ihnen suchen.«

Gab es eigentlich jemand hier, der nicht perfekt Deutsch sprach? Cora überlegte, wie viele Deutsche wohl Chinesisch auf diesem Niveau sprachen. Sicher nicht viele.

»Lassen Sie mich raten«, sagte sie, jetzt wieder bei klarem Verstand. »Uni Clausthal? Aachen?«

»Nicht ganz«, lachte er laut. »Kaiserslautern. Und Umweltcampus Birkenfeld. Praktikum bei NIB, daher die Verbindung. Moment, ich hole uns etwas zu trinken, bevor wir weitersprechen.«

Während er Richtung Buffet verschwand, hörte Cora Wortfetzen von einem der Stehtische neben ihr. Ein Ausdruck, den sie zufällig aufschnappte, blieb bei ihr hängen und ließ sie nicht mehr los. Was hatte sie da eben gehört? Typisch deutsche Arroganz? Neugierig, wie sie war, stellte sie sich ganz in die Nähe; im Halbdunkel konnte ohnehin niemand erkennen, ob sie nun allein dastand und lauschte oder einfach nur in Gedanken versunken war.

»Die Arroganz vieler westlicher Geschäftspartner, und hier schließe ich die Deutschen ausdrücklich mit ein, ist unglaublich«, eiferte sich ein älterer Chinese gerade in akzentfreiem Deutsch. »Wieso glauben Sie eigentlich noch immer, uns überlegen zu sein? Schon die Portugiesen mussten im 16. Jahrhundert erkennen, dass ihre Technologie, also ihre Schiffe, geradezu lächerlich war im Vergleich zu unserer. Wissen Sie, wie lang die Santa Maria war, eines der Schiffe des Kolumbus? Ungefähr 23 Meter. Dreimaster. Wir Chinesen bauten zu jener Zeit schon Neunmaster, bis zu 120 Meter lang. Wir fuhren mit der berühmten Flotte des Zheng He, eines vom Kaiser beauftragten Eunuchen, bis Ostafrika! Gezielt, mit einem Kompass, mit Tieren und Pflanzen an Bord, als Vorbeugung gegen Vitaminmangel, also den gefürchteten Skorbut. Das war ein gänzlich anderes technisches Niveau als bei den Europäern. Und das war lange, bevor Kolumbus in See stach und dann zufällig in der Karibik auf Grund lief. Der größte Entdecker aller Zeiten? Ein Witz gegen die Fahrten des Zheng He. Was haben wir nicht alles erfunden? Das Papier, einen Seismografen, die Zentralheizung, Papiergeld ... Natürlich haben uns die Ausländer letztlich besiegt, gedemütigt, unser Land oder zumindest viele Städte an der Küste besetzt. Aber das kam später, erst im 19. Jahrhundert. Wussten Sie, dass China und Indien um Christi Geburt, so rechnen Sie ja, zusammen etwa 70 Prozent des weltweiten Bruttosozialproduktes erwirtschafteten? Bis ins 16. Jahrhundert hinein war das der Fall, sogar im 17. und 18. Jahrhundert waren wir den europäischen Ländern weit überlegen, was das Handelsvolumen betraf. Wir werden nicht zum ersten Mal Weltmacht werden; wir waren es doch schon immer!«

Na, das versprach ja interessant zu werden. In diesem Moment kam der chinesische Ingenieur zurück. Elegant angelte Ma einem Kellner zwei Gläser vom Tablett. »So, am Buffet gab es nichts zu trinken. Aber jetzt! Champagner? Worauf trinken wir? Auf eine schöne Zugfahrt nach Tibet? Waren Sie schon einmal dort?«

»Nein, noch nie. Ich freue mich auch sehr darauf. Auch wenn es eigentlich Zeitverschwendung ist, ich bin sonst eher für Flüge, um Zeit zu sparen. Ist das wirklich nötig?«

»Oh, das ist es. Unterschätzen Sie die Höhe nicht. Sie wären nicht die Erste, die krank wird oder sogar stirbt. Die Tibeter glauben, dass auf den Bergen die Götter wohnen, und wer ihnen zu nahe kommt, den bestrafen sie ... Erst entziehen sie ihm die Luft zum Atmen, dann gibt es furchtbare Kopfschmerzen, und dann ...«

Cora blickte ihn belustigt an. »Götter, ah ja. Und was glauben Sie?«

Der Chinese schaute sie ernst an. »Ich bemühe mich, zu verstehen. Die Tibeter haben mehr Wissen angesammelt, als wir uns vorstellen können. Wer weiß ... Aber ansonsten«, fuhr er, jetzt wieder lächelnd, fort, »denke ich, dass sich im Gehirn die Blutgefäße durch den mangelnden Sauerstoff erweitern und sich Flüssigkeit ansammelt, die den Druck erhöht. Man muss dann wieder absteigen, und der Druck normalisiert sich. Viele Menschen glauben, sie vertrügen die Höhe nicht; in Wirklichkeit müssten sie nur langsamer aufsteigen. Und genau das werden wir tun. Wir haben zwei Tage, um von der Meereshöhe hier in Shanghai auf 3.600 Meter aufzusteigen. Das ist sehr langsam und sehr gut. Dann fahren wir mit dem Jeep weiter oder fliegen, das kommt darauf an, wie es Ihnen geht. Aber erst bleiben wir in Lhasa, um uns weiter zu akklimatisieren.«

Cora wollte gerade von ihrer letzten Andenreise erzählen, wo sie auch auf über 5.000 Meter aufgestiegen war. Aber dann sah sie doch wieder zu dem Tisch neben ihnen, an dem die Diskussion weiterging. Ma folgte ihrem Blick und nickte. Cora war erstaunt. Hatte er sie wortlos verstanden? Gemeinsam hörten sie dem Professor zu.

»Aber Ihr Chinabild? Wie ist es denn entstanden? Ins Bewusstsein auch nur weniger Europäer kam China erst durch Marco Polo, der mit seiner Reisebeschreibung einen Bestseller landete. Im 13. Jahrhundert war er angeblich in China; ich sage bewusst angeblich, da es Forscher gibt, die seine Reise als solche bezweifeln. Er erwähnt die Schriftzeichen nicht, den Tee nicht ... schon seltsam. Ab dem 16. Jahrhundert kamen dann die Portugiesen, um Handel zu treiben, aber auch um zu missionieren. Das Chinabild in Europa wurde konkreter; man hörte von Konfuzius, von weisen Herrschern, die das ganze Land mit Güte regierten, von einer Beamtenkaste, den Mandarinen, hochgebildet, zum Besten des Volkes. Alles falsch, aber das von Seuchen, Hungersnöten und ewigem Krieg geplagte Europa sehnte sich nach einem gesellschaftlichen Zustand, in dem alles besser war. Und so wurde China immer weiter idealisiert. Nach den großen, aber letztlich erfolglosen Reisen des Zheng He, der auf seinen Fahrten nach Afrika und in den Indischen Ozean außer Kuriositäten wie einer Giraffe nichts Substanzielles heimbrachte, was eine Fortführung dieser kostspieligen Unternehmungen begründet hätte, kapselte China sich ab. Wir sahen uns ja als Zhongguo, als Reich der Mitte, was brauchte man da andere Länder und Kulturen? Das war sicher ein Fehler. Aber kulturelle Überlegenheit der Ausländer? Wussten Sie, dass Ihr großer Denker aus Königsberg, Immanuel Kant, es guthieß, dass China sich im 17. Jahrhundert abschottete?«

Sein Gegenüber, ein Deutscher, dem schlecht sitzenden Anzug nach wohl Akademiker, rückte seine randlose Brille zurecht. »Wie meinen Sie das, Professor Wu? Was hat Kant denn zu China gesagt?«

»Nun, er hat wohl so klar wie kaum ein anderer Zeitgenosse die Probleme der Globalisierung erkannt. Er bezeichnete es als weise, dass China sich gegen die westlichen Mächte abschottete beziehungsweise sie nur begrenzt ins Land ließ. Lesen Sie mal Kants Schrift *Zum ewigen Frieden*. Die meisten Europäer sahen Europa doch als Weltmacht, als industriell führend, als die zivilisierteste Ecke der Welt! Dabei waren im 18. Jahrhundert China und Indien wesentlich stärkere Volkswirtschaften und hatten einen deutlich höheren Exportanteil! Die Europäer glaubten doch noch bis vor 50 Jahren, die Globalisierung habe mit der europäischen Expansion in die Weltmeere begonnen. Der gesamte Handel beispielsweise der Araber und Inder mit Afrika oder untereinander wurde völlig ausgeblendet. Und ...«

Cora zog Ma weiter. »Kommen Sie, ich habe Hunger. Die beiden reden wohl noch eine Weile, da können wir später noch mal reinhören. Was meinen Sie?«

»Ich? Ich meine, wir sollten ans Buffet gehen. Dringend. Wieder rein ins Haus und dann links in den Raum; ich habe mich vorsichtshalber schon informiert.«

Sie gingen die Stufen hinauf, drängten sich zwischen zwei jungen Deutschen durch, die wie hungrige Studenten aussahen und glücklich vor übervollen Tellern standen, und arbeiteten sich zum Essen vor. Mit Tellern und Besteck bewaffnet, suchten sie sich dann einen Tisch in einer etwas ruhigeren Ecke.

»Marco Polo kann nicht in China gewesen sein«, sagte Ma, mehr zu sich als zu Cora.

»Bitte? Wie kommen Sie darauf? Ich hatte eben verstanden, es sei nur nicht gesichert?«, wunderte sich Cora.

»Na ja«, Ma wurde etwas verlegen, seine Augen wanderten über ihr Haar und ihr Gesicht und blickten sie dann prüfend an. »Er schrieb, in Hangzhou am Westsee lebten die schönsten Frauen der Welt. Offensichtlich war er nie im Westerwald!«

Cora lachte hell auf. Das war doch mal ein Kompliment! Wissenschaftlich untermauert, sozusagen.

Aber bevor sie darauf eingehen konnte, wechselte Ma schnell das Thema. »Also, Frau Remy, was halten Sie von China? Erzählen Sie mal.« Ma schaute sie gespannt an. Er schien ernsthaft an ihrer Meinung interessiert zu sein.

Cora zögerte. Was hielt sie von China? Sie wollte ihm nicht von den Geschehnissen in Qingdao erzählen, das behielt sie lieber für sich. Und sonst? Was hatte sie gesehen, was hatte sie verstanden? Er blickte so konzentriert, dass sich eine oberflächliche Antwort von selbst verbot. Es gab Menschen, da wusste man gleich, mit denen musste man ehrlich reden, gut überlegt, sorgfältig formuliert. Nicht flaches Partygeplauder. Er schien so jemand zu sein.

»Nun, bevor ich hierherkam, wusste ich fast nichts über China. Wir haben ja viele Klischees im Kopf; aber trotz des Internets und aller Suchmaschinen wissen wir in Deutschland eigentlich sehr wenig über China. Wir denken an die Gelbe Gefahr, an Copyright-Verletzungen, eine Wirtschaftsmacht, Diktatur, die Mao-Bibel, Korruption – aber wir wissen nichts über die Menschen. Ihre Sorgen, ihre Nöte, ob das wie bei uns ist oder anders. Ich bin da keine Ausnahme. Ich schäme mich jetzt fast; Sie wissen so viel über mein Land, das kleine, unbedeutende Deutschland, ich weiß nichts über ein Fünftel der Menschheit!«

Der chinesische Ingenieur schaute sie lange an. »Ich bin beeindruckt«, sagte er schließlich. »Es gibt hier sehr viele Deutsche, die seit Jahren in China leben und glauben, sie hätten das Land verstanden, weil sie eine chinesische Freundin haben – meist mehrere – und weil sie auf Chinesisch die Rechnung bestellen können. Aber Sie, Sie kommen hierher und geben einfach zu, dass Sie nichts wissen. Sehr erfrischend. Und im Übrigen, ich weiß auch nur etwas über das – keinesfalls unbedeutende – Deutschland, weil ich dort studiert habe. Die meisten Chinesen haben auch Klischees im Kopf, sie denken bei Deutschland an Bier, Fußball, Technik, Autos, manche sogar an Hitler. Aber was sind Ihre ersten Eindrücke? Das haben Sie nicht beantwortet.«

»Wissen Sie«, meinte Cora nachdenklich. »Ich traf im Zug einen jungen Chinesen, der mir von seinem Land erzählt hat.

Ich war erstaunt, wie offen und kritisch er war. Das hätte ich in einer Diktatur nicht für möglich gehalten. Und ich sehe, dass die Menschen hier die gleichen Probleme haben wie wir alle: Sie wollen Gesundheit, eine glückliche Familie, Wohlstand, eine gesunde Umwelt, Frieden, ein wenig Freiheit, sich selbst zu verwirklichen. Da sind wir doch alle sehr nah beieinander, nicht wahr? Und was mir auch wieder klar geworden ist: wie gut es uns Deutschen geht. Wir jammern ja ständig, aber haben doch die Probleme, um die uns der Rest der Welt beneidet.«

Sie waren im Gespräch ein paar Schritte gegangen, anderen Gästen ausweichend, und kamen nun wieder an dem Tisch vorbei, an dem die beiden Gelehrten noch immer diskutierten. Cora zeigte auf die beiden und hob ihren Zeigefinger an den Mund. Ma lächelte zustimmend, und sie blieben unauffällig in Hörweite stehen.

»Okay, okay.« Ungeduldig hob der Deutsche die Hand. »Entschuldigen Sie, wenn ich Sie unterbreche, aber wir waren bei den Philosophen. Was haben denn die anderen gesagt? Voltaire, Rousseau, Herder?«

»China war im 18. Jahrhundert en vogue, noch war die Eurozentrik nicht so engstirnig, wie sie es im 19. Jahrhundert werden sollte. Man interessierte sich für China und Indien, auch wenn Europa natürlich das Zentrum der Welt war. Zur Zeit des Rokoko sprechen sie in Europa, vor allem Frankreich, von der sogenannten Chinoiserie. China war in Mode. Kennen Sie den chinesischen Pavillon in Potsdam, Schloss Sanssouci? Den chinesischen Turm im Münchner Englischen Garten? Wussten Sie, dass Goethe eines seiner Zimmer mit einer chinesischen Tapete ausgekleidet hatte? Goethe beschäftigte sich sogar mit chinesischen Schriftzeichen, malte sie stundenlang ab, um zu üben. Oder gehen Sie weitere 100 Jahre zurück. Schauen Sie sich Delfter Porzellan an, die berühmten blauen Kacheln, voll mit chinesischen Motiven. Die chinesischen Porzellanmanufakturen arbeiteten im 17. Jahrhundert im Auftrag europäischer Kunden. Die Hersteller bemalten in China das Porzellan mit europäischen Motiven. Mit Tulpen für Holland, stellen Sie sich das vor. Und in vornehmen europäischen Häusern sah man nun chinesisches Porzellan. Porzellan heißt ja schließlich auch *china* auf Englisch. Wir haben es 1000 Jahre vor Ihrem Herrn Böttger in Meißen erfunden.«

Cora musste leise lachen. Der Deutsche konnte nur noch nicken, dieser geistigen Tour de force war er nicht gewachsen. Immer wieder tupfte er sich Schweißperlen von der Stirn. Sein chinesischer Gesprächspartner war unterdessen nicht zu bremsen. »Ist übrigens sehr interessant, wenn Sie mir den Exkurs in die darstellende Kunst erlauben. Schauen Sie sich doch einmal das wunderschöne Bild ›Briefleserin am offenen Fenster‹ von Jan Vermeer an, dem wohl berühmtesten Maler der niederländischen Malerei. Dort sieht man auf dem Tisch eine Porzellanschale mit etwas Obst. Das ist das berühmte blau-weiße Porzellan aus China, hauchdünn, sehr beliebt in der Oberschicht. So eine Schale zu malen, wäre 50 Jahre vorher unmöglich gewesen, da es sie schlicht nicht gab. Wussten Sie, dass Marcel Proust in seiner *Suche nach der verlorenen Zeit* den Swann eine Studie über Vermeer arbeiten lässt? Dass Proust selbst Vermeers ›Ansicht von Delft‹ als das schönste Gemälde der Welt bezeichnet hat?«

»Tiramisu?«, hörte Cora plötzlich. Was hatte das denn mit Proust zu tun? Dann sah sie Ma, der ihr ins Ohr geflüstert hatte und auf den Tisch zeigte, auf dem ein Gast gerade ein Glas der köstlichen Süßigkeit löffelte.

»Ja, sehr gern!«, lächelte sie Ma an. Wie nett von ihm! »Ich bin etwas müde, das zieht mich wieder hoch.«

»Bitte?« Er blickte sie verständnislos an.

»Aber das ist doch die Übersetzung des italienischen *Tiramisu*. ›Zieh mich hoch‹!«

»Oh, das wusste ich nicht. Na, dann beeile ich mich besser.« Weg war er. Cora sah ihm hinterher. Wirklich gut aussehend. Amüsiert registrierte sie die Blicke der anderen weiblichen Gäste, die ihm interessiert hinterherblickten. Dann wandte sie sich wieder der Diskussion zu.

»Und Voltaire? War er nicht ein großer Verehrer Chinas?«

»Voltaire bezog sein Chinawissen aus den Briefwechseln mit den Jesuiten, die dort lebten. Nun berichteten auch die Jesuiten natürlich nicht immer objektiv; sie wollten ja mit ihren Informationen etwas bewirken. Man kann getrost davon ausgehen, dass das Chinabild in Europa oft völlig verzerrt war. Das trifft übrigens auch heute noch auf viele Medienberichte über China zu, die man in Deutschland so lesen kann … Aber gut. Voltaire benutzt China manchmal nur, um die Missstände im eigenen Land, also Frankreich, zu kritisieren. Aber er formuliert auch deutlich, dass das europäische Unverständnis für chinesische Riten daher stamme, dass man sie nach den eigenen beurteile. Das ist doch heute bei vielen Geschäftsleuten noch immer so. Rousseau dagegen sieht China deutlich kritischer. Vor einigen Jahren gab es im chinesischen Internet, auf Weibo, was Ihrem Twitter entspricht, eine große Diskussion über Jean-Jaques Rousseau. Vor über 250 Jahren soll er gesagt haben, Chinesen besäßen keine Menschlichkeit. Viele Chinesen stimmten dem online zu; sie sagten, das, was man im Westen unter christlicher Nächstenliebe verstünde, fehle in China. Interessante Diskussion. Fehlen den Chinesen westliche ethische Werte oder haben sie schlicht andere?«

Es hatte sich inzwischen eine kleine Gruppe gebildet, die den beiden zuhörte. Cora lauschte fasziniert.

»Ja, wir hatten ja gesagt, das Chinabild des 17. und 18. Jahrhunderts war deutlich besser als das des 19. Jahrhunderts, in welchem China erobert wurde, besetzt wurde. Shanghai wurde in verschiedene sogenannte Konzessionen aufgeteilt. Die britische, die russische, die französische ... in der wir uns übrigens gerade befinden. Dieses südliche Stadtviertel mit den herrlichen Alleen, dem alten Baumbestand, den wunderschönen Villen, das ist der französische Einfluss. Und Ihr deutsches Konsulat hier ist zwar im spanischen Stil erbaut, aber eben mitten in dieser wohl schönsten Ecke Shanghais. Und es war ja nicht nur Shanghai besetzt. Die ganze Küste entlang musste China seine Städte für den Außenhandel öffnen. Von diesem Trauma der europäischen Besatzung hat China sich lange nicht erholt, manche sagen, bis heute nicht. China hat die sogenannten ungleichen Verträge nicht vergessen; im 19. Jahrhundert schrieben die Ausländer da hinein, dass ausländische Handelsmissionare in China Opium verkaufen und christliche Missionare das Evangelium verbreiten durften. Beides war gleich wichtig und erlaubt. Und deswegen darf das auch nie wieder passieren, deswegen achtet die Regierung sehr genau darauf, was Ausländer in China tun dürfen und was nicht. Wird der Einfluss zu groß, beschneidet man ihre Rechte; Sie sehen das immer wieder. Im 20. Jahrhundert wurde es noch schlimmer. Jetzt hatte man Angst vor den Massen, den ›Blauen Ameisen‹, wie man die von Mao Zedong mobilisierten Menschenmassen nannte. In ›Rotchina‹. Obwohl Chinesen ja eigentlich gelb sind, das weiß man ja ...« Der chinesische Professor schüttelte den Kopf. »So ein Unsinn ... alles Rassentheorien!«

Leise stellte Ma sich neben Cora und bot ihr ein Glas Tiramisu an. Sie lächelte ihn dankbar an, konzentrierte sich aber auf das Gespräch.

»Weiß man, wieso die Chinesen als gelb bezeichnet werden?«, fragte ein Zuhörer dazwischen.

»So ganz klar ist das nicht. Aber mit dem Aufkommen der Rassentheorien im 19. Jahrhundert und der Klassifizierungswut in der Biologie wurden auch die Menschen eingeteilt. Bis dahin wurden Chinesen in allen Reiseberichten übereinstimmend als weiß bezeichnet. Und nun wurden sie langsam farbig, eher den Indern ähnelnd, negativ eben. Je minderwertiger, desto farbiger, könnte man sagen. Und da man zwischen dem überlegenen ›Weiß‹ Europas und dem offensichtlich unterlegenen ›Schwarz‹ Afrikas einen Zwischenton brauchte, passte ›Gelb‹ ganz gut. Auch hatte man aus den Berichten der Jesuiten gelernt, dass Gelb eine wichtige Farbe in China sei, der Gelbe Fluss, der Gelbe Kaiser et cetera. Also wurden die Chinesen gelb! Gelb steht ja auch für Ambivalenz, wie Goethe in seiner Farbenlehre zeigt. Und so sind sie ja auch, die Chinesen, nicht wahr? Man weiß nie, was sie wirklich meinen ...« Selbstironisch zwinkerte er seinem deutschen Gegenüber zu. »Also, die Masse der Chinesen machte Angst. Der Kommunismus als solcher auch, auch wenn er ja aus Ihrem wunderschönen Rheinland-Pfalz stammt, nicht wahr, Karl Marx ist doch aus Trier. Aber gefährlich war er in China. Oder attraktiv, als in den 70er-Jahren die europäische Jugend mit der Mao-Bibel durch das Land lief. Wieder haben wir das Phänomen der Idealisierung einer fremden Kultur als Projektionsfläche eigener Hoffnungen. Wer wusste denn schon, was Mao wirklich in China anrichtete? Wie viele Millionen Menschen er töten ließ oder zumindest ihren Tod billigend in Kauf nahm? Die hatten doch keine Ahnung, in Paris, in den Kommunen. 1976 starb Mao, nach einigem Chaos kam Deng Xiaoping an die Macht. Er öffnete das Land, warb ausländische Direktinvestitionen ein. Der Chinaboom setzte ein.«

»Und was bedeutete dies für das Chinabild im Westen?«, fragte ein junger Mann. »Entschuldigen Sie, ich bin neu hier in China am Konsulat, als Attaché, und ich finde Ihre Unterhaltung sehr spannend. Änderte sich das Chinabild seit den 80er-Jahren durch die Reformen?«

»Nun, eigentlich wurde es noch schlechter. Angst vor Produktpiraterie, Angst vor Hackerangriffen, Angst vor qualitativ schlechten Waren, Halbwissen über Menschenrechtsverletzungen – China hat ein Imageproblem. Es ist daher auch politisch korrekt, schlecht über China zu reden. Wer aber China verteidigt, und hier meine ich nicht Chinesen, sondern zum Beispiel deutsche Sinologen, gilt gleich als ›Panda-Hugger‹, als jemand, der China nach dem Munde spricht, um sein nächstes Visum nicht zu gefährden ... Noch immer habt ihr im Westen viel zu viele Klischees und zu wenig Wahrheiten über unser Land und die Situation hier. Technisch und wirtschaftlich galt China noch immer als rückständig, und während der wirtschaftliche Aspekt sich in den 30 Jahren seit der Öffnung Chinas Anfang der 80er-Jahre signifikant gewandelt hat, schauen viele Ausländer, gerade auch die Deutschen, noch immer recht arrogant auf die vermeintliche technische Unterlegenheit Chinas herab. Und das stört uns Chinesen sehr, verletzt uns.«

»Nun ja«, warf ein anderer Gast ein, »wenn ich mich einmischen darf: Ich bin Unternehmer und leite ein mittelständisches Unternehmen; wir haben hier in China viel investiert. Wir haben doch die überlegene Technik, wer baut denn die besten Autos dieser Welt, wer außer uns verfügt über so etwas Hervorragendes wie den deutschen Mittelstand? Darum beneidet man uns doch weltweit. Sie wollen doch nicht sagen, dass China uns da ebenbürtig sei? Und jeder weiß um den ›Technologie-Transfer‹, um das einmal vorsichtig auszudrücken! Wenn alles kopiert wird, woher sollen Vertrauen und Respekt kommen? Warum sind noch immer die meisten deutschen Unternehmen skeptisch, was gemeinsame Forschung mit chinesischen Partnern angeht? Man muss die Haltung deutscher oder besser gesagt ausländischer, es geht ja nicht nur um uns, Unternehmer schon verstehen; es wurden ja ausreichend schlechte Erfahrungen gemacht.«

Einige Zuhörer nickten zustimmend. Cora und Ma sahen sich an und lächelten gleichzeitig. Sie verstanden sich; das uferte jetzt aus. Ma führte Cora an einen freien Tisch auf der Rasenfläche.

»Also«, fragte Cora. »Wie geht es weiter? Können Sie mir sagen, wann genau wir den Zug nehmen und wie unsere Reise verläuft?«

»Selbstverständlich, entschuldigen Sie. Das hätte ich schon längst tun sollen. Aber wissen Sie was? Das ist hier doch sehr formell, und richtig reden können wir auch nicht. Wir befinden uns ja mitten im Nachtleben Shanghais sozusagen; in dieser Gegend gibt es eine Bar und ein Restaurant neben dem anderen. Sollen wir noch etwas trinken gehen, dann können wir besser reden? Haben Sie Lust? Oder sind Sie müde?«

»Nein, ich habe mich heute Nachmittag ausgeruht. Und auf der Fahrt nach Tibet kann ich ja ausreichend schlafen ... gehen wir etwas trinken, klingt gut! Was schlagen Sie vor?«

Ma grinste. »Na, das dürfte kein Problem sein. Kommen Sie!«

11. KAPITEL

Rüdiger Landmann stand in der Abflughalle des Flughafens Qingdao. Unruhig sah er immer wieder auf seine Uhr. Noch 45 Minuten bis zum Boarding, und Cora war noch immer nicht aufgetaucht! Hatte sie verschlafen? Ein Taxi zum Flughafen zu nehmen, würde sie ja wohl allein schaffen, hatte er gedacht, deswegen hatte er nicht darauf bestanden, sie persönlich hierherzubringen. Aber jetzt bereute er das. Er wollte sie so schnell wie möglich aus dem Land haben. Nichts als Ärger hatte sie gemacht; alles war bisher so gut gelaufen! NIB hatte nie Verdacht geschöpft, und solange sein Freund im Ministerium dichthielt, konnte nichts passieren. Außerdem würde es im eigenen Interesse der Firma NIB sein, nichts von einem Korruptionsskandal an die Öffentlichkeit dringen zu lassen. Und jetzt diese Cora! Hoffentlich erschien sie bald, dann würde er sich noch um die Aufräumarbeiten im Büro kümmern. Heute Morgen hatte doch alles noch so gut ausgesehen!

Als er aufgewacht war, Meili neben sich, wusste er, es würde ein anstrengender, aber erfolgreicher Tag werden. Als sie sich zu ihm umdrehte, gähnte und ihn fragend ansah, hatte er noch gelacht. »Alles gut, meine Kleine. Ich habe sie überzeugt. Sie wird heute noch abreisen. Dann sind wir das Problem los.« Er versuchte, ihre Gedanken zu ergründen, aber obwohl er nun seit über einem Jahr mit ihr zusammen war, konnte er nicht erraten, was Meili eigentlich dachte. So, wie sie jetzt neben ihm im Bett lag, mit diesen unglaublich schmalen Augen, wunderschön mandelförmig, die zarte Nase, die ebenmäßige Haut: Er konnte sich gar nicht sattsehen an ihr. Er hatte sich gleich in sie verliebt, als sie ihn in der Lobby des Bürohauses angesprochen hatte, in welchem seine Kanzlei residierte. Sie war auf der Suche nach einem Job, und da sie sehr gut Englisch sprach, hatte er sie eingestellt. Eine Woche später war sie bei ihm eingezogen. Als dann einer seiner Mandanten, die Firma NIB, eine Leiterin für die Verwaltung benötigte, hatte er Meili empfohlen, und so war sie zu NIB gekommen und zuständig für die Auftragsvergabe und -abwicklung. Eine interessante Position, bei der sich viel Geld verdienen ließ. Die Ausländer hatten ja keine Ahnung, wie das in China lief. Bestechung war an der Tagesordnung, und jeder versuchte, seinen Teil abzubekommen. Wenn dann gelegentlich jemand aus Deutschland einflog, um die Geschäfte zu überprüfen, dann sprach der kein Wort Chinesisch, also wie sollte er die Buchführung kontrollieren? Wie die Mails, die Verträge mit den Lieferanten lesen? Es war so lächerlich einfach. Und in Verbindung mit dem zuständigen Anwalt, der alles bestätigte, was man ihm vorlegte, ließen sich interessante Möglichkeiten aufzeigen.

Es lief also alles bestens. NIB beriet einen staatlichen chinesischen Kunden zum Bau einer Kläranlage. Empfahl unter anderem bestimmte Materialien bestimmter Qualitätsklassen. Dann bestellte das zuständige Ministerium diese Teile. Aber wo? Es gab wie immer eine offizielle Ausschreibung, einen »tender« nannte man das. Jeder Lieferant konnte sich bewerben. Und da war ihm, Rüdiger Landmann, die geniale Idee gekommen. Da er wusste, was NIB empfahl, konnte er doch auch gleich liefern! Also gründete er im Namen von NIB eine Betriebsgesellschaft mit Sitz in Beijing. Diese Gesellschaft, von der NIB in Deutschland natürlich nichts wusste, bot zum besten Preis an. Hier war ein Freund von ihm, der im zuständigen Ministerium arbeitete, sehr hilfreich, was die bestmögliche Summe anging, die zu bieten war. Für diese kleine Gefälligkeit zahlte die Firma NIB ihm eine nette Summe auf ein deutsches Konto. Die Betriebsgesellschaft, er hatte sie Great Wall Ltd. genannt, erhielt den Auftrag und verdiente viel Geld. Das zweigte Landmann sofort ab, was nicht auffiel, da ja niemand von der Existenz dieser Gesellschaft wusste. Sollte das alles auffliegen, wäre NIB Consult der Schuldige, nicht er, der Anwalt, der ja offiziell nur im Auftrag arbeitete.

Alles war gut. Bis diese Cora auftauchte; Li Ping hatten sie zwar vorher schon im Verdacht gehabt zu spionieren, aber mit der war einfach fertig zu werden. Aber dass die beiden sich zusammentun würden, war nicht vorherzusehen. Als Rüdiger dann hörte, Cora wolle wegen Kopfschmerzen nicht mit zum Essen, wurde er misstrauisch. Eben noch auf dem Laufband, jetzt Kopfschmerzen? Es passte irgendwie nicht zu dem Bild, das er sich von ihr gemacht hatte. Er kontaktierte ein paar chinesische Bekannte – arbeitslose Jugendliche, die man leicht als Schläger für unliebsame Kunden einsetzen konnte. Die sollten Cora verfolgen. Dass sie sie gleich niederschlugen, war zwar nicht vorgesehen, aber es erfüllte seinen Zweck. Jetzt war Cora eingeschüchtert und würde heute das Land verlassen. Und er, Rüdiger, würde nach Deutschland melden, dass er alles im Griff habe und gerade noch größeren Schaden von NIB abwenden konnte. So war das, wenn deutsche Firmen ihre Geschäfte hier in China nicht sorgfältig genug kontrollierten. Selbst schuld.

Zufrieden wandte er sich wieder Meili zu. Es gab genug zu feiern, und das hatte er jetzt vor. Hier und jetzt, mit Meili. Sie lächelte ihn an. Sie wusste, was er brauchte. Nicht umsonst hatten die Daoisten jahrhundertelang nach Wegen gesucht, die Unsterblichkeit zu erlangen. Neben eher abstrusen Varianten hatten sie Sexualpraktiken empfohlen, bei deren korrekter Ausübung zumindest der Mann der Unsterblichkeit näherkommen konnte. Das erforderte allerdings viel Übung und Konzentration. Und von Daoismus verstand Meili etwas.

Noch 15 Minuten bis zum Boarding! Er nahm sein Mobiltelefon zur Hand und rief in Coras Hotel an. Ja, alles in Ordnung, sie habe heute Morgen ausgecheckt. Nein, man wisse nicht, wohin sie gefahren sei. Wütend drückte er das Telefonat weg. Was sollte er jetzt tun? Er konnte nur abwarten.

Als das Boarding der Maschine nach Beijing beendet war, wusste er, dass etwas schiefgelaufen war. Jetzt musste er sich erst um das Büro kümmern; bei NIB in Deutschland schlief ja noch alles. Das würde er heute Nachmittag erledigen. Landmann verließ die Abflughalle und stieg in sein Auto. »Meili? Ich bin es. Wir haben ein Problem. Die Remy ist nicht am Flughafen aufgetaucht, ich weiß nicht warum. Fährst du bitte in ihr Hotel und gibst dich als ihre Freundin aus? Vielleicht erfährst du etwas. Das darf jetzt nicht schiefgehen. Ich fahre ins Büro und räume auf. Okay, bis nachher.«

Im Büro beseitigte er die Spuren des nächtlichen Kampfes. Liu, der Geschäftsführer, war auf Dienstreise, er würde erst in einer Woche wiederkommen. Um Li Ping hatte er sich noch in der Nacht gekümmert; seine Schläger, die er mit der Sache beauftragt hatte, hatten sie übel zugerichtet. Er hatte sie ins Krankenhaus gefahren, ihr aber deutlich gemacht, was passieren würde, wenn sie redete. Nicht nur ihr, auch ihrem Kind.

Das sollte reichen. Sie würde morgen kündigen und für immer aus der Firma NIB verschwinden.

Nach einer Stunde sah das Büro wieder sauber und aufgeräumt aus. Nachher würde der Glaser kommen und eine neue Tür einsetzen; jemand war offensichtlich dagegen gerannt. Er blickte sich zufrieden um. Ja, so ging es. Liu würde es nicht merken. Die Unterlagen, die teils verstreut auf dem Boden gelegen hatten, hatte er eingesammelt. Gut. Nachher würde er noch mal persönlich in Deutschland anrufen, um sicherzustellen, dass da keine unliebsamen Fragen kamen. Jetzt musste er erst mal klären, was mit dieser Remy passiert war.

Sein Handy klingelte. Meili! »Ja, was hast du herausgefunden?«

»Zaogao! Verdammt! Keine guten Nachrichten. Sie ist abgereist, ja, aber ich konnte den Taxifahrer ausfindig machen. Der Portier hatte sich an die Deutsche erinnert. Rate mal, wohin das Taxi gefahren ist. Zum Nordbahnhof. Das kann nur eines bedeuten: Sie ist nach Shanghai gefahren. Von dort fahren ja die Schnellzüge nach Süden ab. Rüdiger, wir haben ein Problem.«

Dieses Biest! War einfach auf eigene Faust nach Shanghai gefahren; wahrscheinlich wollte sie ihren Job in Tibet erledigen. Das durfte er nicht zulassen; wenn sie auf die Idee kam, NIB zu kontaktieren, war er verloren. Wenn das aufflog, was er die letzten Jahre so erfolgreich aufgebaut hatte, verlor er nicht nur seinen Job bei NIB. Auf Korruption stand in China die Todesstrafe. Und auch wenn diese noch nie an einem Ausländer vollstreckt worden war, so würde es auf jeden Fall für Gefängnis reichen. Und sollte herauskommen, dass vor zwei Jahren eine Chinesin, mit der er ein Verhältnis angefangen hatte, bei einem Unfall ums Leben gekommen war, als sie ihm drohte, ihn zu verraten, dann ... Dazu durfte es nicht kommen. Diese dumme Schlampe war plötzlich zu einer Bedrohung für seine ganze Existenz geworden! Er durfte nicht zulassen, dass sie zur Polizei ging.

Aber das würde sie erst mal hoffentlich nicht tun; sie hatte ja keinen Grund, ihm nicht zu vertrauen. Also hatte er etwas Zeit. In Shanghai würde es schwierig werden, sich ihrer zu entledigen, zu viel Polizei, zu viele Kameras. Die Stadt war lückenlos überwacht. Morgen Abend würde sie den Zug nach Tibet nehmen. Sollte er sie im Zug ... nein, zu riskant. Besser, er ließ sie nach Tibet fahren. Er, Rüdiger, würde dort auf sie warten. Tibet war groß und einsam und gefährlich. Das wusste ja jeder. Wie leicht konnte da einer unbedarften Ausländerin etwas passieren ...

12. KAPITEL

„Bing de!« Ma rief die Kellnerin zurück, die sich eben entfernen wollte. Natürlich hatte sie zwei Flaschen lauwarmen Bieres auf den Tisch gestellt, es war immer dasselbe! Wenn man nicht jedes Mal deutlich sagte, man wolle kaltes Bier, bekam man auch keines. Daher war der Ausdruck *bing de*, also »eiskalt«, neben *nihao* für »Guten Tag« einer der ersten, den jeder Ausländer lernte.

Als die Kellnerin die zwei Flaschen eiskaltes Qingdao Bier (Cora hatte darauf bestanden, das »deutsche« Bier, wie es seit über 100 Jahren in Qingdao nach deutschem Reinheitsgebot gebraut wurde, zu probieren) vor sie hingestellt hatte, lehnte sich Ma vor und sah Cora an. »Was wissen Sie über Tibet?«, fragte er sie und schaute ihr in die Augen. Die übrigens sehr intensiv leuchteten, wie er plötzlich feststellte. Dazu ihre helle Haut, die blonden Locken ...

Cora war etwas überrumpelt. Damit hatte sie jetzt nicht gerechnet. »Nun ja, ich habe ein bisschen gelesen, als ich erfuhr, dass ich dorthin sollte. Tibet wurde von den Chinesen besetzt, unter Mao, glaube ich. Ein riesiges Gebiet, viermal so groß wie Deutschland, dünn besiedelt, äh, vor allem Hirten, die züchten Hochlandrinder, wie heißen die noch, ach ja, Yaks. Sehen beeindruckend aus, langes schwarzes Fell. Was noch? Der Dalai Lama kommt aus Tibet, musste fliehen, lebt jetzt in Indien, glaube ich. Und sonst? Liegt nicht der Mount Everest in Tibet? Oder war das Nepal? Tibeter sind Buddhisten, soweit ich weiß. Na ja, das war es wohl, habe ich etwas Wichtiges vergessen?«

Er blickte sie nachdenklich an. »War das wirklich das, was euch im Westen zu Tibet einfällt? Was ist mit den Unterdrückungen, was mit den Bodenschätzen, den Menschen?«

»Na ja, das ist erst mal das, was uns spontan einfällt, ja, ich glaube schon. Wir wissen nichts über die Menschen, wie denn auch? Bodenschätze? Keine Ahnung. Unterdrückung? Ja, habe ich ja gesagt, China hat Tibet erobert, das ist klar, aber Details habe ich nicht. Ich glaube auch nicht, dass die meisten bei uns mehr wissen. Sie überschätzen das Interesse. Tibet ist irgendwie cool, klingt gut, Mönche, die heilig sind, wahrscheinlich fantastische Landschaft, ewiges Eis, ach ja, da gibt es doch diese Eisenbahn aufs Dach der Welt, heißt das nicht so? Ist das einer von diesen Superschnellzügen? Aber sonst? Ist doch ziemlich weit weg von unserer Realität.«

Sie schien zu überlegen, ob ihr nicht doch noch etwas einfiel, sie wollte ihn nicht noch mehr enttäuschen. Sie kannte ihn nicht, sie wusste nichts über ihn, aber dennoch wollte sie irgendwie, dass er sie respektierte. Wieso eigentlich? Was ging er sie an? Aus irgendeinem Grunde wollte sie, dass er sie für intelligent hielt, dass er sie gut fand, dass ... Ach Unsinn. Was sollte das denn jetzt? Da saß sie, aus Rheinland-Pfalz kommend, mit einem im Grunde wildfremden Mann in Shanghai und machte sich Gedanken, wie er sie fand! Sie hatte weiß Gott andere Sorgen jetzt. Und vielleicht war er ja ein Spion, ein Aufpasser. Also Vorsicht, ermahnte sie sich selbst. Wo war sie eben stehen geblieben? Worüber hatten sie gesprochen? Ach ja, Tibet. Verlegen registrierte sie, dass er sie belustigt anblickte.

»Na, wieder zurück?«

»Zurück? Was meinen Sie?«

»Na, Sie waren doch eben völlig woanders. Verraten Sie mir wo?«

»Äh, nein, ich war hier, also, ich meine, ich habe nur überlegt.«

»Okay, schon gut. Aus chinesischer Sicht war Tibet schon immer Teil des chinesischen Staatsgebietes. Deswegen ist Tibet eine chinesische Provinz und wird wie alle Provinzen von Beijing aus verwaltet. So haben wir das auch in der Schule gelernt. Aus tibetischer Sicht dagegen ist Tibet immer ein unabhängiger Staat gewesen und wurde von den Truppen Maos unrechtmäßig annektiert. Ich will nicht auf die Details eingehen, wer nun recht hat; das führt zu weit und ist ja eigentlich auch müßig. Jedenfalls ist das, was Sie heute auf einer Chinakarte als Provinz Tibet eingezeichnet sehen, nur ein kleiner Teil des eigentlichen Tibet, das sich über Teile der heutigen Provinzen Qinghai, Gansu und Sichuan erstreckte. Tibet war zu Zeiten der Dalai Lamas, der herrschenden Gottkönige, mehr oder weniger eine Sklavenhaltergesellschaft. Die Menschen wurden ausgebeutet und unterjocht; sie waren arm und hatten keinen Zugang zu Bildung. Also ganz so positiv war Tibet nicht, wie Sie es sich im Westen immer vorstellen. Erst seit die Chinesen dort einmarschiert sind, sei es nun gerechtfertigt oder nicht, haben zumindest theoretisch alle Tibeter die gleichen Chancen wie alle Chinesen: Bildung, Nahrung, berufliches Fortkommen, persönlicher Wohlstand et cetera. Das muss man auch anerkennen, selbst wenn man die tibetische Sichtweise für die richtige hält.«

Er nahm noch einen Schluck Qingdao Bier. »Warum nun nimmt Tibet eine Sonderstellung ein? Zum einen ist das auf die Geografie zurückzuführen; als Puffer gewissermaßen zu

Indien hin hat es natürlich eine gewisse Schutzfunktion. Aber in den letzten Jahrzehnten wurde immer offensichtlicher, dass Tibet sehr reich an Bodenschätzen ist. Da gibt es zum Beispiel Gold, Silber, Kupfer. Das auszubeuten ist sehr arbeits- und kostenintensiv. Die Minen sind schwer zugänglich, das Gebiet ist insgesamt sehr lebensfeindlich. Bedenken Sie, dass wir von einer Höhe zwischen 3.000 und 6.000 Metern sprechen. Aber Tibet verfügt über einen weiteren, viel wertvolleren Schatz, und der heißt schlicht: Wasser. Wussten Sie, dass man Tibet auch als den *Dritten Pol* bezeichnet? Außer an den Polkappen ist nirgendwo auf der Welt so viel Wasser in Form von Eis gespeichert.«

Cora hatte völlig vergessen, dass sie in einer Bar in Shanghai saß, um sie herum alles voll mit reichen Chinesen und Ausländern – es lief die gleiche Musik wie in einer Bar in Mainz oder in New York – und einem Menschen lauschte, den sie gerade erst wenige Stunden zuvor kennengelernt hatte. Sie war fasziniert von seiner Art, wie er die Dinge auf den Punkt brachte, sachlich, aber engagiert ihr sein Land, das er offensichtlich liebte, nahebrachte. Es gab so vieles, was sie nicht wusste. Plötzlich kam ihr ihre eigene Lebenswirklichkeit, die sich um ihr Leben, ihre Arbeit, gelegentliche Auslandsreisen, drehte, so provinziell vor. Hier, am anderen Ende der Welt, vom Westerwald denkbar weit entfernt, traf sie Menschen, die doch genau die gleichen Sorgen hatten, genauso dachten, im Grunde das Gleiche wollten. Und was die einen taten, erkannte sie, hatte Einfluss auf die anderen. Wie sehr, sollte sie nur allzu bald erfahren.

»China hat bekanntlich viele Probleme«, fuhr Ma fort. »Aber eines der dramatischsten, für die Zukunft bedeutendsten und dennoch im sogenannten Westen weithin nicht wahrgenommenen besteht in einem einzigen Wort: Wasser. Im Norden unseres schönen Landes gibt es zu wenig Wasser, im Süden dagegen ausreichend, je nach Jahreszeit und Niederschlag sogar zu viel. Etwa 80 Prozent des Wassers befinden sich in Südchina, nur 20 Prozent im Norden. Unsere ›nördliche Hauptstadt‹ liegt ja praktisch in den Ausläufern der Wüste und wird unter anderem auch deshalb nicht ausreichend mit Wasser versorgt. Auch andere Provinzen leiden unter gravierendem Wassermangel. Um die Bedrohlichkeit der Situation zu verdeutlichen: Pro Person steht in der Region Beijing etwa so viel Wasser zur Verfügung wie in Eritrea oder Niger! Tausende von Flüssen, Hunderte von Seen sind bereits völlig verschwunden! Ich kann es auch noch drastischer formulieren: Hunderte von Millionen von Chinesen sind von Wassermangel bedroht!«

Cora sah ihn zweifelnd an: »Aber wo kommt der Wassermangel denn her? Ist das nur die geografische Lage? Wieso jetzt und nicht schon früher? Sicher kann man entsprechende Maßnahmen ergreifen? Ich weiß, dass die chinesische Gesellschaft immer schon vom Wasser abhing, und früher glaubte man, dies habe die typisch chinesische Gesellschaftsstruktur geformt. Große Bewässerungsprojekte kann man nur als Gemeinschaft bewältigen, und dazu benötigt man eben eine starke, zentrale Bürokratie. Die wiederum lässt dem Individuum keine Freiheit. Und weil wir in Europa so eine zentralisierte Struktur nicht benötigten, habe sich bei uns mehr Individualismus entwickelt, mehr technischer Fortschritt, eben mehr Selbstständigkeit. Aber heute sieht man das nicht mehr so, die Forschung ist davon abgekommen. Aber Klischees bleiben. Alle Chinesen sind gleich und tun, was man ihnen sagt, und so.«

»Das ist natürlich Unsinn. Also, der Wassermangel hat verschiedene Ursachen: Zum einen sinkt der Grundwasserspiegel ständig. Das liegt an der wachsenden Einwohnerzahl der Stadt und der Region, aber genauso auch an dem mangelnden Bewusstsein für den Wert des Wassers. Die Preise sind so niedrig, dass Wasser in jeder Beziehung verschwendet wird. Sei es für Golfplätze für die Schönen und Reichen, für die Bewässerung von Pflanzen oder für den Privatgebrauch. Ein weiteres großes Problem besteht darin, dass wir im Norden Nahrungsmittel anbauen, die sehr wasserintensiv sind, also zum Beispiel Weizen und Mais. Durch den zunehmenden Reichtum, den China in den letzten 30 Jahren erwirtschaftet hat, ist das Lebenshaltungsniveau von Millionen Chinesen stark gestiegen. Das heißt, sie essen zum Beispiel mehr Fleisch als früher. Um Rinder, Schweine und Geflügel zu züchten, ist aber ein enormer Wassereinsatz erforderlichen. Auch die Industrialisierung an sich verstärkt das Problem; viele Fabriken haben einen enormen Wasserverbrauch. All dies führt dazu, dass der Grundwasserspiegel seit Jahrzehnten rapide sinkt, in den letzten Jahren mehr denn je zuvor.«

Cora schwieg betroffen. Die Details hatte sie nicht gekannt; und Wasser war immerhin ihr Spezialgebiet. Halb China ohne Wasser? 600 Millionen Menschen bedroht? War das nicht etwas übertrieben? Immerhin war der Yangzi der drittgrößte Fluss der Welt. »Aber im Süden gibt es doch genug Wasser? Wissen Sie, das Problem ist doch nicht neu, oder? Vor über 200 Jahren, als aus Amerika neue Nahrungsmittel wie Mais, Ananas oder Kartoffeln nach China kamen, verbesserte sich die Versorgung der Bevölkerung zunächst deutlich. Michael hat mir erzählt, dass der Anbau dieser neuen Pflanzen auch in den Bergen möglich war, bis dahin gab es nur den Anbau von Reis im Tiefland. Man musste jetzt Wälder roden, durch die daraus resultierende Erosion wurden Sedimente weggeschwemmt, und die Reisfelder im Tal standen unter Wasser. Die Bauern zogen also entlang der großen Flüsse Chinas in die Berge hinauf. Sie wanderten weiter und rodeten weiter. Gewaltige Umweltschäden waren die Folge. Dies führte zu weiteren Unruhen, da vielen Reisbauern die Lebensgrundlage entzogen wurde. Mit der besseren Ernährung explodierte geradezu die Bevölkerungszahl, von 100 Millionen auf 300 Millionen! In nur 100 Jahren! Im Grunde war man in einer Falle: besseres Essen, mehr Menschen. Also keine bessere Versorgung insgesamt. Und: Die zunehmende Bevölkerung führte zu schlimmeren Umweltschäden als vorher. Ja, und was tut China dagegen?«

Ma sah Cora ernst an. Diese Frau war erstaunlich. Und da es sein Lieblingsthema war, freute er sich, jemand gefunden zu haben, dem er davon erzählen konnte, noch dazu, weil sie ja über eine breite Bildung zu verfügen schien.

»Was wir tun? Fragen wir uns zuerst, was wir nicht tun können. Wir können nicht die Fabriken abschalten, auch wenn sie jetzt endlich gezwungen werden, Filter einzubauen, um die Umweltverschmutzung einzudämmen; aber der Wasserbedarf bleibt ja bestehen. Wir können nicht das Essen einstellen, wir können nicht die gesamte Nahrungsmittelproduktion in den Süden verlagern. Wir können nicht das Trinkwasser rationieren oder den Menschen verbieten, Fleisch zu essen. Den einmal erreichten Luxus gibt man nicht mehr ab. Es käme zu verheerenden Aufständen in China, wenn wir beginnen würden, den Menschen ihr mühsam erarbeitetes persönliches Lebenshaltungsniveau wieder zu nehmen. Also muss irgendwie Wasser von Süden nach Norden gebracht werden; es gibt keine Alternative. Das ist es, was China tut.«

Wasser von Südchina nach Nordchina? Sie glaubte, sich verhört zu haben. Natürlich hatte sie als Ingenieurin von Bewässerungsprojekten in der Wüste Israels gehört, auch von Projekten in Ägypten und sogar Indien, aber hier ging es um völlig andere Dimensionen.

Ma Danli sprach unbeirrt und trotz ihres immer noch skeptischen Blicks weiter. »Alle großen Flüsse Chinas entspringen in Tibet. Der Gelbe Fluss und der Chang Jiang, den Sie im Ausland Yangzi nennen, sind die größten, aber es gibt auch sehr viele kleinere. Also bieten sich, da alle Flüsse aus dem tibetischen Hochland ins chinesische Tiefland fließen, Wasserkraftwerke, Staudämme, an. Da wir in China das große Glück haben«, – er hielt kurz inne und räusperte sich; Cora war sich nicht sicher, ob er das ironisch gemeint hatte –, »dass viele der führenden Kader der Kommunistischen Partei erfahrene und hervorragend ausgebildete Ingenieure waren und sind, wurde auf diese Thematik ein besonderes Augenmerk gelenkt. Li Peng, der Premierminister Ende der 80er-Jahre, war ein in Moskau ausgebildeter Fachmann für Wasserkraftwerke. Er setzte sich besonders für den Drei-Schluchten-Staudamm ein, der dann so ungemein erfolgreich und in sehr kurzer Bauzeit am Chang Jiang errichtet wurde und seither Millionen von Menschen mit Strom versorgt. Zumindest ist das der offizielle Sprachgebrauch.«

Er warf einen kurzen Blick in die Runde. Niemand schien sie zu beachten, alle waren selbst in Gespräche vertieft, und die Musik war ohnehin so laut, dass vom Nebentisch kein Wort mehr zu verstehen war. Ob er ihr vertrauen konnte? Na ja, wem sollte sie schon davon erzählen? Er musste es riskieren. Und da war noch etwas. Er mochte sie. Er wusste nicht genau, was es war, vielleicht ihr Interesse an seinem Land, seiner Kultur, ihr Eingeständnis, dass sie nichts wusste; was auch immer. Und ihre Augen, wurde ihm plötzlich klar. Was für wunderschöne blaue Augen! Manchmal, wenn er sie ansah, dann … Stopp. Halt, sagte er sich, lass das. Sie ist deine Kollegin, ihr fahrt zusammen nach Tibet, dann seht ihr euch nie wieder. So einfach. Und er war ja schließlich sehr glücklich verheiratet; ein Baby war unterwegs. Alles bestens. Bleib in deiner Bahn! Er konzentrierte sich wieder auf das, was er ihr zu sagen hatte. »Selbst solche Mega-Projekte wie der Drei-Schluchten-Staudamm, derzeit das größte Projekt dieser Art in der ganzen Welt, reichen nicht aus, das Dilemma des Wassermangels in Nordchina zu lösen. Wir müssen eine halbe Milliarde Menschen versorgen! Also wurden die Pläne für eine Süd-Nord-Verbindung wieder neu diskutiert. Schließlich entstand das gewaltige South-North Water Transfer Project. Drei verschiedene Süd-Nord-Verbindungen sollen dafür sorgen, dass nach Abschluss aller Arbeiten ausreichend Wasser nach Nordchina geleitet werden wird. Im Osten hat man sich am alten Kaiserkanal orientiert und die Wasserstraße erweitert und ausgebaut; diese Route wurde schon 2013 eröffnet. Aber 70 Prozent aller Flüsse Chinas sind so verschmutzt, dass das Wasser nur für die industrielle Verwertung geeignet ist, nicht für landwirtschaftliche Nutzung. Und 30 Prozent aller Flüsse sind nicht einmal dafür zugelassen! Nicht einmal für die industrielle Nutzung! Aber auch wenn jetzt gewaltige Wassermassen nach Norden strömen, gibt es weitere Probleme. Zum einen ist der Transport natürlich mit gewaltigen Kosten verbunden. Zum anderen ist das Wasser, wenn es im Norden ankommt, so verschmutzt, dass es kaum zu gebrauchen ist. Die Fabriken entlang der Route leiten ja nach wie vor ihre Abwässer in die Flüsse, meist ungeklärt. Und: Zu den Bau- und Transportkosten kommen die immensen Energiekosten für Pumpwerke und Staudämme. Jegliche Zahlen kommen natürlich von der Regierung; wir können nicht wirklich beurteilen, ob das alles so stimmt.«

Mittlerweile hatte er sich in Rage geredet; Cora sah ihm seine ehrliche Wut an. Aber er redete ja erstaunlich kritisch, so in aller Öffentlichkeit. War das nicht gefährlich? War er nun besonders mutig oder besonders leichtsinnig? Oder konnte er so reden, weil ihm nichts passieren konnte? Weil er selbst gut mit der Partei stand? War er deswegen ihr zugeteilt worden, als Aufpasser gewissermaßen? Sie beschloss, auf der Hut zu sein. Sie konzentrierte sich wieder auf seine Erzählung.

»Die mittlere Strecke, also eine weiter westlich gelegene Verbindung, soll weitere 13 Milliarden Kubikmeter Wasser umleiten, diesmal vom Han-Fluss nach Beijing und Tianjin. Hier wurde ein circa 1.200 Kilometer langer neuer Kanal gebaut, der fast 400 Flüsse miteinander verbindet. Auch dieses Projekt wurde bereits 2014 fertiggestellt. Wie viel Wasser letztlich tatsächlich in Beijing ankommt, ist nicht klar.«

»Gibt es schon Berichte? Ist dieses Wasser denn sauber? Mussten nicht sehr viele Menschen umgesiedelt werden, wie schon beim Drei-Schluchten-Staudamm? Wie wirkt sich das auf das Ökosystem aus? Wie …«

»Moment, Moment«, unterbrach er lächelnd ihren plötzlichen Redeschwall. »Langsam. Das Ganze ist noch ganz frisch, außerdem glauben Sie doch nicht, dass wir hier wirklich gut informiert sind? Das müsste bei Ihnen im Ausland ja besser sein. Aber wenn Sie die östliche und die mittlere Route beeindruckt haben, dann passen Sie jetzt gut auf. Die westliche Verbindung ist die längste, aufwendigste, schwierigste. Sie stellt alles in den Schatten, was ingenieurtechnisch bisher geleistet wurde. Das Besondere hierbei ist natürlich die geografische und topografische Situation, mit der wir es hier zu tun haben. Geplant war und ist wohl noch, Wasser vom Yangzi wieder in den Gelben Fluss zu leiten, indem man Hunderte von Tunneln und Staubecken errichtet. Angeblich könne man mit diesem einen Projekt das ganze Wasserproblem lösen. Man verbindet sechs Flüsse miteinander und baut einen 240 Kilometer langen Tunnel, um letztlich den Gelben Fluss zu erreichen. Die Zahlen widersprechen sich, manche nennen bis zu 200 Milliarden Kubikmeter Wasser, die umgeleitet werden sollen, das entspräche viermal der Wassermenge des Gelben Flusses!«

Ma trank noch einen Schluck Bier, weniger aus Durst denn aus Nervosität. Erneut ließ er seinen Blick durch das Restaurant schweifen, beobachtete vor allem die Menschen an den benachbarten Tischen. Cora wartete ruhig, auch wenn sie es vor Ungeduld kaum aushielt. Was bedeutete das alles für China? Für immerhin ein Fünftel der Menschheit? War das wirklich ein rein innerchinesisches Projekt? Und selbst wenn, welche Auswirkungen auf die Umwelt würde das haben? Tausende von Staudämmen, Hunderte von Kilometern Tunnel, Flüsse umgeleitet? Ganze Ökosysteme würden verschwinden oder beeinträchtigt; wie sollte man denn die Auswirkungen auf Flora und Fauna vorausberechnen? So etwas war doch nicht auf China beschränkt, ein so gravierender Eingriff in das Ökosystem führte zu globalen Einflüssen, unkalkulierbaren Risiken, das wusste man doch inzwischen. Was in China passierte, betraf die Welt. So viel war klar.

»Warum erzählen Sie mir all das?«, fragte Cora. »Was hat das mit unserer Tibetreise zu tun, mit unserer Arbeit dort?«

»Ganz einfach: Die westliche Route beginnt natürlich in Tibet. Da alle großen Flüsse dort entspringen, wie ich ja schon sagte, müssen sie auch dort schon umgeleitet werden beziehungsweise muss man auch dort schon die Staudämme bauen, um das Gefälle auszunutzen. Lhasa, die tibetische Hauptstadt, liegt schon auf 3.600 Meter Höhe, dann geht es bis auf etwa 5.000 Meter hinauf. Darüber lebt ja niemand mehr, aber da liegen die Gletscher, die die Flüsse speisen. Da muss man ansetzen. Und genau das tut China.«

Er schwieg plötzlich. Cora sah ihn forschend an. Was kam denn jetzt noch? Flüsse umleiten, Staudämme bauen, ökologisch alles eine Katastrophe. Aber China musste ja auch sein Wasserproblem lösen; das war ja auch klar.

»Das Problem beginnt genau hier. Die Flüsse, die gestaut werden sollen, um aus der Wasserkraft Strom zu gewinnen. Es geht nicht nur um den Yangzi und den Gelben Fluss. Es geht um Flüsse namens Mekong, Irawadi, Brahmaputra. Schon mal gehört?«

»Moment, der Mekong liegt doch in Vietnam? Brahmaputra, ist das nicht Indien? Was hat das mit China zu tun?«

»Eben. Was das mit China zu tun hat? Diese Flüsse entspringen alle in Tibet, also in China. Sie versorgen aber dann Indien, Bangladesch, Myanmar, Laos, Kambodscha, Vietnam. China baut Staudämme am Oberlauf. Schon im Jahre 2010 stand in chinesischen Zeitungen zu lesen, China beginne mit dem Bau eines Staudamms am Oberlauf des Yarlung Tsangpo. Das ist der tibetische Name des dann in Indien Brahmaputra genannten Flusses. Die geplante Gesamtkapazität des Zangmu-Staudamms, der 325 Kilometer südöstlich von Lhasa auf einer Höhe von etwa 3.000 Meter gebaut werden soll, betrage 510 Megawatt. China hat zugesagt, dass kein Wasser entnommen wird, da es sich um ein sogenanntes Laufwasserkraftwerk handelt. Das bedeutet, das wissen Sie ja, dass die Anlage das Wasser aus dem Fluss weder speichern noch ableiten wird. Der Staudamm liegt aber nur 200 Kilometer von der indischen Grenze entfernt. Wissen Sie, was passiert, wenn der Brahmaputra nicht mehr genug Wasser führt, weil am Oberlauf Staudämme gebaut wurden? Wenn die Fließgeschwindigkeit sinkt? Wissen Sie, was dann passiert? Dann haben Indien und die anderen Länder Südostasiens nicht mehr genug Wasser. Dann besteht die Gefahr einer Hungersnot in Südostasien. Noch mal ein Fünftel der Menschheit.«

Cora war promovierte Hydroingenieurin; sie verstand die Problematik Chinas und die Notwendigkeit, die eigene Bevölkerung zu ernähren. Aber für die Implikationen dessen, was Ma ihr gerade gesagt hatte, musste man nicht studiert haben. Die Chinesen wollten Indien das Wasser abgraben? Unmöglich. Das wäre Wahnsinn. Das konnten sie nicht tun. Das würde ja bedeuten, dass ...

»Genau.« Er schien ihre Gedanken lesen zu können. »Das würde bedeuten, dass es Krieg gibt. Krieg um Wasser. An der Quelle. In Tibet. Die beiden wirtschaftlich interessantesten Märkte der Welt, die beiden bevölkerungsreichsten Staaten der Welt, zwei Atommächte – Krieg um Wasser. Das ist nicht Science Fiction. Das ist Realität. Und es kann jeden Moment losgehen.«

13. KAPITEL

Xiehe Krankenhaus, kardiologische Abteilung

Es ging um Lihua, richtig, alles andere war jetzt egal. Und es ging um seine Tochter. Die sah schrecklich aus, sie musste ununterbrochen geweint haben. Er hielt ihre Hand, sie zitterte. Eine Krankenschwester führte sie auf die Säuglingsstation und wies auf eine Glasscheibe. Jiang und Lianhua stellten sich an die Glasscheibe; er sah die Kleine in einem Bettchen liegen. Sie wurde noch beatmet; es zerriss ihm das Herz, als er die winzigen Schläuche sah, die zu den Maschinen führten. Seine Enkelin, so winzig, so zerbrechlich, kein halbes Jahr alt. Würde sie das überleben?

Zwei Schwestern gingen in schnellem Schritt an ihnen vorbei. »Eine Zyanose, Babys sterben oft gleich daran!«

Seine Tochter zuckte zusammen und schaute ihn fragend an. »Papa, gestern Abend war Lihua total blau verfärbt, jetzt sieht sie grau aus. Ist sie überhaupt ausreichend durchblutet, lebt sie noch? Die Ärzte haben gestern etwas von Herzfehler gesagt, keiner wollte mir was bestätigen. Du musst was tun, Papa. Ich will meinen kleinen Liebling nicht verlieren!«

In diesem Augenblick betrat ein Arzt das Zimmer, und Jiang führte seine Tochter zu einem Stuhl am Fenster.

»Guten Tag, Herr Jiang, mein Name ist Dr. Gu, ich bin hier der leitende Kardiologe. Ihre Enkelin, Lihua ...« Der Arzt sah ernst aus.

Jiang hielt die Hand seiner Tochter. »Sagen Sie uns, was los ist! Ich will endlich eine Erklärung haben, sonst ...«

»Ja, selbstverständlich.« Dr. Gu ließ sich offensichtlich nicht aus der Ruhe bringen; er war den Umgang mit schwierigen Patienten und deren Angehörigen gewohnt. »Also, Ihre Enkelin wurde gestern mit einer Blausucht eingeliefert, die Erstickung drohte. Jetzt ist sie außer Lebensgefahr.«

Erstickung, ja, das hatte seine Tochter gesagt, aber wieso, woran erstickte ein Säugling? Und Lebensgefahr? Seine kleine Lihua wäre beinahe gestorben? Er konnte es nicht fassen. »Aber, wie passiert denn so etwas? Wenn es kein Herzfehler ist, was dann?«, fragte er aufgeregt, während er noch immer die Hand seiner Tochter hielt. Diese hatte sich etwas beruhigt und sah aus verweinten Augen zu ihm auf.

»Vergiftung«, sagte Dr. Gu. »Lebensmittelvergiftung mit Nitrit. Wir gehen derzeit davon aus, dass sich durch eine stark erhöhte Nitratkonzentration, die Ihre Enkelin verabreicht bekam, im Körper Nitrite gebildet haben. Nitrit kann durch Oxydation aus Hämoglobin, dem roten Blutfarbstoff, der für den Sauerstofftransport verantwortlich ist, Methämoglobin machen. Methämoglobin kann keinen Sauerstoff mehr binden. Die Haut verfärbt sich blau, man nennt das Zyanose. An der leicht braunen Farbe des Blutes kann man das gut erkennen. Wir haben Ascorbinsäure als Antioxidans gespritzt; jetzt geht es der Kleinen wieder gut. Wir haben solche Fälle in China leider immer häufiger. Die hohe Überdüngung in der Landwirtschaft führt zu erhöhten Nitratkonzentrationen im Trinkwasser, aber auch in Lebensmitteln wie bestimmten Gemüsesorten et cetera. Erwachsene können das gut überstehen; für

Säuglinge ist es tödlich. Sie verfügen in den ersten Lebensmonaten über nur wenig Magensäure. Diese aber verhindert bei keimhaltiger Nahrung eine Besiedelung des Dünndarmes mit Bakterien, die wiederum Nitrat zu Nitrit umwandeln können. Überprüfen Sie genau, was Ihre Enkelin zu sich genommen hat. Wir müssen das auch den Lebensmittelkontrollbehörden melden. Es gibt bestimmte Grenzwerte, die nicht überschritten werden dürfen. Wasser zur Zubereitung von Säuglingsnahrung sollte einen Nitrat-Grenzwert von 50 Milligramm pro Liter nicht überschreiten. Babys sollten unbedingt nur Babynahrung zu sich nehmen! Das Problem ist kein rein chinesisches; überall auf der Welt tritt es auf, auch in Deutschland oder anderen hoch entwickelten Regionen Europas. Aber hier in China ...«, er senkte seine Stimme etwas, »sind die Kontrollen oft nicht ausreichend. Wir hatten ja einen furchtbaren Skandal bereits bei Milchpulver, Sie erinnern sich. Die Politiker tun leider nicht genug.« Dr. Gu schien nicht zu wissen, wen er hier vor sich hatte. Jiang schwieg betroffen.

»Wir wissen noch nicht genau, wie es zu der Vergiftung kam. Sie müssen uns bitte alles angeben, was die Kleine 24 Stunden vor dem Anfall zu sich genommen hat. Haben Sie ihr etwas Ungewöhnliches zu essen gegeben? Lagen Medikamente herum, die sie sich in den Mund gesteckt haben könnte, oder Reinigungsmittel? Wo kaufen Sie das Wasser für die Babynahrung oder stillen Sie selbst? In dem Fall brauchen wir eine Probe der Muttermilch. Der Mageninhalt der Kleinen wird gerade analysiert. Die Ergebnisse von den Blutproben erwarten wir. Sie müssen sich gedulden. Bitte! Füllen Sie das hier aus.« Er reichte einen Stapel Papiere herüber.

Nitrat. Jiang kannte Nitrat nur aus seinen Akten zur Düngemittelverordnung. Bestimmte Grenzwerte durften nicht überschritten werden. Seitdem gab es immer wieder Ärger mit zu hohen Werten bei Spinat oder Kartoffeln, wenn überdüngt wurde. Aber Nitrat im Trinkwasser? Das konnte doch wohl nicht sein ...

»Wann hast du Lihua zuletzt gefüttert? Was hast du ihr gegeben?«, fragte er seine Tochter scharf und wühlte in den Formularen.

»Papa!«, schrie seine Tochter ihn plötzlich an. Er fuhr zusammen; so kannte er sie nicht. »Papa, ich habe sie gefüttert wie seit drei Wochen, deutscher Milchbrei! Du weißt doch, dass keine Mutter in China, die es sich leisten kann, seit dem Milchskandal damals chinesisches Milchpulver kauft! Aber das habe ich natürlich mit Wasser angerührt. Und sie hat Tee getrunken. Ich stille sie nur noch nachts und abends. Was ist verkehrt mit Tee? Was ist verkehrt mit Milchpulver aus Deutschland? Wasser? Papa! Für das Wasser bist du verantwortlich! Ich verstehe das nicht. Lihua trinkt doch keine Düngemittel ...? Was hast du getan? Ich werde selbst suchen ...« Mit diesen Worten senkte sie ihren Blick auf ihr Handy und gab in die Suchfunktion »Nitrat + Vergiftung« ein.

Jiang Jianguo, ranghoher Kader im Umweltministerium der Volksrepublik China, der mit einer Unterschrift das Leben von Millionen Menschen beeinflussen konnte, der Flüsse umleiten und Seen abpumpen lassen konnte, vor dessen Wutausbrüchen seine Untergebenen zitterten – er verstummte. Seine Tochter, sein Sonnenschein, seine über alles geliebte Tochter – sie war verzweifelt, und er, er verstand die Welt nicht mehr. Die Wasserqualität war doch in Ordnung. Natürlich gab es immer wieder Probleme, aber die hatte die Partei im Griff; es gab doch überall Kontrollmechanismen, zuständige Beamte, die die Daten erhoben und auswerteten; ja, man hatte doch erst letztes Jahr aus Deutschland spezielle Messgeräte importiert und installiert, mit denen die Wasserqualität in den Leitungen und in den Gewässern überprüft wurde und die online die Daten in sein Ministerium schickten! Alles war überprüft worden! Wie konnte so etwas passieren?

Sein Blick richtete sich auf Lihua, seine Enkelin, sie wäre beinahe gestorben. Wie vielen anderen Babys ging es genauso? Wie viele waren gestorben, weil wieder ein Umweltskandal vertuscht worden war? Wie oft kam so etwas vor, wer war zuständig? Er würde den Verantwortlichen ausfindig machen. Er würde sich darum kümmern, und wenn es das Letzte war, was er tat. Er würde ihn zur Rechenschaft ziehen. Wenn dieser Mann für den Tod von Babys verantwortlich war, verdiente er die Todesstrafe.

Und als er in den Aufzug stieg, um in sein Ministerium zurückzukehren, wurde ihm plötzlich etwas klar: Dieses Mal konnte er niemand anders verantwortlich machen. Es gab nur eine Person, die für die Wasserqualität zuständig war, und zwar an oberster Stelle für ganz China. Nur eine Person. Ihn selbst.

14. KAPITEL

Dieses verdammte Yakfleisch! Er konnte es nicht mehr sehen, und essen musste er es ja auch noch. Angewidert schaute Zhao Jianshe auf die Schüssel, die vor ihm auf dem schmutzigen Holztisch stand. Nudelsuppe war ja in Ordnung, aber dann doch bitte wie zu Hause, mit Gewürzen, die man kannte, fettem Schweinefleisch, Zwiebeln, Knoblauch, etwas Sojasauce ... Er durfte gar nicht daran denken. Und tat doch nichts anderes, jedes Mal, wenn ihm diese abstoßend schmutzige Tibeterin, die hier die Küche unter sich hatte, wieder etwas völlig Ungenießbares vorsetzte. Das tiefbraune Gesicht von Runzeln durchzogen (schon die Gesichtsfarbe zeigte, wie primitiv sie war, wusste man doch, wie schön helle Haut war!), schaute sie ihn an, als bereite es ihr Freude, dem Han-Chinesen so einen Fraß vorzusetzen. Und er war erst drei Monate hier!

Es war eine Chance gewesen, wie sie sich nur einmal im Leben bot. Planungsleiter für das wohl anspruchsvollste Bauprojekt Chinas! Er, Zhao, hatte nicht eine Minute überlegt, als die Frage aus dem Ministerium kam. Natürlich, Tibet, das war eine Strafe, die dünne Luft, die Kargheit der Landschaft, das primitive Essen, kurz, der Mangel an zivilisiertem Lebensstil, wie ihn jeder Han-Chinese nun einmal gewohnt war. Aber wenn er das hier professionell und zur Zufriedenheit der Vorgesetzten und der Partei erledigte, dann standen ihm alle Türen offen. Misstrauisch rührte er in seiner Suppe. Die Nudeln waren ja wohl essbar. Aber sonst ... vielleicht wollten sie ihn auch vergiften? Der Hass der Tibeter auf die Han-Chinesen war ja bekannt; statt dankbar zu sein, dass die Kommunistische Partei ihnen Freiheit von der Sklaverei der Dalai Lamas gegeben hatte, Straßen, Schulen, Essen, berufliche Aufstiegsmöglichkeiten, all das und noch mehr, statt also dankbar zu sein, beschwerten sie sich auch noch! Wem hätte die Alte hier denn ihre Suppe verkaufen sollen, wenn keine Chinesen hier wären? Wer sorgte also für ihr Einkommen? Hatte sie das schon einmal überlegt? Sicher nicht. Wenn sie überhaupt denken konnte. Als Mao Tibet befreite, so 1950 war das, da hatte es hier völlig anders ausgesehen! Das lernte doch jedes Schulkind zu Hause, wie arm die Menschen gewesen waren, wie dreckig und ungebildet. Und der Dalai Lama, dieser Gottkönig, wie sie ihn genannt hatten, thronte in seinem Palast, dem Potala in der Hauptstadt Lhasa, und genoss das Leben! Erst Mao hatte Tibet auf das chinesische Niveau gehoben und die absurden religiösen Fanatiker zum Schweigen gebracht und dafür gesorgt, dass endlich Straßen gebaut wurden statt neuer Tempel.

Er holte tief Luft. Immer noch dieses Gefühl, als bekäme er zu wenig Luft; er musste immer wieder mal kräftig Luft einatmen, um nicht in Panik zu verfallen. Nachts war es besonders schlimm; manchmal wachte er auf und hatte das Gefühl zu ersticken. Auch nach drei Monaten hatte er sich nicht an die Höhe gewöhnt. Glücklicherweise ließen die Kopfschmerzen nach; auch das war am Anfang unerträglich gewesen. Die komischen Pillen der Tibeter hatte er vorsichtshalber nie probiert, man wusste ja nie. Er hatte seinen eigenen Tee dabei, der half meistens, und sonst musste er eben Tabletten nehmen. Aber es wurde besser; nur manchmal hatte er einen grauenhaften Anfall, der ihn für Stunden völlig ausschaltete. Aber heute durfte das nicht passieren; der Vize-Minister persönlich würde ihn heute anrufen. Er musste also in Höchstform sein und sich und das Projekt perfekt präsentieren. Davon hing sehr viel ab. Alles hing davon ab. Sein Projekt, seine Karriere, seine Chance, wieder in seine Heimat zurückzukehren. Ihm durfte heute kein Fehler unterlaufen.

Er stieß die noch halb volle Schüssel zurück, nahm noch einen Schluck von dem wässrigen Lhasa-Bier, nicht einmal Bier brauen konnten sie, zerdrückte die grüne Dose dann mit der rechten Hand und warf sie geübt in den Papierkorb an der Tür. Dann erhob er sich, legte zwei Zehn-Yuan-Scheine auf den Tisch und ging zur Tür. Das Restaurant – eigentlich war es ja nur ein Holzverschlag mit drei Holztischen, ein paar wackligen, mit bunten Wollteppichen belegten Bänken davor und einem Tresen – stand direkt am Abhang neben der Straße, dahinter ging es steil zum Flussufer hinunter. Die Toiletten waren praktischerweise gleich daneben – der nächste Verschlag, ein rostiger Draht hinderte die Tür daran, einfach offen zu stehen. Die Kanalisation erübrigte sich durch die strategisch günstige Lage am Abhang. Nachdem er das Lhasa-Bier wieder dem Tsangpo-Fluss zugeführt hatte, der hier relativ gemächlich dahinfloss, keine 50 Meter breit, ging er die Straße hinauf zu seinem Baucontainer, in welchem heute die Videokonferenz stattfinden sollte. Er war allein, sein Team war mit den letzten Vorbereitungen beschäftigt. Die Tür stand weit offen; es war warm jetzt im Juli; Regenzeit zwar, aber immerhin warm. Und bis auf einen Hund, der sich in der Hoffnung auf Abfälle sprungbereit in der Nähe aufhielt, gab es hier sowieso keine

Interessenten an seinem Dasein. Normalerweise wäre er die 100 Meter bis zu seinem Container gejoggt, um sich etwas fit zu halten; im Gegensatz zu den meisten Chinesen war er sehr sportlich. Aber in dieser Höhe wäre dies keine gute Idee gewesen; er lief also gemächlich und war dennoch leicht außer Atem, als er ankam. Durch die offene Tür sah er den mit Papier übersäten Tisch, die Landkarten an den Wänden, den aufgeklappten Laptop. Viel Arbeit wartete auf ihn, aber jetzt galt es zunächst, den heutigen Tag gut zu absolvieren. Ein Blick auf die Uhr, halb eins, gut, noch zwei Stunden. Das war zu schaffen. Eine Videoschaltung nach Beijing war vorbereitet, sein Arbeitsplatz durfte nicht chaotisch aussehen. Er machte sich an die Arbeit, räumte auf, sortierte die Papiere, überlegte sich, welche Worte er wählen würde. Er kannte den Vize-Minister nur aus den Nachrichten; dieser machte nicht den Eindruck eines umgänglichen, entspannten Menschen. Aber wer war schon entspannt hier oben, in Tibet, und dann noch bei diesem Projekt? Zu viel hing davon ab. Die Zukunft Chinas, vielleicht. Frieden, vielleicht. Oder Krieg.

»Herr Vize-Minister, ich freue mich sehr, und es ist mir eine Ehre, Sie per Liveschaltung hier in Tibet begrüßen zu dürfen!«

»Jaja, schon gut. Kommen wir sofort zum Thema, bitte. Ich habe keine Zeit, um Höflichkeiten auszutauschen; ich habe noch ganz andere Sorgen, aber das können Sie natürlich nicht ermessen, worum ich mich alles kümmern muss. Also bitte, fangen Sie gleich an!«

Über den ganzen Tisch hinweg war eine große Detailkarte der Region ausgebreitet. Mit dem Finger wies Zhao auf einen Punkt auf der Karte. »Hier sind wir. Ich erkläre es der Reihe nach, ganz von Anfang an. Damit wir denselben Wissensstand haben«, fügte er mit einem unsicheren Blick in die

Laptopkamera hinzu. »Der Yarlung Tsangpo, der in Indien dann Brahmaputra heißt, fließt, aus Zentraltibet kommend, erst mal für circa 1.000 Kilometer mehr oder weniger gerade Richtung Osten, wendet sich dann nach Norden und macht dann, völlig unerwartet sozusagen, einen Bogen und fließt nach Süden weiter, Richtung Indien und Bangladesch. In diesem Bogen nun hat sich die tiefste Schlucht der Welt gebildet, doppelt so tief wie der amerikanische Grand Canyon. An manchen Stellen ist die Schlucht über 5.000 Meter tief. Wir haben nach den Vorgaben der Zentralregierung und den Vorarbeiten, die schon seit Jahrzehnten hierzu gemacht wurden, die exakten Vermessungsarbeiten aufgenommen, um zu sehen, ob das Projekt in der geplanten Weise durchgeführt werden kann. Wir haben erfahrene Wasserbauingenieure an Bord, die bereits beim Drei-Schluchten-Staudamm am Chang Jiang gearbeitet haben; auch in China selbst haben sie viel Erfahrung gesammelt. China besitzt über 26.000 der weltweit circa 50.000 großen Staudämme. Andere haben viel Erfahrung in Afrika gesammelt, wo China ja bekanntlich schon Hunderte Staudämme gebaut hat, um den anderen Entwicklungsländern zu helfen, unabhängig von westlicher Technologie und Arroganz zu werden.«

Zhao machte eine kurze Pause und trank einen tiefen Schluck Tee, um die Wirkung seiner Worte zu überprüfen. Der Vize-Minister blickte ausdruckslos auf die Karte, aber er sah nicht kritisch aus. Zhao beruhigte sich etwas; er hatte lange an den richtigen Worten gefeilt. Jeder wusste, was für ein Desaster der Staudamm am Chang Jiang zu werden drohte. Aber das durfte natürlich nie laut gesagt werden. Na gut, es schien so weit zu laufen, er fuhr fort. »Unsere Aufgabe ist es, den seit Jahren sorgfältig geplanten Staudamm nun endlich zu bauen, um die gewaltige Wasserkraft des Tsangpo zu nutzen. Korrekterweise muss man von einer Talsperre reden, das ist etwas anderes als ein Staudamm. Aber das wird meist verwechselt, also bleiben wir bei dem gängigen Ausdruck Staudamm. Dieser Staudamm wird der größte, der weltweit je gebaut wurde, und nur ein Land wie China ist technisch und finanziell in der Lage, ihn zu bauen. Wir benötigen die Elektrizität; Chinas wachsende Wirtschaftskraft kann nicht durch Kohle oder Atomkraft versorgt werden. Wir benötigen auch das Wasser. Aber heute geht es um Elektrizität. Der Bedarf steht daher außer Frage, die finanziellen Mittel stünden bereit. Aber ist das technisch machbar? Dazu sind mein Team und ich hier. Ein wichtiger Aspekt bei der Realisierung des Projekts ist natürlich auch der Umweltschutz, wie ihn die Partei im 12. Fünf-Jahres-Plan verankert hat. Die Klimaziele, zu denen China sich in Lima und Paris verpflichtet hat, müssen unbedingt eingehalten werden. Ein einziger gewaltiger Staudamm am Tsangpo könnte vermutlich 200 Millionen Tonnen CO_2 einsparen. Pro Jahr! Das entspricht etwa einem Drittel der gesamten Emissionen Großbritanniens! Wenn man das Gefälle genau hier bei Motuo ausnutzt«, er zeigte auf die Stelle der Karte, an welcher der Tsangpo plötzlich von Nord nach Süd schwenkte und in einem gewaltigen Bogen Richtung Indien floss, »dann könnte eine Menge an Energie gewonnen werden, die etwa 100 Millionen Tonnen Kohle entspricht. Das wäre also nicht nur gut für China, sondern durch die Einsparungen an CO_2-Ausstoß gut für die ganze Welt! Wir sprechen von einem 38-Gigawatt-Wasserkraftwerk. Das wäre dann mehr als das Doppelte des Drei-Schluchten-Staudamms am Yangzi. Die Stromproduktion entspricht etwa der Hälfte der gesamten britischen Stromproduktion. Hier bei Motuo findet sich, neben dem Kongo in Afrika, die weltweit größte Konzentration von Hydroenergie.«

»Jaja, die Zahlen sind ja bekannt, Genosse Zhao«, unterbrach ihn der Politiker ungeduldig. »Ich bin hier, um zu erfahren, wie weit Sie sind. Ich muss Entscheidungen von nationaler, wenn nicht internationaler Tragweite treffen. Also: Können wir mit den Arbeiten beginnen?«

Zhao schwitzte. Auch schien ihn wieder die Atemnot zu überkommen. Jetzt keinen Fehler machen! Er wusste, was von ihm erwartet wurde, aber er musste auch aufpassen. Wenn etwas schiefging, würde er es zu verantworten haben. Sorgfältig wählte er seine Worte. »Die Risiken sind gewaltig. Wir arbeiten hier in einer Region, die als eine der vulkanisch aktivsten der Erde bekannt ist. So ist der Himalaya erst entstanden; es handelt sich um ein relativ junges Gebirge. Wenn wir also einen Staudamm bauen, dann sprengen wir in einer Region, in der schon ein leichtes Beben eine Lawine auslöst; was bei Sprengungen passiert, kann nicht berechnet werden. Denken Sie an das Beben in Nepal! Ob man hier überhaupt konventionell sprengen kann, war bisher nicht klar. Das versuchten wir herauszufinden. Viele Berge im betroffenen Gebiet sind den Tibetern heilig; Tibets Tier- und Pflanzenwelt ist einzigartig, die Folgen für die Natur, die Flora und Fauna, das gesamte Ökosystem ...«

»Ich will keinen ökologischen Vortrag über den Schutz der tibetischen Streifengans, ich will Fakten!«, schrie der Vize-Minister, jetzt rot im Gesicht. »Was erzählen Sie hier von den Risiken? Geht es oder geht es nicht? Das allein interessiert mich. Wir haben seit Wochen Demonstrationen überall in Nordchina, die Bauern gehen auf die Straße wegen des Wassermangels! Die Flüsse sind so verschmutzt, dass man das Wasser nicht verwenden kann! Ein ganzes Dorf in Zentralchina musste mit Tankwagen voller Wasser beliefert werden! Der Generalsekretär der Kommunistischen Partei persönlich musste gestern ein symbolisches Durchschwimmen eines Flusses absagen, da seine Sicherheitsleute es ihm nicht erlaubt haben. Ein einziger Algenteppich bedeckte den ganzen Fluss! Und der war nicht mal grün, der war mit braunem Schaum bedeckt. Er erwartet meinen Bericht, was ich dagegen zu tun gedenke. Wenn Sie zu schwach sind, so ein Projekt zu stemmen, lassen Sie es mich wissen. Mit diesem Staudamm und weiteren, die wir planen, können wir endgültig die Vorherrschaft über die Wasserversorgung Asiens erringen. Wir verbessern die Wasserqualität und damit die Lebensqualität unseres Volkes! Und wir retten China, und wir retten die Welt! Also, ich frage zum letzten Mal: Werden die Arbeiten noch diese Woche beginnen, wenn ich den Befehl gebe? Ja oder nein?«

Zhao zögerte nicht. Er wusste, von seiner Antwort hing nicht nur der Bau des Staudamms ab. Von seiner Antwort hingen seine Karriere, seine Familie, sein Leben ab. »Ja, Herr Vize-Minister. Es ist alles vorbereitet. Wir können umgehend mit den Sprengarbeiten beginnen.«

»Na, geht doch. Ich wusste, Sie sind der richtige Mann vor Ort. Bereiten Sie alles vor; wenn ich anrufe, erwarte ich die sofortige Sprengung des Berges wie besprochen, damit wir ein Signal für die Bevölkerung setzen. Das Volk muss sehen, dass wir etwas tun, um den Wassermangel zu beheben. Ich sorge für die Live-Übertragung in CCTV. 1,3 Milliarden Chinesen werden stolz sein, wie ihre Regierung das gewaltigste Bauwerk der Menschheit in Angriff nimmt! Und Sie, Zhao, sind Teil davon! Seien Sie stolz, Mann!«

Die Verbindung war unterbrochen. Zhao musste sich setzen, dann stand er schnell wieder auf, rannte zur Tür und übergab sich. Während er sich säuberte, begannen die grauenhaften Kopfschmerzen wieder, schlimmer denn je. Was habe ich getan, dachte er. Was habe ich da eben getan?

In Beijing schloss Jiang Jianguo, Vize-Minister und zuständig für die Wasserversorgung Chinas, seinen Laptop. Der Generalsekretär erwartete seinen Bericht. Und dann musste er sich um seine Enkelin kümmern.

15. KAPITEL

Cora stand vor dem Badezimmerspiegel in ihrem Zimmer. Sie verwendete in Deutschland nur ein sehr dezentes Make-up, und für China hatte sie natürlich auch nicht mehr mitgenommen. Unter ihren Augen hatten sich dunkle Ringe gebildet. Sie strich sich mit dem Finger vorsichtig über ihr Gesicht. Der Finger war schwarz! Diese Luftverschmutzung war ja unglaublich. Sie hatte schon viel darüber gelesen, aber es war doch etwas anderes, an einem eigentlich sonnigen Tag nur eine trübe, milchige Brühe erkennen zu können mit einem bräunlich-gelblichen Fleck am Himmel. Sie spürte auch den ganzen Tag schon ein Kratzen im Hals. Michael hatte erzählt, dass jeder Chinese eine App hatte, um die Belastung mit Feinstaub, den Schwefelgehalt der Luft und anderes zu messen. Gott sei Dank hatte sie aber eine große Tube guter Reinigungscreme dabei. Sorgfältig wusch sie ihr Gesicht damit und entfernte alles wieder mit einem heißen Waschlappen ... Das tat gut, man spürte förmlich, dass die Haut sauberer war. Nachdenklich betrachtete sie das Wasser, das aus dem Hahn lief. Ob das sauber war? Ob man das trinken konnte? Besser nicht. Das Gespräch mit Ma in der Bar hatte sie sehr nachdenklich gemacht. Wasser war ihr Thema, ihr Leben; aber sie hatte nicht gewusst, was hier passierte. Und das betraf immerhin ein Fünftel der Menschheit! Ma schien nicht der Typ, der zu Hysterie neigte; wenn er von Krieg sprach, war das wohl ernst zu nehmen. Krieg um Wasser? Wegen Tibet? Wieso war das nicht auf der internationalen Agenda, wieso wurde nicht darüber gesprochen? Das betraf doch die ganze Menschheit, wenn die beiden bevölkerungsreichsten Staaten der Welt am Rande eines Krieges standen. Und wenn das stimmte, dass die wichtigsten Flüsse Asiens in Tibet entsprangen, dann war auch klar, warum China solchen Wert darauf legte, Tibet als zu China gehörig zu betrachten.

Sie legte sich in ihr Bett, ächzte etwas, als ihre blauen Flecken von dem gestrigen Überfall sich in Erinnerung brachten, zog die Bettdecke hoch und klappte ihren Laptop auf, um etwas zu surfen. Während der Computer hochfuhr, griff Cora nach der Fernbedienung und schaltete den Fernseher ein. Mal sehen, was hier so lief. Sie zappte durch mindestens 25 chinesische Programme, mehrere internationale Filmkanäle und sogar die Deutsche Welle, bis sie zufällig auf einem indischen Sender landete. Ein Bollywood-Film, wie unschwer zu erkennen war. Alles sang und tanzte fröhlich über die Bühne. Desinteressiert schaltete sie den Ton ab und loggte sich an ihrem Laptop ins hoteleigene WLan ein. Während sie das Benutzerpasswort eingab und darauf wartete, dass sie online gehen konnte, registrierte sie irgendetwas Interessantes auf dem Bildschirm des Fernsehers. Sie wusste nicht, was, aber irgendetwas war da eben gewesen. Der Film war vorüber, und ein Nachrichtensprecher las etwas von einem Blatt ab, es ging um irgendeine Konferenz, dann kündigte er einen Spezialbericht über Tierhaltung in Australien an. Nein danke, dachte Cora und schaltete den Fernseher aus.

Seltsam, aus dem Westerwald betrachtet war Indien so fern, so exotisch, und jetzt war sie noch weiter östlich, und Indien schien plötzlich nahe. Indien. Sie war nie dort gewesen. Im Studium hatte sie einen Kommilitonen gehabt, der aus Indien stammte; er hatte ihr oft von seiner Familie und seiner Kultur erzählt. Sie hatten sich gut verstanden, auch wenn er manchmal etwas eigen war. Nicht sehr gesellig, immer etwas für sich, zurückgezogen. Nur zu ihr hatte er einen guten Draht gehabt. Etwas zu gut vielleicht, dachte sie lächelnd, er hatte sich doch sehr deutlich für sie interessiert. Sie hatten nächtelang diskutiert, über ihr Studium der Ingenieurswissenschaften, natürlich, aber eben auch über völlig andere Dinge. Über Indien, den indischen Glauben beziehungsweise die vielen unterschiedlichen Glaubensrichtungen, über Reinkarnation. Sie hatte ihn gefragt, ob er wirklich an die Wiedergeburt glaube, und er hatte mit Voltaire gekontert: Es sei nicht erstaunlicher, zweimal geboren zu werden als einmal. Und über die Seele hatten sie gesprochen. Er hatte immer gesagt, sie seien Soulmates, wie er das nannte; seelenverwandt. Er erkenne das an vielem; an der Art, wie sie sich verstanden, an den Gefühlen, am wortlosen Verstehen. Sie hatte das nie ganz verstanden, es war eine sehr fremde Welt, die er ihr da eröffnet hatte, aber sie war genau deshalb faszinierend. Mystisch. Attraktiv.

Eines Tages, nachdem sie sich etwa ein Jahr kannten, waren sie zusammen auf einer Party gewesen, wie sie damals am Druidenstein nahe ihrer Heimat in Kirchen im Westerwald oft stattfanden. Das Ganze war ja etwas unheimlich, bedachte man all die Geschichten, die sich um den Druidenstein rankten. Von alten Druiden war die Rede, die dort ihre Zaubertränke gemischt hatten; bis heute konnte man einen »Druidentrunk« kaufen, der schon gruselig aussah. Dort, auf dieser Party, waren sie ein paar Schritte in den Wald gegangen, und plötzlich hatte er ihr einen Antrag gemacht. Einen Heiratsantrag, einfach so, sie waren doch gar kein Liebespaar! Cora war völlig überrascht gewesen. Was sollte sie sagen? Sie wollte ihn nicht verletzen, mochte ihn wirklich sehr gern. Aber Heirat? Als Studentin? Sie war mitten in der Promotion, er auch. Schließlich hatte sie abgelehnt, so zartfühlend und vorsichtig, wie es eben möglich war. Sein trauriges Gesicht an diesem Abend am Druidenstein würde sie nie vergessen.

Er hatte es ihr nicht übel genommen; wenigstens hatte er das gesagt. Aber sie wusste, dass er tief verletzt war. In Indien war es üblich, dass die Eltern den Partner aussuchten, arrangierte Hochzeiten, auch in der gebildeten Schicht, aus der er stammte. Da kannte man den Ehepartner oft vor der Hochzeit überhaupt nicht. Für ihn war ein Antrag an eine Frau, die er immerhin ein Jahr kannte und die er liebte und die ihn doch auch mochte – sonst wäre sie wohl nicht mit ihm so oft ausgegangen und auf die Party mitgekommen – völlig normal. Er fiel aus allen Wolken, als sie ablehnte.

Sie sahen sich dann eine Weile nicht, und schließlich erfuhr sie, dass er nach Indien zurückgekehrt war und dort seine Promotion abgeschlossen hatte. Er war in die Forschung gegangen, und sie hatten den Kontakt verloren. All das ging ihr durch den Kopf, als sie auf die schwarze Mattscheibe des Fernsehers starrte. Und dann wurde ihr schlagartig klar, was sie eben unbewusst Interessantes im Fernsehen gesehen hatte, ohne es zu merken. Die Konferenz! Es ging um Wasser. Irgendetwas mit Wasser und China. Aber da war noch etwas; sie spürte, da fehlte noch eine Information. Sie schloss die Augen und konzentrierte sich. Was hatte sie gesehen? Und dann war es da, stand deutlich vor ihrem inneren Auge: die Textzeile, die unter dem Bild mitgelaufen war. Dort wurde die Konferenz kommentiert, und dort hatte er gestanden, der Name. Sein Name. Ganesh Sethna. Der Name ihres indischen Freundes, der Name des

Mannes, dessen Heiratsantrag sie abgelehnt hatte. Er würde die Konferenz leiten, in Mumbai, in wenigen Tagen.

Sie gab bei Google das Stichwort »Wasserkonferenz« und dann noch »Mumbai« ein und drückte die Entertaste. Google.cn leitete sie um auf Google Hongkong; in der Volksrepublik konnte man offensichtlich nicht googlen. Schnell fand sie, was sie suchte. In zwei Tagen wurde dort eine große Konferenz zu dem Thema eröffnet, alle Staaten Südostasiens waren vertreten, und Ganesh war der offizielle Repräsentant Indiens und der Gastgeber der ganzen Veranstaltung! Ob sie ihn kontaktieren sollte? Nach all den Jahren? Sie würde ihn gern wiedersehen; so ganz vergessen hatte sie ihn nie. Es war einfach nur schlechtes Timing gewesen, damals. Aber jetzt könnte er ihr vielleicht helfen, die Situation in Tibet besser zu verstehen. Es betraf ja schließlich auch Indien, da war seine Sichtweise doch wichtig! Sie würde es einfach versuchen; er konnte dann ja entscheiden, ob er darauf einging. Mit wenigen Klicks war sie auf der offiziellen Site der Konferenz; dort waren auch die Mailadressen der Redner angegeben. Da, conference host, Dr. Sethna. Schnell kopierte sie die Adresse in ihr Mailprogramm. So. Das war ja einfach gewesen. Und jetzt? Was sollte sie schreiben? Hallo, ich bin es, bist du noch böse, ich brauche deine Hilfe? Wohl kaum. Nach einigem Hin und Her und dem häufigen Gebrauch der Löschtaste schrieb sie schließlich: »Lieber Ganesh, du wunderst dich sicher, von mir zu hören. Nach all den Jahren. Ich bin in China und brauche deine Hilfe. Es geht um Tibet und um Wasser. Wenn du möchtest, melde dich. Ich würde mich sehr freuen. Deine Soulmate.« Sie fügte noch die Nummer ihres chinesischen Handys an, schickte die Mail ab, klappte den Laptop zu und löschte das Licht. Welch ein Tag! Heute Morgen noch in Qingdao, die überhastete Fahrt hierher nach Shanghai, das Konsulat, Ma, die Bar, jetzt Ganesh.

Morgen würde Ma ihr die Stadt zeigen, und abends ging dann ihr Zug nach Lhasa. Sie musste trotz all der Anstrengungen lächeln. Sie lebte, das spürte sie jetzt endlich wieder. Ein wenig war es wie auf der Jagd, wenn sie tief im Westerwald mit ihren Freundinnen den Rehen nachstellte. Hohe Körperspannung, sehr anstrengend, voll konzentriert. Und die Vorahnung auf etwas Großes, das bevorstand. Etwas, das ihr bevorstand, um genau zu sein. In Tibet. Aber es ging um mehr als um sie oder Deutschland, es ging um China, um Indien, um die Welt! Cora spürte, dass sie lebte. Gut, ein gutes Gefühl.

Cora schlug die Augen auf. Alles war dunkel, was war passiert? Sie sah, dass ihr Handy leuchtete; sie hatte es auf Vibration gestellt. Stöhnend drehte sie sich vollends zum Nachttisch um, auf dem das Telefon lag, und zog es zu sich. Ein Anruf, unbekannte Nummer.

»Ja?«, sagte sie vorsichtig.

»Hallo Cora. Lange nicht deine Stimme gehört. Schön. Immer noch wie damals.«

»Ganesh!« Sie war hellwach. Diese Stimme! Er sprach perfekt Deutsch, aber der indische Akzent kam auf eine sehr aufregende Weise doch zum Tragen. Manchmal hatten sie bei ihren Diskussionen das Licht gelöscht und einfach im Dunkeln dagesessen und geredet, und sie hatte es geliebt, den Klang seiner Stimme zu hören, wenn er ihr wieder etwas aus seiner Heimat erklärte. »Du rufst jetzt an? Schläfst du nicht? Wie spät ist es?«

»Du vergisst den Zeitunterschied, Cora. Bei euch ist es jetzt Mitternacht, aber wir in Indien sind ja 2,5 Stunden zurück, also ist es hier in Rishikesh halb zehn. Tut mir leid, wenn du schon schläfst, aber du hast geschrieben, du brauchst Hilfe. Da habe ich sofort angerufen.«

Ja, das passte zu ihm. Sie hatten sich zehn Jahre nicht gesehen oder gesprochen, er sah, dass sie Hilfe benötigte, und rief sofort an.

»Ganesh. Wie geht es dir? Geht es dir gut? Erzähl mal, was du machst. Wo bist du? Rishi... Wo ist das?«

»Cora, du hast doch angerufen, weil du Hilfe brauchst, oder? Erzähl davon. Alles andere hat Zeit. Was machst du in China?«

Ja, natürlich. Er hatte recht. Cora riss sich zusammen. Das Persönliche konnte warten. Sie schilderte ihm ausführlich, warum sie nach China gekommen war, was ihr in Qingdao widerfahren war, was Ma ihr über Tibet und die Wasserthematik erzählt hatte. Es tat gut, mit jemandem darüber zu reden, dem man vertrauen konnte. Und wem konnte sie das besser als Ganesh? Trotz der langen Pause war sofort wieder alles da: die Vertrautheit, die Ruhe, das Gefühl, verstanden zu werden.

Ganesh unterbrach sie nicht ein einziges Mal. Als sie fertig war, fragte er nur ganz ruhig: »Möchtest du jetzt reden oder lieber morgen?«

»Jetzt!«, brach es aus ihr hervor. »Ich will das verstehen, was in Tibet passiert. Wie betrifft das dein Land? Hat das Auswirkungen auf den Rest der Welt? Was kann ich tun? Was tust du?«

Und dann wurde es eine Nacht, wie es sie damals im Wohnheim gegeben hatte: Sie sprachen miteinander; da sie sich nicht sehen konnten, war es, als ob sie wie damals einfach das Licht gelöscht hätten. Sie lauschte seiner ruhigen, festen Stimme, als er ihr erklärte, was da gerade passierte.

»Es ist spät und ein komplexes Thema, aber ich versuche es kurz zu umreißen. Dass jedes Land der Welt von der Wasserversorgung abhängt, ist ja klar. Wir hier in Südostasien haben das Problem, dass die Flüsse, die uns versorgen, aus Tibet kommen und damit zu China gehören. Und da China sich weigert, internationale, verbindliche Abkommen zur Regelung der Wasserrechte zu unterzeichnen, hängen wir nach wie vor vom guten Willen der chinesischen Regierung ab. Ich erkläre dir mal kurz die geologische Situation. Du weißt sicher, dass vor etwa 80 Millionen Jahren der eine Superkontinent, den es damals nur gab, Pangäa, auseinanderbrach. Das, was wir heute Indien nennen, trieb dann Millionen Jahre später als Kontinentalplatte nach Norden und stieß schließlich mit der Eurasischen Platte zusammen; so etwa vor 50 Millionen Jahren war das. Indien schob sich unter die Eurasische Platte und hob sie an; so wurde der Himalaya aufgeworfen. Alle Achttausender der Welt finden sich hier, ebenso wie über 100 Siebentausender. Indien bewegt sich noch immer und hat sich im Laufe der Jahrmillionen schon über 2.000 Kilometer weit nach Asien hineingeschoben. Der Himalaya wächst also noch weiter in die Höhe, derzeit um etwa einen Zentimeter pro Jahr. Dies ist daher eine der seismisch aktivsten und somit gefährlichsten Regionen der Welt. Denk an Nepal und was dort passiert ist. Einige Geologen glauben, Staudämme könnten die natürliche seismische Aktivität beeinflussen. Demnach habe der Drei-Schluchten-Staudamm das große Erdbeben in Sichuan im Jahr 2008 begünstigt, bei dem rund 80.000 Menschen ums Leben kamen. Jetzt kommen wir zur politischen Situation. Die Chinesen haben Tibet besetzt und bezeichnen es als chinesisches Staatsgebiet. Ob das rechtens war oder nicht, sei dahingestellt; es ist ein Fakt. Aber selbst wenn man das anerkennt, und das hat unser früherer Premierminister Nehru leider getan, ist immer noch nicht klar definiert, wo die Grenze zwischen China und Indien verläuft.«

»Wo liegt das Problem? Sind die Grenzen zwischen Indien und China nie eindeutig markiert worden?«

»Nein, natürlich nicht. Wir sprechen hier ja von einer der unwirtlichsten Regionen der Welt. In 4.000 bis 6.000 Meter Höhe, im Himalaya, im Permafrost, dünn bis gar nicht besiedelt, Bodenschätze waren nicht bekannt – natürlich gab es nie eine klare Grenzziehung. Das Problem ist wieder einmal Tibet, da dieser Staat, wenn man ihn denn als solchen anerkennt, Gebiete und Grenzen festlegte, auf die Indien sich heute beruft; während China, das die Eigenständigkeit Tibets ja abstreitet, naturgemäß zu ganz anderen Ergebnissen der territorialen Abgrenzung kommt. Im Wesentlichen gibt es sowohl im Westen als auch im Osten der bilateralen Grenze Gebiete, die umstritten sind. Im Westen, in der Region, die wir Kaschmir nennen, gibt es ein Gebiet von der Größe Baden-Württembergs, das die Chinesen Aksai Chin nennen und als ihr Territorium ansehen; sie kontrollieren es de facto auch. Die Inder erheben ebenfalls Anspruch und zählen das Gebiet zum Bundesstaat Jammu and Kashmir. Letztlich ist Kaschmir bis heute heftig zwischen Pakistan, Indien und China umstritten. Im Osten, östlich von Bhutan, gibt es seit 1987 einen indischen Bundesstaat Arunachal Pradesh, den die Chinesen wiederum als Süd-Tibet bezeichnen. Diese Region, die etwa ein Viertel der Fläche Deutschlands ausmacht, wird von Indien kontrolliert. Soweit man in diesen unzugänglichen Bergregionen von Kontrolle sprechen kann. Die rechtliche Situation ist hier ähnlich verworren; 1962 kam es sogar zu einem Grenzkrieg in genau dieser Region; warum genau er begann, bleibt unklar. Die Chinesen besetzten das gesamte Gebiet und erklärten sich zum Sieger, dann aber zogen sie sich wieder zurück und ließen alle indischen Gefangenen frei. Dieser Grenzkrieg belastet das bilaterale Verhältnis bis heute sehr stark; Indien betrachtet China seither mit noch größerem Misstrauen als vorher. Die Details sind kompliziert, aber das ist im Grunde die Thematik: ungeklärte Grenzziehungen im Himalaya. Und nun, da es um Bodenschätze geht, um Wasser, wäre eine klare Grenzvereinbarung genau das, was helfen könnte. Während Indien seit Jahren auf eine solche Vereinbarung drängt, weicht China aus. Das ist der Status quo. Damit das jetzt nicht zu einfach wird, kommt Nepal auch ins Spiel. In Nepal streiten sich sozusagen China und Indien um den vorherrschenden Einfluss. Nepal hat gewaltige Binnenwasserressourcen, vermutlich etwa 2,3 Prozent der weltweiten Wasserressourcen. Darüber hinaus Tausende von Flüssen, Bächen und Seen, also eine perfekte Region für Wasserkraftwerke. Die indische Regierung möchte daher ein proindisches Nepal, die Chinesen ein prochinesisches Nepal. Deshalb waren auch diese beiden Staaten am eifrigsten, was die Rettung nach dem Erdbeben anging … So viel zur hoch explosiven Situation vor Ort. Bedenke, Cora, hier stehen sich zwei Atommächte gegenüber, und beide kämpfen für ihr Land und die Versorgung ihrer Bevölkerung. Aber kommen wir zurück zum eigentlichen Thema, Wasser. Wenn China wie geplant am Brahmaputra einen Staudamm errichtet, und gemäß ihren Plänen wäre das das größte je von Menschenhand errichtete Bauwerk der Welt, dann werden nach Schätzungen internationaler Experten bis zu 60 Prozent des Wassers nicht mehr Indien und Bangladesch erreichen. Die Auswirkungen auf die Landwirtschaft kann man sich ausmalen. Schon jetzt liegt die indische Wasserversorgung signifikant unter dem Weltdurchschnitt.«

»Moment, heißt das, Indien hat auch ein Wasserproblem? Ich dachte«, sagte Cora verwirrt, »China habe ein Problem, und das könnte zu Indiens Problem werden. Aber leidet Indien denn schon jetzt auch unter Wassermangel?«

»Aber natürlich«, erwiderte Ganesh ruhig. »Wusstest du das nicht? Laut Berechnungen des UNO-Umweltprogramms UNEP wird Indien im Jahr 2025 die Grenze zum ›extremen Wasserstress‹ überschreiten. Viele Städte werden schon jetzt mit Tankfahrzeugen versorgt; Indien entnimmt durchschnittlich 37 Prozent mehr Grundwasser, als auf natürlichem Wege nachkommt. Indien verfügt zwar über mehr fruchtbares Ackerland als China, ist aber viel ineffizienter in der Bearbeitung und der Versorgung mit Wasser und Düngung. Und ein weiteres Problem wird immer drängender, auch wenn das keiner weiß: Der Monsun ist eminent wichtig für die Wasserversorgung, und durch den Klimawandel ändern sich die Zeiten, zu denen er Indien mit Regen versorgt. Schon jetzt kommt er manchmal einen Monat später. Das kann katastrophale Auswirkungen haben. In China gibt es keinen Monsun. Weißt du, Cora, prinzipiell ist der Ansatz Chinas, Flüsse umzuleiten und seine Bevölkerung mit Wasser zu versorgen, ja sowohl nachvollziehbar als auch keineswegs einzigartig. Indien macht nichts anderes; auch wir haben Pläne für eine gigantische Flussumleitung in Nordindien; ähnliche Pläne gibt es auch in Israel und anderswo. Und aus Sicht der USA ist Tibet weit entfernt, wirtschaftlich uninteressant; es gibt ja kein Öl dort, sonst wäre man wohl schon einmarschiert«, fügte er zynisch hinzu. »Wen interessiert schon, was an einer tibetischen Flussbiegung geschieht? Aber dass wir hier über einen potenziellen Krieg reden, dass Sprengungen, wie sie für Talsperren nötig sind, in einer seismisch so sensitiven Region unabsehbare Folgen für Hunderte von Millionen von Menschen haben können und werden; dass der Klimawandel auch Tibet betrifft, nicht nur irgendwelche Südseeinseln, weil nämlich in Tibet die Gletscher rapide zu schmelzen beginnen – all das wird in Europa nicht registriert. Jedenfalls nicht von der Öffentlichkeit. Natürlich arbeiten wir Forscher weltweit in Netzwerken zusammen, informieren uns gegenseitig, publizieren dazu. Aber wer liest das schon? Cora«, sagte er beschwörend, »du musst das verstehen. Es geht nicht um eine Randerscheinung im Weltgeschehen. China und Indien sind die beherrschenden

Wirtschaftsmächte des 21. Jahrhunderts. Wollen wir eine kriegerische Auseinandersetzung um Wasser riskieren, in die ein Drittel der Menschheit involviert ist? Das hier betrifft die ganze Welt. Globalisierung heißt nicht nur Austausch von Waren, sondern auch Austausch von Problemen.«

So ernst hatte Cora ihn noch nie erlebt. Trotz der späten Stunde, auch bei ihm musste es inzwischen weit nach Mitternacht sein, war er hellwach und voller Zorn.

»Und noch etwas: Wir hören über unsere Forscherkollegen in China, von denen viele übrigens das Szenario mit der gleichen Sorge betrachten wie wir, dass es in den letzten Wochen verstärkt zu Unruhen in China gekommen ist. Immer mehr Menschen gehen auf die Straße und sind offensichtlich nicht länger bereit, die katastrophalen Versorgungslücken mit Wasser hinzunehmen, ebenso wie die exorbitante Verschmutzung des Wassers, das ihnen noch zur Verfügung steht. Das Ganze spitzt sich seit ein paar Tagen zu. Die Regierung wird zum Handeln gezwungen; sie kann es sich nicht leisten, dem tatenlos zuzusehen. Wir haben alle große Bedenken, es könnte seitens der chinesischen Führung unter dem enormen Druck, unter dem sie steht, zu einer Kurzschlussreaktion kommen. Cora, irgendetwas geht gerade in Tibet vor sich.«

Eine Weile schweigen beide. Was gab es zu sagen? Die Aussicht auf eine Eskalation der Ereignisse war ungeheuerlich, aber realistisch. Schließlich war es Ganesh, der sagte: »So, ich glaube, das reicht für heute. Ich muss morgen eine schwere Handlung vollziehen. Ich bin gerade in Rishikesh, du hattest ja vorhin gefragt. Das ist eine kleine Stadt, so ungefähr sechs Autostunden nördlich von Delhi, am Rand des Himalaya. Sie zählt zu den heiligen Städten Indiens, liegt direkt am Oberlauf des Ganges, der hier noch relativ sauber ist.«

»Und was machst du dort?«, wollte Cora wissen.

»Mein Vater ist vor einigen Tagen gestorben. In Indien verbrennen wir unsere Toten traditionell, und dann sollte man, wenn man kann, die Asche in den Ganges geben. Rishikesh ist einer der Orte, an denen man dies tun sollte. Es ist die Aufgabe des Sohnes, die Asche des Vaters hierherzubringen und in den Ganges zu streuen: Das muss ich morgen tun.« Er schwieg.

»Das tut mir so leid, Ganesh!« Cora wusste nicht recht, was sie sagen sollte. Der arme Ganesh trauerte um seinen Vater, und sie nervte mit irgendwelchen Wasserthemen, und das mitten in der Nacht!

»Ist schon gut. Du weißt ja, ich habe dir von der Wiedergeburt und der Seele erzählt. Wir glauben, dass er in einer neuen Reinkarnation wieder leben wird. Es geht ihm gut. Cora, ich sehe gerade, es ist nach ein Uhr hier. Also heute muss ich fit sein … Wir haben da einen Plan, aber davon kann ich dir am Telefon nicht erzählen. Schlaf jetzt, und ruf mich sofort an, wenn du in Tibet bist. Wir sollten in Kontakt bleiben, ja?«

»Unbedingt«, erwiderte Cora, froh, dass der Vorschlag von ihm kam. »Ich rufe dich an, sobald ich in Lhasa bin. Und du mich, wenn etwas passiert, was ich wissen sollte, ja?«

»Natürlich.« Er schwieg kurz. »War schön, mit dir zu reden, Cora. Wie in den alten Zeiten. Weißt du noch, der Druidenstein?«

»Ja«, sagte sie leise. »Ja. Wie könnte ich das vergessen?«

»Und, Cora: Sei vorsichtig in Tibet. Pass gut auf dich auf. Bitte.«

»Du auch, Ganesh. Du auch.«

Als sie in ihr Kissen zurücksank, lächelte sie. Ganesh war wieder in ihrem Leben! Und sie würde aufpassen, in Tibet, ja, aber sie würde auch die Augen offen halten auf der Suche nach Anzeichen für das, was sich da zusammenbraute. Irgendetwas ging in Tibet vor, hatte er gesagt. Und sie, Cora, würde das rauskriegen. Der Jagdinstinkt in ihr war wieder erwacht. Und das schärfte ihren Verstand und ihre Wachsamkeit.

16. KAPITEL

Cora stand am Hauptbahnhof in Shanghai. Ein riesiger Platz erstreckte sich davor; alles war voller Menschen. Noch war es hell; sie waren frühzeitig aus dem Hotel abgefahren, um mögliche Staus einzuplanen, mit denen man in Shanghai immer rechnen musste. Ihr Zug nach Lhasa fuhr laut Fahrplan um 19.16 Uhr ab, und dass chinesische Züge auf die Minute pünktlich waren, hatte sie schon erfahren. Besser mindestens eine Stunde vorher am Bahnhof sein, da einige Kontrollen zu passieren waren. Jetzt war es kurz nach sechs; sie lagen gut in der Zeit.

Während Ma das Gepäck auslud und mit dem Taxifahrer sprach, beobachtete Cora die Umgebung. Waren sie allein? Soweit man in diesem Land allein sein konnte. Man hatte ja immer das latente Gefühl, die ganze Milliarde sei auch gerade auf der eigenen Straßenseite unterwegs. Ein warmer Wind wehte, es war nicht zu schwül, wie es später im August werden würde. So stand es jedenfalls im Reiseführer. Ma hatte sie morgens nach dem Frühstück abgeholt und ihr die Stadt gezeigt. Viel zu sehen gab es in Shanghai eigentlich nicht; es war eher das »Gesamtkunstwerk«, wie er es nannte. Die Lage am Huangpu-Fluss war malerisch; sie gingen an der Uferpromenade spazieren und sahen hinüber auf die imposante Skyline in Pudong. Noch vor 30 Jahren war da nur Brachland gewesen, einige Fischerhütten, nichts Besonderes. Jetzt war es das Finanzzentrum Ostasiens, wirklich beeindruckend. Auf der westlichen Seite, dem berühmten »Bund«, erstreckten sich Gebäude vom Beginn des 20. Jahrhunderts, als Shanghai das »Paris des Ostens« genannt wurde. Das Wort »Bund« stammte aus Indien, das wusste Cora und erklärte es dem staunenden Ma. Es hieß so viel wie »Gürtel«. Die Briten hatten die leicht geschwungene Uferstraße dann »Bund« genannt. Cora sah Ma an, dass er von ihrem Wissen beeindruckt war.

Später fuhren sie noch zu dem schönsten Tempel der Stadt, dem Jade-Buddha-Tempel, und Cora erklärte Ma den Buddhismus; mit ihrem Vater hatte sie oft über die Religionen der Welt gesprochen. Ma hörte aufmerksam zu und zeigte mit keiner Regung, dass seine Achtung vor Cora immer größer wurde. Sie war nicht nur extrem hübsch, sondern auch sehr gebildet und benutzte ihren scharfen Verstand offensichtlich nicht nur für ingenieurtechnische Leistungen. Cora fand es interessant, dass auch viele junge Menschen in diesem Tempel beteten, nicht nur Ältere wie zumeist in den deutschen Kirchen. Offensichtlich war nicht alles nur materiell orientiert hier, wie man es oft las, sondern auch hier suchten junge Leute nach einer anderen, spirituellen Ergänzung in ihrem Leben. Der Tempel war als einer der wenigen in Shanghai in der Kulturrevolution nicht zerstört worden, da die Mönche einen Trick angewendet hatten.

»Sehen Sie das große Eingangstor?«, hatte Ma sie gefragt, als sie auf der kleinen Straße vor dem gelben Tempel standen. »Die Mönche schlossen beide Flügeltüren fest zu und klebten ein Bild von Mao quer darüber. Um das Tor zu öffnen, hätten die Roten Garden, die damals in den 60er-Jahren in ganz

China Klöster, Tempel und andere Kulturgüter zerstörten, das Bild des Großen Vorsitzenden zerreißen müssen. Das trauten sie sich nicht, und der Tempel blieb verschont. Ich weiß nicht, ob das stimmt«, fügte er hinzu, »aber die Geschichte ist jedenfalls gut.« Cora hätte gern gewusst, wie es seiner Familie in der Kulturrevolution ergangen war, aber da er nicht weiter darauf einging, schwieg sie. Sie wusste, dass das Thema hier tabu war, so wie die Zeit des Nationalsozialismus in Deutschland lange tabu gewesen war.

»Kommen Sie?« Ma riss sie aus ihren Überlegungen. »Wir müssen los, es wird voll. Bleiben Sie am besten direkt hinter mir.« Er wollte ihren Koffer nehmen, aber Cora zog es vor, ihn selbst zu tragen. Cora konnte Ma aufgrund seiner Größe leicht im Blick behalten, obwohl alles durcheinanderrief und schrie, alle hatten schwarze Haare, alle schienen dasselbe Ziel zu haben. Die Massen wurden in zwei parallele Warteschlangen aufgeteilt, die jeweils durch Absperrgitter getrennt waren. Als sie endlich den eigentlichen Eingang des Bahnhofsgebäudes erreicht hatten, standen sie vor einer Passkontrolle. Der Offizielle sah in Coras Pass, dann in ihr Gesicht, dann wieder in den Pass. Er schien unschlüssig, ob das dieselbe Person war. Dem geht es mit unseren Gesichtern wohl genauso wie uns mit den Asiaten, dachte Cora. Schließlich schien er überzeugt und winkte sie kommentarlos weiter. Nach wenigen Metern folgte die Gepäckkontrolle, wie sie in Deutschland nur an Flughäfen üblich war. Sie stellten die Koffer auf das Band und ließen sie durchleuchten. Als auch das geschafft war, waren sie endlich in der riesigen Bahnhofshalle angekommen. Ma orientierte sich kurz; gewaltige Rolltreppen führten in das Obergeschoss, und oberhalb dieser Treppen wurden auf digitalen Tafeln die Züge und die dazu gehörigen Wartesäle angezeigt.

Nach Lhasa, Wartesaal drei. Cora registrierte aufmerksam jedes Detail. Es gab einen eigenen Wartesaal nur für den Zug nach Lhasa! Sie fuhren mit der Rolltreppe nach oben, dann wandte Ma sich nach links. Am Eingang zu Wartesaal drei fand eine weitere Kontrolle statt; der Name im Pass wurde mit dem Ticket abgeglichen, das ebenfalls jeweils mit dem Namen der Reisenden versehen war. Sie kamen in einen völlig überfüllten Wartesaal. Es herrschte ein unglaublicher Lärm, offensichtlich fühlten die Chinesen sich wohler, wenn es laut zuging. Das war bisher überall in China so gewesen. Es gelang Ma, in dem ganzen Gewühl zwei freie Sitze auszumachen; er kämpfte sich mit dem Gepäck dorthin durch, Cora ihm dicht auf den Fersen. Endlich saßen sie.

Gegenüber der Bank, auf der sie saßen, befand sich ein kleiner Laden, in dem man Getränke und Essen für die Reise kaufen konnte. Cora stand auf und ging hinein. Es war sicher nicht verkehrt, sich mit Proviant einzudecken. So machte sie das immer vor längeren Reisen in unbekannten Ländern, aber auch, wenn sie auf die Jagd ging. Autark sein war eine gute Strategie. Was Chinesen wohl für so eine lange Fahrt mitnahmen? Es waren immerhin 44 Stunden Zugfahrt, die vor ihnen lagen. Und der Laden war nur von diesem Wartesaal aus zugänglich, also speziell hierfür ausgestattet. Sie blickte die Regale entlang. Getrocknete Pflanzen und Tiere oder Teile davon. Cora musste lachen. Sie war als Jägerin nicht zimperlich, würde auch problemlos getrocknete Maden probieren. Würmer, Insekten aller Art? Getrocknete Schweineohren? Warum nicht? Saumagen war ja auch eine Delikatesse für manche Menschen. Und was in Deutschland in der Wurst wirklich drin war, wollten die meisten Menschen gar nicht wissen. Alles eine Frage der Erziehung. Es gab aber auch Kekse und Schokolade, das schien vielen Chinesen dann doch auch recht zu sein. Auf einer Packung war ein schwarzes Rind abgebildet. Cora sah genauer hin. Ein Yak! Perfekt. Getrocknetes Yakfleisch, das war doch allemal spannender als Butterkekse. Sie suchte zusammen, was ihr lecker erschien; sie verließ sich ungern auf den Speisewagen. Damit war man auch in Deutschland besser beraten ...

Als der Aufruf zur Zugabfahrt kam, brach sofort das Chaos aus. Alles drängte gleichzeitig mit dem gesamten Gepäck zu einer kleinen Sperre, bei welcher elektronisch das Ticket geprüft wurde. Cora betrachtete amüsiert und erstaunt das Treiben. Nun war doch alles perfekt organisiert, ein eigener Wartesaal, ein eigener Ausgang nur für diesen Zug, die Tickets waren schon geprüft worden, wozu die Eile? Niemand würde den Zug verpassen. Sie war auch verwundert über die Rücksichtslosigkeit, mit welcher jeder nach vorn drängelte; Frauen und Alte und kleine Kinder hatten das Nachsehen. Wo war die viel gepriesene Höflichkeit der Asiaten? Respekt gegenüber den Älteren? Nichts. Sie nahm sich vor, Ma danach zu fragen.

Als sie es schließlich geschafft hatten, die schmale Sperre zu passieren, nicht ohne ordentliche Stöße von allen Seiten zu erhalten, ging es eine Treppe hinunter, die auf den Bahnsteig führte, an welchem der Zug nach Lhasa schon wartete. Sie überquerten den perfekt sauberen Bahnsteig und konnten bequem ebenerdig einsteigen, da die Gleise deutlich tiefer lagen als der Bahnsteig; das mit Gepäck umständliche und für manche geradezu gefährliche Einsteigen, wie man es aus Deutschland kannte, gab es hier nicht. Ein unscheinbar grün lackierter Zug stand bereit; »Shang Hai – La Sa« stand auf dem Schild am Zug, jeweils Chinesisch und in Umschrift. Vor jeder Tür wartete ein Bediensteter der Eisenbahn und kontrollierte erneut die Tickets. Sie zeigten ihre Fahrkarten vor und stiegen ein. Schnell hatten sie ihr Abteil gefunden.

»Herzlich willkommen«, lächelte Ma und machte eine einladende Handbewegung. »Unser Abteil!«

Na, das war ja sehr übersichtlich! Links und rechts je zwei Betten übereinander, dazwischen ein sehr schmaler Gang, das war es.

»Wir haben ein Vierbettabteil«, erläuterte Ma augenzwinkernd das Offensichtliche. »Mal sehen, wer sich dazugesellt. Vielleicht zwei Tibeter, Mäntel aus stinkendem Yakfell, die am liebsten Knoblauch essen?« Er grinste. »Die Alternative wäre ein Sitzplatz gewesen, aber für zwei Tage Fahrt, denke ich, hätte Ihnen das nicht gefallen. Natürlich können wir noch umbuchen, wenn das hier zu luxuriös ist ... Hier, über der Tür, ist eine Ablage für die Koffer. Gut zu erreichen, wenn man sich auf eines der oberen Betten setzt oder sich auf diesen Fußstützen hier im Türrahmen emporhangelt, kunstvoll balanciert und gleichzeitig versucht, den Koffer dort hinaufzubugsieren. Oder man stellt die Koffer in den schmalen Gang zwischen den Betten. Dann kann man wiederum nur mit angezogenen Beinen auf dem Bett sitzen. Oder vielleicht auch unter dem Bett ... nein, da ist kein Platz. Okay, dann also hoch damit.« Er wuchtete das Gepäck nach oben. »Wo möchten Sie liegen?«

»Oben lieber«, meinte Cora und zog sich probehalber mithilfe des Türgriffs nach oben. »Besserer Überblick, bessere Kontrolle. Das Fenster kann man nicht öffnen, schätze ich?«

»Nein, das geht nicht. Sobald wir Tibet erreichen, werden ohnehin alle Fenster abgeschlossen, auch die auf der Toilette, um den Luftdruck im Zug stabil zu halten. Sehen Sie, hier draußen auf dem Gang gibt es eine Anzeige.«

Cora kletterte wieder vom Bett hinunter und trat interessiert näher. Luftdruck, Höhe über dem Meeresspiegel, Außentemperatur und noch einiges andere wurden angezeigt.

»Und hiermit kann ich im Notfall die Fenster einschlagen«, zeigte Ma lachend auf ein rotes Hämmerchen, das an der Wand befestigt war. Cora wies ihn nicht darauf hin, dass sie dank ihrer Kampfsportausbildung wohl auch ohne Hammer das Fenster würde zerschlagen können.

Als Ma sah, wie Cora sich suchend umblickte, fügte er hinzu: »Dort, vorne rechts.« Sie sah ihn erstaunt an; aufmerksam war er also auch noch! Sie betrat die Toilette, gespannt auf das Bild, das sich ihr bieten würde. Zu ihrer Überraschung und fast auch Enttäuschung gab es eine westliche Toilette, wie im Hotel. Alles war sehr sauber, ein Waschbecken war da, Papier auch. Als sie wieder ins Abteil kam, grinste Ma sie an. »Alles okay? Es gibt nur zwei westliche Toiletten im Zug, die anderen sind chinesischer Stil. Also ein Loch im Boden, fertig. Ich dachte mir, Sie freuen sich, wenn ich ein Abteil nahe der westlichen Toilette buche. Aber wenn Sie das nicht möchten, kann ich versuchen, das zu ändern …«

»Nein, bitte nicht!«, lachte Cora. »Alles gut, danke für die Rücksicht. Aber ich bin Dreck und Löcher im Boden gewohnt. Und waschen muss ich mich auch nicht für die zwei Tage«, fügte sie rasch hinzu. Es ärgerte sie etwas, dass er sie wohl für zimperlich hielt.

»Nun ja, das Waschbecken haben Sie ja gesehen. Das muss reichen. Kommen Sie, wir suchen den Speisewagen! Ich habe Hunger.«

Sie durchquerten drei Waggons und erreichten den Speisewagen. Es war noch geschlossen, erst nach Abfahrt des Zuges gebe es Abendessen, sagte ein Mann zu ihnen, der dort zu arbeiten schien. Auch gut. Also zurück ins Abteil; Cora beobachtete die Menschen auf dem Gang. Ein kleines Mädchen, sie stammte wohl aus Tibet, ihrer bunten Kleidung und der tiefbraunen Gesichtsfarbe nach zu urteilen, hatte die Ausländerin entdeckt und war mit offenem Mund stehen geblieben. So etwas hatte sie noch nicht gesehen, gelbes Haar! Schließlich rannte sie begeistert zu ihrer Mutter, um von der unglaublichen Entdeckung zu berichten.

»Glück gehabt!«, meinte Ma lakonisch, als der Zug pünktlich auf die Minute abfuhr. »Unser Abteil bleibt leer. Jetzt, Juli und August, ist Regenzeit in Tibet, da fahren nicht so viele Menschen dorthin. Es kann aber noch passieren, dass unterwegs jemand zusteigt. Aber erst mal haben wir Ruhe und etwas Platz. Machen Sie es sich bequem, wir sind erst übermorgen Abend in Lhasa!«

Noch war es hell, aber die Dunkelheit setzte rasch ein. Die Lichter Shanghais wichen den dunkleren Vororten. Schon nach einer halben Stunde hielt der Zug wieder, Suzhou. Laut Reiseführer eine der schöneren Städte Chinas, berühmt für ihre Parks und Kanäle. Als es weiterging, beschlossen Ma und Cora, es noch mal mit dem Speisewagen zu versuchen. Sie durchquerten wieder die anderen Waggons, vorbei an staunenden Kindern, telefonierenden Frauen, Karten spielenden Männern. Im Speisewagen befand sich links eine Art Bar; die Auswahl war recht übersichtlich. Bier, Schnaps, Cola, Saft, Zigaretten, Chips. Hm. Dann links und rechts vom Gang Tische für je vier Personen. Die meisten waren schon besetzt; interessiert betrachtete Cora das Essen. Eine undurchsichtige Suppe, in der irgendwelche Brocken schwammen. Riskant, aber warum nicht. Da, Reis mit Fleisch, wohl Hühnchen, das sah besser aus. Ein Teller mit Gemüse und Kartoffeln. Sie setzten sich, und Ma bestellte Reis mit Hühnchen und Kartoffeln, die Kellnerin nickte und verschwand kommentarlos.

»So, mal sehen, was kommt. Ist immer eine Überraschung, ähnlich wie in Deutschland«, lachte er. »Und? Wie gefällt es Ihnen bisher?«

Cora lächelte. »Alles gut so weit, mir gefällt das. Ich bin nicht anspruchsvoll, es ist alles sauberer als erwartet, es gibt Essen, das zumindest interessant aussieht ...«

»Ja, und im Gegensatz zu so manchem Restaurant in der Stadt ist das Essen auch tot, wenn es auf den Teller kommt«, grinste Ma. »Und es läuft nicht weg, während man es isst ... Haben Sie schon mal etwas Exotisches gegessen? In Deutschland glauben doch alle, wir essen hier den ganzen Tag Hunde und Ratten und Schlangen. Und zum Nachtisch Schwalbennester.«

»Nein, ich habe sowieso kaum Chinesisch gegessen bisher«, erwiderte Cora. »In Qingdao musste ich deutsches Schnitzel probieren! Also eigentlich ist das jetzt mein erstes echtes chinesisches Essen. Ich bin gespannt. Was essen Chinesen denn zu Hause, ich meine, so ganz normal zum Abendessen?«

»Das kommt natürlich auf den Geldbeutel an, aber normalerweise ist Reis die Grundlage und dann Fleisch oder Fisch und Gemüse. Aber Schweinefleisch oder Huhn, manchmal Rind, nicht die komischen Sachen, die man sich im Ausland so vorstellt. Schlange beispielsweise ist sehr teuer, eine Delikatesse, das gibt es in bestimmten Restaurants, vor allem in Südchina. Also, wir essen ganz normal sozusagen. Bei den reichen Leuten gibt es weniger oder gar keinen Reis; vor allem bei Banketten im Geschäftsleben wird meist kein Reis serviert. Der gilt eben als Essen für die armen Leute, und davon möchte man sich distanzieren. Wissen Sie, wir hatten hier in China vor wenigen Jahrzehnten noch große Armut, viele litten Hunger, das ist nicht lange her. Um zu zeigen, dass man es geschafft hat, legt man sich daher Statussymbole zu, sei es ein großes, teures, deutsches Luxusauto, eine dicke Schweizer Uhr, die besten amerikanischen Turnschuhe, eben jeder, was er kann. Aber jeder versucht zu zeigen, dass er nicht mehr arm ist. Auf euch

Ausländer mag das seltsam wirken, wenn jemand eine teure Sonnenbrille trägt und das Preisschild dran lässt, um zu zeigen, wie viel er dafür ausgegeben hat. Aber man muss das vor dem Hintergrund des unglaublich raschen wirtschaftlichen Wandels hier sehen. Die Generation unserer Eltern hatte das alles nicht, unter Mao war das verboten. Jetzt darf man reich werden, also will es jeder auch. Ah, da kommt unser Essen. Mal sehen!«

Die Kellnerin stellte ebenso wortlos wie vorher bei der Bestellung zwei Teller mit Kartoffeln und Fleisch auf die nicht wirklich saubere weiße Tischdecke. »Xiexie!«, sagte Cora freundlich zu ihr, erhielt aber keine Antwort. Es folgte eine Plastikschüssel mit einer dunklen Flüssigkeit, in der etwas schwamm. Mit wissenschaftlichem Interesse beäugte Cora die Brühe. »Und das hier ist ...?«

»Nun, das weiß ich auch nicht ... Es hieß Tagessuppe ... Probieren Sie einfach. Das ist immer das Beste in China: probieren und nicht fragen, was es war. Meist schmeckt es, solange man nicht darüber nachdenkt.«

Cora nahm geschickt mit den Stäbchen eine Kartoffel auf. Schmeckte gut. Das Fleisch stellte sich allerdings als Fett mit Knochen heraus; das mochten Chinesen gern, wie Ma erklärte. Cora sah sich um; überall wurde gegessen, und es schien allen zu schmecken. Die Knochen wurden einfach direkt aus dem Mund auf den Tisch gespuckt. Gelassen stellte sie sich der Herausforderung Suppe. Mit einem Plastiklöffel rührte sie darin herum, undefinierbar. Sie probierte. Sehr scharf, sehr sauer, sonst völlig geschmacklos.

»Sicher sehr gesund«, meinte Ma mit todernstem Gesicht. »Vermutlich Ingwer, sehr gesund, etwas Essig, und dann noch ...«

»Genug«, unterbrach ihn Cora. »Die Kartoffeln sind völlig ausreichend. Wir haben ja noch Yakfleisch im Abteil. Kann ich etwas trinken, bitte? Ein Wasser vielleicht?«

»Wasser trinkt man in China nicht«, klärte Ma sie auf. »Aus der Leitung geht nicht wegen der Kontaminierung der Flüsse und Seen, und Mineralwasser ist eher unüblich. Also, Cola oder Bier? Wein trinken wir gern bei Banketten, aber den gibt's nicht im Zug. Wir lieben ausländischen Wein, vor allem Rotwein. Französischen natürlich!«

»Wieso natürlich?«, protestierte Cora. »Schon mal von Pfälzer Wein gehört? Da gibt es tolle junge Winzer, die einen hervorragenden Wein machen. Und wieso trinken Sie eher roten als weißen Wein?«

Ma zögerte und lächelte etwas unsicher. »Also, das ist so, Rot ist ja eine Glück verheißende Farbe. Geschenke wickelt man in rotes Papier und so. Beim Alkohol kommt hinzu, dass ... ähm ... also Rotwein gilt als kräftigend. Ein Stärkungsmittel. Also, ich meine, eher für Männer. Entschuldigung.« Es war ihm offensichtlich sehr unangenehm, dieses Thema einer Frau gegenüber anzusprechen.

Cora musste laut lachen. »Sie trinken Rotwein als Aphrodisiakum? So einfach ist das? Na, das muss ich mal unseren Winzern in Rheinland-Pfalz erzählen ... Da eröffnen sich ja ganz neue Märkte!«

Jetzt musste auch Ma grinsen. »Ja, da gibt es noch ganz andere Wege zum Erfolg. Schlangengalle, diverse Teile von diversen Tieren ...«

»Okay, ich hab's verstanden. Da das ja wohl nur für Männer gilt, hätte ich jetzt gern ein Bier, bitte.«

Als die Kellnerin das Bier gebracht hatte, erhob Ma das Glas. »Ganbei!«, prostete er ihr zu.

»Und das heißt ...?«

»Zum Wohl. Wörtlich heißt es ›trockenes Glas‹, also auf ex. Das müssen wir jetzt nicht machen, aber bei Banketten, wenn man mit Schnaps anstößt, wird das erwartet. Als Frau übrigens nicht, da können Sie sich immer auf einen Saft rausreden. Als Mann, noch dazu deutscher Mann, wird erwartet, dass Sie etwas vertragen. Das ist das Erbe von Qingdao gewissermaßen, Deutsche trinken viel Bier. Das weiß jeder Chinese. Also zum Wohl, Cora. Entschuldigung, Frau Remy, meinte ich.«

Cora lächelte ihn an. »Cora ist schon okay, wir können uns ruhig duzen. Ist einfacher, wenn wir schon die nächsten Tage zusammen verbringen. Wie soll ich dich nennen?«

Ma schien ehrlich erfreut über ihr Angebot. »In China nennt man sich traditionell nicht beim Vornamen, das wäre zu intim. Aber in den letzten Jahren hat sich das zu ändern begonnen, wir übernehmen ja leider immer mehr amerikanische Sitten und Gebräuche. Also auch das Nennen beim Vornamen. Also Sie, ich meine du, kannst mich gern beim Vornamen nennen. Danli heiße ich. Du weißt ja, Ma ist der Nachname, das heißt ›Pferd‹. Ist ein weitverbreiteter Name in China. Danli heißt so viel wie ›mutig, tapfer‹. Jede Silbe, also *dan* und auch *li*, entspricht einem Schriftzeichen und hat somit auch eine Bedeutung. Ein Name ohne Bedeutung geht also nicht. Meine Eltern haben mich so genannt, weil sie sich wünschten, dass ich mutig durch diese chaotische Welt gehen sollte; China war ja in großem Umbruch damals Ende der 70er-Jahre.«

»Danli. Klingt schön. Warum haben eigentlich so viele Chinesen englische Namen? Jeder im Hotel heißt Angel oder Jennifer oder David.«

»Das kommt daher, dass die meisten Ausländer Schwierigkeiten haben, unsere Namen auszusprechen. Also legt man sich einen englischen Namen zu, der einem gefällt. Die sind frei erfunden. Und genauso geben sich viele Ausländer, die hier in China leben, chinesische Namen, damit wir es leichter haben, uns die Namen zu merken.«

»Oh, machst du mir auch einen chinesischen Namen?«, bat Cora. »Wie macht man das?«

»Na ja, meist bestehen chinesische Namen aus drei Zeichen. Eines für den Nachnamen, bei mir also Ma, und zwei für den Vornamen, die stehen dahinter. Wir brauchen daher ein Zeichen, das lautlich etwa deinem Nachnamen Remy entspricht, also der ersten Silbe am besten, und zwei Zeichen für den Vornamen. Und da alle Zeichen eine Bedeutung haben, wählt man Zeichen, gerade bei Frauen, die eine schöne Bedeutung haben; etwas mit Pflanzen oder Edelsteinen oder so. Ich könnte dich ja ›edler Diamant‹ oder ›biegsamer Bambus‹ nennen.«

Cora verschluckte sich beinahe an ihrem Bier. »Biegsamer Bambus? Wage es nicht«, drohte sie und machte Anstalten, ihm das Bier ins Gesicht zu schütten.

Ma lachte herzhaft. »Du würdest es ja ohnehin nicht merken ... Nein, keine Sorge, ich denke mir etwas Schönes aus. Aber es gibt Tausende von Möglichkeiten, das machen wir morgen in Ruhe. Mein Name, Ma, also Pferd, ist übrigens auch ein chinesisches Tierkreiszeichen. Wir haben zwölf davon, wie ihr, aber jedes Zeichen gilt für ein ganzes Jahr. Zum chinesischen Neujahrsfest, das sich nach dem Mondkalender richtet und daher jedes Jahr zu einem anderen Datum stattfindet, ändert sich das Tierzeichen. Weißt du was? Ich werde langsam müde. Ich schlage vor, wir trinken aus und gehen zurück. Oder noch ein Schnaps zur Feier des Tages? Aber nur mein Lieblingsschnaps, alles andere mag ich nicht!«

»Gerne ein Schnaps! Wir müssen ja auf das Du anstoßen, das macht man so in Deutschland. Was gibt es denn?«

Ma rief die Bedienung mit dem üblichen Allerweltswort für jemanden, der irgendeine Dienstleistung ausübte: »Fuwuyuan!« Nach einer kurzen Diskussion ging sie weg und kehrte mit zwei, mit einer durchsichtigen Flüssigkeit randvoll gefüllten Schnapsgläsern zurück.

Cora erhob ihr Glas. »Ganbei!«, sagte sie. »Auf eine gute und sichere Fahrt!« Zeitgleich mit Ma kippte sie den Schnaps herunter. Na ja. Der Tequila damals in Mexiko war ihr doch lieber. Aber sie ließ sich nichts anmerken und bemerkte aus den Augenwinkeln, wie die Chinesen an den anderen Tischen sie beobachteten. Eine Blondine, die nach zwei Flaschen Bier noch einen Ergoujiu kippte, nicht schlecht. Der hatte ja immerhin 56 Prozent. Die vertrug offensichtlich etwas.

Ma winkte der Kellnerin, die unmotiviert heranschlurfte und, ohne eine Miene zu verziehen, irgendetwas nuschelte. Ma zahlte, und sie schlich davon, um das Wechselgeld zu holen.

Als sie ihr Geld erhalten hatten, erhoben sie sich und verließen den Speisewagen. Sie kamen an einem Tisch vorbei, an dem vier Männer saßen; zwei davon spielten ein Brettspiel.

»Oh, chinesisches Schach!«, rief Cora erfreut aus.

»Du kennst das?«, wunderte sich Ma. »Nicht einmal ich kenne die Regeln, das hat mich nie interessiert.«

»Ja, habe ich im Zug nach Shanghai gesehen. Können wir das auch einmal spielen? Ich spiele gern Schach, aber die chinesische Variante kenne ich noch nicht wirklich.« Sie lächelte den Spielern zu; einer lächelte zurück und rief etwas.

»Was hat er gesagt, Danli?«

»Er möchte wissen, wo du herkommst.«

»Okay, was heißt Deutschland auf Chinesisch?«, fragte Cora interessiert.

»Deguo. *De* steht für ›Deutsch‹ und *guo* für ›Land‹.«

»Deguo!«, rief Cora dem Chinesen zu, der gefragt hatte. Der reagierte sehr erfreut und hielt den Daumen hoch in der auch in China üblichen Geste für Zustimmung, dann rief er erneut etwas.

»Und?«, drängte Cora Danli zu übersetzen.

»Er ist begeistert von Deutschland, wie alle Chinesen, und da alle Deutschen viel Alkohol trinken, das ist euer Image hier, sollen wir uns jetzt dazusetzen und mittrinken«, meinte Danli skeptisch.

»Au ja. Das mache ich. Komm, wir setzen uns dazu.« Sie zog ihn am Ärmel. »Wir haben doch sowieso nichts zu tun. Los.«

Widerstrebend nahm Danli neben ihr Platz. Die beiden Männer rückten etwas zusammen und bestellten lautstark bei der Kellnerin.

»Auch das noch!«, stöhnte Danli. »Danke, Cora. Ich hasse das Zeug. Mindestens 50-prozentig! Ist ein Hirseschnaps aus Südchina, er heißt Maotai. Viel Spaß, du hast angefangen, du trinkst jetzt mit!«

»Kein Problem. Was meinst du, was wir im Westerwald nach einer erfolgreichen Jagd so alles trinken. Ich kann etwas vertragen!«

Als die vier Gläser vor sie gestellt wurden, nahm Cora ihres gleich in die Hand und hielt es hoch. »Ganbei!«, rief sie laut, was Gelächter und anerkennende Blicke auslöste. Alle tranken ihre Gläser in einem Zug leer und drehten sie dann um, um zu zeigen, dass sie wirklich leer waren. Danli schüttelte sich; man sah, dass er das nicht mochte. Er schaute Cora an. »Na? Was meinst du? Grauslich, nicht wahr?«

»Also mir schmeckt es. 50-prozentig, sagst du? Kein Thema. So, jetzt zum Spiel. Ich kenne die Regeln, ich kann es dir erklären. Der General ist die wichtigste Figur, hat aber nicht viel Bewegungsspielraum. Siehst du, er kann sich nur in diesem Viereck bewegen. Um ihn herum befinden sich seine Leibwächter, die haben mehr Spielraum, können aber auch das Viereck nicht verlassen. Sie müssen ja immer dicht beim General bleiben. Dann gibt es Pferde, die sind zu Anfang nicht so wichtig, werden aber im Laufe des Spiels immer wichtiger. Hier sind Türme, und vorn noch Kanonen. Mit denen kann man über einen anderen Stein hinweg schlagen, so wie eine Kanone über einen Berg schießen kann. Und dann hier die Läufer, bei euch heißen sie Elefanten. Das sind die einzigen Figuren, die nicht über den Fluss in der Mitte des Feldes gehen können. Wenn sich das Spiel also in die gegnerische Hälfte verlagert, müssen sie zurückbleiben und können nur von dort versuchen, zu unterstützen.«

Ma hatte offensichtlich noch nie Schach gespielt. Cora erklärte ihm, dass das Spiel wohl aus Indien nach China gelangt sei, was ihn nicht sehr erfreute. Ausgerechnet Indien ... Aber Elefanten hatte es in China nie im Kriegseinsatz gegeben, in Indien dagegen ständig. Schließlich hatte angeblich schon Alexander der Große gegen indische Elefanten gekämpft. So war das chinesische Wort für Schach »Elefantenspiel«.

Sie schauten eine Weile zu, und Cora ließ sich die Logik der Spielzüge erklären. Wirklich interessant. Sie mussten noch eine Runde Maotai überstehen, dann verabschiedeten sie sich und gingen zurück ins Abteil. Während jeder seine Sachen sortierte, fragte Cora: »Sag mal, was haben wir Deutschen denn für ein Image in China? Du hast gesagt, alle glauben, dass wir viel Alkohol trinken. Was denn noch?«

»Na ja, im Grunde alles sehr positive Bilder. Tolle Ingenieure, sehr gute Qualität, fleißig, pünktlich, so was eben. Die besten Autos der Welt. Fußballweltmeister, alle Chinesen sind Fans von Deutschland, wir schaffen es ja irgendwie nicht, elf Spieler in der Milliarde zu finden, die vernünftig schießen können. Ach ja, Hitler hört man auch manchmal. Alles positiv also.«

Cora glaubte sich verhört zu haben. »Hitler positiv, sagst du? Wieso das denn?«

»Nun, er war ein starker Herrscher, hat Deutschland wieder stark gemacht, hat Autobahnen gebaut, halb Europa erobert. So ungefähr. Man lernt auch in der Schule etwas über seine Verbrechen, aber sie werden oft in etwa mit den japanischen

Kriegsverbrechen in China gleichgestellt. Das verharmlost das Ganze natürlich. Also insgesamt hat Deutschland nicht trotz, sondern manchmal auch wegen Hitler ein sehr gutes Image in China. Das hat Vorteile für dich, weil du überall positiv aufgenommen wirst, und manchmal Nachteile, wie eben, als du den Schnaps trinken musstest.«

»Na, mit dem Nachteil kann ich leben«, lachte Cora.

»Ja«, grinste auch Danli. »Das habe ich gesehen. Beeindruckend, was du so verträgst. Aber weißt du, wenn Chinesen mit diesem sehr guten Bild von Deutschland dann dorthin kommen, sind sie oft enttäuscht. Staunend erfahren sie, dass man in deutschen Zügen meistens kein Netz zum Telefonieren hat, geschweige denn surfen kann wie wir hier auf dem Weg nach Tibet. Ein Freund von mir war im Base Camp des Mount Everest, hier auf der chinesischen Seite, immerhin auf 5.200 Meter Höhe. Und selbst da gibt's ein 3G-Netz. Wieso nicht im technisch fortschrittlichsten Land Europas? Wieso könnt ihr keine Flughäfen bauen? Das verstehen wir nicht.«

»Tja, willkommen im Club«, meinte Cora trocken. »Das verstehen wir auch nicht.«

»Ihr verzögert den Bau einer wichtigen Straße, weil da irgendwelche Tiere leben, Frösche oder Fledermäuse, und baut einfach nicht? Jahrelang? Unglaublich für Chinesen!«

»Ja, klar«, musste Cora jetzt doch lachen. »Ihr würdet den Frosch einfach aufessen und weiterbauen ... Aber im Ernst: Das ist doch gerade das Tolle an der Demokratie, dass einzelne Menschen den Staat daran hindern können, einfach zu tun, was er will. Natürlich behindert es oft die Entwicklung, aber das ist doch eine Errungenschaft, die wir nie wieder aufgeben möchten. Besser kann man die Wortbedeutung von Demokratie, Herrschaft des Volkes, doch gar nicht ausdrücken.«

»Ja, aber so hätten wir China nie entwickeln können. Wir siedeln Millionen von Menschen um, um Staudämme zu bauen, damit die Mehrheit der Chinesen davon profitiert. Wenn man erst jeden fragt, geht das nicht. Oder wollt ihr, dass wir auch im Chaos leben, im Dreck, wie Indien? Demokratie mit all ihren Vorteilen, ja, aber Millionen verhungern. Sind das wirklich bessere Menschenrechte?«

Damit entschuldigte er sich diskret und ließ Cora allein im Abteil, sodass sie sich umziehen konnte und unter der Bettdecke verschwand. Als er zurückkam, löschte er das Licht.

»Gute Nacht, Cora. Schlaf gut und träum was Schönes.«
»Gute Nacht, Danli. Danke für den schönen Tag.«

Danli lag noch eine Weile wach. Ja, es war ein schöner Tag gewesen. Warum? Weil es schön war, dieser Deutschen etwas zu erklären, weil sie interessiert war. Und etwas erklärt zu bekommen, stellte er erstaunt fest. Sie wusste so viel! Er mochte sie, stellte er fest. Sehr sogar. Nein, Unsinn. Seine Frau wartete zu Hause, seine kleine Tochter, wenn auch noch nicht geboren. Morgen würde er sie anrufen. Heute hatte er es ganz vergessen.

Cora schlief sofort ein; der Maotai tat seine Wirkung. Aber sie schlief schlecht. Im Traum galoppierte ein Pferd durch ein Gebirge und versuchte, einen General anzugreifen; Kanonendonner ertönte aus dem Hinterhalt und beschoss das Pferd über einen Berg hinweg. Ein gewaltiger Fluss strömte durch das Gebirge, und ein Elefant stand auf der anderen Seite und versuchte, dem Pferd zu helfen, konnte aber nicht das Wasser überqueren. Alles war mit unglaublichem Lärm verbunden; Blitz und Donner wüteten, und mitten in all diesem Chaos stand Cora und wusste irgendwie, dass es auf sie ankam. Sie musste eine

Entscheidung treffen, die Katastrophe aufhalten. Schließlich wachte sie schweißgebadet auf. Verwirrt sah sie sich um. Als sie begriff, dass es nur ein Traum gewesen war, sank sie zurück in ihr Kissen. Aber es blieb ein schlechtes Gefühl zurück, etwas Dumpfes, Unbewusstes. Ihre Instinkte sagten ihr, dass es nicht nur ein Traum gewesen war. Sie war wieder völlig klar, der Alkoholnebel war verschwunden. Danli schlief tief; aufmerksam blickte Cora im Abteil umher. Schließlich stand sie auf und kontrollierte, ob die Tür abgeschlossen war. Den Rest der Nacht wälzte sie sich unruhig hin und her.

Ungefähr 2.000 Kilometer weiter südwestlich stand ein Ausländer auf der Dachterrasse seines Hotels in Lhasa und rauchte. Rüdiger Landmann war vor zwei Stunden gelandet und gleich ins Hotel gefahren. Er würde ausgeruht sein müssen, wenn er sich um die Remy kümmern würde. Es durfte nichts schiefgehen. Diese verdammte Ingenieurin war eine große Gefahr. Für ihn. Nun, nicht mehr lange. Zynisch lächelnd drückte er die Zigarette aus, sah noch einmal hinüber zum Potala, dem gewaltigen Palast des Dalai Lama, der auf einem Felsen über Lhasa thronte, 3.600 Meter über dem Meeresspiegel, und ging schlafen.

Und viele Tausend Kilometer weiter westlich, jenseits des Himalaya, in einem kleinen Hotel, das direkt über den heiligen Ganges ragte, sodass er das Rauschen der heiligen Fluten die ganze Nacht hindurch hören konnte, stand Ganesh am Fenster seines Zimmers in Rishikesh. Lautes Trommeln und Singen drang von der Straße zu ihm herauf; es wurde wieder eine Hochzeit gefeiert. Morgen würde ein schwerer Tag werden. Er musste unten am Triveni-Ghat die Asche seines Vaters ins Wasser geben; dazu würde er selbst in das hier sehr flache und auch noch saubere Ganges-Wasser waten, eine Schale mit einem Licht darin in die Fluten setzen und dann die Asche langsam in die Fluten streuen. Er würde zum Ufer zurückkehren, ohne sich einmal umzusehen. Nur so wurde die Seele des Verstorbenen endgültig frei. Und dann würde er zurück nach Mumbai fliegen. Er musste beginnen, seinen Plan in die Tat umzusetzen. Und er musste auf Cora achten; sie war in Gefahr. Sie weiß gar nicht, wie sehr, dachte er. Dann drehte er sich um, blickte auf die Gottheit, die, mit einem Blumenkranz um den Hals, auf dem Schreibtisch stand, neigte respektvoll den Kopf und faltete die Hände vor der Brust. Der Elefantengott, wie ihn die Ausländer nannten, weil er den Kopf eines Elefanten trug. In Indien wurde er unter dem Namen »Ganesh« verehrt. Sein eigener Name. Er war der Elefant im Schachspiel des Lebens.

17. KAPITEL

Es war erst halb neun, perfekt, er hatte noch 30 Minuten bis zum Beginn der Konferenz. Schnell ging er an der großen Glasscheibe, hinter der ein Wasserfall über eine Mauer herabstürzte, vorbei und hinüber zu den Aufzügen; der Buchladen hatte schon geöffnet; er grüßte den obligatorischen Wachmann und fuhr nach oben. Auf der Konferenzetage angekommen, wandte er sich nach links und ging hinüber zur Registrierung der Teilnehmer.

»Sethna«, sagte er zu der jungen Dame, die hinter dem Tisch mit den Namenskärtchen stand. »Ganesh Sethna.«

»Willkommen, Dr. Sethna. Hier bitte, Ihr Namensschild. Dort drüben gibt es Tee und Kaffee, wenn Sie möchten.« Sie strahlte ihn an. Interessant, endlich mal ein gut aussehender Referent. Sie schätzte ihn auf Mitte dreißig, schwarzes, volles Haar, intellektuelle Brille, schien gut in Form zu sein. Nichts von dem auch bei jungen Indern schon üblichen deutlichen Bauchansatz. Und er beachtete sie überhaupt nicht, das machte ihn noch interessanter. Im Gegensatz zu diesem schmierigen Typ, der eben hier gewesen war und sie sofort angemacht hatte. Vielleicht sprach er sie ja an?

»Dhanyavad. Danke.« Gedankenverloren heftete er sich das Namensschild an seinen Anzug und ging durch den Flur in den großen Konferenzsaal. Das enttäuschte Gesicht der jungen Dame hinter ihm hatte er gar nicht bemerkt. Er hatte durchaus registriert, dass sie ihn interessiert angesehen hatte, auch dass sie sehr hübsch war, aber so, wie man im Vorbeigehen ein Fotomodell auf einem der Poster sah, wie sie überlebensgroß überall in Indien hingen: Kaum war man weitergegangen, hatte man es schon wieder vergessen. Seine Mutter und überhaupt die ganze (weibliche) Verwandtschaft machten sich schon große Sorgen; er war nun 36 und noch immer nicht verheiratet! Als er in den Saal ging, hörte er förmlich die Worte seiner Mutter: »Ganesh, was haben wir falsch gemacht? Wie sollen wir je Enkel bekommen? Ich habe dir doch seit Jahren immer wieder nette junge Damen vorgestellt, deren Horoskop perfekt zu deinem passt, die wie wir aus der Händlerkaste der Vaishyas stammten, die auch studiert haben – was willst du denn? Alle deine Freunde sind verheiratet, nur du willst immer nur forschen, reisen! Wer soll sich um mich kümmern, wenn ich krank werde? Wie soll das enden?«

In Indien war es noch immer absolut üblich, dass die Mütter die potenziellen Partner ihrer Kinder aussuchten und bewerteten. Wie sollte er seiner Mutter (und den Tanten und Cousinen und Schwestern) erklären, dass er sich im Moment einfach nur für seine Studien interessierte? Ja, natürlich, da war mal jemand gewesen: Cora. Sie hatte ihn völlig aus der Bahn geworfen; ihretwegen war er das erste und einzige Mal in seinem Studium durch eine Klausur gefallen, weil er sich nicht konzentrieren konnte. Aber das war lange her, ein anderes Leben, in einem anderen Land.

Hinter der Bühne hing ein großes, farbiges Spruchband. Dort stand der Name der Konferenz in roten Buchstaben auf weißem Grund angeschrieben. »Conference on Asian Water Rights«. Auf dem langen Tisch darunter, fein säuberlich aufgereiht, die Namenskärtchen der Teilnehmer und ihr Herkunftsland. Da war sein Name, gleich in der Mitte: Dr. G. Sethna, Indien. Und daneben der Teilnehmer des Landes, das allen hier Sorgen bereitete, das seine Wasserrechte auf Kosten aller anderen Staaten ausüben wollte, das Wasser nach eigener Auffassung mehr brauchte als die anderen, das bereit war, Flüsse umzuleiten und Berge zu sprengen, auch wenn Millionen Menschen in anderen Ländern deswegen kein Wasser zum Leben mehr haben würden: China. Li Jianbing. VR China.

»Dr. Sethna?«

Er blickte auf. »Ja, bitte?«

Eine Mitarbeiterin der Konferenzorganisation stand vor ihm. »Haben Sie Ihren Vortrag auf einem USB-Stick dabei? Können wir bitte schnell überprüfen, ob die Technik funktioniert? Die Präsentationen der anderen Teilnehmer habe ich schon auf dem Laptop gespeichert. Kommen Sie bitte mit?«

Ganesh folgte ihr zu dem Stehpult, auf welchem der Laptop bereitstand. Sie installierte den Stick, überprüfte die Präsentation und lächelte erleichtert. »Sab tik hai, alles bestens, kein Problem. Bitte versuchen Sie sich an die Zeitvorgabe zu halten. Wir bitten alle Redner darum«, fügte sie entschuldigend hinzu.

»Koi bath nahi, kein Problem«, erwiderte er freundlich. Er ging zurück zum Eingang des Saales und ließ seinen Blick über die Anwesenden schweifen, die teils drinnen, teils draußen im Vorraum in Gruppen an Stehtischen zusammenstanden. Etwa 500 Teilnehmer hatten sich angemeldet, viele davon Journalisten aus aller Welt. Wasser war das vorherrschende Thema des Jahres geworden; nach der letzten Klimakonferenz und einigen Skandalen mit verseuchtem Trinkwasser in China und in Bangladesch mit Hunderten von Toten stand dieser Punkt ganz oben auf der Agenda der internationalen Aufmerksamkeit. Wie konnte man das Trinkwasser für viele Millionen Menschen in Asien sichern? Wie seine Sauberkeit gewährleisten? Darum sollte es primär gehen. Aber dann waren Gerüchte in der Presse aufgetaucht, China wolle seine Rolle als vorherrschende Macht Asiens festigen und Einfluss auf die Wasserversorgung Südostasiens nehmen. Er glaubte nicht daran; so weit würden die Chinesen nicht gehen. Alle Staaten Südostasiens waren hier vertreten, da musste auch der Vertreter Chinas seine Worte vorsichtig wählen.

»Dr. Sethna, wie fanden Sie die Ausführungen des Kollegen Banerjee aus Dhaka?« Ganesh, der sich gerade zum Fahrstuhl begeben wollte, musste wohl oder übel stehen bleiben und dem Referent aus Vietnam antworten. Soeben war die erste Pause angebrochen; die letzte Präsentation sorgte noch immer für heftige Diskussionen. Professor Banerjee aus Bangladesch hatte eindrucksvoll aufgezeigt, wie sehr sein Land einerseits von den in China entspringenden Flüssen abhängig war und wie sehr es daher andererseits unter der Verschmutzung litt, die schon am Oberlauf begann, bevor das Wasser überhaupt nach Bangladesch floss. Als ein westlicher Journalist dann jedoch die Frage aufwarf, ob nicht das Land selbst durch seine mangelnden Sicherheitsstandards und katastrophalen Produktionsbedingungen signifikant zur Wasserbelastung und damit auch zur Umweltzerstörung beitrug, wurde die bis dahin sachlich geführte Debatte plötzlich sehr emotional. Asiatische Teilnehmer warfen dem Westen die typische Arroganz vor, seine eigenen Standards den ehemaligen Kolonien aufzwingen zu wollen, ohne die Situation vor Ort wirklich beurteilen zu können; als dann ein deutscher Konferenzteilnehmer mahnend dazu aufrief, Bangladesch solle doch erst mal dafür sorgen, dass die furchtbare Kinderarbeit abgeschafft werde, hatte Ganesh als Diskussionsleiter alle Mühe gehabt, wieder Ruhe im Saal herzustellen. Mit einem Hinweis in Richtung des Deutschen, dass es hier und heute nicht um prinzipielle Fragen der Arbeitsbedingungen gehe, sondern um das Thema Wasser, das den anwesenden Staaten viel größere Sorgen mache, und mit einem Seitenblick auf die Uhr begrüßte er die anstehende Pause und bat alle Teilnehmer, sich nach den vorgesehenen 30 Minuten wieder pünktlich auf ihren Plätzen einzufinden.

»Nun«, erwiderte Ganesh nachdenklich. »Er hat sachlich natürlich völlig recht. Bangladesch ist in der misslichen Lage, die Wasser der großen Flüsse zum Überleben zu brauchen; gleichzeitig hat es keinen Einfluss auf die Menge und die Qualität, die in seinem Staatsgebiet ankommt. Es benötigt auch Hilfe bei der Aufbereitung der stark verschmutzten Flüsse sowie beim Schutz gegen die Wassermassen, die im Monsun das Land regelmäßig überschwemmen. Das Land lebt überwiegend von der Textilindustrie, aber die Konkurrenz aus China und zunehmend aus Kambodscha unterbietet die Preise. Es gibt wenig Alternativen; das Thema Kinderarbeit, so schlimm es für die Betroffenen auch sein mag, ist daher nicht das drängendste Problem. Da hat der deutsche Journalist natürlich den Finger in eine Wunde gelegt, aber in diesem Kontext in die falsche. Wir haben hier andere Sorgen. Das ist auch nicht mit Ihrem schönen Vietnam zu vergleichen, wo sich ja eine sehr interessante Industrie etabliert hat. Aber entschuldigen Sie mich bitte, ich muss noch kurz mit jemandem sprechen, bevor es weitergeht.«

Mit einer eleganten Drehung wandte er sich ab und verschwand in der Menge. Ein paar Minuten allein sein, bevor es weiterging, mehr wollte er gar nicht. Rasch betrat er die weit ausladende Terrasse des Taj Hotels. Atmen! Er blickte hinunter auf das Gewimmel am Gateway of India; auf die Boote, die hier vor Anker lagen, um Touristen hinüber zu Elephanta Island zu bringen; auf die Händler, die geröstete Erdnüsse und Kichererbsen anboten. Manchmal beneidete er die Menschen, die nicht so gebildet waren, nicht so viel wussten wie er. War ihr Leben nicht viel einfacher? Sie machten sich nicht ständig Sorgen über Dinge, die ihrem Einflussbereich entzogen waren. Sie lebten und liebten einfach. Nein, sagte er sich und schüttelte den Kopf. Nein. Es war gut, dass er denken konnte, Wissen erlangt hatte. Dafür sollte er dankbar sein. Und das mit der Liebe würde auch noch kommen. Nicht mit der Frau, die er sich mehr als alles andere auf der Welt gewünscht hatte. Das hatte sie damals am Druidenstein ja mehr als deutlich gemacht. Als er gestern ihre Stimme wieder gehört hatte, war alles wieder da gewesen. Ihre Augen, ihre Haut, ihre Haare. Wie wunderschön sie war, wenn sie wütend wurde, weil sie ein technisches Problem nicht lösen konnte. Wie stark sie war, nicht nur physisch, er hatte sie im Sport kämpfen sehen, sondern auch mental. Keine Furcht. So waren indische Mädchen nicht. Und so neugierig! Er musste lächeln. Wie oft hatte er mit ihr über ein beliebiges Buch diskutiert; nächtelang mit Cora bei einem Glas Wein gesessen (sie den Wein, er eine Tasse Tee; als tiefgläubiger Hindu trank er keinen Alkohol) und versucht, ihr die indische Kultur nahezubringen. Sie hatten über Seelenwanderung gesprochen, über Reinkarnation, den Glauben an die Wiedergeburt. Für Studenten der Fachrichtung Ingenieurwesen eher ungewöhnlich. Aber sie war neugierig im besten Wortsinne, gierig auf Neues, hatte ihm von ihrer Sicht auf das Leben erzählt, und er hatte zum ersten Mal auch das Gefühl gehabt, verstanden zu werden. In Indien hatte er nie eine Frau getroffen, mit der er solche Gedanken austauschen konnte.

Als er den Konferenzsaal wieder betrat, war er vollkommen konzentriert auf die Aufgabe, die vor ihm lag, und hatte alles andere wieder verdrängt. Ablenkung konnte er jetzt nicht gebrauchen, jetzt wurde es interessant. Sein eigener Beitrag, dann der Chinese.

Gleich seine erste Folie sicherte ihm die Aufmerksamkeit der Zuhörer. Sie zeigte nicht Indien oder China, auch nicht Bangladesch oder Vietnam oder eines der anderen betroffenen Länder. Sie zeigte Pakistan. In Anbetracht der seit der Unabhängigkeit Indiens 1947 schwelenden Feindschaft mit Pakistan verbat sich so ein Einstieg in einen Vortrag normalerweise von selbst. Aber das hier war nicht normal. Es ging um viel mehr als um lokale Interessen oder religiösen Zwist. Es ging um Krieg oder Frieden in Südostasien.

Mit der Unabhängigkeit vom Britischen Empire hatte man den Subkontinent in ein überwiegend hinduistisches Indien, ein muslimisches, neu geschaffenes Land Pakistan (West) und ein ebenfalls muslimisches Pakistan (Ost) geteilt; aus Letzterem entstand 1971 der neue Staat Bangladesch. Das war allgemein bekannt; worauf Dr. Ganesh Sethna, Indiens führender Experte auf dem Gebiet der Hydroenergie, hier und heute aufmerksam machen wollte, war etwas anderes. Schon sehr früh hatte sich die neue indische Regierung unter ihrem ersten Premierminister Nehru mit Pakistan auf die Aufteilung der Wasserrechte geeinigt. Nehru schloss einen Vertrag über die Flüsse, die aus Indien kamen, aber primär von Pakistan genutzt wurden, und sicherte Pakistan gewisse Rechte am Wasser vertraglich zu, ohne im Grunde dazu gezwungen zu sein.

Nachdem Ganesh dies kurz ausgeführt und die Bedeutung für die Planungssicherheit Pakistans bezüglich der Wasserversorgung der Bevölkerung hervorgehoben hatte, ging er auf die Situation im indisch-chinesischen Grenzgebiet ein. Er zeigte eine Karte des Himalaya-Gebietes.

»Wie Sie sehen, verehrte Teilnehmer, entspringen sämtliche Flüsse, die für Indien und Südostasien von Bedeutung sind, in Tibet. Hierzu zählen der Ganges, der Brahmaputra, in Tibet heißt er noch Yarlung Tsangpo, der Irawadi, der Mekong et cetera. Ohne diese Flüsse kann Indien nicht leben, ebenso wenig Bangladesch, Myanmar, Kambodscha, Laos oder Vietnam. Wir brauchen das Wasser als Lebensader unserer Völker. Nun war das schon immer so, und Sie mögen sich fragen, warum das Thema jetzt auf einer eigenen Konferenz behandelt wird. Was ist neu? Nun, neu ist, dass China beunruhigende Anzeichen erkennen lässt, die Wasserrechte neu zu definieren. Da Tibet nach chinesischer Auffassung zu China gehört, entspringen fast alle der genannten Flüsse in der Volksrepublik China. Daraus leitet China das Recht ab, über das Wasser am Oberlauf zu verfügen. Einmal durch den exzessiven Bau von Staudämmen beziehungsweise Talsperren zur Gewinnung von Energie aus Wasserkraft, zum anderen aber, noch bedrohlicher, durch die Umleitung ganzer Flüsse nach Nordchina.«

Er machte eine bedeutungsvolle Pause und ließ die Worte nachwirken. Der Vertreter Chinas, Professor Li, anerkannter Experte auf seinem Gebiet und somit ein Fachkollege, nickte bei Ganeshs Worten zustimmend. Im Publikum dagegen wurde es unruhig. Ganesh beendete die ersten aufkommenden Zwischenrufe mit erhobener Hand. »Bitte Ruhe, wir haben anschließend ausreichend Zeit für Diskussionen. Auf die Berechtigung Chinas, sein Volk ausreichend mit Energie zu versorgen, möchte ich hier nicht eingehen; das muss China selbst entscheiden. Aber welche Konsequenzen folgen daraus für uns? Für uns alle?« Er machte eine kreisende Handbewegung, die alle anwesenden Länder einschließen sollte.

»China behauptet, nur Staudämme zu bauen und kein Wasser abzuzweigen. Es käme daher genauso viel Wasser bei uns an wie vorher, da Staudämme die Wassermenge ja nicht beeinflussen. Und ich sage: falsch! Wissen Sie, wie eine Talsperre funktioniert?« Er scrollte weiter zum nächsten Chart, welches eine schematische Zeichnung einer Talsperre zeigte. »Das Wasser wird am Boden des Stausees durch eine sogenannte Grundablassleitung durch die Staumauer hindurchgeleitet; so kann die Wassermenge jederzeit reguliert werden. Damit aber diese Leitung beziehungsweise der Einlauf nicht verstopfen können, halten Rechen das Schwemmgut ab. Genau dies ist aber der entscheidende Punkt. Schwemmgut, was ist das? Nun, das umfasst wertvolle Sedimente, die der Fluss normalerweise mit sich führt und die im Unterlauf eine wichtige Funktion erfüllen. Es sind Nahrungsstoffe für die Fische enthalten, aber auch Schwebstoffe, die meist sehr fruchtbar sind und somit eine wichtige Rolle im Ökosystem spielen. Durch die Staumauer können diese Sedimente nicht den Unterlauf des Flusses erreichen. Sie werden ja vor der Talsperre abgefangen. Die normalerweise am Unterlauf regelmäßig wiederkehrenden Überschwemmungen, wie sie gerade im Brahmaputra-Delta in Bangladesch bekannt sind, erfüllen eine wichtige Funktion: Sie versorgen das Ackerland entlang des Flusses mit wertvollen Mineralien und anderen Nährstoffen und machen es fruchtbar. Genau diese Funktion entfällt nun aber; durch die hinter einer Talsperre deutlich niedrige Fließgeschwindigkeit des Flusses können außerdem Schadstoffe, größere Steine und Schlamm nicht abtransportiert werden. Das Flussbett wird flacher, wodurch sich die Fließgeschwindigkeit erneut verlangsamt.«

Ganesh sprach langsam und deutlich und zeigte immer wieder auf der Grafik, was er meinte. Für das anwesende Fachpublikum war das alles nicht neu und noch dazu eher laienhaft dargestellt. Aber sein Zielpublikum waren die internationalen Journalisten, und die durfte er nicht überfordern. Sie sollten die Welt mit dem bekannt machen, was hier passierte.

»Ich fasse zusammen: Der Bau von Staudämmen oder besser gesagt Talsperren in China hat selbstverständlich erhebliche Auswirkungen auf die am Unterlauf der Flüsse lebenden Menschen. Und wir sprechen hier, wenn wir die heute anwesenden Staaten heranziehen, von 1,5 Milliarden Menschen, die betroffen sind. China muss dies mit uns gemeinsam besprechen; es kann nicht sein, dass ein Staat über das Leben so vieler Menschen allein entscheidet. Ich spreche für die indische Regierung, wenn ich nun fordere, dass China endlich zu Verhandlungen über entsprechende Verträge bereit sein muss!«

Der aufbrandende Beifall zeigte deutlich, auf welcher Seite die meisten Teilnehmer standen. Ganesh betrachtete das Publikum mit gemischten Gefühlen, er war an einer sachlichen Auseinandersetzung interessiert. China hier pauschal zu verdammen, war nicht zielführend und nicht fair, schließlich musste es auch an seine eigenen Interessen denken. Er hob die Hand und bat um Ruhe. Dann erteilte er dem chinesischen Kollegen das Wort. Es wurde still im Saal. Alles wartete gespannt auf die Ausführungen von Professor Li, dem weltweit anerkannten Wasserbauingenieur und stellvertretenden Vorsitzenden der NRDC, der National Reform and Development Commission, dem höchsten chinesischen Gremium zur wirtschaftlichen Entwicklung der inzwischen wohl größten Wirtschaftsmacht der Erde.

Professor Li stand auf, schaute ruhig über das Publikum, drückte seinen Rücken noch einmal durch und schritt zum Rednerpult. Im Saal hätte man eine Stecknadel fallen hören können; für eine Konferenz in Indien eher ungewöhnlich. Er griff sich den Laserpointer und rief die erste Folie auf.

Schlagartig war es mit der Ruhe im Saal vorbei. Während die westlichen Journalisten verständnislos um sich blickten und nicht verstanden, was diese plötzliche Aufregung verursacht hatte, riefen indische Teilnehmer lauten Protest in die Runde; einige standen auf und drohten, sofort den Saal zu verlassen. Ganesh blickte auf den vor ihm aufgebauten Laptop, auf welchem er die Präsentation des jeweiligen Redners verfolgen konnte, ohne sich auf dem Podium umdrehen zu müssen. Die erste Folie zeigte eine Landkarte des Himalaya mit der Grenzregion zwischen China und Indien. Der signifikante Unterschied zu seiner eigenen Folie vorhin bestand in der Grenzziehung. Der nordostindische Bundesstaat Arunachal Pradesh, auf jeder internationalen Karte so bezeichnet, war verschwunden. An seiner Stelle erstreckte sich Tibet, also chinesisches Territorium, bis an die Grenze des indischen Assam. China beanspruchte, wie diese Karte deutlich zeigte, einen ganzen Bundesstaat, 80.000 Quadratkilometer indisches Gebiet, und hatte es sich per Grenzziehung einfach einverleibt.

Nachdem wieder Ruhe eingekehrt war, begann Professor Li, der bisher kein Wort gesagt hatte, mit ruhiger, leiser Stimme zu sprechen. »Ich danke meinem geschätzten Kollegen Dr. Sethna für seine erklärenden Worte. Wie er korrekt ausführte, ist Tibet selbstverständlich Teil des chinesischen Staatsgebietes. Ich darf darauf hinweisen«, fuhr er fort, einige protestierende Zwischenrufe überhörend, »dass der indische Premierminister Nehru dies bereits vor vielen Jahren ausdrücklich anerkannt hat. Diese Frage ist also geklärt, auch aus indischer Sicht. Da also tatsächlich die wichtigsten Flüsse Asiens in China entspringen« – er scrollte auf die nächste Folie, die noch einmal das Quellgebiet der großen Flüsse in Tibet zeigte – »hat die Regierung der Volksrepublik China auch das Recht, als Anrainer des Oberlaufs eines Flusses über dessen Verwendung zu entscheiden. Wir können und werden so viele Staudämme bauen, wie wir es zur Sicherung der Energieversorgung unseres Landes für notwendig erachten. Hierzu bedarf es keiner Verträge.

Des Weiteren ...« Hier kam er nicht mehr weiter. Zahlreiche Teilnehmer waren aufgesprungen, andere riefen wild durcheinander. Buhrufe und Pfiffe ertönten, die europäischen und amerikanischen Journalisten machten begeistert Bilder.

Beinahe wäre die nächste Folie des chinesischen Referenten im Trubel untergegangen. Aber einige sahen doch hin, und nach und nach wurde es stiller im Saal. Schließlich starrten alle gebannt auf die Leinwand, auf der eine Nahaufnahme der großen Biegung zu sehen war, die der Brahmaputra im Osten Tibets machte. Dort änderte er plötzlich seine Fließrichtung von West-Ost auf Süd-Nord, kehrte dann in einem engen Bogen nach Süden um und floss weiter nach Indien. Worauf alle starrten, war aber nicht dieser Bogen nach Süden. Was die Aufmerksamkeit fesselte, war eine neue, blau-gestrichelte Linie, die genau in diesem Bogen die Süd-Nord-Richtung fortführte und nach Norden zeigte, in Richtung des drittgrößten Flusses der Welt, des Chang Jiang, oder Yangzi, wie ihn die Ausländer nannten.

»Und genau hier«, sagte Professor Li mit fester Stimme und zeigte auf die blaue Linie, »genau hier werden wir nicht nur den größten Staudamm der Welt bauen. Hier werden wir den Brahmaputra umleiten. Nach Norden, nach Nordchina. Wir brauchen das Wasser dort, und wir werden den gesamten Fluss weg von Indien nach Nordchina führen. Das chinesische Volk hat das Recht dazu, und wir verbitten uns jegliche Einmischung in unsere inneren Angelegenheiten.«

Seine abschließenden Dankesworte gingen in dem ausbrechenden Tumult unter.

18. KAPITEL

Die Konferenz in Mumbai drohte zu eskalieren. Nach der provokanten Aussage des chinesischen Professors, den Brahmaputra umleiten zu wollen, war keine weitere sachliche Diskussion möglich gewesen. Alles rief durcheinander, und selbst Ganesh gelang es nicht, wieder Ruhe einkehren zu lassen. Er hatte die Sitzung somit kurzerhand für beendet erklärt und auf das Programm des folgenden Tages verwiesen; der erste Tagesordnungspunkt hieß: Diskussion. Es würde eine spannende Diskussion geben, so viel stand fest.

Während die Teilnehmer den Saal verließen, griff Ganesh in einer ruhigen Ecke nach seinem Telefon. Dass China Wasserprobleme hatte, war nicht neu. Dass es einen Staudamm bauen wollte, auch nicht; selbst die schiere Dimension des Bauwerkes, die alle bekannten Maßstäbe im Wortsinne zu sprengen drohte, war nicht wirklich überraschend. Man kannte doch die Chinesen und ihren Hang zu gigantischen Baumaßnahmen, sei es die Große Mauer, die riesigen Kanäle, die terrassenförmigen Reisfelder an Steilhängen, die sich durch ganz Südchina zogen.

Nein, das war es nicht. Aber dass sie den Yarlung Tsangpo, wie er in Tibet hieß, oder »Sohn des Brahma«, so die wörtliche Übersetzung des Sanskrit-Wortes *Brahmaputra*, wie man ihn in Indien nannte, dass sie diesen Fluss umleiten wollten, das war neu. Gerüchte hatte es immer gegeben, sicher. Aber eben hatte zum ersten Mal ein offizieller Repräsentant der chinesischen Zentralregierung dies in aller Öffentlichkeit zugegeben. Aber das war nicht alles. Das wirklich Beunruhigende war das Timing, der Zeitpunkt dieser Bekanntgabe. Was sollte das? Warum jetzt? Überall in China kam es zu spontanen Aufständen und Demonstrationen wegen der zunehmenden Wasserproblematik; die Regierung wirkte hilflos, wenn sie nicht ein Zeichen setzte. Das neue chinesische Umweltgesetz sah harte Strafen für Umweltsünder vor; China hatte sich auf der letzten Weltklimakonferenz zu einer deutlich höheren CO_2-Reduktion verpflichtet, als man das erwartet hatte. Es musste etwas geschehen.

Und genau das befürchtete Ganesh. Dass etwas geschah, und zwar jetzt, und zwar in Tibet. Das indische Militär berichtete von zunehmenden Militärbewegungen in Ost-Tibet; Lastwagenkolonnen fuhren von Lhasa aus nach Osten. Aber er musste herausfinden, was genau passierte. Und er wusste auch, wie.

Coras Telefon klingelte. Überrascht blickte sie auf das Display. Die Nummer kannte sie nicht, aber dann sah sie die Ländervorwahl 0091. Indien! Ihr Smartphone zeigte besten Empfang im 3G-Netz an, und das bei voller Fahrt in einem chinesischen Zug, der sich in nordwestlicher Richtung auf die Wüste Gobi zubewegte. Wenn das auf der Strecke zwischen Mannheim und Frankfurt auch so funktionieren würde ...

»Ja, Ganesh? Bist du das?«, nahm sie gespannt das Gespräch an.

»Cora? Alles ok? Wie geht es dir? Wo seid ihr?« Er klang besorgt, und sie merkte, dass sie sich darüber freute.

»Ich weiß nicht genau, wo wir sind; wir sind gestern Abend gestartet, jetzt ist es Mittag, also Richtung Gobi, in Xi'an waren wir schon. Morgen Abend werden wir Lhasa erreichen. Und du? Gibt es etwas Neues?«

»Ja, sicher.« Er zögerte. Wie sollte er ihr von dem Plan berichten, wenn doch in China alle Telefonate abgehört wurden? »Ich habe eine Idee. Dazu brauche ich dich. Aber es ist kompliziert. Du erinnerst dich an unsere letzte Party am Druidenstein?«

Was sollte das denn jetzt, wunderte sich Cora. Wieso fing er jetzt damit an? Wieso sprach er nicht von seiner Idee, sondern von dieser Party? Wollte er an ihr Mitleid appellieren? »Was soll das, Ganesh? Dafür ist jetzt wirklich nicht der richtige Zeitpunkt. Ich finde, du ...«

»Warte«, unterbrach er sie. »Du verstehst das falsch. Es geht um den Freund von dir, der damals dabei war. Weißt du noch? Er war so in dich verliebt, und er hat dir ein Lied komponiert, und er wollte es auf der Gitarre vorspielen, und dann haben wir ihn ausgelacht, Ihr wart ja alle betrunken, erinnerst du dich?«

Ja, natürlich erinnerte sie sich. Sie schämte sich noch heute dafür. Der arme Kerl, etwas unbeholfen, hatte sich in sie, diese kesse Blondine, verguckt, und dann wurde er dafür fertiggemacht. Sie hatte später noch etwas Kontakt zu ihm gehabt, er war dann nach München gegangen, soweit sie sich erinnerte, zur ESA oder so. Aber dennoch, warum sprach Ganesh jetzt davon?

»Ich verstehe immer noch nicht. Wovon sprichst du?«

»Ich dachte, es wäre schön, ihn mal wieder zu sehen. Hast du seine Kontaktdaten?«

Es wurde immer kryptischer. »Nein, natürlich habe ich die nicht dabei. Ich schicke sie dir, wenn ich zurück bin, okay? War das alles? Was willst du denn eigentlich?«

Coras Gehirn arbeitete auf Hochtouren. Was bezweckte Ganesh mit seinem Anruf? Sie kannte ihn gut genug, um zu wissen, dass er nicht inmitten einer angespannten politischen Lage aus Nostalgie anrief, um über alte Zeiten zu sprechen.

»Wäre schön, wenn es schneller ginge. Ich melde mich. Bis dann!«

Weg war er. Verdutzt schaute sie aufs Display. Aufgelegt! Danli, der ihr gegenüber auf dem anderen oberen Bett saß und in ihrem Reiseführer las, sah auf. »Was ist? Das war aber ein kurzes Telefonat!«

»Ja. Da stimmt etwas nicht. Ein Freund aus Indien, den ich aus dem Studium kenne. Wir hatten lange keinen Kontakt; vorgestern Nacht haben wir dann in Shanghai miteinander telefoniert. Er ist auch Hydroingenieur und leitet derzeit eine Konferenz zum Thema Wasser in Asien. Es geht um die Situation in Tibet, und er meinte, ich sei in Gefahr; er macht sich Sorgen, weil er glaubt, dass in Tibet etwas vorgeht. Jetzt.«

»Was meinst du?« Danli ließ das Buch sinken. »Was soll denn vorgehen? Und wo?«

»Das hat er nicht gesagt, aber da die Unruhen in der Bevölkerung zunehmen, macht er sich Gedanken.« Sie war in Gedanken noch in Mumbai. Ganesh wollte etwas andeuten, er brauchte sie. Denk nach, Cora, sagte sie sich. Konzentrier dich!

Danli setzte sich kerzengerade auf; als er mit dem Kopf an die Decke des Abteils stieß, sank er wieder etwas zurück. »Moment. Erzähl!«

Cora berichtete kurz, was Ganesh bei ihrem nächtlichen Telefonat erzählt hatte.

Danli war plötzlich sehr aufgeregt. »Das heißt, er glaubt, in Ost-Tibet passiert gerade etwas? Das kann doch nur eines bedeuten! Sie fangen an!«

»Wer fängt womit an?«, fragte Cora verdutzt.

»Na, wir. Die Chinesen. Mit der Umleitung. Hör zu, wenn die Regierung so unter Druck steht, wie das uns erscheint, dann muss sie etwas unternehmen, um dem Volk zu zeigen, dass sie nicht untätig ist. Sonst verliert die Regierung ihr Mandat. Das Mandat des Himmels, ihre Glaubwürdigkeit eben. Also, was hat dein Freund genau gesagt?«

Cora erzählte von dem seltsamen Telefonat.

Danli schaute sie nachdenklich an. »Ganesh weiß doch bestimmt, dass in China alle Gespräche abgehört werden. Wenn er sich so kryptisch äußert, gibt es nur einen Grund: Er will dir etwas sagen, kann es aber nicht direkt. Wir müssen herausfinden, was er sagen wollte. Wer ist dieser Freund von damals? Was macht er, wie heißt er?«

»Er heißt Frieder, ich habe keinen Kontakt zu ihm. Das ist ja das Seltsame. Das letzte Mal, als ich von ihm hörte, war er in der Nähe von München, bei der ESA. Seither ...«

»Moment«, unterbrach Danli. »Was ist die ESA?«

»ESA. Steht für Europäische Weltraumorganisation, auf Englisch European Space Agency. Ist sozusagen die Antwort auf die NASA; Europa möchte eine eigene starke Weltraumforschung betreiben und die Aktivitäten in der Raumfahrt besser koordinieren. Die sitzen in Paris mit Ablegern in ganz Europa. Sie haben verschiedene Aufgabengebiete, zum Beispiel kümmern sie sich um Trägerraketen, die dann von Südamerika aus in den Weltraum geschossen werden, die berühmte Ariane. Es geht um europäische Astronauten, um Navigationssysteme, auch um Forschung.«

Danli schaute nachdenklich. »Okay, danke. Ich gehe mal online. Nein, nicht gut. Das wird eventuell verfolgt. Wenn du hier in China das Stichwort ›Tibet‹ eingibst, bist du gleich auf dem Radar der Sicherheitsbehörden. Wir müssen denken. Was könnte er von deinem Freund wollen? Was soll er mit dem

Thema Astronautenausbildung oder Trägerraketen anfangen? Das macht doch alles keinen Sinn. Denk nach. Was macht die ESA noch?«

Cora überlegte. Als Ingenieurin hatte sie sich auch mal für Weltraumfahrt interessiert; damals hatte sie die Aktivitäten der ESA in Paris genau verfolgt. In München war doch die Kontrolle über die Raumfahrtprogramme, zur Weltraumstation beispielsweise. In Köln ging es auch um Raumfahrt; war da nicht der deutsche Astronaut hingefahren, nachdem er wieder auf der Erde gelandet war? Aber es gab noch Darmstadt, richtig, da war doch ... »Heureka!«, rief sie so laut, dass Danli hochschreckte und sich schon wieder den Kopf an der Decke stieß.

»Heureka? Was heißt denn das nun schon wieder?« Danli schüttelte den Kopf.

»Das ist griechisch. ›Ich hab's gefunden.‹ Hat der griechische Ingenieur Archimedes vor über 2000 Jahren ausgerufen, als er das Prinzip des Auftriebs entdeckte. Egal jetzt. Darmstadt! Überwachung sämtlicher ESA-Satelliten und der Bodenstationen! Das ist es! Satelliten. Damit werden weltweit Wetterphänomene untersucht und beobachtet, auch Vulkanausbrüche und Überschwemmungen und so etwas.«

»Okay, okay. Hab ich verstanden. Und jetzt? Wie hilft uns das weiter? Das Wetter in Lhasa ist ja wohl nicht so wichtig, als dass er dafür in Darmstadt anrufen muss.«

»Nein, natürlich nicht. Langfristige Dinge machen auch keinen Sinn; er will etwas Aktuelles beobachten. Was braucht er dafür?« Sie überlegte aufgeregt. »Einen Satelliten. Er braucht einen Satelliten, um zu beobachten, was in Ost-Tibet vor sich geht. Er muss ihn nur so programmieren lassen, dass er das richtige Gebiet absucht und die Bilder an ihn oder sonst jemand sendet. Ist das einmal eingestellt, kann jeder mit einem Laptop darauf zugreifen. Satelliten können auf offizielle Anfrage hin bestimmte Gebiete absuchen; das kann man einfach buchen. Oder ... man hackt sich da ein. Das geht sicher auch.«

»Buchen? Man kann einen Satelliten buchen und sich die Bilder auf den Laptop schicken lassen?« Ma Danli schaute betrübt. »Man könnte fast meinen, der kapitalistische Westen habe doch gewisse Errungenschaften ... Wenn das unsere Partei erfährt!«

Cora blickte ihm in die Augen. »Und was machen wir jetzt? Wenn ich Frieder anrufe, ist das doch das Gleiche, als wenn Ganesh mit mir redet. Wir werden abgehört.«

»Der Name, gib ihm einfach den Namen. Er braucht ihn, um ihn aus Indien heraus zu kontaktieren. Dann läuft der Rest von selbst.«

Cora griff zu ihrem Telefon und rief Ganesh zurück. »Hallo, ich bin es noch mal. Mir ist jetzt eingefallen, wer damals bei unserer Party alles dabei war. Der mir auf der Gitarre ein selbst geschriebenes Liebeslied vorspielen wollte, das war der Frieder; ich glaube, er lebt in Darmstadt jetzt.« Sie machte eine bedeutungsvolle Pause. »Hilft dir das?«

Ganesh lächelte; sie konnte ihn nicht sehen, hörte es aber an seiner Stimme. So vertraut. »Ja, das hilft. Ich frag ihn mal, ob er das Lied von damals noch hat. Vielleicht sollten wir ihm noch eine Chance geben ... oder ich kaufe es ihm ab. Dann spiele ich es dir vor ... Ich melde mich.« Damit war das Gespräch beendet.

Während sich in einem Zug, der sich auf dem Weg nach Tibet befand, zwei Hydroingenieure Gedanken machten, was man mit einem Satelliten wohl überwachen könne, wartete Ganesh in Mumbai unruhig auf eine Gelegenheit, dem Trubel zu entfliehen. Er musste unbedingt diesen Studienfreund kontaktieren. Schließlich entschuldigte er sich mit einem Verweis auf sein Handy von dem Journalisten, der ihn gerade befragte, und verließ den Konferenzraum, in welchem sich die Teilnehmer noch heftig über das Referat stritten. Kaum war er draußen, ging er nach unten in die Hotellobby, durchquerte sie und folgte dann am Ende dem schmalen Gang, in dem sich zahlreiche Luxusboutiquen und Restaurants befanden, aber auch, gleich gegenüber der berühmten Harbour Bar, die Toiletten. Er ging hinein, rief auf seinem Telefon die Website der ESA auf, klickte sich nach Darmstadt durch und fand dort auch den Namen, den Cora ihm gegeben hatte. Wie spät war es jetzt in Deutschland? Halb acht morgens; vielleicht hatte er Glück. Er rief in Darmstadt an und ließ sich verbinden. Während er wartete, blickte er unruhig zur Tür. Hoffentlich kam jetzt niemand herein! In diesem Moment öffnete sich die Tür und ein Bediensteter in grauer Arbeitskleidung betrat die Toilette, um sauberzumachen. Ganesh fischte einen 100-Rupien-Schein aus seiner Hosentasche; viel zu viel natürlich, aber jetzt egal. Er drückte dem Mann den Schein in die Hand und bedeutete ihm mit einer Geste, den Raum wieder zu verlassen. So, gut. Bedienstete waren es gewohnt, kommentarlos zu gehorchen, vor allem, wenn die Motivation stimmte.

»Hallo?«, hörte er eine Stimme aus dem fernen Deutschland.

»Ja, hallo, hier spricht Dr. Ganesh Sethna. Könnte ich bitte mit Frieder sprechen? Es ist wichtig.«

Einen Moment herrschte Stille am Telefon. Dann hörte er eine ungläubige Stimme: »Ganesh? Ganesh Sethna? Mein Gott, wir haben uns ja ewig nicht gesprochen. Was willst du?«

»Ich muss mit dir sprechen. Genauer, ich möchte dich um einen Gefallen bitten. Es ist sehr wichtig. Und zwar ...«

»Moment! Du machst mir Spaß. Weißt du noch, wann wir uns das letzte Mal getroffen haben? Ihr habt mich fertiggemacht. Nur weil ich in Cora verliebt war. Und jetzt bittest du mich einfach um einen Gefallen, nach all den Jahren? Wie komme ich dazu?«

Ganesh verdrehte die Augen. Das würde nicht einfach werden. »Hör zu, das von damals tut mir echt leid. Aber es geht um etwas Wichtigeres jetzt, etwas Großes. Und du kannst Teil davon sein, du musst mir einfach helfen.«

»Ich muss überhaupt nichts«, kam es zurück.

Gut, dachte Ganesh, dann eben nicht. Dann musste er der Wahrheit etwas auf die Sprünge helfen. »Es geht nicht um mich. Es geht um Cora.«

Stille. Lange Stille. Ganesh zwang sich, stillzuhalten und nichts zu sagen.

»Cora? Wo ist sie? Steckt sie in Schwierigkeiten?«

»Sie ist in Lebensgefahr, Frieder. Du musst ihr helfen. Bitte.« Und Ganesh erläuterte seinen Plan.

Als er fertig war, schwieg Frieder so lange, dass Ganesh dachte, er sei eingeschlafen. Das war ihm schon während des Studiums passiert. Aber doch nicht jetzt? Dann kam doch eine Stimme aus dem Lautsprecher: »Wow. Das ist ja ein Ding. Wie stellst du dir das vor? Ich gehe an meinen Laptop, drehe den nächsten freien Galileo-Satelliten Richtung Tibet und mache ein paar Fotos? Und dann maile ich sie dir? So einfach ist das nicht.«

»Doch, so einfach ist das. Ich weiß das. Muss ja nicht Galileo sein. Die neuen Quantum-Satelliten sind doch in der Lage, jede Region in der Welt zu beobachten. Die können sich sogar mit anderen Satelliten überall im Orbit ergänzen. Und die ESA ist da vorn dabei.«

»Hm, da hat jemand seine Hausaufgaben gemacht. Es stimmt schon, heutzutage kann jeder Satellitendaten kaufen; gewisse amerikanische Suchmaschinen machen das ja auch. Demnächst kann jeder direkt Bandbreiten vom Satelliten kaufen. Und ja, man kann auch zivile Satelliten entsprechend programmieren, dass sie bestimmte Regionen der Erde zu speziellen Zeiten beobachten. Das machen die NGO ständig, um beispielsweise Menschenrechtsverletzungen zu dokumentieren. Also technisch ist es kein Problem, einen Satelliten auf Tibet zu drehen und zu schauen, was die da so machen. Aber ich vermute mal, du willst nicht dafür zahlen, und an die Satellitenaufnahmen von Tibet kommt auch nicht jeder ran.«

»Eben«, meinte Ganesh und zwang sich, ruhig zu bleiben. »Deswegen rufe ich ja dich an. Wir haben nicht viel Zeit. Denk daran, es geht um Cora. Wenn sie hineingerät, können wir nichts für sie tun.«

»Ich muss sehen, was ich machen kann. Ich verspreche nichts. Ruf heute Abend unserer Zeit noch mal an, dann weiß ich mehr.«

Als Ganesh in den Sitzungssaal zurückkehrte, der sich schon weitgehend geleert hatte, war er immer noch nervös, aber er hatte getan, was im Moment das Richtige war. Heute Abend würde er vor seiner Gottheit, die denselben Namen trug wie er, beten. Sie hatte ihm geholfen, zweifellos, seinem Namen Ehre zu machen. Ganesha, der Elefantengott, wurde auch als derjenige verehrt, der Hindernisse aus dem Weg räumte, aber nicht nur dafür. So war er auch dafür bekannt, anderen Steine in den Weg zu legen, jenen Menschen, die man im Auge behalten musste. Und eines der Symbole des Ganesha, das stets zusammen mit ihm abgebildet wurde, war die Ratte. Sie stand für die Fähigkeit, sich selbst an die geheimsten Orte begeben zu können. Und genau das hatte er vor. Nicht persönlich, aber mit dem Satelliten. Die Welt sollte sehen, was in Tibet passierte. Er dachte an das große Schachbrett, an welchem er eben in der Lobby des Taj Hotels vorbeigekommen war. Wunderschön, aus Elfenbein und Ebenholz geschnitzt. Er war Ganesh, der Elefant. Wie im Schachspiel konnte er nicht den Fluss überqueren, nicht nach Tibet fahren also, aber er konnte von dieser Seite des Flusses aus die Geschehnisse beeinflussen. Und genau das würde er tun. Bevor es zu spät war.

19. KAPITEL

Cora saß auf dem kleinen, herunterklappbaren Sitz im Gang und sah aus dem Fenster. Endlos weit erstreckte sich das tibetische Hochland. Fasziniert beobachtete sie das Farbenspiel auf den Bergen. Grün, blau, violett, weiß – je nach Sonneneinfall schien die Landschaft völlig unterschiedlich auszusehen. Die Berge im Vordergrund waren eher gelblich-braun verfärbt, dahinter sah man schneebedeckte Gebirge, darüber einen Himmel von einem geradezu unheimlichen, tiefen Blau.

Sie waren jetzt in Qinghai, hatte sie Google Earth entnommen. Dies war schon längst Teil des ursprünglich tibetischen Gebietes, aber seit etwa 100 Jahren eine eigene Provinz. Als sie Xining, die Hauptstadt, verlassen hatten, sah Cora, wie der Schaffner durch die Gänge lief und doch tatsächlich mit einem Dreikantschlüssel die Fenster abschloss! Offensichtlich wollte er so den Druck innerhalb des Zuges konstant halten. Draußen begann jetzt die spannende, etwa 1.000 Kilometer lange Fahrt auf das tibetische Hochplateau, und damit das Sinken des Luftdrucks. Wäre eine langsame Adaption an die Höhe nicht viel besser gewesen? Blieb der Druck innerhalb des Zuges konstant, erfolgte keine Anpassung des Körpers, sodass der Schock beim Ausstieg in Lhasa der Gleiche wäre wie beim

Ausstieg aus dem Flugzeug, wenn man aus Shanghai kommend dort landete.

Das Problem mit dem Luftdruck erledigte sich allerdings sofort, als Cora kurz darauf die Toilette aufsuchte. Dort stand das Fenster offen. Jemand hatte hier geraucht, eindeutig. Geradezu wehmütig dachte sie: rauchen auf dem Klo wie in der Schule, und das in 4.000 Meter Höhe! Die Adaption an den Luftdruck erfolgte also doch, das System des geschlossenen Zuges war ja nun hinfällig. Die Chinesen rauchten einfach zu gern, und da hatte dann einer einfach das Fenster geöffnet. Danli hatte sie vorhin auf ein Schild im Vorraum hingewiesen, auf dem in Englisch, Chinesisch und Tibetisch stand, dass es zwischen Golmud und Lhasa verboten sei, zu rauchen. Direkt daneben war ein weiteres Schild angebracht, welches lautete: »Rauchen erlaubt«!

Sie passierten Tanggula, den höchstgelegenen Bahnhof der Welt. »5068 m« stand auf dem Bahnhofsschild. Der Zug hielt nicht. Der scheinbar nicht enden wollende Bahnsteig war menschenleer, vielleicht war die Station noch nicht eröffnet? Konnte ja kaum sein. Oder nur für das Militär gedacht? Schon eher möglich. Sie hatten jetzt die tibetische Hochebene erreicht, der Beginn der eigentlichen berühmten Tibetbahn. Über 1.000 Kilometer Bahnstrecke, die meist zwischen 3.000 und 5.000 Meter Höhe lagen, teils auf Permafrostboden. Sie hatte sich gut informiert und Danli die Details des Streckenbaus erklärt: »Weißt du, wie die Chinesen das Problem gelöst haben, dass der Boden im Sommer doch etwas aufweicht und im Winter wieder gefriert? Das würde ja die Stabilität des Schienenbettes gefährden. Das Tauwasser der oberen Schichten kann nicht versickern, weil der Boden darunter noch gefroren ist. Also haben die Ingenieure Zehntausende von Metallröhren in den Boden neben der Bahnlinie eingelassen, gefüllt mit flüssigem Ammoniak. Dieses verdunstet bei Erwärmung, und das schon bei Temperaturen unter dem Gefrierpunkt; die Verdunstungskälte steigt auf und hält die oberen Bodenschichten gefroren. Der Ammoniakdampf verflüssigt sich oben in den Rohren wieder und fällt herunter. Genial, nicht wahr? Kannst du auch alles nachlesen, wir haben ja bestes Netz hier oben.«

»Mach ich natürlich sofort, Frau Lehrerin!«, antwortete Danli folgsam. Er hatte das alles auch gewusst, freute sich aber, wie interessiert Cora war und dass sie darüber die drohende Gefahr in Tibet zu vergessen schien. Er wusste nicht, dass genau das Gegenteil der Fall war. Sie wollte ihn ablenken; sie war sich sehr wohl bewusst, dass es in Tibet erst richtig gefährlich werden würde, wenn Ganesh recht hatte mit seiner Vermutung. Wenn die chinesische Regierung auf den Druck der Bevölkerung mit einer überhasteten Entscheidung in Tibet reagierte, dann war auch sie in Gefahr. Sie fuhren geradewegs in die Region im Osten, in der der Bau von Staudämmen geplant war – und somit Sprengungen in einer vulkanisch aktiven Region, und dies in einer weltweit einzigartigen Dimension. Und auf einzelne Menschenleben würde niemand Rücksicht nehmen.

»Das wollte ich dich sowieso fragen.« Sie saßen auf den unteren Betten, die glücklicherweise frei geblieben waren. Cora hatte die Beine angezogen und ihre Arme um sie geschlungen. Den Kopf hatte sie etwas schief gelegt, wie immer, wenn sie nachdachte. Die Sonne zauberte Muster auf ihr Gesicht, ihr Haar erschien geradezu golden, und Danli hatte Probleme, sich auf ihre Frage zu konzentrieren. »Wie geht das mit dem Internet in China? Wie frei ist der Zugang? Kannst du auf alle Sites gehen, so wie wir zu Hause? Und wie gibt man eigentlich die Zeichen in den Computer ein?«

Danli sah sie an, dann stand er auf und schloss vorsichtig die Abteiltür. »Besser so«, meinte er. »Man weiß ja nie. Also, hör zu. Erst mal das Einfache: Jedes Schriftzeichen, es gibt über 30.000, hat eine Aussprache. Eine Silbe also, davon gibt es aber nur sehr wenige, etwa 500. Man gibt also die Silbe ein, zum Beispiel *Ma* für meinen Namen, und erhält dann eine Liste aller Zeichen, die man so ausspricht. Da es viel mehr Zeichen als Silben gibt, werden manchmal vielleicht zehn, manchmal vielleicht 100 Zeichen angezeigt, die alle gleich ausgesprochen werden, aber unterschiedlich geschrieben werden und eine unterschiedliche Bedeutung haben. Dann klickt man auf das richtige und fertig. Es gibt auch andere Eingabemethoden, aber für Ausländer ist das die einfachste. Und da jedes Zeichen ein Wort ist, dauert das auch nicht länger, als wenn ihr jeden Buchstaben einzeln eingeben müsst. Okay? Jetzt zu deinen anderen Fragen.« Er blickte nochmals zu Tür. »Man kann Wörter wie ›Tibet‹ nicht einfach googlen in China. Google gibt es ohnehin nicht; du wirst auf google.hk umgeleitet, auf die HongKong Website von Google. Die ist nicht ganz deckungsgleich mit dem, was du in Deutschland finden würdest. Gib mal ›Tian'anmen‹ ein, den Platz des Himmlischen Friedens in Beijing. Da kommen keine Bilder von Panzern, die 1989 die Studentenbewegung niedergeschlagen haben, sondern fröhliche Kinder, die sonntags auf dem Platz spazieren gehen.«

»Okay, verstehe. Zensur. China hat die Panzer sozusagen gesperrt.«

»Eben nicht. Das ist ja der Punkt. Google hat das selbst getan, um überhaupt auf den chinesischen Markt zugreifen zu können. Schere im Kopf nennt man das. Also? Verurteilst du jetzt China wegen Zensur oder verurteilen wir Google? Siehst du, was ich meine? Die Welt ist nicht schwarz-weiß. Dazu solltest du einmal die Diskussionen auf Weibo verfolgen. Sehr spannend. Was man da auch über deutsche Firmen und ihre deutschen Manager lesen kann, wissen die Deutschen gar nicht.«

»Weibo? Ist das so etwas wie Facebook?«

»Nein, Facebook, YouTube, Twitter sind ja in China nicht erlaubt. Weibo entspricht im Grunde Twitter, da kann man sich online austauschen. Die Texte dürfen auch nur 140 Zeichen lang sein, Hashtag und das @ werden wie bei Twitter verwendet. Sogar farblich hat man sich an Twitter orientiert. *Wei* bedeutet ›micro‹, *bo* hier so viel wie ›blog‹, also ›micro blog‹. Das gibt es etwa seit 2009. Es gewann schnell an Popularität, manche Blogger hatten Millionen von Followern. Die Zensur merkte jedoch schnell, dass sie da nicht mithalten konnte, und dann wurde es interessant: 2013 erließ man ein Gesetz, das es unter Strafe stellte, ein Gerücht zu verbreiten. Das heißt, wer ein Gerücht auf Weibo verbreitet, welches mehr als 500-mal weitergeleitet oder mehr als 5000-mal gelesen wurde, kann dafür inhaftiert werden. Die bis dahin lebendige Diskussionskultur auf Weibo, die Verbreitung von Nachrichten über Landenteignung, Lebensmittelskandale, Umweltverbrechen – all das war somit beendet. Weibo ist irrelevant geworden.«

»Raffiniert. Und gibt es nun etwas Neues? Wie tauschen Chinesen sich aus? Das Netz lebt doch?«

»Das Netz lebt, ja, natürlich. Dem im Westen verbreiteten WhatsApp entspricht dann unser Weixin, auf Englisch auch WeChat genannt. *Xin* bedeutet ›Nachricht‹, *Weixin* also ›Micro-Nachricht‹. Es gibt wohl eine halbe Milliarde User, aber hier wird in kleinen Gruppen diskutiert, es geht darum, jemanden kennenzulernen; das hat nicht die Verbreitungsmöglichkeiten von Weibo. Man hat sich also eher ins Private zurückgezogen. Als die Macht des Internets deutlich wurde, glaubten viele in China, aber auch im Ausland, dies könne China schaden. In dem Sinne, dass man das Netz ja nicht wirklich kontrollieren kann und sich Nachrichten aller Art schnell verbreiten würden. Also auch Nachrichten über Aufstände,

Umweltverschmutzung, Gewalt gegen Dorfbewohner und so. Die Regierung hat dann versucht, über die Abschaltung bestimmter Seiten die Kontrolle zurückzuerhalten, das hat nicht funktioniert. Jeder Chinese, der das wirklich will, weiß, wie man über sogenannte Proxyserver den Weg nach draußen ins World Wide Web findet.«

»Also können Chinesen doch alles lesen, was im Internet steht? Doch auf Facebook und YouTube zugreifen? Beliebig surfen?«

»Nein, so geht das nicht. Zunächst muss sich jeder offiziell anmelden, der einen Internetanschluss möchte. Also sind er und seine IP-Adresse registriert, und die Überwachung, also der Staat, liest mit. Auf den beschriebenen Netzwerken ist das okay. Geht man in ein illegales Internet-Café, davon gibt es beliebig viele, kann man aber auch nicht unerkannt surfen. Aber es ist doch viel geschickter, aus Sicht des Staates jedenfalls, die User zu kontrollieren, als ihnen das Surfen zu verbieten. Viele Demonstrationen wurden von der Polizei verhindert, weil sie auf Weibo darüber gelesen hatte. Das heißt, China hat sich das Internet zunutze gemacht und profitiert davon. Und zwar auch die Regierung, der Überwachungsstaat. Das können viele im Westen nicht verstehen. Sie glauben, über das nicht kontrollierbare Internet könne der Bürger den Staat überlisten. Das stimmt für China so nicht. China macht das viel geschickter als andere Staaten.«

Cora blickte nachdenklich auf die schneebedeckten Berge am Horizont. Das waren sicher schon Siebentausender; sie fuhren ja selbst schon in über 4.000 Meter Höhe. Die Farben changierten wieder zwischen braun, blau, grün, rötlich. Ein wundersames Naturschauspiel. Und in all der Einsamkeit tauchte dann plötzlich eine Yakherde nahe der Bahnlinie auf. Daneben ein Zelt, Rauch stieg auf, ein Motorrad stand an eine Steinmauer gelehnt. Was für ein Leben musste das ein, hier oben, gleichzeitig direkt an der Bahnlinie und doch Hunderte von Kilometern von dem entfernt, was man in Deutschland Zivilisation nennen würde. Dann nickte sie. »Verstehe. Wenn wir schon dabei sind, noch eine Frage: Glaubst du, die Masse der Bürger kann letztlich Einfluss auf die Meinungsbildung in China nehmen? Also Stichwort Schwarmintelligenz – was viele glauben, ist dann letztlich auch die Wahrheit. Kann ja gefährlich werden, oder nicht? Wie läuft das in China? Ein amerikanischer Informatiker und Künstler hat mal anlässlich der Verleihung des Friedenspreises des Deutschen Buchhandels davon gesprochen, dass der Glaube an die Kraft der Masse falsch sei. Sein Beispiel ist Wikipedia, wo ja viele Menschen etwas beisteuern, das dann wiederum von vielen anderen als wahr angesehen wird. Er nennt das ›digitalen Maoismus‹. Kannst du mir das erklären? Und wo liegt der Unterschied zwischen Netzüberwachung in China und zum Beispiel den USA?«

»Ja, davon habe ich auch gelesen. Das Stichwort fiel mir natürlich auch auf, ›digitaler Maoismus‹ ist ja eine sehr prägnante Formulierung. Das Internet fördert angeblich den Glauben an die Schwarmintelligenz. Die Meinungen und Ideen des Kollektivs sind dem Einzelnen überlegen. Das hält er für falsch und vergleicht es eben mit China. Aber was versteht er denn unter Maoismus? Die westliche Bewegung Ende der 70er-Jahre, als Mao längst tot war und die Linke in Paris und Frankfurt noch die Mao-Bibel schwang, das kleine rote Buch, im Unwissen um seine tatsächlichen Taten? Oder, schlimmer, viele nahmen diese Taten in Kauf zum Wohle der Massen? Meinte er das? Oder das, was Mao tatsächlich sagte und tat, in China? Das war etwas anderes, die meisten Ausländer haben das nie verstanden. Also bevor jemand mit Begriffen wie Maoismus hantiert, sollte er klarmachen, was er darunter versteht. Wenn er denn etwas darunter versteht. Wenn er mit digitalem Maoismus meint, dass die Masse in Summe dümmer sei als der Einzelne, und das klingt so an, und dass dies dann in die Katastrophe führe, siehe Mao, dann hat er ja recht. Aber in China hatte Mao das so geplant, nicht die Masse, ein Einzelner hat die Massen gelenkt! Das findet ja weder bei Wiki noch im Internet allgemein statt. Der Vergleich hinkt also, Maoismus war nicht schlecht, weil die Massen dumm waren, sondern weil Mao sie mit Gewalt dazu zwang. Das ist etwas völlig anderes. Also wieder einmal ein selbst ernannter Intellektueller, der mit von Laien kaum nachprüfbaren Termini um sich wirft, ohne das Ganze zu Ende gedacht zu haben. Also noch mal: China verbietet nicht das Internet. Viel besser: China integriert das Internet in seine Kontrolle der Menschen. Es verbietet es nur sehr peripher – Google, Facebook, Twitter, YouTube –, lässt aber zu, dass jeder Chinese weiß, wie er dennoch an alle Informationen kommt. China manipuliert Inhalte, wie es auch die Historie manipuliert. Es ist nicht so, dass man nur bestimmte Seiten aufrufen kann, sondern, viel perfider, was auf den Seiten steht, ist manipuliert. Das heißt, die USA nutzen das Netz zu wenig zur Manipulation, das machen die Chinesen besser. Das ist der Unterschied. China verbietet keine Schwarmintelligenz, es lässt sie zu, beobachtet sie und schlägt dann zu. Das ist doch viel besser, als das Netz zu verbieten! Manipuliere es und du gewinnst.«

Cora hatte sich ein Stück getrocknetes Yakfleisch aus ihrem Vorrat genommen und kaute darauf herum. Gar nicht so schlecht. Danli hatte dankend abgelehnt. Jetzt sah sie ihn zweifelnd an. »Ich dachte, du seist regierungskritisch. Jetzt klingst du ja fast bewundernd.«

»Nein, bewundernd ist sicher falsch. Aber man muss doch anerkennen, dass unsere Regierung die Chancen des Netzes besser erkannt hat als eure. Ihr werdet doch auch überwacht, abgehört, alles wird mitgelesen. Wo ist der Unterschied? Alle Ausländer sind gewarnt; vorsichtig, wenn ihr nach China kommt, werdet ihr abgehört. Klar, stimmt wohl. Aber ist das denn bei euch anders? Vielleicht sind in Deutschland keine Hotelzimmer verwanzt, mag sein. Aber die Technologie dazu, also viele der Kamerasysteme, die Software zur Überwachung, haben amerikanische Unternehmen entwickelt und den Chinesen verkauft. Und dann regt man sich auf, dass China sie einsetzt! Versteh mich nicht falsch: Ich verteidige keinesfalls den chinesischen Überwachungsstaat. Aber es ist wie bei den Menschenrechten: Alle zeigen mit dem Finger auf uns, auf China, und klagen uns an. Wenn wir dann mit Guantanamo kontern, wird das als Ausnahme beiseitegewischt. Was sind Menschenrechte? Sollen wir darüber diskutieren? Weißt du, Cora«, er redete sich jetzt in Rage, »wir schaffen es, 1,3 Milliarden Menschen zu ernähren, zu kleiden, ihnen ein Dach über dem Kopf zu geben. Nicht allen geht es gut, natürlich nicht, aber wir arbeiten auch erst seit 30 Jahren daran, seit der Reformbewegung nach Maos Tod. Und damit die Mehrheit der Menschen ernährt werden und in Ruhe leben kann, müssen die, die stören, weg. Das ist nicht der westliche Gedanke von Menschenrechten. Aber wer sagt, dass der westliche Ansatz – wo liegt noch mal genau der Westen? – der richtige ist? Frag mal deinen Freund aus Indien, Ganesh. Wohnt der nicht in Mumbai? Hast du mal die Slums dort gesehen? Toll, alle voller glücklicher, freier Menschen, die alle Rechte haben. Religionsfreiheit, Meinungsfreiheit, sie können frei und demokratisch wählen, eine Partei gründen. Nur leider sterben sie vorher. Weil in den indischen Slums mehr Menschen im Jahr sterben, als in China angeblich hingerichtet werden. Wem geht es besser? Menschenrechte und Tod oder weniger Rechte und einen vollen Magen?«

»Okay, okay. Komm mal wieder runter. Du hast ja recht, in Indien sterben viel zu viele Menschen. Aber das kannst du doch nicht einfach mit China vergleichen und damit die Arbeitslager und Hinrichtungen rechtfertigen! Ich wundere mich doch sehr. Du als kritischer, intelligenter, gut ausgebildeter Chinese verteidigst dein Land so vehement?«

»Wir alle verteidigen unser Land. Wir lieben es. Und natürlich sehen wir, die wir auch im Ausland studiert haben, die Defizite und Probleme deutlicher als viele, die das Land nie verlassen haben. Aber man muss doch auch die andere Seite sehen. China hat noch nie einen Krieg exportiert, sagte unser Premier einmal, oder war es der Generalsekretär, ich weiß nicht. Noch nie Hunger exportiert. Wir fallen nicht in fremde Länder ein, so wie die USA das tun. Aus rein wirtschaftlichen Erwägungen, nur unter dem Mäntelchen der Menschenrechte. Wollte ihr wirklich Demokratie in China? Jetzt?«

»Natürlich nicht jetzt sofort, das wird wohl nicht funktionieren«, sagte Cora. »Aber mittelfristig ist das doch der einzige Weg!«

»Ach, Cora, du hast noch nicht viel von China verstanden. Entschuldige meine Deutlichkeit. Aber so geht das nicht. Wir hatten hier 2000 Jahre ein Kaiserreich, also Diktatur. Dann kam Mao, Diktatur. Jetzt haben wir eine Kommunistische Partei. Das System kann ich dir gern erklären, aber letztlich nennt ihr das auch Diktatur. Also wir hatten noch nie eine Demokratie hier, noch nie eine Revolution im Sinne der Französischen Revolution mit liberté, égalité und so weiter. Das, was ihr Aufklärung nennt, hat hier nie stattgefunden. Und jetzt kommt morgen ein chinesischer Gorbatschow und ruft: Freiheit und Demokratie für alle? Was würde passieren? Das Land würde zerfallen. Tibet? Hält sich für ein eigenes Land. Xinjiang, die nordwestliche, muslimisch geprägte Provinz? Hat mit Beijing auch nicht viel gemein. Wir haben Tausende von Dialekten, die sich derart voneinander unterscheiden, dass die Menschen innerhalb Chinas sich nur mit der Hochsprache, Mandarin sagt ihr dazu, verständigen können. Ein Büroleiter aus Shanghai wird von der deutschen Firma nach Chengdu in Sichuan versetzt und kann dort die Sprache nicht verstehen. Er ist im Ausland, wenn man das auf Europa überträgt. Anderes Essen, andere Menschen, anderes Klima. Nur die Partei hält das Land zusammen. Und willst du ein Fünftel der Menschheit im Chaos versinken sehen? Wer baut dann deinen Laptop zusammen? Und wer dein Smartphone? Und deine Kaffeemaschine? Nein, glaub mir, Chaos in China kann die Welt nicht gebrauchen. Und die Einzigen, die Chaos verhindern, sind die Mitglieder im Ständigen Ausschuss des Politbüros. Derzeit, ja, das wird sich irgendwann ändern. Ändern müssen. Aber nicht so einfach mit einer Revolution. Das klappt hier nicht. Das kannst du nicht mit dem Arabischen Frühling vergleichen. Den einfachen Menschen hier geht es doch viel besser. Solange die Partei es schafft, die Menschen am wachsenden Wohlstand zu beteiligen, und das macht sie sehr gut, haben wir hier eine völlig andere Situation als beispielsweise in Ägypten.«

Danli schwieg. Cora auch. Was sollte sie auch antworten? Sie wusste nicht viel von China, und je länger sie hier war, desto mehr merkte sie, wie wenig sie beurteilen konnte. Zu Hause war es einfach gewesen – China missachtete die Menschenrechte, das wusste jeder, und überwachte jeden. Klar. Aber Danli hatte recht, es war nicht schwarz und weiß, es gab auch grau. Alles, was in einem Land der Welt passierte, ging auch die anderen an. So war das mit der Globalisierung. Und erst recht bei einem so bedeutenden Land wie China. Deswegen betraf das, was in Tibet passierte, ja auch die ganze Welt. Klimabeeinflussung, Gefährdung der Bevölkerung anderer

Staaten, Umweltschäden von nicht abzuschätzendem Ausmaß – das war kein lokales Problem irgendwo im fernen Schneeland auf dem Dach der Welt. Die Auswirkungen des globalen Klimawandels auf die Gletscherschmelze Tibets, damit auf die Wasserversorgung Südostasiens, hatten direkt Einfluss auf den Unterschied zwischen Krieg und Frieden. Wenn wir im Westen, also auch in Deutschland, nicht genug dafür tun, dass der Klimawandel sich verlangsamt, dann werden in Tibet weitere Gletscher schmelzen, dachte Cora. Und was geschieht dann? Durch die Schmelze und auch durch das Auftauen des Permafrostbodens werden Bakterien freigesetzt, die seit Tausenden von Jahren eingefroren waren. Zersetzungsprozesse setzen ein, also zum Beispiel der Abbau von Pflanzenresten zu Kohlendioxid oder Methan. Auch wird im Eis eingeschlossenes Methanhydrat freigesetzt. Methan ist im Vergleich zu CO_2 das weitaus schlimmere Treibhausgas. Diese Gase wiederum tragen ihrerseits zur Erwärmung des Erdklimas bei.

All das würde direkte Auswirkungen auf die Weltgemeinschaft haben. Das war das, was sie jetzt verstanden hatte. Und sie würde mithelfen, dass auch der Rest der Welt es verstehen würde. Verstehen musste.

20. KAPITEL

Der Zug bog in das Tal ein, in dem Lhasa lag. In einem weiten Bogen schwenkte er, von Norden kommend, nach Westen und umfuhr die Stadt. Der Bahnhof lag also wohl im Süden, dachte sich Cora, als sie, im Gang sitzend, aus dem Fenster blickte. Sie waren nun auf etwa 3.600 Meter angelangt; die Berge um das Tal herum überragten es noch einmal einige Hundert Meter. Da kam endlich der Potala in Sicht, die Burg oder das Kloster, jedenfalls der Sitz des Dalai Lama. 300 Meter erhob sich das riesige Gebäude über die Altstadt, hatte sie gelesen. Lhasa! Die verbotene Stadt, für Ausländer jedenfalls. Jahrhundertelang hatten sie versucht, in die geheimnisumwitterte Hauptstadt des tibetischen Reiches zu gelangen; von Indien, von Bhutan, von China, vom Norden her. Wenigen Missionaren war es gelungen; erst im 20. Jahrhundert hatte mit Heinrich Harrer, dem österreichischen Bergsteiger, ein Ausländer über Jahre hinweg dort gelebt.

Um 19.36 Uhr, auf die Minute pünktlich gemäß Fahrplan, fuhr der Zug nach ungefähr 4.500 Kilometer Fahrt in den Bahnhof von Lhasa ein. Diesmal ging der Ausstieg eher zivilisiert vonstatten, wie Cora bemerkte; kein Gedränge und Geschiebe. Offensichtlich waren alle von der Fahrt erschöpft. Mit dem Verlassen des Zuges betraten sie offiziell zum ersten Mal tibetischen Boden. Als sie das Bahnhofsgebäude verließen, wurde sie von den dort stationierten Polizisten aussortiert; als Ausländerin fiel sie sofort auf und wurde in ein separates Gebäude geführt. Ma musste draußen bleiben. Das flache graue Gebäude, das sich gleich rechts auf dem Bahnhofsvorplatz befand, war die Polizeistation; Cora musste hinter einer Absperrung warten und wurde dann an einen Schalter gebeten. Die Polizistin dort kontrollierte erneut Coras Ausweis, ihr *Alien Travel Permit* für Tibet und ihre Fahrkarte und verglich alles miteinander. Schließlich schien sie zufrieden; sie machte von allen Dokumenten Kopien und händigte sie dann, freundlich lächelnd, wieder an Cora aus. Draußen wartete Danli, und gemeinsam gingen sie über den weiten, rundherum mit einem Absperrgitter versehenen Platz. Überall standen Soldaten mit der Maschinenpistole im Anschlag; ein völlig anderes Bild als in dem China, das Cora bisher kennengelernt hatte. Weder in Qingdao noch in Shanghai hatte sie je einen Soldaten mit Gewehr gesehen, geschweige denn mit Gewehr schussbereit im Anschlag. Die Sicherheitslage wurde hier offensichtlich anders eingeschätzt. Sie hatte schon in Deutschland gehört, dass sich immer wieder tibetische Mönche aus Protest gegen die chinesische Besatzung in aller Öffentlichkeit mit Benzin übergossen und verbrannten. Deswegen wurden auch die Visa, die für Ausländer erteilt wurden, sehr restriktiv gehandhabt. Die Weltöffentlichkeit sollte nicht zu viel darüber erfahren. Die gesamte Atmosphäre auf dem Platz wirkte angespannt und bedrohlich.

Am Ende des Platzes, dort, wo der Ausgang im Absperrgitter frei gelassen war, empfing sie ein freundlich lächelnder Tibeter. Er war größer als die meisten Chinesen, das Gesicht dunkelbraun, von der Sonne verbrannt, die Haare tiefschwarz und deutlich länger, als Chinesen sie trugen. Auf dem Kopf trug er den typischen, breitkrempigen Hut, der ihn als Tibeter auswies; in den Stoff waren zwei weiße Scheiben eingeflochten. Später erfuhr Cora, dass es sich um Knochen handelte, die oft als Schmuck dienten. Um den Hals trug er eine wunderschöne Kette aus großen, roten und blauen Steinen, die auf eine schwarze Schnur gefädelt waren. Seine Augen waren leicht geschlitzt, aber anders als bei Chinesen; er sah irgendwie indianisch aus, fand Cora. Oder so, wie sie sich Indianer vorstellte, schließlich hatte sie noch nie einen gesehen. Sie mochte ihn sofort. Er hatte einen offenen, einladenden Blick, und als er sie anlächelte, entblößte er eine Reihe makelloser weißer Zähne. Faszinierend, dachte sie.

»Welcome to Tibet«, sagte er freundlich auf Englisch. Mit diesen Worten legte er zuerst Cora, dann auch Danli einen weißen Seidenschal um den Hals. »Mein Name ist Dorjee. Dieser Schal ist in Tibet das Zeichen für wahre Freundschaft«, fügte er hinzu. »So begrüßen wir Fremde in unserer Heimat. Möge er Ihnen Glück bringen und dass Sie sich hier wohlfühlen. Kommen Sie, unser Wagen steht dort drüben.« Er zeigte auf die Straße, wo einige Meter weiter ein weißer Jeep parkte. Der Fahrer lehnte an der Tür und rauchte. Sie stiegen ein, der Fahrer lud das Gepäck ein, und los ging es. Sie fuhren etwa zwanzig Minuten in die Innenstadt. Dorjee hatte eine CD mit Rockmusik eingelegt; als Cora den Song »Highway to Hell« erkannte und ihn darauf ansprach, sagte Dorjee grinsend, er sei schon lange AC/DC-Fan. Wieso auch nicht, dachte sich Cora, wieso wundere ich mich, dass ein tibetischer Guide gern australische Rockmusik hört? Globalisierung!

Sie blickte durch das Seitenfenster; es war dunkel und nieselte leicht, aber dennoch war gut zu erkennen, dass Lhasa wohl auch nur wie eine beliebige chinesische Stadt aussah.

Hatte sie exotische Tempel und Mönche an jeder Ecke erwartet? Nein, machte sie sich klar. Erwartet hatte sie nichts, sie hatte ja keinerlei konkrete Vorstellung. Aber unbewusst hatte sie wohl doch Klischees im Kopf und nicht gedacht, dass die Stadt so chinesisch aussah. Ma folgte ihrem Blick nach draußen und meinte: »Du hattest dir das anders vorgestellt? Malerischer? Tibetischer? Überall alte Tibeter mit runzligen Gesichtern, bunt angezogen, viele Tempel, wenig Verkehr? Aber Cora, das ist genau das, wovon wir schon im Zug gesprochen hatten. Romantik ist schön für wenige, aber damit die Mehrheit profitieren kann, muss man das Land entwickeln. Die Chinesen haben Tibet entwickelt, und jetzt sieht Lhasa aus wie eine chinesische Stadt. Nicht schön, zugegeben. Aber jedes Kind geht zur Schule, lernt Lesen und Schreiben, hat zu essen, ein Dach über dem Kopf. Das war zu Zeiten der Dalai Lamas nicht so. Ich weiß, ihr in Europa, gerade auch in Deutschland, seid große Anhänger des Dalai Lama. Aber wer weiß denn schon, wie es unter der Herrschaft seiner Vorgänger wirklich hier aussah?«

Cora schwieg. Sie hatte jetzt keine Lust auf eine Grundsatzdiskussion über Tibet. Sie musste das erst alles verarbeiten. Aber sie erkannte, dass es nicht so einfach war, wie es sich viele in Deutschland machten. Und wenn die Medien in China nicht objektiv berichteten, und das war ja klar, dann war doch zu überlegen, wie objektiv eigentlich unsere eigenen Medien sind, dachte sie.

Schließlich bogen sie von der Hauptstraße, der sie schon eine Weile gefolgt waren, in eine kleine Seitenstraße ab und hielten nach wenigen Metern.

»So, das sind wir schon«, rief Dorjee fröhlich. »Kommen Sie, ich bringe Sie hinein. Der Fahrer lädt das Gepäck aus.«

Cora und Danli betraten einen großen, ummauerten Innenhof; eine kleine Treppe führte zum Hoteleingang. »Es ist im tibetischen Stil erbaut und war früher mal das Wohnhaus eines Adligen«, erklärte Dorjee. »Ich dachte mir, Sie finden das interessanter als eines dieser teuren, aber standardisierten westlichen Luxushotels.« Unsicher blickte er Cora an, die bei diesem Blick gar nicht anders gekonnt hätte, als begeistert zuzustimmen. »Ja, natürlich, ein tibetisches Hotel, sehr schön. Und all diese Verzierungen!« Pflichtbewusst staunend blickte sie an der Fassade des dreistöckigen Hauses empor. Es war auf allen drei Seiten, die den Innenhof umgaben, mit Balkonen gesäumt, alle aus Holz geschnitzt und wunderschön bunt verziert, soweit sie das im Dunkel erkennen konnte.

Sie betraten die Lobby und gingen zur Rezeption. Lobby war nicht ganz der richtige Ausdruck, es war eher ein kleiner Vorraum, dick mit bunten Wollteppichen ausgelegt; in einer Ecke sah Cora eine Sitzgarnitur, bestehend aus zwei Sofas und einem Sessel. Auch diese waren mit Wolldecken belegt und sahen sehr gemütlich aus. Hinter der Rezeption stand ein Inder und telefonierte.

»Ich gehe jetzt«, sagte Dorjee zu ihnen. »Wir sehen uns morgen Mittag zur Abfahrt zum Flughafen, richtig? Wir fliegen nach Nyingchi und besuchen dort die Kläranlage; so wurde ich vom Reisebüro informiert. Dort werden wir auch übernachten und am Tag darauf, soweit Ihre Arbeiten beendet sind, nach Lhasa zurückfliegen. Wenn Sie möchten, kann ich Ihnen morgen Vormittag etwas von der Stadt zeigen.« Fragend blickte er sie an.

Danli wandte sich an Cora. »Was meinst du? Etwas Sightseeing, wenn wir schon den Vormittag frei haben?«

Cora zögerte. Sightseeing? Sie hätte sich lieber auf die Reise in den Osten vorbereitet, mit Ganesh gesprochen. Und vielleicht konnte man hier ja auch ein Jagdmesser kaufen? Aber sie beschloss, Danli nichts davon zu sagen. Er war kein Jäger wie sie, er war nicht trainiert und wachsam; er war ein Familienvater auf einem beruflichen Ausflug nach Tibet. »Unbedingt!«, stimmte sie daher zu. »Aber jetzt würde ich gern aufs Zimmer gehen. Ich bin doch erstaunlich müde, obwohl wir seit zwei Tagen nur im Zug herumgesessen haben. Normalerweise würde ich jetzt aufs Laufband gehen.«

»Oh, davon rate ich ab«, lachte Dorjee. Er schien überhaupt immer zu lachen. »Es gibt hier sowieso kein Laufband. Aber bei der Höhe hier, und da Sie gerade erst angekommen sind, wäre das sehr gefährlich. Wir Tibeter haben uns angepasst, ich habe gelesen, wir hätten sogar eine höhere Anzahl roter Blutkörperchen und ein größeres Lungenvolumen als andere Menschen. Wenn Sie Sport machen wollen, laufen Sie in den ersten Stock, statt den Aufzug zu nehmen. Das dürfte reichen.«

Jetzt musste auch Cora lachen. Die Treppe in den ersten Stock nehmen? Als Sport? Der kannte wohl keine deutschen Frauen. Sie schnappte sich ihren Koffer und stieg munter die Stufen hinauf. Als sie auf dem ersten Absatz schnaufend ausruhen musste, fühlte sie, wie ihr Herz heftiger schlug als sonst nach ihrem morgendlichen Jogging. Okay, sie verstand, was Dorjee gemeint hatte. 3.600 Meter über dem Meer waren doch etwas anderes. In Südamerika war es anders gewesen, da hatte sie sich länger akklimatisiert. Langsam stieg sie die restlichen Stufen empor und ruhte, im ersten Stock angekommen, noch mal auf dem Flur aus. Ihr Zimmer lag zur Linken; der Gang war spärlich beleuchtet, aber sie erkannte schön eingerahmte Landschaftsbilder an den Wänden und antik aussehende, bunt bemalte Holzmöbel. Ein ebenso antik wirkender riesiger Schlüssel passte mit etwas sanfter Gewalt ins Schloss ihres Zimmers. Sie betrat einen winzigen Gang, von dem ein Bad links abzweigte, und stand dann im Schlafzimmer. Antike Möbel auch hier, alles war etwas krumm und schief, ein großes Bett in der Mitte, die Holzfenster weit geöffnet, sodass die laue Abendluft und auch der leichte Nieselregen hereinkamen. Eine Kommode mit einer Lampe, keine Deckenleuchte. Sie ließ erst das Gepäck auf den Boden und dann sich auf das Bett fallen. Geschafft. Sie war in Tibet. Als sie umherblickte, sah sie, dass die Möbel dunkel angestrichen waren; sie sah genauer hin. Es war rote Farbe. Dunkelrot. Es erinnerte sie an getrocknetes Blut.

Als das Telefon auf dem Nachttisch klingelte, schreckte sie auf. War sie eingeschlafen? Cora stand auf und nahm den Hörer ab. »Ja?«

»Ich bin es, Danli. Ich habe Hunger. Was meinst du? Es gibt ein Restaurant im dritten Stock, hat der Nepali an der Rezeption gesagt. Soll ganz gut sein. Und ich habe keine Lust mehr, jetzt durch die Altstadt zu streifen, in der ich mich nicht auskenne. Treffen wir uns oben? In zehn Minuten?«

»Gut, machen wir. Ich bin auch zu müde, um noch mal loszulaufen. Dritter Stock, werde ich gerade noch schaffen ...« Cora ging ins Bad und wusch sich das Gesicht mit kaltem Wasser; dabei fiel ihr ein, dass sie seit zwei Tagen nicht mehr geduscht hatte. Es machte ihr nichts aus; früher war sie oft tagelang unterwegs gewesen, jagen oder klettern, ohne eine Möglichkeit, sich zu waschen. Das eiskalte Wasser tat gut.

Sie schloss alle Fenster im Zimmer. Das Beste würde sein, sofort nach oben zu gehen, sonst schlief sie wieder ein ... Sie schloss die Tür ab und überlegte kurz, den Aufzug zu nehmen, der sich direkt neben ihrer Tür befand. Albern, befand sie dann. Zwei Stockwerke! Sie als Sportlerin! Gewohnt, sich selbst zu überwinden, ging sie langsam die Stufen in den dritten Stock empor. Das Restaurant sah nett aus, auch wenn niemand zu sehen war. Sie trat ein und sah sich um. Etwa zehn Vierertische, eine Theke, an der Seite eine Glasfront, durch die man einen Ausblick auf die Stadt hatte. Cora setzte sich an einen Tisch und sah hinaus. Wunderschön. Tibet. Nie hätte sie gedacht, einmal hierherzukommen. Als Kind, erinnerte sie sich, hatte ihr Vater oft von einem Buch erzählt, das irgendwo hier im Himalaya spielte. *Der verlorene Horizont*, hieß es, das wusste sie genau. Ein Flugzeug war abgestürzt, einige Passagiere überlebten und fanden dann, auf der Suche nach Hilfe, ein einsames Tal, in welchem tibetische Mönche in unglaublichem Frieden lebten ... Nicht sehr realistisch, aber das sollte es auch nicht sein. Es erfüllte Sehnsüchte. Ihr Vater hatte oft davon geschwärmt, und auch wenn sie es nie gelesen hatte, musste sie jetzt daran denken. Wie gern hätte sie ihrem Vater all das hier gezeigt!

»Ah, da bist du ja! Keine Bedienung hier? Sind wir alleine?« Danli trat an ihren Tisch. In diesem Moment betrat der Nepalese, der sie auch an der Rezeption begrüßt hatte, den Raum. Er sei auch der Kellner, sagte er, nahm zwei Speisekarten vom Tresen und reichte sie ihnen. Dann verschwand er in einem angrenzenden Raum.

»Hoffentlich ist er nicht auch der Koch und das Zimmermädchen«, witzelte Danli. »Mal sehen, was haben wir denn hier. Ah, sieht sehr indisch aus alles. Dann ist er wohl doch der Koch und kann nur indische Gerichte kochen.«

»Hast du nicht gesagt, er sei Nepali?«

»Schon, aber der Unterschied in den Küchen ist nicht groß. Hier in Lhasa arbeiten viele Nepalesen. Komm, bestell dir was Schönes, ich lade ein!«

Cora entschied sich für ein Lammcurry, das klang doch gut. Dazu ein Lhasa-Bier. Danli bestellte ein Butter Chicken und auch ein Bier. Als die beiden grünen Dosen Lhasa-Bier auf dem Tisch standen, eiskalt, reichte Danli eine Dose an Cora weiter.

»Auf Tibet!«, sagte sie.

»Auf uns«, fügte er hinzu, ergänzte dann aber schnell: »Also, ich meine auf unsere Tibetreise und deine Arbeit!«

Sie sah ihm an, wie verlegen er geworden war, und überspielte schnell die Situation. »Sag mal, wieso ist Tibet Teil Chinas, oder anders gefragt, wieso ist das umstritten?«

Danli war froh, ihr etwas erklären zu können, mindestens so froh wie über den Themenwechsel. »Es ist kompliziert, wie immer, wenn es um historische Staatsgrenzen geht. Im 13. Jahrhundert eroberten die Mongolen Tibet, und da die Mongolei heute Teil Chinas ist, kam Tibet somit offiziell zu China und wurde Teil des Staatsgebietes. Das war die sogenannte Yuan-Dynastie. Aber: Das war die Zeit der Herrschaft der Mongolen über China, Dschingis Khan mit seiner goldenen Horde hatte große Teile Chinas besetzt. Also war die sogenannte Yuan-Dynastie im Grunde keine chinesische Dynastie in der Reihe der letzten 2000 Jahre. Also war Tibet nicht Teil Chinas. Aber das weiß niemand. Chinesen lesen die Historie in Büchern und im Netz und glauben das. Und die Ausländer haben das übernommen; in jedem wissenschaftlichen Buch über China stehen die Dynastien drin, und die Yuan ist eine davon. Das ist eben Ansichtssache, Geschichte wird ja bekanntlich von den Siegern geschrieben. So, und daraus leitet China die Zugehörigkeit Tibets zum chinesischen Staatsgebiet ab. Und Tibet ist der Meinung, schon immer und auch damals ein eigener Staat gewesen zu sein. Sie haben noch Anfang des 20. Jahrhunderts eigenständig mit den Briten verhandelt. Da wurden dann die Grenzen festgelegt, die Indien heute als rechtmäßig ansieht. Da aber Tibet diese Grenzen nicht hätte verhandeln dürfen, so die chinesische Auffassung, sind diese nicht rechtmäßig.«

»Gut, verstanden«, warf Cora ein. »Das ist also nicht juristisch eindeutig, sondern wie immer bei solchen Konflikten

Auffassungssache und somit nur heute durch Verhandlungen friedlich zu lösen. Richtig?«

»Ja, natürlich. Jetzt kommt aber das Thema Ressourcenausbeutung hinzu. Es geht ja nicht nur um Hydroenergie, also unser Thema, sondern um viele weitere Bodenschätze. In Tibet gibt es Gold, Silber, Kupfer, aber auch Uran, Kobalt und vieles mehr. Es kann durchaus sein, dass wir morgen auf unserer Reise auch entsprechende Minen sehen.«

Nachdenklich rührte Cora in ihrem Lammcurry. Nach dem eintönigen Essen im Speisewagen des Zuges war das hier doch eine herrliche Abwechslung. »Und wie ist das Verhältnis der Tibeter zu den Chinesen?«

»Na ja«, sagte Danli. »Ich bin da kein Fachmann und als Chinese ja auch nicht neutral. Aber natürlich sind die Chinesen in Tibet verhasst, weil sie als die Eindringlinge gelten, die bei der Eroberung durch Mao in den 50er-Jahren und später in der Kulturrevolution in den 60er-Jahren unschätzbare Wertgegenstände zerstört haben, Tausende von Klöstern und Tempeln niedergebrannt oder gesprengt haben und viele Tausend Tibeter töteten. Das ist sicher durch nichts zu rechtfertigen. Tibeter sprechen von Genozid. Aber du wirst morgen und in den nächsten Tagen sehen, wie sich Tibet entwickelt hat. Du findest es ja nicht schön, dass Lhasa aussieht wie jede chinesische Kleinstadt. Das typisch Tibetische, das Touristen gern hätten, ist fast völlig verschwunden. Hier leben ja neben den ungefähr 200.000 Einwohnern Lhasas noch mal so viele chinesische Soldaten. Aber, und das hast du sicher auch schon gehört, der Lebensstandard der Einheimischen ist überwiegend besser als früher; immer mehr steigen in die Mittelschicht auf; die Infrastruktur ist sehr viel besser als früher, die medizinische Versorgung ...«

»Ist gut, du klingst jetzt ja wie ein chinesischer Propagandafilm!«, unterbrach Cora ihn.

»Aber es stimmt doch auch«, rechtfertigte sich Danli. »Der Dalai Lama ist geflohen und lebt in Indien im Exil. Alle trauern ihm nach, verehren ihn. Aber ging es den Tibetern unter seiner Herrschaft beziehungsweise unter seinen Vorgängern besser? Mitnichten. Armut, Sklaverei, keine medizinische Versorgung und so weiter. Also auch da muss man relativieren, finde ich. Die chinesische Presse ist sicher nicht objektiv. Aber im Ausland wird auch nur das Gute an Tibet gesehen, die romantische Verklärung eben, wie sie durch die Medien geistert. Auch das ist nicht neutral.«

Eine Weile schwiegen sie. Cora merkte, dass sie hier zum ersten Mal auf ein Streitthema gestoßen waren; da gab es zwischen ihr und Danli eben sehr unterschiedliche Ansichten. Sie hatten sich noch nie gestritten. Wie wäre das wohl? Ob er sachlich argumentieren würde? Oder eben doch einfach chinesisch, patriotisch? Egal, sie war ja ohnehin müde und ging jetzt lieber zu Bett, um morgen fit zu sein. »Ich glaube, ich muss ins Bett«, sagte sie. »Morgen wird anstrengend, denke ich. Wir sollten zahlen.«

»Ich kümmere mich darum«, sagte Danli zu ihr. »Geh du ruhig schon mal auf dein Zimmer. Wir sehen uns beim Frühstück. Träum was Schönes in deiner ersten Nacht in Lhasa!«

»Das ist lieb, danke.« Cora stand auf, nickte dem Nepali zu, der hinter der Theke bereits demonstrativ gähnte, und verließ das Restaurant.

Sie blickte sich um und sah, dass die Stufen auch weiter nach oben führten. »Roof terrace« stand da. Dachterrasse? Klang gut. Sie konnte ja mal kurz schauen, ob es etwas zu sehen gab. Also noch ein Stockwerk. Langsam kletterte sie hinauf, stieß die Tür am Ende der Stufen auf und stand auf einer großen, ausladenden Terrasse. Es hatte aufgehört zu regnen, und Cora ging ein wenig umher, froh, sich die Beine vertreten zu können. Lhasa schien aus überwiegend niedrigen Häusern zu bestehen; sie konnte von hier aus, auf dem Dach eines gerade mal dreistöckigen Hauses, über viele Dächer hinwegsehen. Was war das? In der Ferne sah sie etwas, das wie eine Burg aussah. Der Potala! Der berühmte, geheimnisvolle Palast des Dalai Lama! Er war hell erleuchtet und ragte auf seinem Felsen, auf dem er erbaut worden war, weit über die Stadt. Cora stand am Geländer; drei Stockwerke unter ihr lag die Straße. Alles ruhig. Sie blickte über die Stadt. Was für ein wunderbarer Ausblick! Die Berge schienen zum Greifen nah. Jetzt müsste man fliegen können, dachte sie. Einfach abheben.

Wahrscheinlich reagierte sie deshalb zu spät, als sich plötzlich ein Paar kräftige Arme um sie legte, jemand sie hochhob und dann über das Geländer zu werfen versuchte.

Coras Überrumpelung währte nur den Bruchteil einer Sekunde. Ihre Reflexe setzten sofort ein; sie war trainiert, stark und reaktionsschnell. Mit aller Kraft drückte sie sich gegen das Geländer, damit der Angreifer sie nicht darüberheben konnte, wie er es versuchte. Aber sie merkte sofort, dass sie gegen diese Arme keine Chance hatte. Sie klemmte ein Bein um das Geländer herum, um einen Widerstand zu haben, gleichzeitig schlug sie mit dem Kopf bewusst und schnell nach hinten. Sie hörte es knirschen und einen Aufschrei; sie hatte ihm das Nasenbein gebrochen. Ein Stöhnen war zu vernehmen, er lockerte den Griff. Sofort nutzte sie die gewonnene Freiheit und schlug mit ihrem Ellbogen nach hinten in sein Gesicht, Empi Uchi, löste sich und trat ihm dann mit einem harten Mawashi-Geri in einem halbkreisförmigen Bogen direkt an die Schläfe. Ihr Karatetrainer wäre zufrieden gewesen, perfekte Ausführung, dachte sie, während sie herumwirbelte, um nicht von ihm getroffen zu werden. Er fiel mit einem Aufschrei zu Boden, zog sie aber mit sich herunter und landete auf ihr, deutlich schwerer, sein Blut tropfte auf sie herab. Erstmals sah sie ihn im Licht der Terrasse. Rüdiger Landmann! Wieso griff er sie an? Was sollte das?

»Cora!« Ein Schrei ertönte, Danli! Schritte kamen näher, Danli packte Landmann von hinten und zog ihn von Cora herunter. Cora rollte sich zur Seite und sprang auf, sie sah die beiden kämpfenden Männer, aber Danli hatte keine Chance gegen die entschlossene Brutalität des Anwaltes. Der drückte ihn gegen das Geländer, wie er es eben noch mit Cora versucht hatte. Trotz Danlis Größe hing er schon mit dem ganzen Oberkörper über den Rand, drei Stockwerke unter sich die Straße der Altstadt Lhasas. Cora konzentrierte ihre Kraft, und mit einem lauten Kiai, dem Kampfschrei der Karateka, schlug sie Landmann ihre zum Schutz ihrer Finger leicht gebogene Hand ins Genick. Er fiel sofort zu Boden; Cora gelang es gerade noch, Danli festzuhalten, der über das Geländer abzustürzen drohte. Sie zog ihn an der Jacke hoch, und gemeinsam fielen sie rückwärts auf die Terrasse. Nur einen Moment lagen sie so; Cora drehte sich instinktiv nach Landmann um. Sie sah ihn, wie er sich Richtung Ausgang schleppte und die Treppe hinunter verschwand. Gut, sollte er verschwinden. Sie schaute zu Danli; er atmete schwer, schien aber in Ordnung zu sein. Als er ihr blutverschmiertes Gesicht sah, zuckte er zusammen, doch er begriff schnell, dass es Landmanns Blut war, nicht Coras.

Arm in Arm gingen sie über die Terrasse. Als sie die Treppe erreichten, blieb Danli stehen und sah vorsichtig ins Treppenhaus. Alles schien ruhig zu sein. Sie gingen langsam die Treppe hinunter; Cora hatte sich jetzt wieder gefasst. Er brachte sie zu ihrer Zimmertür. »Gib mir den Schlüssel, ich mache auf«, sagte er, schien aber bei Weitem nicht so stabil, wie er sich gab. Cora betrat ihr Zimmer, dann drehte sie sich zu ihm um. »Möchtest du hier bei mir bleiben? Wäre besser, dass wir zusammen sind, falls er wiederkommt.«

Danli sah sie erleichtert an. »Okay, du hast recht, ich sollte dich nicht allein lassen«, sagte er und zog die Tür hinter sich zu. Cora musste insgeheim lächeln. Wer passte hier auf wen auf? Aber sie ließ ihm sein Gesicht und das Gefühl, dass sie Schutz brauchte. Danli sah ins Bad, einmal durchs Zimmer, alles okay. Plötzlich wurde ihm klar, was hier gerade geschah. Danli sah fast erschrocken aus. Bei ihr bleiben? Im Zimmer? Es gab nur ein Bett; er war Chinese und verheiratet; so etwas ging gar nicht. Aber er konnte sie doch jetzt nicht allein lassen ... und, schlimmer, er mochte sie sehr. Cora sah, wie er mit sich kämpfte, und musste trotz allem lachen. »Ist schon okay, ich tue dir nichts«, neckte sie ihn. »Wir können ja ein großes Messer zwischen uns legen ... Aber bitte bleib hier. Bitte«, schloss sie, jetzt wieder sehr ernst.

»Ja, klar. Mach ich natürlich«, sagte Danli und verriegelte die Tür von innen. Dann stand er verlegen da. Und jetzt?, schienen seine Augen zu sagen.

Cora ignorierte sein Dilemma und ließ sich einfach so, wie sie war, aufs Bett fallen. »Also. Jetzt der Reihe nach. Rüdiger Landmann ist hier in Tibet und will uns töten. Das heißt, eigentlich will er mich töten. Warum?«

»Weil du eine Gefahr für ihn bist. Deshalb«, erwiderte Danli. Er hatte es bis auf die Bettkante geschafft, wo er sich vorsichtig niederließ.

»Wieso bin ich eine Gefahr für ihn? Es gibt nur eine Möglichkeit. Er steckt mit drin. Der verdammte Anwalt ist Teil der Korruption! Jetzt macht auch der Überfall mehr Sinn und die Tatsache, dass er mich schnell aus Qingdao nach Deutschland schaffen wollte. Danli, er wird wiederkommen, das ist dir doch klar? Wir sind in Lebensgefahr.« Cora stockte. Was sollte sie Danli alles erzählen? Aber es war zu spät.

Danli schaute sie scharf an. »Überfall in Qingdao? Du bist schon mal überfallen worden? Wo? Wann? Wieso?«

Cora hatte völlig vergessen, dass er von der Sache in Qingdao nichts wusste. Sie hatte es ihm absichtlich nicht erzählt; damals traute sie ihm noch nicht. Damals? Das war vor drei Tagen, wurde ihr klar. Nur drei Tage. Rasch erzählte sie ihm von Qingdao und dem Überfall im Büro. Danli hörte aufmerksam zu; er hatte die Schuhe abgestreift und sich mutig neben sie auf das Bett gelegt, so weit am Rand, wie es eben ging, ohne herunterzufallen.

»Also zwei Überfälle auf dich. Bei NIB ging es um Korruption, die du aufdecken wolltest. Jetzt bist du in Tibet, morgen fahren wir zur Kläranlage. Was, wenn es damit zusammenhängt? Du bist entkommen in Qingdao, du bist für die Leute, die korrupt sind, immer noch eine Gefahr. Landmann ist involviert. Du hast mir von einer Gesellschaft erzählt, die zu NIB gehört, von der NIB aber nichts weiß, richtig? Wenn diese Leute das Ministerium beeinflussen, damit sie an Aufträge kommen, ist das natürlich verboten. Kommt es raus, ist NIB dran. Das alles macht nur Sinn, wenn Landmann mit drin steckt. Ich glaube«, sagte Danli, jetzt sehr ernst, »Landmann hat diese Great Wall gegründet. Er steckt dahinter. Und deshalb muss er dich aus dem Weg räumen. Du weißt zu viel. Er wusste als Einziger von dem Überfall in Qingdao; er wusste, wohin du fährst; er sagte, er hole die Polizei. Wenn er das nicht getan hat? Wenn er wirklich mit drin steckt? Dann bist du die Einzige, die ihm gefährlich werden kann. Und wir sind mit dem Zug hierhergefahren; ausreichend Zeit für ihn, hierherzufliegen und vor uns hier zu sein. Er konnte rauskriegen, in welchem Hotel wir wohnen, das ist nicht schwer. Er konnte dich abpassen, als du allein oben warst.«

Cora schwieg. Schließlich fragte sie: »Ist es so einfach, ein chinesisches Ministerium zu bestechen? Das glaube ich nicht, es gibt doch gerade diese große Antikorruptionskampagne.«

Danli schaute sie an. »Es gibt in China einmal die Kommunistische Partei, und dann noch die Regierung. Das ist nicht dasselbe. Um einen hohen Regierungsposten zu erhalten, muss man von der Partei dazu bestimmt werden. Die Partei ernennt letztlich die Kader. Man muss also erfolgreich für die Partei arbeiten, um Karriere zu machen. Bestimmte Ziele werden vorgegeben, und diese sind zu erreichen, zum Beispiel, dass bestimmte Qualitätsstandards bei der Wasserversorgung einzuhalten sind. Die zuständigen Beamten setzen das durch und werden dafür befördert. Das gilt für alle Ebenen. Der lokal zuständige Kader tut also alles Erforderliche, um das umzusetzen, was von oben vorgegeben wurde. Das ist gerade im Umweltbereich sehr wichtig, da sich sonst jeder von den Auflagen für die Wasserqualität zum Beispiel freikaufen könnte. Hält sich aber der Beamte an die staatlichen Vorgaben, weil er Karriere machen möchte, ist er nicht bestechlich. Das war der Gedanke dahinter. Das Problem ist natürlich, dass viele auf lokaler Ebene sich dennoch nicht um die Umsetzung der staatlichen Direktiven kümmern, sondern einfach falsche Zahlen nach oben liefern. Wer kann das schon kontrollieren? Die Zentrale erhält also oft völlig verzerrte Wirklichkeiten oder Vorstellungen von den Zuständen vor Ort. Also, ich möchte damit sagen, es ist nicht einfach, zu bestechen, und es wird viel dagegen getan, aber es mangelt an vielem, was zur Umsetzung der Vorgaben rechtlich nötig wäre. Und da kann ein deutscher Anwalt mit genug Geld sicher einen Beamten finden, der sich bestechen lässt. Und das scheint Landmann getan zu haben. Und auf Korruption steht die Todesstrafe, das weißt du, also sind alle sehr daran interessiert, dass nichts ans Tageslicht kommt. Du bist eine Gefahr, und Landmann schreckt offensichtlich auch vor Mord nicht zurück!«

»Wir müssen sicher sein, dass er mit drin hängt«, sagte Cora entschlossen. »Das lässt sich doch einfach klären. Wir rufen in

Deutschland bei NIB an und fragen, ob Landmann sie informiert hat und was genau er gesagt hat.«

»Richtig«, nickte Danli. »Und jetzt wird geschlafen. Keine Widerrede!«, ergänzte er, als er sah, dass Cora noch etwas sagen wollte.

Sie lächelte und sah ihn besorgt an. »Bist du okay? Du wärest beinahe über das Geländer gestürzt.«

Danli grinste. »Alles gut, meine Heldin! Du hast mir das Leben gerettet. Natürlich erst, nachdem ich deines gerettet hatte. Ohne mich wärest du nie mit ihm fertig geworden«, fügte er großzügig hinzu.

Sie lächelte. »Ist klar. Aber wir dürfen Landmann nicht unterschätzen. Er hat die Jagd auf mich begonnen, er wird nicht aufhören. Hemingway hat gesagt, keine Jagd ist so wie die Jagd auf Menschen ...« Dann beugte sie sich zu ihm hinüber und gab ihm einen Kuss auf die Wange. »Gute Nacht!« Sie drehte sich um und war kurz darauf eingeschlafen.

Danli lag noch eine Weile wach. Zum ersten Mal hatte er die andere Seite der Cora Remy kennengelernt. Nicht nur die schlaue Ingenieurin, die trotz hochprozentiger Schnäpse noch Schach spielen konnte und Griechisch zitierte, nein, jetzt hatte er die Kämpferin gesehen. Ihr entschlossener, kalter Gesichtsausdruck, als sie um ihr und um sein Leben kämpfte, stand ihm deutlich vor den Augen. Und es verwirrte ihn, dass es ihm gefallen hatte. Der Kampf hatte auch ihn aufgewühlt, natürlich. Durcheinander aber war er wegen des Kusses.

21. KAPITEL

Jiang stand seiner Tochter gegenüber am Küchentisch. Ein langer Tag lag hinter ihm, und er war müde. Der Generalsekretär hatte ihm unmissverständlich zu verstehen gegeben, dass er eine Lösung erwartete. Die Unruhen nahmen zu, das Volk begehrte auf. Das Problem der Wasserversorgung musste gelöst werden, und zwar jetzt. Die Macht der Kommunistischen Partei stand auf dem Spiel. Und er, Jiang, hatte zu reagieren.

Aber Lianhua hatte darauf bestanden, noch heute Abend mit ihm zu sprechen. »Papa, du musst wissen, was ich herausgefunden habe!«, hatte sie am Telefon gesagt. Also hatte er seine Haushälterin angewiesen, ausreichend einzukaufen. Hackfleisch vom Schwein, qingcai, dieses typisch chinesische grüne Gemüse, das nach Knoblauch schmeckte; alles andere wie Knoblauch, Sojasauce, Essig und weitere Gewürze hatte er im Haus. Am besten konnten sie reden, während sie Jiaozi zubereiteten, die von beiden so geliebten mit Fleisch und Gemüse gefüllten Teigtaschen. Den Teig hatte seine Haushälterin vorbereitet; die Füllung machte er am liebsten selbst. Jetzt nahm Jiang das feuchte Tuch ab, mit dem seine Haushälterin die Schüssel mit dem Teig bedeckt hatte, und griff hinein. Er nahm einen Klumpen Teig heraus, formte ihn zu einer länglichen Rolle und begann sie auszurollen, um ein perfekt rundes, flaches Stück Teig zu erhalten.

»Also, hör zu«, sagte Lianhua aufgeregt. »Du bist seit Jahren für das Thema Wasser zuständig, aber du verwaltest nur. Du bist Politiker, kein Wasserfachmann. Man hat dir die Verantwortung übertragen, aber du bist kein Experte. Du bist vielleicht ein guter Politiker, das kann ich nicht beurteilen.«

Jiang schaute über seine Brille hinweg zu ihr herüber, aber sie schien nicht zu merken, was sie da gerade gesagt hatte. Er runzelte die Stirn. Lianhua fuhr ungerührt fort. »Was weißt du wirklich über Wasser? Über Nitrat? Ich erzähle dir, was ich herausgefunden habe, und du stellst die Fragen, okay?«

Jiang musste trotz seiner Sorgen um seine Enkelin und die Situation in Tibet schmunzeln. Sie war immer so eifrig, und wenn sie sich in etwas eingearbeitet hatte, war sie nicht zu bremsen. So war sie schon als Kind gewesen, wenn sie aus der Schule kam und ihm unbedingt etwas zeigen musste, was sie an dem Tag gelernt hatte. Jetzt wischte sie auf ihrem I-Pad herum, er konnte kaum mit den Augen folgen. Also konzentrierte er sich auf die Zubereitung der Füllung. Und hörte ihr zu.

»Über 97 Prozent allen Wassers auf der Welt ist Salzwasser«, begann sie. »Von den restlichen ca. 2,5 Prozent sind zwei Drittel in Form von Eis in der Arktis, der Antarktis und in Gletschern und so weiter gebunden. Wenn du jetzt noch das Süßwasser abziehst, das als Grundwasser im Boden besteht, bleiben höchstens 0,3 Prozent des gesamten Süßwassers der Erde direkt zugänglich, also in Seen, Bächen und Flüssen verfügbar. Jeder Mensch benötigt zwischen 20 und 50 Liter sauberes, schadstofffreies Wasser pro Tag! Ungefähr zwei Drittel des Wassers, das wir Menschen verbrauchen, wird in der Landwirtschaft verwendet, nur ein Fünftel in der Industrie und dann noch mal knapp 10 Prozent in den Haushalten. Das sind natürlich nur statistische Durchschnittswerte.«

»Okay, stopp!«, unterbrach ihr Vater sie. »Liest du mir jetzt nur Zahlen vor? Falls ja, dann wüsste ich gern, wie viele Menschen auf der Welt denn überhaupt keinen Zugang zu sauberem Trinkwasser haben? Weiß das dein schlaues Teil da auch?«

»Etwa 900 Millionen. Kommt mir zu wenig vor, aber so steht es hier. Aber warte ab. Rate mal, wie viel Wasser man braucht, um einen Liter Milch herzustellen? Oder ein Kilo Reis?«

»Hm, keine Ahnung. Du meinst, bis der Reis in meinem Topf landet, also alles zu seiner Saat, Aufzucht etc.? Und bei Milch auch das, was die Kühe trinken und so?«

»Genau. Alles zusammen. Hier steht es: Für einen Liter Milch benötigt man etwa 140 Liter Wasser, für ein Kilo Reis braucht man 3.000 Liter Wasser, stell dir das vor. Aber für Weizen benötigt man sogar über 1.300 Liter. Und jetzt kommt es: Hast du gewusst, dass man zur Herstellung von einem Kilo Rindfleisch 16.000 Liter Wasser braucht?«

Jiang war beeindruckt. Das hatte er nicht gewusst. Da bekam man doch langsam eine Vorstellung davon, wie viel sauberes Süßwasser die Menschheit brauchte. Langsam und sorgfältig vermischte er das Fleisch mit dem Gemüse und fügte ein wenig Salz und viel Knoblauch hinzu.

»Jetzt sind aber auf der anderen Seite 60 Prozent der größten Flüsse der Welt durch Staudämme, Kanäle und so weiter beeinträchtigt, und die vielen geplanten Staudämme, gerade auch in China und hier vor allem in Tibet, stören natürlich die freie Durchgängigkeit vieler Flüsse. Diese ganzen Ökosysteme, also Flüsse, Seen usw., sind wichtige Lebensräume für viele Lebewesen, seien es Tiere oder Pflanzen. Je mehr wir also diese Systeme zerstören, desto mehr Lebewesen vernichten wir, viele für immer, endgültig. Wenn man weiter davon ausgeht, dass die Weltbevölkerung deutlich zunimmt, müssen immer mehr Gebiete, die bisher als Ökosysteme noch ungestört bestehen, in Ackerland umgewandelt werden, um die Menschen zu ernähren. So, jetzt pass auf: Es müssen also immer mehr Pestizide eingesetzt werden, und dadurch nimmt die Eutrophierung des Süßwassers zu.«

»Moment, langsam«, unterbrach Jiang seine Tochter, die gar nicht mehr aufhören konnte. »Würdest du deinem alten Vater aus dem vorigen Jahrtausend bitte erklären, wovon du sprichst? Eutrophierung?«

»Verzeih. Eigentlich heißt das nur Nährstoffanreicherung, aber bei Gewässern meint man damit meist die schädliche Zunahme von Pflanzennährstoffen im Wasser. Durch Nitrate und Phosphate wächst das Nährstoffangebot, und es kommt zu einem übermäßigen Pflanzenwachstum, Algen und so weiter. Dadurch wird dem Gewässer wiederum Sauerstoff entzogen, was zum Tode anderer Pflanzen und Tiere führen kann. Erinnerst du dich an die Algenteppiche vor der Stadt Qingdao vor einiger Zeit? Das ganze Meer war grün und mit einer schleimigen Masse bedeckt.« Sie blickte ihren Vater an, der mit beiden Händen die Füllung knetete. Der nickte nur.

Lianhua war derweil nicht zu bremsen. »So, weiter. Ich habe vor allem Nitrat herausgesucht, da es uns ja betrifft. Ich …« Sie stockte kurz, als sie an Lihua dachte. Dann riss sie sich zusammen. »Also. Nitrate sind erst mal nicht giftig, nein, sie sind sogar ein Grundbaustein des Lebens. Ohne Nitrate könnten Pflanzen nicht wachsen. Wenn allerdings ein Mensch Nitrate zu sich nimmt, dann können sich diese Salze im Körper in Nitrit verwandeln. Wie gefährlich das für Säuglinge ist, weißt du ja jetzt auch.«

Ihm entging der anklagende Unterton nicht. Er versuchte, sich weiterhin auf das Essen zu konzentrieren, und formte die fertige Füllung zu kleinen Bällchen. Allerdings war er plötzlich nicht mehr so hungrig. Das Thema war nicht gerade appetitanregend.

»Wie wir gelernt haben, kann Nitrit den Sauerstofftransport beeinträchtigen und ... und manchmal zum Tod führen. Blausucht. Aber auch wenn Erwachsene Nitrat aufnehmen, ist das nicht ungefährlich. Wie man inzwischen weiß, können sich daraus Nitrosamine bilden, das sind krebserregende Stoffe. Und, was noch schlimmer ist: Alles, was wir heute an Überdüngung in den Boden geben, wird erst in einigen Jahren im Grundwasser sein. Das heißt, selbst wenn man heute die Belastung deutlich zurückfahren würde, würden wir trotzdem noch Jahre später überhöhte Nitratwerte im Grundwasser finden. Aber nicht nur der Nitratstickstoff, auch Phosphat aus der Gülle trägt zur Umweltproblematik bei, indem es von den Äckern in den Wasserkreislauf und letztlich in das Meer gerät.«

Lianhua machte eine Pause. Ihr Vater hatte inzwischen schon über 30 Jiaozi fertig, indem er die Füllung sorgfältig in die Mitte der einzelnen runden Teigstücke legte und dann den Teig darüber wie in einer Tasche zusammendrückte. Es war eine Kunst, das besonders schön und formvollendet hinzubekommen, und er immer sehr stolz darauf, wie schön und perfekt seine Jiaozi aussahen. Heute aber wollten sie ihm irgendwie nicht gelingen. Sie sahen aus, als hätte ein Anfänger sie geformt. »War es das?«, fragte er missmutig.

»Nicht ganz. So leicht kommst du nicht davon. Stickstoffdünger ist auch noch besonders klimaschädlich, weil er sich in Lachgas umwandeln kann, ein Treibhausgas. Eine Tonne Lachgas entwickelt die Klimawirkung von 310 Tonnen Kohlendioxid. Wir züchten Hunderte von Millionen von Schweinen, Puten, Hähnchen. Die bekommen alle Antibiotika, um nicht krank zu werden, so eng wie sie gehalten werden. Das geht alles ins Grundwasser. Und kommt dann ins Trinkwasser, jedenfalls bei uns in China. Papa, der größte Teil des Wassers in China ist unglaublich verseucht. Und ich habe noch nicht von den in die Flüsse abgelassenen Chemikalien gesprochen. Also, du musst wissen ...«

»Okay, das reicht jetzt!« Wütend warf Jiang das letzte Teigtäschchen, das wie eine implodierte Mandarine aussah, in den Topf mit kochendem Wasser, der auf dem Herd stand. »Mein Appetit ist mir vergangen. Ich verstehe, was du mir sagen willst. Ich habe das alles nicht gewusst, ich gebe es zu. Ich bin zuständig, ich regle die Wasserversorgung des ganzen Landes, aber wie du weißt, erst seit einem Jahr. Ich kann mich nicht mit allen Details beschäftigen. Aber ich will mich nicht rausreden. Was machen denn die anderen? Was macht beispielsweise ein auf diesem Gebiet fortschrittliches Land wie Deutschland? Kannst du mir helfen? Bitte, Lianhua. Ich brauche dich jetzt.«

»Danke für das Stichwort. Die machen eine ganze Menge. Davon können und müssen wir lernen, Papa! Es sind oft Kleinigkeiten, aber die Politik, also du, ihr müsst auch viel tun. Unsere Heimatprovinz Fujian hat doch eine Partnerprovinz in Deutschland, in Rheinland-Pfalz, oder? Es gibt dort zum Beispiel einen Fachverband Wasserwirtschaft, der eine Art Bindeglied zwischen der Politik und den Unternehmen darstellt und ihre Interessen vertritt. Oder auf der Seite des Wirtschaftsministeriums kann man sich als normaler Bürger genau anschauen, wie hoch die Nitratwerte in den Gewässern in meiner Nähe sind. Alles online! Was meinst du, welcher Druck allein dadurch auf die Politik entsteht, das alles auch ordentlich und wahrheitsgemäß zu führen. Es gibt zum Beispiel unterhalb der UNESCO weltweit 26 Wasserforschungsinstitute ...«

»Davon eines in Beijing, mein liebes Kind, das weiß sogar ich.«

»Jetzt sei nicht so schlecht gelaunt, ich helfe dir doch! Es gibt auch ein Internationales Center für Wasserressourcen und Globalen Wandel, übrigens auch in Rheinland-Pfalz angesiedelt. Auch unter der Schirmherrschaft der UNESCO. Die bewerten unter anderem Effekte des globalen Wandels auf den hydrologischen Kreislauf, aber auch tausend andere Dinge. Hängt alles mit unserem Wasser-Fußabdruck zusammen.«

»Und das wäre jetzt wieder was?«

»Das ist das Volumen an Frischwasser, das benötigt wird, um ein Produkt herzustellen. Das habe ich vorhin bei der Herstellung von Reis oder Fleisch gemeint. Kann man alles googlen. Papa, China hat von allen Ländern weltweit den meisten Einfluss auf die Ressourcen der Erde. Also ist auch jegliche Wirkung im Bereich Umweltschutz am größten! Und was wir in der Natur zerstören, hat für das Ökosystem Erde die schlimmsten Auswirkungen. Also geht es der Welt, was die Situation der Natur anbelangt, bald so, wie es China geht! Und da musst du etwas tun! Eure Generation ist es doch, die uns und dann deiner Enkelin die Natur hinterlässt, oder eben auch nicht. Es ist eure Schuld, wenn die Natur zerstört wird!«

»Moment, mein Kind. Jetzt sei vorsichtig, was du sagst. Schuld? Willst du wirklich die Schuldfrage stellen? Welche Schuld haben wir denn auf uns geladen? Wir bauen das Land auf, wie es keine Generation vor uns getan hat. Wir entwickeln China, haben es an die Weltspitze gebracht. Zum ersten Mal in der Geschichte werden alle Chinesen satt, ist das nichts? Das lass ich mir nicht sagen, wir sind schuld an der damit nun mal einhergehenden Umweltverschmutzung. Du machst es dir ja sehr einfach! Wir wollen nicht die Umwelt verschmutzen, aber wir haben doch ein Recht, ein besseres Leben anzustreben! Das stammt nicht von mir, sondern von einem Unterhändler Chinas bei den Klimaverhandlungen. Und, wenn wir schon dabei sind, China ist führend in seinen Zusagen, den CO_2-Ausstoß zu reduzieren. Wir werden inzwischen weltweit als diejenigen angesehen, die das Umdenken in dieser Hinsicht vorantreiben werden.« Jiang wischte seine Hände an der Schürze ab, die er umgebunden hatte. Seine Augen funkelten.

»Papa, ich weiß, was deine Generation für China getan hat und noch tut. Aber das ist doch kein Argument dafür, jetzt die Natur zu zerstören! Gerade wir Chinesen müssten doch die Natur schützen, wir, die wir so viele sind! Papa, da sind doch alle Menschen auf der Welt gleich. Wir wollen leben, in gesunder Luft, mit gesundem Wasser. Das ist auch ein Menschenrecht. Das findest du in allen Kulturen der Welt.«

Jiang sah sie an, sah seiner Tochter direkt in die Augen. Er sah, dass sie ehrlich böse war auf ihn, auf sein Tun, auf das, was ihre Welt zerstörte. Ja, erkannte er, sie hatte ja recht. Was hier geschah, hatte weltweite Auswirkungen. China war so groß, und so viele Menschen lebten hier, dass alles, was hier geschah, die Welt betraf. Im Guten wie im Schlechten. Wenn China einen anderen Umgang mit der Natur propagierte, würde es mehr für die Welt tun, als wenn ganz Europa das tat. Und ja, er hatte Schuld auf sich geladen. Er war verantwortlich für das Thema Wasser, und wenn er nicht merkte, was da geschah, oder es nicht wusste, weil es ihm niemand zu sagen wagte, dann hatte er ein Problem. Er hatte schuld, und das aus dem Munde der eigenen Tochter zu hören, war furchtbar. Und niemand durfte sich über die Natur stellen, das war ein zutiefst chinesischer Gedanke.

Und sie sprach nur von der Vergiftung der Gewässer. Als Jiang daran dachte, was er gerade in Tibet zu befehlen im Begriff war, wurde ihm ganz anders. Die Sprengungen würden unermessliche Auswirkungen auf die Umwelt haben, nicht nur akut, sondern durch die zu bauenden Staudämme auf unabsehbare Zeit. Das durfte er ihr gar nicht erzählen.

Als ob sie seine Gedanken hätte lesen können, sagte sie fast beiläufig: »Papa, ich weiß ja nicht, was du alles noch machst, von dem wir nichts ahnen. Aber bitte denk dran: Es geht um das Leben deiner Familie, um das Leben aller Chinesen, und letztlich um die Menschheit. Alles, was wir tun, hat Auswirkungen auf die ganze Welt. China will eine Weltmacht sein? Dann muss es auch globale Verantwortung übernehmen! Und was hier geschieht, hat Konsequenzen für die ganze Welt! Wir exportieren doch auch unsere Produkte; was passiert, wenn im Ausland Menschen durch unsere Produkte, die aufgrund unserer Umweltpolitik schädlich sind, zu Schaden kommen? Verantwortung übernehmen, das gilt auch für alle anderen Menschen, natürlich. Aber jeder kann in seinem Rahmen das Mögliche tun. Und dein Rahmen ist ziemlich groß. So. Alles andere ist technisch, davon verstehe ich nichts. Such dir einen Experten und lass es dir erklären, was man tun kann. Aber, Papa, so geht es nicht weiter. Tu was!«

Mit diesen Worten stapfte Lianhua aus der Küche. Jiang Jianguo starrte auf seinen Kochtopf. Die Jiaozi waren fertig. Auf dem Tisch standen Sojasauce, mit etwas Essig vermischt, sowie zwei Schälchen und Essstäbchen bereit. Langsam drehte er den Gasherd ab. Er musste telefonieren. Und irgendwann seine Tochter fragen, wieso sie in China googelte, wo doch der Rest der Bevölkerung das nicht konnte. Oder nicht können durfte. Aber das eilte nicht. Der Anruf eilte.

22. KAPITEL

Danli fühlte sich erst wirklich wohl, als er Cora beim Frühstück gegenübersaß, in sicherem Abstand gewissermaßen.

Die Nacht war unruhig gewesen, nicht nur wegen der für ihn ungewohnten Situation, sondern auch wegen der Höhe, auf der sich Lhasa befand. Die erste Nacht in Tibet war oft mit Kopfschmerzen und Atemnot verbunden, das wusste er; aber obwohl er schon mehrfach hier gewesen war, war es diesmal schlimmer als sonst. Dass Cora ihm, offenbar heftig träumend, zeitweise gefährlich nahe rückte, trug auch nicht zu einem entspannten Schlaf bei. Danli war heilfroh, als es hell wurde und er vorsichtig aufstehen konnte. Dann überlegte er, ob er leise das Zimmer verlassen sollte, hatte aber Sorge, dass Cora beim Aufwachen erschrecken könnte, weil sie allein war. Erschrecken? Cora? Nein, so wirkte sie nun wirklich nicht, sagte er sich. Sie war zäh, hatte beide Überfälle weggesteckt, ohne zu klagen; sie musste ja auch Schmerzen haben. Kein Wort darüber hatte sie verloren. Und sie war mit ihm hierhergefahren, obwohl der Heimflug die angenehmere Option gewesen wäre. Sie gab nicht auf, sie kämpfte. Er sah auf sie hinunter, und ihm wurde klar, dass er sich in sie verliebt hatte. Das war nicht gut, das wollte er auch nicht. In ein paar Tagen würde sie China verlassen und er zu seiner Familie zurückkehren. Also keine Komplikationen jetzt, sagte er sich. Aber als er an ihren Blick gestern Abend dachte, als sie ihn gebeten hatte zu bleiben, an ihre Augen, da wusste er nicht mehr, was er denken sollte. Als er sie so betrachtete, schlug sie plötzlich die Augen auf und schaute ihn an. Keiner von beiden sagte ein Wort. Dann riss er sich zusammen und sagte gewollt fröhlich und unbekümmert: »So, guten Morgen! Ich hoffe, du hast trotz allem gut geschlafen. Ich geh mal in mein Zimmer und mache mich fertig; wir sehen uns gleich beim Frühstück, ja?« Und schon war er aus der Tür, bevor sie auch nur ein Wort sagen konnte.

Da saß sie jetzt, ihm gegenüber, eine deutsche Ingenieurin, in einem tibetischen Hotel in Lhasa, und aß Müsli mit Milch. Das Buffet war erstaunlich reichhaltig, eine Mischung aus amerikanischem, indischem und chinesischem Frühstück. Beim Anblick dessen, was ihr der für das Frühstück zuständige Nepali – man kannte sich ja schon von der Rezeption und vom Abendessen – als Kaffee anbot, fiel Cora ein, was ein berühmter Mann einmal gesagt hatte: »Wenn das Kaffee ist, bringen Sie bitte Tee. Aber wenn es Tee sein sollte, dann hätte ich gern einen Kaffee!«

Sie aßen schweigend, beide hatten genug Dinge, die ihnen durch den Kopf gingen, aber auch leichte Kopfschmerzen. Schließlich fragte Cora: »Erzähl doch mal von deiner Familie. Hast du ein Kind? Ihr dürft doch nur eines haben, richtig?«

Ma schien froh über das unverfängliche Thema. »Meine Frau ist schwanger, also ein Kind ist unterwegs. Siebter Monat. Unser erstes Kind, aber wir könnten auch noch ein zweites haben. Seit über 30 Jahren gibt es die Ein-Kind-Politik in China, und das war damals sicher eine gute Entscheidung der Regierung.

Noch mehr Menschen hätte China nicht ernähren können. Aber jetzt haben wir zu wenig junge Menschen, daher werden die Regeln gelockert. Da meine Frau ein Einzelkind ist, dürfen wir auch zwei Kinder haben. Diese Gesetze gelten übrigens nur für die Han-Chinesen, also nicht für ethnische Minderheiten wie Tibeter. Aber auch bei uns haben viele Familien jetzt zwei Kinder. China wird zu alt, weißt du. Ein großes Problem.«

»Und? Wird es ein Sohn oder eine Tochter?«

»Eine Tochter, sagt der Arzt. Eigentlich ist es verboten, das per Ultraschall zu bestimmen, damit die Mädchen nicht abgetrieben werden. Aber wir freuen uns sehr. Und durch den Frauenmangel kriegt sie auf jeden Fall einen Ehemann, während viele junge Männer heute keine Ehefrau mehr finden. Es fehlen über 20 Millionen Frauen in China!«

»Das ist ja furchtbar. Alles scheint die Partei ja nicht regeln zu können. Bevor ich es vergesse, hast du schon bei NIB angerufen? Wir müssen doch ständig mit einem neuen Überfall rechnen. Ich will, dass NIB Bescheid weiß.«

»Ich habe eine Mail an Herrn Fischer geschrieben«, sagte Danli. »Gerade eben vor dem Frühstück. Es ist Sonntag, also erreichen wir ihn nicht im Büro. Derzeit können wir nichts anderes tun. Wir müssen aufpassen, aber du bist ja nicht allein. Und das weiß er jetzt. Und wenn wir nachher in den Flieger steigen, kann Landmann uns nicht folgen.«

Als in diesem Moment die Tür des Hotelrestaurants aufging und ihr tibetischer Führer Dorjee strahlend hereinkam, waren beide erleichtert. »Guten Morgen!«, rief er fröhlich in seinem kaum verständlichen Englisch. »Haben Sie gut geschlafen? Wie geht es Ihnen? Kopfweh? Nicht schlimm, das geht vorbei. Ist normal. Ich habe auch Tabletten dabei, falls es nicht besser wird. Also, es gibt eine gute und eine schlechte Nachricht. Welche wollen Sie zuerst hören?«

Während Danli nur leicht genervt den Kopf schüttelte, als könne er gar nicht verstehen, wie man so früh am Morgen schon so fröhlich sein konnte, erwiderte Cora sofort die herzliche Begrüßung. »Dorjee! Wie schön. Setzen Sie sich doch; möchten Sie einen Tee?«

»Nein danke«, lachte Dorjee. »Ich bevorzuge den echten tibetischen Buttertee. Das hier ist indischer Schwarztee aus dem Beutel, geht gar nicht. Heute in der Stadt trinken wir echten Buttertee!«

»War das die schlechte Nachricht?«, versuchte Danli zu scherzen. »Dass wir Buttertee trinken müssen?«

Verständnislos schaute Dorjee ihn an. »Was meinen Sie? Egal. Also, die gute Nachricht, die Sonne scheint, wir könnten einen herrlichen Vormittag in Lhasa haben. Die schlechte lautet, dass in der Region des Flughafens, wo wir landen sollten, um zur Kläranlage zu fahren, ein Sturm herrscht. Wir können nicht fliegen. Ich habe schon einen Jeep organisiert, wir fahren gleich nach dem Mittagessen los. Alles klar?«

Coras Verstand arbeitete wieder auf Hochtouren. Der Flug wäre sicherer gewesen, Landmann hätte ihnen nicht unbemerkt folgen können. Eine Autofahrt dagegen war langsam, und man konnte ihnen folgen. »Wie weit ist das denn von hier?«, fragte sie vorsichtig.

»Na ja«, meinte Dorjee und überlegte. »Also die Kläranlage an sich, das sind etwa 400 Kilometer Richtung Osten. Wir wollten fliegen, der Flughafen liegt allerdings auch fast 100 Kilometer östlich des Ortes, zu dem wir wollen, wir verlieren also nicht viel Zeit. 400 Kilometer, das könnten wir in acht Stunden schaffen. Die Straßen sind ziemlich gut, aber natürlich kann man in den Bergen bei Regen nicht schnell fahren. Gut, können wir los? Lhasa wartet!«

Kurz darauf trafen sie sich zu dritt in der Lobby, wie Dorjee den Raum vor der Rezeption nannte. Sie verließen das Hotel, wandten sich nach rechts und waren schon direkt in der Altstadt. Zu Coras Erstaunen wurden sie bereits nach wenigen Metern am Weitergehen gehindert: eine Polizeisperre, mitten in der Fußgängerzone, in der ihr Gepäck wie am Flughafen durchleuchtet wurde. Die Polizisten fragten explizit nach Feuerzeugen; Cora fiel wieder ein, was sie gelesen hatte, nämlich, dass die Angst der chinesischen Behörden vor Selbstverbrennungen tibetischer Mönche tief saß. Die Kontrollen sollten sich innerhalb dieser Zone, im Herzen der Altstadt, noch mehrmals wiederholen. Und dann standen sie vor dem Grund dieser besonderen Bewachung: der Jokhang Tempel. Das bedeutendste Heiligtum Lhasas. Dorjee baute sich sichtlich stolz vor der beeindruckenden Kulisse des golden schimmernden Tempels auf und erzählte, dass dieser Tempel schon im 7. Jahrhundert gegründet worden war und das wichtigste Heiligtum innerhalb der Stadt sei.

»Hier sollte jeder Tibeter einmal im Leben gebetet haben. Wie Sie sehen, kommt man nicht einfach hierher und betet, wie man das von christlichen oder auch buddhistischen Gotteshäusern kennt. In Tibet ist es wichtig, wie man sich dem Heiligtum nähert, und zwar, wenn möglich, es im Uhrzeigersinn umkreisend. Man wirft sich der Länge nach auf den Boden, streckt Arme und Beine ganz aus, betet, steht auf, geht einen Schritt, wirft sich wieder hin und so weiter. Das ist nicht nur sehr anstrengend und langwierig, sondern auch schmerzhaft, da das ständige Hinknien und Aufstehen und Über-den-Steinboden-Gleiten auf Dauer sehr wehtut. Es machen auch nicht alle, wie Sie sehen, sondern eher die Jüngeren, deren Knochen das noch aushalten. Aber, hier, schauen Sie, eine alte Bäuerin. Sie umkreist den gesamten Tempelbezirk auf diese Weise. Und betet ohne Unterlass. Wer das möchte, aber nicht mehr schafft, kann sich auch jemanden mieten, der das erledigt. Tibeter sind sehr religiös«, fügte Dorjee hinzu, sichtlich bemüht, dem Blick Danlis auszuweichen. »Wir verbringen viel Zeit damit zu beten. Wir spenden, egal wie arm wir sind, für die Mönche in den Klöstern. Diese tiefe Spiritualität der Tibeter, der Glaube an die Geister und Dämonen, die in den Bergen und in allen Dingen leben, an die Heiligkeit vieler Orte, das haben die Chinesen nie verstanden.«

Bevor Danli zu einer Verteidigung Chinas ansetzen konnte, zog Cora die beiden weiter. Sie hatte keine Lust auf ein Streitgespräch, das ohnehin zu nichts führte. Beide Positionen waren unvereinbar, und beide, also Danli und Dorjee, waren dermaßen unterschiedlich sozialisiert worden, dass es schwierig schien, die jeweils andere Position auch nur zu verstehen. Sie reihten sich ein in die Menge der Tibeter und Touristen, die den Jokhang umkreisten, und liefen anschließend weiter durch die Seitenstraßen. Cora hatte stets ein Auge auf die Touristen, konnte aber nichts Auffälliges entdecken. Landmann war ja sehr groß; er wäre ihr sicher aufgefallen. Danli schien sorgloser; er kaufte einige Lebensmittel für die Autofahrt, vor allem Wasser und auf Anraten von Cora und unter lautem Protest auch getrocknetes Yakfleisch. Für einen Besuch des Potala war leider keine Zeit; vielleicht auf dem Rückweg, meinte Dorjee. Also schlenderten sie durch die Altstadt; die tibetischen Frauen standen voller Staunen vor den gelben Haaren dieser Ausländerin und lächelten sie ebenso freundlich wie zahnlos an. Cora mochte die offenen Blicke, die Religiosität, die Art, wie sie ihre traditionellen Kleider trugen. Und die Widersprüche: buddhistische Mönche in ihrer roten Tracht, aber mit dem neuesten Smartphone am Ohr; eine Oma am Straßenrand, tibetisch gekleidet, die ihrer Enkelin zuschaute, kaum drei oder vier Jahre alt, die auf einem Tablet einen Zeichentrickfilm schaute.

Als sie später im *Mandala-Café* saßen, auf einer Dachterrasse mit herrlichem Blick auf Lhasa und die umgebenden Berge, der warme Wind wehte sanft, da vergaß auch Cora für einen Moment ihre Kopfschmerzen, ihre Sorge um weitere Überfälle, ihre Hand, die ihr seit dem Abend in Qingdao wehtat, und genoss einfach das Sitzen und die Exotik des Ortes. Auf dem großen Platz unter ihnen machten viele Touristen Fotos; die Linsen der Kameras blitzten im Sonnenlicht. Dass einer dieser Touristen die Kamera direkt auf Cora gerichtet hatte, merkte keiner der drei, die da sorglos in der Sonne saßen.

»So, ich habe Hunger!«, verkündete Danli plötzlich. »Wo gehen wir hin?«

»Du willst doch nur den Geschmack des Buttertees loswerden«, neckte ihn Cora. Dorjee hatte sie nicht nur wegen der Aussicht in dieses Café geführt; es gab hier auch einen sehr guten Buttertee, wie er schwärmte. Cora, neugierig wie immer, wollte ihn sofort probieren. Eigentlich war der Ausdruck irreführend; es handelte sich eher um eine fettige, salzige Brühe denn um Tee. Grüner Tee wurde so lange aufgekocht, bis das Wasser eine braune Farbe angenommen hatte, dann wurde er mit Yakbutter vermischt, die zur besseren Haltbarkeit stark gesalzen war. Diese Brühe war sehr nahrhaft und gab den Tibetern in den Höhen um 4.000 Meter über dem Meeresspiegel die benötigten Mineralien und Salze. Manchmal wurde er zum Essen gereicht, manchmal bestand die ganze Mahlzeit nur aus Buttertee, wie Dorjee erläuterte. Der Geschmack war beim ersten Probieren sehr gewöhnungsbedürftig. Cora fand es recht würzig, was Dorjee anerkennend lobte. Danli kannte den Tee von früheren Reisen und war der Meinung, ein guter Cappuccino sei allemal besser. Also zogen sie weiter ins *Summit Café*, und Danli bekam seinen Cappuccino; dazu gab es Yak-Burger und Pizza mit Yak-Salami. Nicht wirklich tibetisch, aber für die nächsten beiden Tage waren nur Nudelsuppe und natürlich Yakfleisch zu erwarten, daher gönnte Cora ihm das westliche Essen. Mit der tibetischen Küche konnte Danli sich offensichtlich nicht anfreunden.

Zwei Stunden später saßen sie im Auto. Dorjee hatte einen japanischen Van gemietet und einen tibetischen Fahrer, der kein Wort Chinesisch, geschweige denn Englisch sprach, aber angeblich die Strecke kannte. Cora saß mit Danli hinten, Dorjee neben dem Fahrer. Er redete unaufhörlich und erläuterte die Gegend, die tibetische Religion, die Sitten und Gebräuche. Sehr interessant, aber auch sehr anstrengend, auf Dauer den vermutlich englischen Worten den richtigen Sinn zu entnehmen, dachte Cora. Sie hatte sich vor der Abfahrt ständig aufmerksam umgeblickt, aber nichts Auffälliges entdecken können. Kein Ausländer weit und breit, nur Chinesen, Tibeter und andere Asiaten, die sie nicht zuordnen konnte. Ob Landmann aufgegeben hatte? Er musste ja noch Komplizen haben; in Qingdao waren sie und Li Ping von mehreren Personen angegriffen worden. Ob es Li Ping gut ging? Sie konnte sie nicht anrufen, sie hatte keinerlei Kontaktdaten von ihr. Und in Deutschland war Sonntag; nichts zu machen. Sie musste warten, bis sich NIB bei ihnen meldete. Aber selbst wenn: Was wäre gewonnen? Die Gefahr war immer noch real, sie, Cora, war noch immer eine Bedrohung für den, der die Korruption in Qingdao vertuschen wollte. Und sie war nicht mehr in einem Zug, wo ein Angreifer schlecht entkommen konnte und daher einen Angriff besser unterließ; sie war auch nicht in einer gut überwachten Stadt wie Shanghai; nein, sie war jetzt unterwegs auf ein tibetisches Hochplateau, fern jeder Zivilisation. Und sie musste auf Danli aufpassen, der sich zunehmend auf sie verließ. Dorjee schien zuverlässig, stark war er jedenfalls. Und sie selbst war eine Jägerin. Sie hatte Blut gerochen, Rüdiger Landmanns Blut, gestern Abend auf der Terrasse. Das hatte etwas in ihr entfacht, den Jagdtrieb. Landmann würde sie unterschätzen.

Cora sah aus dem Fenster. Die Landschaft war beeindruckend; in Braun, Blau, Gelb und Grün changierend, zogen sich endlose Bergketten dahin, eingehüllt in Wolken, immer wieder von Gebetsfahnen überzogen. Sie waren jetzt auf etwa 4.500 Meter Höhe, gleich würden sie einen 5.000 Meter hohen Pass überqueren. Dorjee wies gelegentlich auf einen besonders schönen Gletscher hin, den sie in der Ferne sehen konnten. Die größten Süßwasserspeicher der Welt, wusste Cora. Auch sie waren vom Klimawandel betroffen, viele Gletscher verloren rapide an Masse. 40 Prozent der tibetischen Gletscher würden bis zum Jahre 2050 verschwunden sein, hatte sie gelesen. Von weiß glänzenden Gletschern wurde die einfallende Sonnenstrahlung meist bis zu 70 Prozent zurückgespiegelt und führte somit nicht zur Erwärmung des Gletschers und des Klimas. Gletscher wuchsen daher normalerweise immer weiter. Durch die enorme Umweltverschmutzung jedoch, vor allem durch die schwarzen Ablagerungen, die durch das Verbrennen von Kohle in ganz China entstanden und sich auch auf dem Eis ablagerten, waren die Gletscher nicht mehr weiß, sondern grau, spiegelten die Sonnenstrahlung daher nicht mehr zurück in den Weltraum und begannen zu schmelzen. Hatte die Schmelze aber erst einmal eingesetzt, verblieb durch die verringerte Eismasse mehr Sonnenenergie, also Wärme, am Boden und führte zu weiterer Erwärmung. Ein gefährlicher Kreislauf.

Es regnete, war aber nicht wirklich kalt. In Serpentinen wand sich die schmale Straße den Berg hoch, gerade breit genug, damit zwei Fahrzeuge einander ausweichen konnten. Nur in den nicht einsehbaren Kurven wurde es eng; der Fahrer hupte daher vor jeder Kurve, ohne jedoch die Fahrt zu verlangsamen. Viel Verkehr herrschte nicht, aber sie überholten oder begegneten immer wieder Armeelastwagen, die ebenfalls mit hoher Geschwindigkeit um die Kurven brausten. Ausweichmöglichkeiten bestanden nicht, die Straße war auf der einen Seite vom Fels begrenzt, auf der anderen Seite ging es Hunderte von Metern in die Tiefe. Aber da Dorjee sorglos aussah, beschloss Cora, nicht darüber nachzudenken, was passieren könnte, wenn in so einer Kurve ... Mit voller Wucht fiel sie in ihren Gurt; der Fahrer hatte eine Vollbremsung hingelegt. Als sie aus dem Fenster sah, in Erwartung eines LKW direkt vor ihnen, sah sie – nichts. Die Straße war leer. »Was ist los?«, fragte sie Dorjee. »Wieso hat er gebremst?«

»Oh, haben Sie die Ziege nicht gesehen? Sie stand mitten auf der Straße. Er musste bremsen!«

»Eine Ziege? Wir hätten sterben können, wenn er auf der nassen Straße ins Schleudern gekommen wäre. Wegen einer Ziege?«

Dorjee sah sie verständnislos an. »Aber man darf kein Lebewesen töten, egal aus welchem Grund! Das wäre ein furchtbares Omen gewesen; der Fahrer hätte sehr lange zu den Göttern beten müssen, um das wieder auszugleichen. Das war schon richtig so.«

Cora sah aus dem Augenwinkel, wie Danli nur den Kopf schüttelte. Diese Tibeter und ihr Glauben! Für die meisten Chinesen unvorstellbar, hatte er ihr vorhin leise erklärt, als Dorjee mal wieder einen Vortrag über die verschiedenen Taras hielt, die weiblichen Gottheiten des Mitgefühls in Tibet. *Tara*, ›Stern‹

auf Deutsch, war aus einer der Tränen Buddhas entstanden, die er aus Mitgefühl mit allen Lebewesen vergoss; daher galt sie in ihren verschiedenen Erscheinungsformen als Inkarnation des Mitgefühls. Danli erzählte Cora, dass die meisten Chinesen Atheisten waren; unter Mao war der Religion als solche abgeschworen worden. Es gab natürlich Buddhisten in China, Christen, Juden, Muslime, aber nur wenige in Relation zur Bevölkerungszahl. Chinesen waren pauschal gesprochen nicht sehr religiös oder jenseitsbezogen. Das Hier und Jetzt zählte, das Materielle. Und alles, was mit dem Rücken zum Himmel zeigte, wie Danli es formulierte, konnte im Übrigen auch gegessen werden. Und das taten die Chinesen ja auch. Und dieser Fahrer riskierte ihr Leben aus Mitgefühl mit einer Ziege! Während Dorjee also weiter von der grünen Tara sprach, die man in der Not anrufen konnte, und der weißen Tara, die für ein langes Leben stand, und anderen Taras, die wiederum Mara, das Prinzip des Todes, besiegten, wies Danli dezent auf die Tatsache hin, dass es doch mal Zeit für eine kleine Pause sei, vielleicht um etwas zu essen? Eine Toilette wäre auch nicht schlecht, fügte Cora in Gedanken hinzu, wobei ihr ein Fels am Straßenrand völlig ausgereicht hätte.

Sie hielten auf der Passhöhe, 5.100 Meter über dem Meeresspiegel, wie einer Tafel zu entnehmen war. Als sie ausstiegen, pfiff der Wind kräftig, aber es hatte aufgehört zu regnen. Der Wagen stand am Straßenrand, etwas weiter hatten einheimische Bauern Tische aufgebaut und verkauften tibetischen Schmuck und Münzen und alles, was Touristen interessant fanden. Dorjee zeigte auf Coras fragenden Blick hin auf ein Steingebäude etwas abseits der Straße. Eine uralte Tibeterin saß auf einem Schemel vor dem torlosen Eingang und zeigte ungefragt auf ein Schild: »20 Yuan«, stand dort. Das war wohl die tibetische

Variante von Sanifair an der A61, dachte Cora. Aber teurer! Dafür entsprach der hygienische Standard nicht zu 100 Prozent dem deutschen. Sie betrat einen praktisch stockfinsteren Raum und musste sich erst an die Dunkelheit adaptieren. Was sie dann sah, ließ sie wünschen, sich nicht adaptiert zu haben. Sie war schon weit in der Welt herumgekommen, aber das hier übertraf doch bei Weitem alles, was sie bisher in Toiletten gesehen und erlebt hatte. Als sie endlich wieder draußen war, atmete sie tief ein. Mehrmals, die Luft war doch sehr dünn hier oben.

Sie lief zurück zum Wagen und stellte sich neben Danli, der die Aussicht bewunderte. Über die Berge hinweg, in großer Höhe, Hunderte von Metern lang, zogen sich Seile, die mit Tausenden von grünen, orangen, weißen, blauen und gelben Wimpeln behängt waren. Solche Wimpel konnte man auch kaufen; sie waren mit tibetischen Gebeten beschrieben und erfüllten, wie der hinzugetretene Dorjee erklärte, den gleichen Zweck wie der christliche Rosenkranz: Die Gebete flatterten im Wind und wurden so zu den Göttern geschickt. Cora fand den Anblick unglaublich beeindruckend. Gelebte Religion! Welche Mühe war vonnöten, in dieser unwirtlichen und menschenfeindlichen Höhe diese Seile über die Berghänge zu spannen! Nicht von Priestern, sondern von den einfachen Hirten, die hier lebten. Wenn sie das mit den leeren Gotteshäusern Deutschlands verglich ...

Sie stiegen wieder in den Van. In diesem Moment fuhr ein weißer Jeep auf den Parkplatz, und ein hochgewachsener, westlich aussehender Mann stieg aus, um sich die Beine zu vertreten. Dorjee sah ihn und wollte Cora darauf aufmerksam machen; so viele Ausländer gab es ja nicht in Tibet. Aber da sie gerade ins Gespräch mit Danli vertieft war, ließ er es. Es würde sie ja sicher sowieso nicht interessieren.

Sie fuhren, seit sie Lhasa verlassen hatten, mehr oder weniger geradeaus nach Osten, immer nördlich des Yarlung Tsangpo, oder Brahmaputra, mal 40, mal 100 Kilometer entfernt. Erst in Nyingchi würden sie dem Fluss wirklich nahekommen. Dort war auch die Kläranlage, die Cora besuchen sollte.

Es war dunkel geworden; sie waren jetzt schon über sechs Stunden unterwegs. Die Straßen waren viel besser, als Cora sich das vorgestellt hatte; sie war von holprigen Feldwegen ausgegangen, nicht von geteerten Schnellstraßen. Auf Nachfrage erklärte Dorjee, die Chinesen hätten die Straßen ausgebaut, um schneller Militär in die unruhige Grenzregion zu Indien transportieren zu können. Danli grummelte etwas von »notwendiger Befestigung der nationalen Grenzen« und »Sicherheit gewährleisten«, mischte sich aber nicht weiter ein.

Schließlich erreichten sie kurz vor Mitternacht den kleinen Ort, in dem ein Guesthouse, wie Dorjee es nannte, für sie vorgesehen war. Es bestand aus einem eingeschossigen Wohnblock, unverputzter Waschbeton, in dem sich einige ebenso kahle Räume befanden, die von jeweils einem Bett abgesehen völlig leer waren. Eiskalt zog es durch die Räume; auch für die abgehärtete Cora war die Aussicht auf den Rest der Nacht nicht verlockend. Dorjee fragte fröhlich, ob es in Ordnung sei, erhielt keine kritischen Antworten (was wäre denn die Alternative, fragte sich Cora insgeheim) und verzog sich. Cora und Danli tauschten wortlos einen Blick und gingen dann gemeinsam in ein Zimmer; das Bett war breit genug für beide, und keinen lockte die Aussicht auf eine einsame, eiskalte Nacht in einem kahlen Raum in einem Betonklotz in 4.800 Meter Höhe im tibetischen Hochland. Es waren immerhin ausreichend Bettdecken da, sodass Danli drei Decken auf Cora stapelte und dann ebenfalls versuchte, sich zuzudecken. Cora fragte sich, ob sie auf dieser Reise je eine wirklich warme, schöne, schmerzfreie Nacht ohne Albträume erleben würde.

Hätte sie gewusst, was ihr bevorstand, hätte sie diese Nacht sicher mehr zu schätzen gewusst. Andererseits, hätte sie gewusst, dass nur wenige Hundert Meter entfernt ein weißer Jeep parkte und die Standheizung einstellte, hätte sie sicher gar nicht geschlafen.

»Tee für alle!«, schallte es durch die Tür. Dorjee! Seine gute Laune war einfach nicht zu bremsen. Ächzend wickelten sich Cora und Danli am anderen Morgen aus dem Deckenstapel über ihnen. Cora war mehrfach aufgewacht und hatte fast panisch nach Luft geschnappt; die Übernachtung in dieser Höhe war anstrengender als gedacht. Der Sauerstoffmangel wurde im Liegen offensichtlich schlimmer oder aber es war nur die Panik, wenn man das Gefühl hatte, nicht genug Luft zu bekommen. »Minus 15 Grad waren es heute Nacht!«, verkündete Dorjee, als sei er stolz darauf. Mit klammen Fingern saßen sie um ihre Teetassen, die er weiß Gott wo aufgetrieben hatte. Cora hatte nicht gewusst, dass heißes Wasser, denn als solches stellte sich der Tee heraus, so gut schmecken konnte.

»Was passiert jetzt?«, fragte sie, schon wieder neugierig auf den Tag. »Fahren wir jetzt zur Kläranlage?«

»Ja, genau. Es sind etwa noch zwei Stunden Fahrt. Nicht weit. Die Sonne scheint, wir haben Glück. Es wird ein herrlicher Tag!« Dorjee freute sich ganz offensichtlich und war völlig ausgeruht. Seine gute Laune wirkte ansteckend, und alle begaben sich zum Auto, wo der Fahrer schon rauchend wartete. Das Wetter war tatsächlich bestens, und Cora lehnte sich zurück und genoss die Wärme des Wagens und das Yakfleisch, das jetzt als Frühstück diente. Es waren nur wenige zivile Fahrzeuge unterwegs, meist sahen sie lange Kolonnen von Militär-LKW, die sich die endlosen Serpentinen hinauf- und hinunterquälten. Der Fahrer ihres Vans versuchte immer wieder, eine Lücke zum Überholen zu erhaschen, und arbeitete sich so langsam bis an die Spitze der Kolonne vor, nur um dann bald wieder am Ende der nächsten Kolonne anzukommen.

»Sag mal, Danli, sollte sich NIB nicht mal melden?«, fragte Cora unvermittelt.

»Ja, eigentlich schon, aber bis gestern Mittag habe ich nichts gehört«, meinte Danli nachdenklich. »Und seither habe ich kein Netz mehr. Wir sind jetzt wirklich fern der Zivilisation, da haben normale Handys keinen Empfang mehr. Wir müssen warten, bis wir einen Ort erreichen, wo wir telefonieren können. Weißt du, normalerweise dürfen Ausländer nicht in diese Region. Du hast eine Sondergenehmigung, weil du wichtig bist für die technologische Entwicklung Chinas. So habe ich es formuliert, und so ist der Antrag genehmigt worden. Das wird auch jedes Mal überprüft, wenn wir halten.«

Es gab auf der gesamten Strecke, seit sie Lhasa verlassen hatten, immer wieder Kontrollpunkte, an welchen sie anhalten und ihre Papiere vorzeigen mussten. Meist blieben sie im Wagen sitzen, und Dorjee kümmerte sich darum, aber manchmal mussten sie auch aussteigen und mit ihm in einen Warteraum gehen und dort selbst mit Ausweis und Sondererlaubnis vorsprechen.

In diesem Augenblick bremste der Fahrer ab und parkte den Wagen am Straßenrand.

»Was ist?«, fragte Cora aufmerksam, immer auf der Hut.

»Wir sind zu früh«, meinte Dorjee lässig. »Der Fahrer erhält an jedem Kontrollpunkt einen Zettel ausgehändigt, auf welchem die aktuelle Uhrzeit eingetragen ist. Sobald er die nächste Kontrolle erreicht, werden dort Wegstrecke und die dafür benötigte Zeit verglichen. Hat er weniger als die offiziell vorgeschriebene Zeit für diese Strecke benötigt, gibt's eine Geldstrafe, denn dann muss er ja zu schnell gefahren sein. Also parken wir hier und warten, bis wir zum Kontrollpunkt vorfahren können, ohne eine Strafe zu bekommen. Ganz einfach.« Er grinste und zeigte seine wunderschönen weißen Zähne.

Als sie endlich ein kleines Dorf erreichten, war Cora froh, aussteigen und sich die Beine vertreten zu können. Sie streckte sich und sah sich um. Das ganze Dorf bestand aus einer einzigen Straße, links und rechts von ziemlich heruntergekommenen Häusern gesäumt, ein kleiner Laden pries chinesische Produkte an, aus einem Restaurant schallte chinesische Musik. Hinter diesem Dorf, erklärte Dorjee, liege die Kläranlage. Sie versorge mehrere Dörfer der Region, und da hier eine größere Stadt geplant sei, habe man als Musterprojekt diese Anlage von den Deutschen erbauen lassen. Aber es war zu unvorhergesehenen Störungen gekommen, und deshalb hatten die Betreiber, die Provinzregierung Tibet und der zuständige Kreisverband, um die Entsendung eines ausländischen Experten gebeten. Deshalb war Cora heute hier. Sie umfuhren das Dorf und kamen nach weiteren zehn Minuten schließlich zum Projektort. Dort erwartete sie schon der zuständige Ingenieur mit sorgenvollem Gesicht. Sie begrüßten einander kurz, und Cora bestand darauf, sofort zur Anlage zu gehen, um sich umzusehen. Wie der Projektleiter erläuterte, sei dies ein gemeinsames Projekt der tibetischen Regierung und der deutschen Kreditanstalt für Wiederaufbau, die einen Teil der Finanzierung übernommen hatte. So war die Firma NIB dazu gekommen, in Tibet eine Kläranlage zu planen und die Bauaufsicht zu führen. Planung und Bau waren problemlos verlaufen, aber nun hatten sich erhebliche Funktionsstörungen ergeben. Genau genommen ging es nicht nur um eine Kläranlage, sondern auch darum, die Abwässer der umliegenden Dörfer zu sammeln und gemeinsam zu klären und dann in den Brahmaputra abzuleiten. Davor waren alle Abwässer völlig ungeklärt in den Fluss geleitet worden, wie es noch immer fast überall in Tibet der Fall war.

»Mit Blick auf die fast 4.000 Meter Höhe ist dies die erste biologische Behandlungsanlage in dieser Größenordnung«, führte der Chinese, der sich als Dr. Wang vorgestellt hatte, aus. »Wir haben vereinbarungsgemäß eine Fernmeldung an die lokale Zentrale, nicht aber an die Zentrale der Provinz Tibet installiert. Alle Werte werden also elektronisch erfasst und weitergegeben. Das Projekt ist speziell darauf ausgelegt, den Umweltschutz in der Region voranzutreiben. Wir setzen Biogas ein, das auch vollständig recycelt und der Anlage wieder zugeführt wird. Nun ist es so, dass zum ersten Mal weltweit eine Kläranlage in dieser Höhe gebaut wurde. Es gab daher keine Vergleichsprojekte. In dieser Höhe ist der Sauerstoffgehalt der Luft signifikant verringert; er beträgt etwa 65 Prozent des normalen Wertes. Wir hatten daher bei Planung, Design und im Baufortschritt einige technische Schwierigkeiten zu bewältigen, die aber gemeinsam mit unseren deutschen Freunden gelöst wurden. Der entstehende Klärschlamm ist das eigentlich Besondere der Anlage. Er ist von einer solchen Qualität und Reinheit, dass er nach entsprechender Bearbeitung zur Begrünung der gesamten Anlage wieder eingesetzt werden kann. Die wesentlichen Probleme, die derzeit auftreten, betreffen aber eben auch die höhenbedingte Verarbeitung des Klärschlamms und vor allem die ebenso höhenbedingte Unzuverlässigkeit der Ventilatoren, die je nach Außentemperatur nicht mehr korrekt arbeiten. Hier bitten wir um Ihren Rat, Frau Dr. Remy.«

Cora untersuchte über eine Stunde die Anlage und besprach alle Details mit Dr. Wang. Unter anderem wurde beschlossen, neue und bessere Produkte aus Deutschland zu importieren, da die vorhandenen chinesischen Materialien den Höhenanforderungen nicht genügten. Durch den geringeren Luftdruck veränderten sich die Temperaturen, unter denen die Ventilatoren arbeiteten, es kam zu erhöhter Belastung der Teile und vorzeitigem Ausfall. Aber auch das Thema der im Klärschlamm lebenden Mikroben, die in dieser Höhe anders arbeiteten als unter normalen Bedingungen, wurde erörtert. Danli, der sich als Ingenieur auch für die technischen Details interessierte, hörte begeistert zu. Schließlich waren sie deshalb überhaupt nach Tibet gekommen. Nach Beendigung der Diskussionen konzipierte Cora eine genaue Liste der zu bestellenden Teile sowie der weiteren Maßnahmen und kündigte an, am nächsten Tag noch einmal detailliert einzelne Veränderungen zu diskutieren, die aus ihrer Sicht erforderlich waren. Der hochzufriedene Dr. Wang wollte sie alle zum Essen einladen, aber es gelang Cora, ihn davon abzubringen und auf den Rückweg zu drängen.

Auf der Fahrt zu ihrem Guesthouse, in dem sie übernachten sollten, sah Cora an einem Abhang gegenüber der Straße, die sie befuhren, ein riesiges rot-weiß gestrichenes Kloster am Berghang; die Dächer glänzten golden in der Sonne. »Haben wir Zeit, da einmal anzuhalten?«, fragte sie Dorjee. »Das würde ich gern sehen, wenn wir schon hier sind.« Und sie konnte überprüfen, ob sie jemand verfolgte, dachte sie für sich.

»Vielleicht gibt es da auch etwas zu essen«, meinte Danli rasch. Die ewigen Nudelsuppen mit Yakfleisch konnte er nicht mehr sehen.

Als sie vor das Kloster fuhren, spritzte der Schlamm zu beiden Seiten des Wagens hoch auf. Eine Kuh trabte gemächlich aus dem Weg, ein paar Ziegen meckerten. Sonst herrschte absolute Stille. Die Luft war eiskalt, aber unglaublich klar. Cora ließ ihren Blick über das Tal schweifen, das unter ihnen lag. Wieder waren alle Hänge mit diesen bunten Wimpeln überzogen; sie verloren sich in der Ferne. Einen noch einsameren Ort konnte man sich kaum vorstellen. So musste das Kloster gelegen haben, das in dem Buch ihres Vaters beschrieben worden war, Shangri-la. Wer hier lebte, war wahrhaft in einer anderen Welt. Sie konnte die Serpentinen überblicken, die sie eben befahren hatten; weit und breit kein weiteres Auto. Gut.

Als sie zum Gebäude hinaufliefen, drehte Cora sich noch einmal um. Der Fahrer hatte sein Mobiltelefon aus der Jacke genommen und telefonierte. Hier gab es wohl wieder ein Netz. Seltsam. Sie wollte Danli darauf ansprechen, aber der war schon Richtung Toilette unterwegs.

23. KAPITEL

Das Kloster ist aus dem 15. Jahrhundert«, erklärte Dorjee. »Es ist eines der wenigen hier in der Gegend, die nicht in der Kulturrevolution zerstört wurden. Es gibt noch sehr gut erhaltene Buddhas, Taras, viele Räume voller Kostbarkeiten. Vielleicht lassen die Mönche uns rein, kommen Sie, wir versuchen es!«

Sie betraten den inneren Hof des Klosters. Die Wände waren mit dem roten Lehm aus der Region verputzt, der Boden nur gestampft, alles sah sehr ärmlich aus. Sie stiegen einige Stufen hoch zu einer Halle, und Dorjee schob die dicke Yakfelldecke beiseite, die vor dem Eingang hing, um die Kälte abzuhalten. Cora war beeindruckt. Sie standen direkt vor einer riesigen Buddhafigur, sicher zehn Meter hoch, mit Gold überzogen, rechts und links von weiteren Göttern flankiert, alle mit bunten Farben bemalt und über und über mit Juwelen verziert. Der Raum war dunkel, nur von wenigen Kerzen erhellt, die in kupfernen Gefäßen schwammen. »Yakbutter!«, sagte Dorjee auf Coras fragenden Blick hin. »Die dient als Ölersatz.« Aus dem Schatten hinter einer der riesigen, unheimlichen Figuren trat unvermittelt eine alte Frau. In der Hand hielt sie eine billige Thermoskanne aus Plastik. Sie ging zu einem der Gefäße, öffnete die Kanne und goss heiße Yakbutter hinein. Dabei murmelte sie etwas, faltete dann die Hände zum Gebet, verbeugte sich vor der Statue und verschwand ebenso abrupt im Dunkeln, wie sie gekommen war.

Cora musste den Kopf in den Nacken legen, um bis zu der hohen Statue direkt vor ihr aufzuschauen. Unwillkürlich hatte sie ihre Stimme gedämpft. Dorjee, der schon im Uhrzeigersinn um die Figuren herumging, sprach ebenso leise: »Der Goldüberzug wird jedes Jahr erneuert. Alles aus den Spenden der Hirten aus der Region und anderen Gläubigen, die von weit her kommen. Es gibt Statuen mit einem mehrere Zentimeter dicken Überzug aus reinem Gold, viele Meter hoch. Die Steine sind übrigens auch echt, Saphire, Smaragde, Rubine. Kommen Sie.«

Langsam umkreisten sie die Figuren, staunten über den Reichtum, bewunderten die filigrane Arbeit. Cora fühlte mit allen Sinnen in den Raum; waren es die Dunkelheit, die durch die flackernden Kerzen nur wenig erhellt wurde, die auf den Fratzen der Figuren tanzenden Schatten, die Enge des Raumes, den man nicht überblicken konnte? Das Gefühl, beobachtet zu werden, war übermächtig. Sie verließen das Gebäude durch einen Ausgang auf der hinteren Seite, durchquerten einen weiten Hof und betraten eine große Halle. Hier war es heller; rote Säulen trugen ein hohes Dach, durch welches Licht hereinschien. Lange Reihen von Bänken standen quer im Raum, bedeckt von gelben Kissen, auf denen rote Gewänder lagen.

»Assembly Hall, die Versammlungshalle«, erläuterte Dorjee andächtig. »Hier treffen sich die Mönche zum Morgengebet und zu den weiteren Gebeten im Laufe des Tages. Es gibt noch etwa 150 Mönche hier. Jetzt sind die Mönche wohl draußen auf den Feldern und im Garten und arbeiten.«

Cora musterte die langen Reihen von Glasvitrinen, die sich um die gesamte Halle zogen, sie waren gefüllt mit uralten

Handschriften, länglichen Blättern, die in dicken Stapeln zusammengebunden waren. »Manche sind Hunderte von Jahren alt. Es handelt sich teils um historische Beschreibungen des Klosters, aber meist um Gebete und heilige Schriften des Buddhismus.« Dorjee zog ein paar zerknitterte Geldscheine aus seiner Hosentasche und warf sie in einen gläsernen Behälter, der bereits voller Scheine war. »Wenn Sie wollen, können Sie zu den Göttern beten. Da drüben ist eine Grüne Tara, sie hilft in der Not. Oder Sie lassen sich einen Schal oder einen Stift von den Mönchen segnen.«

»Wieso denn einen Stift?«, fragte Danli erstaunt.

»Studenten, die vor einer Prüfung stehen, bringen einige Wochen vor dem Examen einen Stift hierher und lassen ihn segnen. Dann holen sie ihn wieder ab und schreiben damit die Prüfung. Hilft immer«, grinste Dorjee schelmisch. »Kommen Sie, wir gehen hinauf aufs Dach, da haben wir eine tolle Aussicht.«

Er kletterte eine steile, schmale Holztreppe empor. Die Stufen waren abgenutzt und so schmal, dass man nur mithilfe des Geländers überhaupt hinaufkam. Cora folgte Dorjee, hinter ihr Danli. Oben angekommen, zog sie sich kraftvoll an einem Balken die letzte Stufe hinauf und trat in die gleißende Sonne aufs Dach hinaus. Unwillkürlich kniff sie die Augen zusammen und war für einen Moment wie blind von der ungewohnten Helligkeit. Bevor sie die Augen öffnen konnte, hörte sie einen gellenden Schrei vor sich auf dem Dach. Dann schlug ihr etwas oder jemand in den Magen, stieß sie beiseite und stürzte sich auf den hinter ihr auf der letzten Stufe stehenden Danli. Cora krümmte sich vor Schmerz, drehte sich um und sah, wie eine große Gestalt Danli einen Fußtritt ins Gesicht versetzte. Mit einem lauten Schrei stürzte dieser die Treppe hinunter und aus Coras Blickfeld. Sie warf sich mit einem Sprung auf den

Angreifer, aber dieser schlug ihr so heftig mit der Faust ins Gesicht, dass ihr Kopf nach hinten flog und sie auf den Steinboden stürzte. Cora versuchte aufzustehen, da war er schon über ihr. Sie trat mit voller Wucht gegen seinen Arm, hörte einen Schmerzensschrei, gut, wenigstens das. Sie rollte zur Seite, sein Messerstich traf nur ihren Oberschenkel. Schnell stand sie auf und lief an ihm vorbei zur Treppe; das Adrenalin ließ sie keinen Schmerz spüren. Danli! Im Halbdunkel konnte sie erkennen, dass er am Fuße der Treppe lag, auf dem Rücken, die Augen offen. Unter seinem Kopf breitete sich eine Blutlache aus. Einen Moment war sie wie erstarrt. Bevor sie wirklich verstehen konnte, was sie da sah, fühlte sie einen furchtbaren Hieb auf den Kopf. Dann war alles dunkel.

Es war kalt. So kalt. Sie spürte, wie der Wind an ihren Haaren zerrte, durch ihre Kleidung fuhr, wie ihre Haut brannte. Sie wollte sich mit der Hand übers Gesicht fahren, aber es ging nicht. Jemand hielt ihre Handgelenke fest. Auch tat ihr der Rücken weh, etwas Spitzes bohrte sich in ihre rechte Schulter. Sie versuchte, sich nach links zu drehen, weg vom Schmerz, aber dieser Jemand hielt auch ihre Schultern fest. Was war das? Sie wollte aufstehen, aber auch das ging nicht. Sie konnte sich nicht bewegen. Schlagartig wurde ihr klar, dass sie an Händen und Füßen gefesselt war. Ihr ganzer Körper schmerzte, jede Bewegung verursachte Schwindel und verstärkte die unerträglichen Kopfschmerzen. Mühsam öffnete sie die verklebten Augen.

Unmittelbar vor ihren Augen sah Cora einen Fuß. Einen menschlichen Fuß. Und es war *nur* ein Fuß. Es ging nicht weiter, da war kein Bein dran. Ein abgeschlagener, blutiger Stumpf. Direkt vor ihr. Instinktiv wandte sie den Kopf ab, drehte ihn auf die andere Seite. Gras, ein Abhang. Steine.

Langsam hob sie den Kopf an. Der stechende Schmerz war sofort da. Sie sank zurück. Langsam, ganz langsam, sagte sie sich. Neuer Versuch. Besser. Sie konnte über eine große Wiese blicken, leicht abwärts, ein Abhang, wie es schien. Im Hintergrund hohe, schneebedeckte Gipfel. Blauer, klarer Himmel, Vögel schwebten sanft durch ihr Blickfeld. Große Vögel, aber das nahm sie zunächst nicht wahr. Auf der Wiese lag noch etwas, das sah aus wie … ja, wie eine Hand. War da noch jemand? Die Hand sah irgendwie unnatürlich aus, und dann, als ihre Augen fokussierten, sah sie es. Es war eine Hand, ganz normal sah sie aus, aber es war eben auch nur diese Hand. Abgeschlagen, wie der grausige Fuß auf der anderen Seite.

»Oh, aufgewacht? Dann können wir ja beginnen. Wäre doch zu schade, wenn du das Schönste verpasst hättest, das Ende, dein Ende …«

Jetzt trat er in ihr Blickfeld. Rüdiger Landmann! Seine Kleider waren zerrissen, das Haar hing ihm in die Stirn, er blutete aus einer Wunde an der linken Hand und humpelte leicht. In der rechten, der gesunden Hand hielt er ein Messer, eine lange Klinge, leicht gebogen. »Ja, das verdanke ich dir«, sagte er, mühsam lächelnd, wobei sein Gesicht sich zu einer Fratze verzerrte. »Hast dich ganz schön gewehrt, kleines Biest. Schon halb betäubt, aber mich noch in die Hand gebissen, mich getreten, war gar nicht so leicht. Aber jetzt sind wir ja hier. Gefällt dir die Aussicht?« Er zeigte, mit dem Messer weit ausholend, einmal im Kreis. »Hübsch, nicht wahr? Du liebst doch Tibet. Spürst du die Höhe? Bist ja fit, das muss man dir lassen, sehr sportlich, schon immer gewesen, hast du mir ja erzählt.« Er hielt inne, stöhnte kurz auf. Sein Fuß schien zu schmerzen.

»Wo bin ich? Was soll das? Machen Sie mich sofort los!« Ihr Zerren an den Stricken war aussichtslos. Zu fest. »Was ist das?« Sie bewegte ihr Kinn in Richtung auf die abgehackte Hand.

»Wo du bist? Was das ist? Du enttäuschst mich. Ich dachte, das sei klar. Schon mal was von den Ragyapas gehört? Nicht? Willkommen in Tibet! Im echten, nicht der Touristenversion. Na, denk noch mal nach ...«

Sein höhnisches Lachen klang ihr in den Ohren. Ragyapas? Woher kannte sie das? Sie wusste, dass sie das schon einmal gelesen hatte, aber wo? Im Reiseführer, richtig. Waren das nicht Mönche? Nein, im Reiseführer hatte etwas anderes gestanden. Arbeiter, besondere Arbeiter, was machten die noch mal? Etwas in ihrem Unterbewusstsein sagte ihr, nein, hör auf nachzudenken, aber sie musste es ja wissen, also eine Art Arbeit, geheim, sie erschauerte, ihr Gehirn wusste wohl schon, was kam ... Und dann stand es klar wie ein Foto vor ihr. Sie wusste, welche Arbeit diese Ragyapas verrichteten. Sie zerhackten Menschen. Das war ihr Beruf. Und sie waren stolz darauf, eine Kunst war es, hatte sie gelesen, eine eigene Gemeinschaft. Natürlich zerhackten sie keine lebenden Menschen, sondern Tote. Es gab hier in dieser Höhe in Tibet kein Feuerholz, um die Toten zu verbrennen, wie man das sonst in China tat; hier wuchs ja nichts außer kümmerlichen Pflanzen und Gras. Begraben konnte man die Toten auch nicht, der Boden war das ganze Jahr über steinhart gefroren, wo er nicht ohnehin felsig war. Deshalb gab es in Tibet seit Jahrhunderten die Himmelsbestattung. Die Toten wurden auf spezielle, rituelle Plätze gebracht, und dort wurde das Fleisch am ganzen Körper zunächst tief eingeschnitten. Das war die Aufgabe der Ragyapas. Dann lockte man die Geier an, die nur darauf warteten, ihre scharfen Schnäbel in das frische Fleisch hacken zu können. Immer wieder wurden die Überreste klein gehackt, mundgerecht, auch die Knochen. Zum Schluss wurden auch die letzten Knochen zermahlen, schließlich auch der Schädel zerbrochen, mit Tsampa, dem tibetischen Gerstenmehl, vermischt und wieder den Geiern angeboten. Nichts durfte übrig bleiben; erst wenn der ganze Körper verschwunden war, konnte die Seele befreit aufsteigen, beziehungsweise von den Geiern in einen der sechs »Bardo« getragen werden, eine Art Zwischenzustand zwischen Tod und Wiedergeburt. Sehr hygienisch, das Ganze, wenn man es genau betrachtete. Und mit dem Füttern der Lebewesen tat der Verstorbene seinen letzten Dienst an der Welt.

Und jetzt wusste sie auch, warum ihr Körper die ganze Zeit unkontrolliert zitterte. Die Leichenteile um sie herum, das Messer in Rüdigers Hand, ihre Fesseln. Die Vögel! Das waren Geier, die interessiert über ihnen kreisten. Viel Fantasie war nicht nötig, um daraus eine Schlussfolgerung zu ziehen.

»Ah, ich sehe, es ist dir eingefallen.« Er lachte höhnisch; es klang mehr wie ein Bellen. »Und? Gefällt dir meine Idee? Restlos entsorgt, ist doch gut und umweltfreundlich, müsste dir gefallen, nachhaltig sozusagen, deine Energie wird zur Energie der Geier, das passt ja perfekt, erneuerbare Energien, muss doch dein Wunschtod sein, noch im Sterben dem großen Ganzen dienen ...«

Cora hatte aufgehört, sich zu wehren, sparte ihre Kräfte. Als Jägerin wusste sie, wie sich das gefangene Tier im vergeblichen Versuch, sich zu befreien, nur verausgabte. Sinnlos. Sie musste nachdenken. Er lachte immer noch, fuhr sich mit der verletzten Hand durchs Gesicht, bemerkte nicht, wie er Blutspuren dort hinterließ; der war ja total irre, jetzt tanzte er um sie herum, fuchtelte mit dem Messer in der Luft, jetzt ließ er es auf sie niedersausen. Sie schrie nicht, wie er es sicher erwartete. Schmerz und Tod waren ihr nicht fremd; sie hatte Tiere selbst ausgeweidet, das gehörte nun einmal dazu. Auch der intensive Geruch des Blutes um sie herum war irgendwie vertraut, stachelte sie sogar an, gab ihr Kraft. Konzentration, sagte sie sich. Finde die Schwachstelle, warte auf deine Chance. Sie hatte es erlebt, wie ein angeschossenes Tier, ein Hirsch, ein Eber, regungslos dalag, sich tot stellte. Kam man ihm unvorsichtig nahe, sprang es plötzlich wieder auf, biss zu, wehrte sich. Das angeschossene Tier war jetzt sie.

Er stand direkt über ihr, das Gesicht verzerrt, die Augen voller Hass. »So, jetzt werde ich dich losschneiden, und wir gehen gemeinsam dort hinüber, da warten die Ragyapas schon, um ihren Job zu machen. Und spiel nicht die Heldin. Du wirst sowieso sterben, aber es kann schnell gehen oder eher langsam. Stück für Stück. Also entscheide dich. Wenn du gehorchst, geht es ganz schnell.« Als er sich über sie beugte, um sie loszuschneiden, tropfte sein Speichel auf sie herunter, etwas Blut lief quer über seine Stirn und fiel dann auf ihren Mund. Mit aller Kraft unterdrückte sie den Reflex, ihm ins Gesicht zu spucken, sie durfte ihn nicht weiter reizen. Angeschossen. Sich tot stellen. Warten.

Er schien nichts zu bemerken, so in Trance war er. Mit raschen Schnitten, das Messer ging durch die dicken Seile wie durch Yakbutter, befreite er sie, zog sie hoch. Ihre Beine sackten ihr weg, die Kälte und das lange Liegen auf dem Felsboden hatten sie nahezu gelähmt.

»Oh, schon gibst du auf? Du enttäuschst mich. Aber so ist das, war wohl doch nicht viel dahinter, die starke Frau, tja, siehst ja, wohin das führt. Vielleicht hättest du mal netter zu mir sein sollen. Komm hier rüber, ja, so ist gut.« Er tänzelte noch immer, zog sie hinter sich her, sie fiel immer wieder hin, aber er schien unglaublich stark zu sein, hob sie einfach hoch, zog sie weiter. Immer wieder trat sie auf irgendetwas, was menschliche Überreste zu sein schienen; sie waren genau an der Stelle des Plateaus, wo die Ragyapas ihre grausige Arbeit verrichteten. Knochen, Fleischfetzen, blutige Eingeweide. Hier und da saß ein Geier und zerrte an etwas; einer hob gerade mit einem Stück Haut ab. Cora taumelte hinter Landmann her, an seiner blutigen Hand, gab sich schwächer, als sie war; er lachte leise vor sich hin. Er stieß sie unsanft auf einen Felsen.

»So, das wär's dann. Hab noch was vor heute, wir müssen jetzt anfangen. War nett mit dir. Leider nicht so nett, wie ich es mir vorgestellt hatte. Wirklich schade. Aber du musstest dich ja in alles einmischen. Warum bist du nicht einfach abgereist, wie ich es dir gesagt habe? Das hätte alles einfacher gemacht. So musste ich hinter dir herfahren, bis nach Tibet fliegen! Auf der Dachterrasse hätte es beinahe geklappt, aber dann kam dieser Chinese dazwischen, na ja, diesmal kann er das ja nicht mehr.« Cora stöhnte innerlich auf; Danli! Er war tot! Das Bild, wie er am Fuß der Treppe lag, die Blutlache unter seinem Kopf. Unwillkürlich kamen ihr die Tränen, vor Schmerz, aber auch vor Wut.

»Woher ... wussten Sie, wo wir sind?«, krächzte sie.

»Ja, jetzt weinst du! Glaubst du, ich hatte nichts Besseres zu tun, als dich quer durch Tibet zu verfolgen? Den besten Moment abzupassen? Gar nicht so einfach, waren ja immer zwei Männer bei dir. Aber dann habe ich den Fahrer bestochen, als ihr an der Kläranlage wart; für ein Monatsgehalt hat er mich mit seinem Handy informiert, dass ihr in dem Kloster seid. Der Rest war einfach. Ich habe auf dem Dach gewartet. Als dieser Tibeter rauskam, habe ich ihn gleich über das Geländer geworfen, fertig. Den Rest kennst du ja. Ich musste dich die Treppe runtertragen, ich konnte ja nicht eine Ausländerin in dem Kloster töten. Das hätte zu vielen unliebsamen Fragen geführt.« Er grinste. »Und das wollen wir ja nicht, oder? Also hierher, auf das Plateau, nicht weit, der Fahrer hat mir geholfen. Für Geld macht der alles, ist ihm egal. So, genug geplaudert. Das nächste Leben wartet schon auf dich!«

Er hob sein Messer. Holte weit aus, das Messer war jetzt hinter seinem Kopf, so weit holte er aus, machte dann einen Schritt auf sie zu, trat auf etwas Blutiges, schwankte leicht. Jetzt, dachte sie, jetzt wehrt sich das angeschossene Tier. Es war ihre letzte Chance. Tara, dachte sie, du Nothelferin, jetzt hilf mir! Mit aller Kraft, die sie aufbringen konnte, trat sie ihm zwischen die Beine, gleichzeitig ließ sie sich zur Seite fallen, von dem Felsen herunter, auf den er sie gelegt hatte. Er schrie auf, torkelte, ließ das Messer fallen, fiel auf die Knie, die Hände zwischen die Beine gepresst. Sie rollte von ihm weg, nur weg hier, aber er hatte sich schon wieder gefasst, griff nach dem Messer. Sie versuchte aufzustehen, aber ihre Beine gaben immer wieder nach, die Kopfschmerzen waren unerträglich, ihr Atem ging schwer, sie bekam keine Luft.

Hinter sich hörte sie, wie er lachend und schreiend zugleich aufstand, das Messer über den Felsen schleifend. Sie machte ein paar Schritte, da spürte sie ihn hinter sich, meinte seinen Atem zu riechen oder war es das Fleisch um sie herum? Sie ahnte mehr als dass sie es wusste, wohin das Messer zielte, ließ sich zur Seite fallen, die Klinge sauste neben ihr ins Gras. Sie drehte sich um und trat noch mal zu, hörte, wie ein Knochen brach, das Knie? Er schrie laut auf, sackte zusammen, noch ein Tritt, diesmal ins Gesicht, sie tastete um sich, um eine Waffe zu finden, griff nach etwas Festem und schmetterte es gegen seinen Schädel. Er fiel auf die Seite und rührte sich nicht mehr. Sie schaute auf ihre Hand, ließ den blutigen Knochen fallen. Dann robbte sie auf allen vieren davon, nur weg von ihm; nach einigen Metern stand sie auf, wollte wegrennen, als sie plötzlich einen Schlag gegen die Stirn erhielt, der sie wieder umwarf. Im Fallen sah sie, wie ein gewaltiger Geier an ihr vorüberschwebte, sein Flügel hatte sie gestreift. Er stieß nieder, auf das frische Fleisch, das sich ihm da anbot, landete direkt auf Landmanns Brust. Als sie endlich davonhumpelte, hörte sie einen Schrei, wie sie ihn nie vergessen würde. Dann wurde alles schwarz.

24. KAPITEL

Wo war sie nur? Warum ging sie nicht an ihr Telefon? Ganesh war in großer Sorge. Er hatte sich nach dem Telefonat mit Darmstadt zunächst wieder um seine Konferenz kümmern müssen. Der abendliche Rückruf, den sein deutscher Kommilitone erbeten hatte, war ergebnislos verlaufen. Es war nicht ganz so einfach, einen Satelliten so zu positionieren, dass er die fragliche Region in Tibet abfotografierte. Aber Frieder versprach, dranzubleiben und die ganze Nacht daran zu arbeiten. Ganesh war unruhig zu Bett gegangen; zu viel stand auf dem Spiel. Was würde passieren, wenn die Chinesen ihre Drohung wahr machten? Und zwar nicht irgendwann, sondern jetzt? Die Aussage des Professors hatte nichts an Deutlichkeit zu wünschen übrig gelassen, und Ganesh wusste genug über China, um das einschätzen zu können. Meistens dementierten die Chinesen alles Negative so lange, bis es sich nicht mehr verheimlichen ließ. Wenn sie jetzt vor der Weltöffentlichkeit zugaben, den Brahmaputra umleiten zu wollen, dann konnten sie mit den Vorarbeiten nicht erst beginnen. Sie würden die Welt vor vollendete Tatsachen stellen. Wer würde es denn wagen, China deswegen anzugreifen? Niemand. Die ganze Welt war von China und seinen Produkten abhängig. Und es war ja nicht so, dass China einen Krieg vom Zaun brach oder Ähnliches, wie die USA es gern taten. Nein, China schützte nur seine eigene Bevölkerung. Aber die Folgen würden katastrophal sein. Indien und ganz Südostasien würden sich das nicht bieten lassen. Ein Krieg stand direkt bevor. Nur wenn die Weltbevölkerung mitbekam, was da geschah, war es möglich, das Schlimmste zu verhindern. Aber wie? Was in Tibet geschah, hatte seit Jahrzehnten niemanden interessiert, also warum jetzt? Appelle würden nichts nutzen, das wusste Ganesh. Worte waren oft zu kraftlos. Bilder. Bilder waren stark. Und deshalb brauchte er den Satelliten. Die Welt musste zusehen, was in Tibet geschah. Zum Wohle aller, auch zum Wohle Chinas. Denn Krieg wollte auch China nicht, natürlich nicht. Das würde die ohnehin angeschlagene Partei nicht überleben. Das Volk war unzufrieden, und es musste ein Zeichen der Stärke gesetzt werden.

Aber wo war Cora? Seit dem Telefonat im Zug vorgestern konnte er sie nicht erreichen. Sicher, in Tibet war der Empfang vermutlich schlecht, aber es musste doch irgendwo ein Netz geben! Er hatte es heute Morgen versucht, auch gestern mehrmals. Dass Coras Handy in einer Seitengasse Lhasas auf dem Boden zerschellt war, als es beim Kampf auf der Dachterrasse dorthin fiel, wusste Ganesh nicht. Wen konnte er kontaktieren? Sie war mit einem chinesischen Kollegen unterwegs, gewiss. Aber er kannte weder den Namen, noch hatte er eine Nummer. Ganesh saß in seinem kleinen Apartment in Thane im Norden Mumbais und machte sich große Sorgen.

Als Fischer am Montagmorgen in sein Büro in Koblenz kam, schien es ein normaler, hektischer Wochenanfang zu werden. Sicher wieder jede Menge Mails vom Wochenende aus aller Welt. Früher war er immer erreichbar gewesen; die Kunden erwarteten das. Inzwischen, nach über 30 Jahren, nahm er sich die Freiheit, am Sonntag nicht erreichbar zu sein. Seine Frau hatte bei dieser Entscheidung eine nicht unerhebliche Rolle gespielt. Sollten doch die jungen Leute sich am Wochenende mit Mails beschäftigen; er brauchte zumindest einen freien Tag. Sonst bekam man den Kopf nicht frei. Als er den Rechner hochfuhr, sah er, wie sein Festnetztelefon blinkte. Konnten die Leute nicht mal am Wochenende Ruhe geben und sich auf Mails beschränken? Musste man denn im Büro anrufen, wenn doch klar war, dass sonntags niemand abnehmen würde? Er drückte die entsprechende Taste.

»Herr Fischer? Hier ist Ma, Ma Danli aus China. Wir haben ein Problem, ich habe Ihnen das auch per Mail geschildert. Bitte rufen Sie so schnell wie möglich zurück. Es gibt ein Problem in Qingdao in Ihrem Büro. Frau Remy ist bei mir, ich passe auf. Danke und Grüße, Ma.«

Was? Ein Problem, okay, die gab es ja ständig. Aber was sollte es heißen, dass er auf Cora aufpasste? Wieso denn das? Schnell öffnete er seinen Mailordner und scrollte durch die Eingänge, bis er den Absender von Ma fand. Mit angehaltenem Atem las er von den Details des Überfalls in Qingdao, den Verletzungen von Cora, von ihrem Entschluss, den Auftrag Tibet auszuführen – tapfere Cora, dachte er –, las von ihrer Flucht nach Shanghai und den Ereignissen in Lhasa. Um Gottes willen! Was ging da vor sich? Sofort griff er zum Hörer und wählte Coras Nummer. Als auch nach dem zehnten Läuten niemand abnahm, bekam er ein flaues Gefühl im Magen. Er hatte sie dorthin geschickt, wenn ihr etwas zustieß ...

»Michael!«, brüllte er über den Flur. »Komm sofort her!« Michael hatte sich soeben wieder eingefunden, das Läuseproblem war wohl gelöst. Rasch berichtete Fischer von den Ereignissen.

»Landmann korrupt?«, rief Michael aus. »Kann ich mir nicht vorstellen. Auf mich wirkte er immer sehr seriös. Und er spricht Chinesisch, wir haben uns eben immer auf ihn verlassen. Das wäre ja eine Katastrophe! Hast du ihn schon angerufen?«

»Nein, daran habe ich noch gar nicht gedacht«, gab Fischer zu. »Mach das sofort. Ich versuche es bei Ma und noch mal bei Cora. Und buch dir den nächsten Flug! Du musst sofort rüber und das klären! In einer halben Stunde wieder bei mir im Büro!«

Als sie sich 30 Minuten später wieder an den Tisch am Fenster setzten, an dem Fischer erst vor wenigen Tagen Cora die gute Nachricht überbracht hatte, sie könne nach China fliegen, stützte Fischer verzweifelt sein Gesicht in die Hände. Er war schuld! Er hatte sie dorthin geschickt! Sie wusste nichts von China, nichts von Tibet. Weder sie noch Ma oder Landmann waren zu erreichen. Im Büro in Qingdao war eine Sekretärin, die angab, von nichts etwas zu wissen. Li Ping habe gekündigt. Er war ratlos.

In diesem Moment klingelte sein Bürotelefon. Er bat Michael abzunehmen; er wollte jetzt nicht gestört werden. »Für dich, Chef«, sagte dieser mit dem Hörer in der Hand. »Aus Indien. Dringend. Es geht um Cora!«

»Cora? Aus Indien?« Fischer sprang hinüber zum Schreibtisch. »Ja?«, brüllte er in den Hörer. »Wer ist da?«

»Mein Name ist Sethna, Ganesh Sethna, Mr. Fischer. Ich bin ein enger Freund und früherer Kommilitone von Cora Remy. Ich mache mir große Sorgen um sie, sie ist in großer Gefahr. Wissen Sie, wo sie ist?« Die Stimme versuchte ruhig zu klingen, zitterte aber leicht.

»Ich suche sie auch!«, rief der Deutsche in den Hörer. »Was ist los? Was wissen Sie? Sie sind in Indien? Was haben Sie denn mit Cora zu tun? Die ist doch in China!«

»Herr Fischer, wir müssen jetzt schnell und überlegt handeln. Hören Sie mir bitte genau zu. Ich bin in Indien auf einer Konferenz über Wasserrechte und die Situation der Wasserversorgung Südostasiens. Wir haben Grund zur Annahme, dass die Chinesen durch aktuelle innenpolitische Unruhen und den damit entstandenen enormen Druck auf die Partei kurzfristig Maßnahmen beschließen, die unvorhersehbare Konsequenzen mit sich bringen. Mit kurzfristig meine ich heute oder morgen oder übermorgen, nicht irgendwann. Es geht um ein Zeichen an die Bevölkerung, dass die Partei noch fest im Sattel sitzt, dass sie entschlossen ist, die Wasserversorgung der Bevölkerung zu gewährleisten und dass sie auch nicht davor zurückschreckt, sich mit anderen Staaten, hier vor allem Indien, anzulegen. Und so ein Zeichen könnte eine Sprengung im Himalaya sein, um das größte Wasserumleitungsprojekt der Menschheit in die Wege zu leiten. Es geht um einen Staudamm am Brahmaputra, aber auch um die komplette Umleitung des gesamten Flusses nach Norden.«

Fischer schwieg geschockt. Es gab nichts zu sagen; er war Profi genug, um zu verstehen, was Ganesh da andeutete.

Dieser fuhr rasch fort. »Ich habe einen Kontakt zur ESA in Darmstadt etabliert, um die Situation in Tibet per Satellit zu monitoren. Das geht, wie Sie sicher wissen, inzwischen relativ leicht. Wir möchten live beobachten, was da passiert, um die Weltöffentlichkeit darüber zu informieren. Wir denken, dies ist die einzige Möglichkeit, Schlimmeres zu verhindern. Ich habe eben mit meinem Kontakt in Darmstadt telefoniert. Er kriegt das hin mit dem Satellit; es ist ihm gelungen, einen freien Satelliten so zu programmieren, dass er ab sofort die fragliche Region in Ost-Tibet beobachtet und laufend Bilder nach Darmstadt sendet, die dann an uns hier in Mumbai weitergegeben werden. Aber dabei hat er eine andere Entdeckung gemacht.«

Ganesh machte eine kurze Pause. Die Deutschen in Koblenz lauschten gebannt. »Er hat auf einer Datenbank Bilder gefunden, die in den letzten Monaten routinemäßig von einem Satelliten gemacht wurden, der die Erde umkreist. Als er sich die Bilder aus Ost-Tibet näher anschaute, sah er etwas Ungeheuerliches. Es werden seit Monaten Vorbereitungen getroffen, die auf eine geplante Sprengung hindeuten. Das ist zunächst genau das, was wir befürchtet hatten. Aber es sind nicht nur enorme Lastwagenkolonnen zu sehen, die Material, vermutlich Sprengstoff etc., in die Region bringen. Es werden auch Grabungsarbeiten durchgeführt, die ein völlig anderes Szenario vermuten lassen. Wie Sie wissen, ist es in der Höhe nicht einfach zu sprengen; es sind gewaltige Mengen an Sprengstoff vonnöten, und bis zu sichtbaren Resultaten, die man dem Volk zeigen kann, dauert es. Die Vorbereitungen, so wie wir sie auf den gespeicherten Satellitenbildern sehen, deuten auf eine andere Sprengung hin. Eine nukleare. Damit könnte man sofort ein sichtbares Ergebnis erzielen, indem ein ganzer Berg weggesprengt wird. Und in genau der Region, in der ich die geplante nukleare Sprengung vermute, befindet sich Cora.«

Die beiden Ingenieure sahen sich an. Natürlich hatten sie von nuklearen Sprengungen zu zivilen Zwecken gehört; nicht nur die Russen, auch die Amerikaner hatten in den 60er-Jahren zahlreiche Versuche diesbezüglich durchgeführt. Und jetzt wollte Cora in das Gebiet fahren ... Fischer durfte gar nicht weiterdenken.

Sie konnten momentan nichts für Cora tun, aber sie konnten vielleicht verhindern, dass ihre Situation noch schlimmer wurde. Und nicht nur ihre Situation; als Fischer das ganze Ausmaß dessen begriff, was Ganesh da andeutete, wurde ihm fast schlecht. »Können wir nicht die deutsche Botschaft einschalten«, fragte er Ganesh. »Was meinen Sie? Vielleicht können die die Polizei in Tibet alarmieren und einen Suchtrupp nach Cora losschicken.«

Ganesh zögerte. Offizielle chinesische Stellen einschalten? War das klug? Wenn die Regierung doch die Sprengungen plante? Aber sie mussten es versuchen; vielleicht konnte die Polizei sie wirklich schneller orten und aus der Gefahrenzone holen. Was sollte es schon schaden?

In Darmstadt arbeitete ein deutscher Ingenieur daran, einen Satelliten umzuprogrammieren und die Bilder zu interpretieren.

In Koblenz und Mumbai machten sich mindestens zwei Deutsche und ein Inder große Sorgen um Cora.

In Beijing suchte ein hoher Kader verzweifelt nach einem Ausweg, seine Enkelin und seine Tochter nicht zu verlieren.

Im Osten Tibets, nahe der Biegung des Brahmaputra nach Norden und dann nach Süden, saß ein chinesischer Projektingenieur in seinem Bauwagen und raufte sich die Haare. Was sollte er tun? Seinem Minister in Beijing gehorchen und eine Katastrophe auslösen oder sich weigern und sein Leben und das seiner Familie für immer zerstören?

In Qingdao saß Meili, Landmanns chinesische Freundin, an ihrem Schreibtisch im Büro von NIB und sorgte sich um ihren Freund. Wo war er, warum konnte sie ihn nicht erreichen? Er hatte noch geschrieben, er fahre dieser Remy nach Ost-Tibet nach, seither hatten sie keinen Kontakt mehr.

In Shanghai wartete eine schwangere junge Ehefrau darauf, dass ihr Mann, Ma Danli, der gelegentlich für diese deutsche Firma NIB arbeitete, sich endlich meldete. Es sah ihm nicht ähnlich, tagelang nicht anzurufen. Sie strich sich über ihren Bauch. Immer wieder, sanft, beschützend.

In Fuzhou, in der südlichen Provinz Fujian, gegenüber von Taiwan, dachte ein deutscher Austauschstudent voller Vorfreude daran, dass seine große Schwester Cora ihn bald besuchen würde. Aber warum rief sie nicht an wie verabredet?

Wo waren die, die von allen gesucht wurden?

25. KAPITEL

Es juckte. Irgendetwas reizte ihre Nase, bis sie niesen musste. Die Anstrengung ließ einen Schmerz durch ihren Kopf zucken; sie stöhnte unwillkürlich auf. Als sie die Augen aufschlug, sah sie – nichts. Dunkelheit, völlige Dunkelheit. Aber sie hatte keine Angst, es war keine beunruhigende Dunkelheit, nichts Beängstigendes – eher beschützend, beruhigend. Sie lag ganz ruhig. Es war warm, sie war zugedeckt, und es war still. Unglaublich still. Na ja, ganz still auch wieder nicht. Irgendetwas war da, ein Geräusch, gleichmäßig, wie ein Atmen. Genau. Jemand atmete ruhig und gleichmäßig. In dem Raum, in dem auch sie lag. Jetzt hörte das Atmen auf, ein Stück Stoff, vielleicht eine Decke, raschelte, schlurfende Schritte näherten sich. Wieso hatte sie keine Angst? Sie war ganz ruhig, fühlte sich sicher. Dann ein Streichholz, eine Kerze flackerte auf. Sie erkannte, wie sich ein Gesicht über sie beugte. Ein Mann, alt, runzelig. Gütig. Etwas besorgt vielleicht. Als er sah, dass sie ihn ruhig betrachtete, lächelte er. Dann sagte er etwas, das sie nicht verstand, und schlurfte in eine andere Ecke des dunklen Raumes, kam wieder. Er hielt eine Thermoskanne in der Hand und goss eine dunkelgelbe, fast bräunliche Flüssigkeit in eine Blechtasse. Dann hielt er die Tasse vorsichtig, ganz sanft, an ihren Mund. Dankbar trank sie einen tiefen Schluck. Buttertee. Sie hatte gar nicht gewusst, wie gut der schmecken konnte. Die heiße Flüssigkeit tat unglaublich gut. Sie lächelte den alten Mann dankbar an, woraufhin er wieder etwas in seinen Bart murmelte, sich in seine schmutzige Decke wickelte und zu seinem Bett hinüberging. Die Kerze ließ er brennen; sie wollte ihm sagen, er könne sie löschen, aber bevor sie dazu kam, war sie schon wieder eingeschlafen.

Als sie das Ufer des Flusses erreichte, schien es zu spät. Überall standen Chinesen mit Gewehren, sprachen in Funkgeräte. Militär-LKW fuhren ans Ufer, luden Soldaten ab, verschwanden. Verzweifelt schaute sie sich um. Da, das war die Kommandozentrale. Sie rannte hinüber, jemand schoss auf sie, egal, nur weiter. Auf dem Boden eine Kiste mit Dynamitstangen. Sie erreichte den Kommandostand, sprang zur geöffneten Tür. Drinnen standen zwei Männer in Uniform um einen Schreibtisch, ein Laptop vor ihnen. Etwas blinkte dort. Einer wollte gerade auf die Entertaste drücken, Cora rief »Nein!«, schlug ihn nieder, der andere hatte schon die Taste gedrückt. Sie sah aus dem Fenster. Nichts. Dann plötzlich ein unglaublich helles Licht, ein Pilz stieg auf, der ganze Berg implodierte, kam auf sie zu, der Fluss auch, das Wasser brach über sie hinein, sie konnte nichts machen. Und es war so heiß! Cora wollte um ein Glas Wasser bitten, aber der Fluss strömte ja durch den Kommandostand, und der Soldat sagte ihr, er müsse erst Nordchina retten, dann werde er ihr ein Wasser holen, es sei auch ungefährlich, sie könne es trinken, nur etwas verseucht, aber das sei nicht schlimm, nur Tibeter würden daran sterben. Cora war darüber so wütend, dass sie aufwachte.

Es war heller Tag. Sie lag auf einem erhöhten Bett, unter einer schweren Wolldecke. Langsam hob sie den Kopf und sah sich um. Der Raum war kein wirklicher Raum, es war eine Höhle, gehauener Fels jedenfalls. An den Wänden hingen Papierbilder, bunt, sie stellten wohl Götter dar, Buddhas, Heilige. In einer Felsnische eine Figur, lächelnd, eine von diesen Heiligen, Tara? Ein weiteres Bett, an der gegenüberliegenden Felswand; bei näherem Hinsehen erkannte sie, dass es eher ein Holztisch mit einer Decke darauf war. Da musste der alte Mönch geschlafen haben. Oder war es kein Mönch? Sie war in Tibet, das wusste sie noch, in einer Höhle, da kam ja wohl nur ein Mönch infrage. Den Ausgang der Höhle konnte sie nicht sehen, er lag sicher hinter der Biegung da vorn, aber Sonnenstrahlen fielen auf den Höhlenboden, es war angenehm warm.

Sie wollte aufstehen, aber ein stechender Schmerz durchfuhr ihr linkes Bein. Stöhnend ließ sie sich zurücksinken. Was war das? Sie hob die Decke, unter der sie lag, hoch und stellte erstaunt fest, dass sie keine Kleidung trug. Sie war nicht völlig nackt, nein, ein grobes blaues Baumwolltuch war um ihren Körper geschlungen, aber ihre Kleidung war definitiv weg. Auf ihrem linken Oberschenkel zeichnete sich ein dunkler Fleck ab, Blut wohl. Vorsichtig hob sie den Stoff hoch. Ein dicker Verband war um das Bein gewickelt. Auch das andere Bein hatte zahlreiche Schnittwunden und Abschürfungen. Wie war sie hierhergekommen? Wer war der Mönch? Hatte er sie gerettet und gepflegt? Und ausgezogen? Plötzlich wurde ihr bewusst, wie lächerlich solche Gedanken waren. Sie war gerettet, nicht zerhackt von diesem Irren, den Geiern entkommen, und nun war ihre größte Sorge, jemand könne sie nackt gesehen haben? Noch dazu ein alter Mönch?

Während sie vorsichtig über ihre Wunden strich, bewegte sich etwas an der Wand über ihr. Sie fokussierte ihren Blick. Ein Schmetterling! Wunderschön gezeichnet, ein Inbegriff der

Friedlichkeit und Unbeschwertheit. Konnte das sein? Nach alldem, was sie gerade durchgemacht hatte, jetzt nur noch Frieden? Oder träumte sie schon wieder? War das jetzt der Traum und die Atomexplosion wahr?

Ihr fiel der berühmte Traum des chinesischen Philosophen Zhuangzi ein, von dem Danli erzählt hatte. Zhuangzi hatte geträumt, er sei ein Schmetterling, flöge von Blume zu Blume und wisse nichts über das Leben des Zhuangzi. Und nun, erwacht, wusste er nicht, ob er Zhuangzi war, der geträumt hatte, er sei ein Schmetterling, oder ob er ein Schmetterling war, der gerade träumte, er sei Zhuangzi. So ging es ihr auch. Wie konnte man wissen, was Realität und was Traum war? Hatte sie die Atomexplosion geträumt, fantasiert oder vielleicht in der Zukunft gesehen? Würde sie stattfinden, und sie, Cora, wäre mittendrin? Oder könnte sie sie vielleicht doch verhindern?

Jemand betrat die Höhle. Sie hob den Kopf und lächelte unwillkürlich. Der alte Mann, in ein rotbraunes Gewand gekleidet, etwas unpassende gelbe Plastiksandalen an den Füßen, betrachtete sie prüfend und ohne eine Miene zu verziehen durch eine runde Brille, deren schmaler Metallrahmen etwas schief auf seiner Nase saß. Dann kam er langsam näher, eine flache Porzellanschüssel mit einer Flüssigkeit in der Hand. Er machte eine Geste in Richtung auf ihr Bein, als ob er um Erlaubnis bäte, und sie nickte. Vorsichtig schlug er die Decke zurück, hob das Baumwolltuch an und besah sich den Verband. Er schüttelte besorgt den Kopf, ging hinüber zu einer reich verzierten, bunt bemalten Holztruhe, hob den Deckel und entnahm ihr ein Stück Stoff. Sehr sauber sah es nicht aus, dachte sie, und gleich darauf: Es wurde Zeit, ihre deutschen Vorstellungen von Hygiene und Sittsamkeit abzulegen. Sie war in Tibet, verletzt, mein Gott, sie hatte überlebt.

Er fasste sie an der Hand und machte ihr ein Zeichen, aufzustehen. Cora wusste, was jetzt kam. Nach einem Kreislaufkollaps wurde man von den Ärzten einmal ganz auf die Beine gestellt, um einen zu mobilisieren. Sie hatte das einmal nach einer OP erlebt und sich sofort übergeben. Erstaunlich, dass der Mönch das wusste. Vorsichtig richtete sie sich auf, es tat höllisch weh. Er war nicht zufrieden, sie musste ganz aufstehen, trotz der Schmerzen. Als sie stand, wurde ihr schlecht, und sie verlor kurz das Bewusstsein.

Als sie wieder zu sich kam, saß der Mönch neben ihr. Vorsichtig schlug er das Tuch so weit zurück, dass ihr Oberschenkel freilag, der Stoff aber rücksichtsvoll ihren Unterleib bedeckte. Dann entfernte er den alten, blutdurchtränkten Verband und säuberte mit etwas warmem Wasser aus der Schüssel die Wunde. Sie sah übel aus, ein tiefer Schnitt. Sie musste sich doch schlimm verletzt haben, ohne es zu bemerken. Adrenalin verdrängte bekanntlich den Schmerz, und Grund für einen Adrenalinausstoß hatte sie wahrlich gehabt. Aber jetzt war der Adrenalinspiegel wieder auf Normalniveau, und es tat höllisch weh. Sie versuchte, sich nichts anmerken zu lassen, zuckte aber doch immer wieder zusammen. Schließlich legte er einige bräunliche, ungewöhnlich riechende Wurzeln und ein paar kleine, spitz zulaufende grüne Blätter mit lila Blüten auf die Wunde und verband sie säuberlich. So sauber, wie das in einer tibetischen Höhle eben möglich war. Dann bedeckte der Mönch sie wieder; er selbst schien auch froh zu sein, die für beide etwas verkrampfte Situation beenden zu können. Langsam sank sie zurück auf ihr Lager. Er hielt jetzt ihre Finger sanft in seiner linken Hand, die Haut fleckig und tiefbraun, wie sein Gesicht. In seiner rechten Hand hielt er etwas, das wie eine kleine schwarze Holztrommel aussah, rund, unten mit einem Stiel daran, an welchem er das verzierte Holzteil unablässig drehte. Dazu sprach er unablässig Sätze, die sich immer zu wiederholen schienen. Gebetsmühlenartig, wie ein Mantra, dachte sie. So sagte man doch. Dann merkte sie, was sie da eben gedacht hatte. Gebetsmühlenartig? Das war eine Gebetsmühle, und das waren Mantras, die er da aufsagte, fast schon sang. Das Drehen der Holzmühle hatte im Grunde die gleiche Funktion wie der Rosenkranz, das Aufsagen des Vaterunsers. Endloses Wiederholen immer desselben Gebetes. Monoton. Beruhigend. Beschützend. Nach einer Weile fiel sie unwillkürlich in den Text ein. Sie verstand kein Wort, wiederholte aber gemeinsam mit dem alten Mann die Laute. Und dann war sie schon wieder eingeschlafen.

Sie erwachte vom Gemurmel zweier Stimmen. Dass es zwei waren, war ihr bewusst, was das bedeutete, nicht. War noch ein weiterer Mönch hinzugekommen? Sie öffnete die Augen, drehte sich leicht, stützte sich auf den Ellbogen. Schon viel besser, kaum noch Kopfweh. Es war dunkel in der Höhle; mehrere kleine Kerzen, die auf der Holztruhe befestigt waren oder in kleinen Nischen in der Felswand standen, schienen nur mehr Schatten zu werfen, als wirklich Licht zu spenden. Aber sie konnte zwei Figuren erkennen, auf dem anderen Bett sitzend, der Mönch, und dann war da noch jemand. Ein größerer Schatten, breiter, kräftiger, die Stimme tief. Sie versuchte zu verstehen, aber es schien Tibetisch zu sein. Oder Chinesisch? Aber auf eine unerklärliche Weise war es ein beruhigendes Bild, diese zwei Männer, die da saßen und auf sie aufpassten. Sie wusste, es war gut, und auch wenn ihr noch immer nicht klar war, was genau passiert war und wer diese Männer waren, so wusste sie doch, dass sie ihr helfen würden.

Die größere der beiden schemenhaften Gestalten hatte bemerkt, dass sie sich gerührt hatte, und blickte zu ihr hinüber.

Sie konnte sie nicht erkennen, aber etwas stimmte nicht. Da war etwas Vertrautes, aber es war falsch. Sie war plötzlich unruhig, nervös. Was war los? Langsam erhob sich der Mann und kam zu ihr ans Bett. Als sie seinen Gang registrierte, schlug ihr das Herz plötzlich bis zum Hals. Das war nicht richtig. Das konnte nicht sein. Aber es war richtig. Er war es. Danli. Ma Danli.

Er beugte sich über sie und strich ihr sanft die Haare aus der Stirn. »Wie geht es dir?«

Der eine Satz reichte aus, um sie völlig aus der Fassung zu bringen. Es war alles in Ordnung gewesen, die Geier, der Kampf, die Höhle, die Schmerzen, alles, alles hatte sie ertragen, aber als sie jetzt ihn sah, den Totgeglaubten, und seine Stimme hörte – das war zu viel. Sie war stark, sie war hart, aber jetzt zitterte sie am ganzen Körper. Er hielt sie fest, sagte nichts, wartete einfach, bis sie wieder ruhig wurde. Sein Gesicht über ihrem, die schmalen Augen, die immer zu lächeln schienen, die sie ruhig, aber fest ansahen – erst jetzt merkte sie, wie ihr das gefehlt hatte.

Mühsam gelang es ihr, Worte zu formulieren. »Aber, wieso denn, ich dachte, du wärst tot, im Kloster, die Treppe, und dann ...«

»Psst, langsam. Nein, ich bin nicht tot, alles ist gut. Ich erzähle dir alles in Ruhe, wenn es dir bessergeht. Die Treppe, ja, ich bin hinuntergestürzt, aber er hat mich dann liegen gelassen. Die Mönche haben mich da gefunden und mich versorgt. Üble Wunde am Kopf, tut höllisch weh. Dann haben sie mir erzählt, ein Mönch habe eine weiße Frau gefunden, auf einem Felsen, schwer verletzt. Und jetzt bin ich hier. Du musst jetzt erst mal gesund werden. Aber nicht hier, wir müssen möglichst schnell weg. Ich weiß nicht, wann Rüdiger wiederkommt, es ist zu gefährlich. Wir ...«

»Moment«, unterbrach sie ihn. »Rüdiger kommt nicht wieder.«

»Das kannst du nicht wissen. Ich traue ihm alles zu. Wenn er ...«

»Nein, Rüdiger ist tot. Ich weiß es.«

»Du weißt es? Wieso? Bist du sicher?«

»Ja, bin ich. Ich ... ich habe ihn getötet.«

Langsam erzählte sie, was auf dem Plateau bei den Ragyapas geschehen war. Sie ließ keine Details aus, sie musste es loswerden. Er hörte aufmerksam zu, unterbrach nicht ein einziges Mal, hielt die ganze Zeit über ihre Hand, wohl mehr sich selbst beruhigend als Cora. Als sie geendet hatte, beugte er sich zu ihr herunter und umfasste ihre Schultern. »Tapferes deutsches Mädchen«, sagte er ernst. »Was hast du durchgemacht! Gut, dass er nicht mehr lebt. Aber – ich habe noch eine furchtbare Nachricht. Dorjee, unser tibetischer Führer. Er hat ihn auch getötet.«

»Ich weiß«, flüsterte Cora. »Der Arme! Er war immer so fröhlich. Aber wenigstens starb er in einem Kloster. Er liebte seinen Glauben. Weißt du, Danli, als ich da auf dem Plateau lag, habe ich zu Tara gebetet. Er hatte doch gesagt, in der Not solle man sie anrufen. Ich habe es getan. Ist das nicht seltsam? Ich hatte doch gerade erst erfahren, dass es sie gibt. Aber in dieser Situation, in Tibet, habe ich zuerst an sie gedacht, nicht an meinen christlichen Gott.«

»Ob Gott oder Tara ist doch egal«, erwiderte Ma Danli ruhig. »Jeder glaubt an etwas; wir haben eben verschiedene Namen dafür. Dein Freund Ganesh betet zu hinduistischen Göttern, viele Chinesen gehen in daoistische oder buddhistische Tempel. Beten wir nicht alle letztlich zu dem gleichen göttlichen Wesen, egal wie wir es nennen? Wenn wir uns darauf einigen, dass jeder dem anderen seinen Gott oder seine Götter lässt, ist das nicht am besten für alle? Wenn es einen Gott gibt, dann hat er doch sicher das gewollt, und nichts anderes.«

Cora betrachtete ihn erstaunt. Danli, plötzlich religiös? Sie hatte ihn für einen Atheisten gehalten, wie die meisten Chinesen. »Dorjee«, sagte sie langsam. »Ein schöner Name eigentlich. Ich habe ihn nie gefragt, was er bedeutet.«

»Donnerschlag«, sagte Danli. »Oder Blitz. Ein starker Name. So war er auch, stark und mit Nachhall. Ich mochte ihn.«

»Ah«, meinte Cora. »Wahrscheinlich war er deswegen AC/DC-Fan.«

Auf Danlis fragenden Blick ergänzte sie: »Das Symbol des Blitzes kommt in dem Logo der Band vor. AC/DC heißt Gleichstrom und Wechselstrom. Okay, vergiss es einfach. Nicht wichtig.«

Sie schwiegen beide. Schließlich sagte Cora: »Wir müssen weiter. An den Fluss. Etwas Schlimmes verhindern. Ich habe geträumt, dass es eine Explosion geben wird. Das ist genau das, was Ganesh befürchtet. Wir dürfen keine Zeit verlieren.«

»Erst mal schläfst du hier diese Nacht. Wenn es dir morgen gut genug geht, fahren wir weiter. Die Mönche haben mir ein altes Motorrad gegeben; es steht unten am Berg. Wir suchen uns einen Fahrer, der uns mit dem Auto nach Lhasa bringt, dann fliegen wir nach Fuzhou, Provinz Fujian. Da wolltest du doch hin, nicht wahr? Wieso eigentlich?«

»Mein Bruder studiert dort«, sagte Cora und lächelte bei dem Gedanken, ihren kleinen Bruder wiederzusehen. Kleiner Bruder! Er überragte sie um zwei Köpfe, aber er war noch Student und absolvierte in Fujian ein Auslandsjahr im Rahmen seines Studiums. Sie hatte ihn seit fast einem Jahr nicht gesehen.

»Und dann nach Hause«, sagte Danli. »Ich denke, es reicht mit deinen Abenteuern hier in Tibet, oder?«

»Nicht ganz, Danli.« Cora wurde ernst. »Du weißt doch, Ganesh. Wir müssen ihn unbedingt erreichen; er weiß vielleicht inzwischen, was hier vor sich geht. Ich muss das wissen. Vorher kann ich hier nicht weg.«

»Du bist eine seltsame Frau. Warum musst du dich einmischen? Lass doch den Dingen ihren Lauf, daoistisch, weißt du, wu wei.«

»Wu wei? Was heißt das?«

»Die Daoisten waren der Meinung, man solle sich nicht aktiv ins Leben, in die Natur einmischen. Das Interessante am Daoismus, was ihn von vielen anderen Strömungen oder Staatslehren abhebt, ist das Gebot des ›wu wei‹, des ›Nicht-tun‹. Also eben kein Streben nach Erfolg, Macht, Geld, Ausbeutung. Das ›Sich-nicht-einmischen‹ des Herrschers. Das braucht sehr viel Kraft. Wenn die Situation es erfordert, handeln, ja, aber spontan und intuitiv, nicht geplant. Das nimmt dem Menschen seine Aggression. Wenn man sich beide Seiten der Dinge anschaut, einen holistischen Ansatz nennt man das, glaube ich, erfasst man die Dinge eben im Ganzen.«

»Interessant, wu wei klingt ein wenig nach unserem Anarchismus. Nicht einmischen, keine Regierung. Wusste nicht, dass es so was auch in China gab. Also, das ist alles sehr spannend, aber ich werde mich einmischen, ich bin keine Daoistin, so wie du das schilderst. Ich kann nicht zusehen, wie hier vielleicht etwas passiert, was Auswirkungen auf die ganze Welt hat, und ich sitze bequem im Flugzeug Richtung Heimat. Da kennst du mich aber schlecht! Und versuch nicht, mir das auszureden!« Ihre Augen blitzten.

»Ist ja gut«, beruhigte Danli sie. »Jetzt schlaf erst mal, wir bereden das morgen.« Er deckte sie vorsichtig zu. »Du brauchst Kraft morgen. Ich kann dich nicht ja nicht bis Lhasa tragen«, grinste er. »Ihr deutschen Frauen seid so schwer …« Normalerweise wäre ihr sicher eine gute Erwiderung auf diese liebevolle Frechheit eingefallen, aber jetzt? Eigentlich schade, dachte sie nur. So auf seinem breiten Rücken durch Tibet getragen zu werden, klang doch gar nicht schlecht. Er war wichtiger geworden für sie, dachte Cora, aber auch für das, was sie noch vorhatte. *Ma*, ›Pferd‹ hieß das, hatte er gesagt. So wie das Pferd im chinesischen Schach, das im Laufe des Spiels immer wichtiger wurde. Wenn er das Pferd war, dann würde er noch wichtiger für sie werden. Und Ganesh, fiel es ihr plötzlich ein, Ganesh hieß doch der Elefantengott! Und ihr Ganesh war auch in Indien, also jenseits des Flusses, um den es hier ging; er konnte ihr hier nicht helfen, nur von drüben! Wie im Schach konnte der Elefant den Fluss nicht überschreiten! Aber dann musste es noch eine wichtige Figur geben, die sie bisher nicht kannte, der General war ja die entscheidende Figur. Wer war er? Welche Rolle spielte er? Sie musste es herausfinden. Mit diesem Bild im Kopf schlief sie ein.

Danli lag noch lange wach. Das lag nicht nur an seinen Schmerzen; sein ganzer Körper tat weh, egal wie er sich drehte und wendete. Aber in seinem Kopf tat etwas ganz anderes weh. Als er sie eben gesehen hatte, so verletzlich in ihrer Decke, da wurde Danli traurig. Bevor er sie kennengelernt hatte, war er ein glücklicher Mann gewesen. Alles gut. Jetzt hatte er sie getroffen – und statt glücklich zu sein, sich zu verlieben, war er so traurig. Sie würde nach Deutschland zurückkehren und er zu seiner Familie. Im Grunde, erkannte er, hatte er sie nicht gefunden, sondern verloren. Er hatte sich seit ihrem Kennenlernen immer ungemein darauf gefreut, sie zu sehen, in ihre Augen zu blicken, vielleicht eine Berührung zu erhaschen. War er dann bei ihr, so wie jetzt, überkam ihn eine Traurigkeit, wie ein Schmerz. Weil er wusste, dass der Abschied nahte und sie sich bald wieder würden trennen müssen. So waren die Momente des Zusammenseins für ihn schmerzvoller als die Momente des Getrenntseins. In dem Moment, in welchem er sie getroffen hatte, hatte er sie verloren. Und deshalb war er traurig. Eine ganz tiefe Traurigkeit, nicht oberflächlich.

»Frühstück!« Eine fröhliche Stimme weckte sie. Sogleich hatte sie den Duft von frischem Kaffee und warmen Brötchen in der Nase. Orangensaft! Selbst gemachte Erdbeermarmelade! Sie schlug die Augen auf. Danli stand vor ihrem Bett und grinste breit. »Tsampa und Tee, lecker! Oder woran dachtest du gerade?«

Sie verzog das Gesicht. Buttertee? Tsampa? Aber dann musste sie doch lachen. Gestern war ihr der Buttertee noch wie ein himmlisches Getränk vorgekommen. Es musste ihr ja schon deutlich bessergehen, wenn sie begann, Ansprüche zu stellen. Er hatte sie offensichtlich durchschaut, denn auch er wies grinsend auf die Schüssel Tsampa. »Nicht das Hyatt, aber okay, oder? Warte es ab, zu Hause wirst du von diesem Gerstenbrei noch träumen ...«

»Na, das bezweifle ich aber«, erwiderte sie lachend. »Oder es wird ein Albtraum ...«

»Schön, dass es dir bessergeht. Du hast lange geschlafen, nicht einmal bemerkt, dass wir noch mal den Verband gewechselt haben. Alles gut, das war der Mönch, ich habe nicht hingeschaut«, ergänzte er rasch, bemüht, eine ernste Miene zu machen, als er sah, wie sie bei dem Gedanken an das Baumwolltuch als einzige Bedeckung dunkelrot im Gesicht wurde. »Aber ich habe ihn gebeten, das nächste Mal mich den Verband ...« Weiter kam er nicht, da hatte sie ihn auch schon in den Arm geknufft. »Au«, rief er lachend. »Dir geht's ja wirklich gut. Die Wunde sieht auch viel besser aus, diese Mönche haben so ihre eigenen Rezepte. Rouguocao heißt das Zeug auf Chinesisch, das hilft dir sicher ... Wir probieren gleich einmal, ob du aufstehen kannst. Wir müssen los. Das Motorrad steht unten am Berg, aber die steilen Treppen müssen wir irgendwie laufen. Schaffst du das?«

Jetzt klang er ehrlich besorgt, was sie sehr süß fand. Wann hatte sich das letzte Mal ein interessanter Mann wirklich Sorgen um sie gemacht? Die meisten machten doch einen Bogen um sie, die starke Frau, intelligent, topfit, furchtlos; wer wollte schon eine Frau, die ohne mit der Wimper zu zucken ein Reh ausweiden konnte? Das sie noch dazu selbst erlegt hatte? Die Männer, die sie kennenlernte, blickten zu ihr auf oder hatten Angst oder fantasierten vielleicht heimlich, aber dass sich jemand um sie sorgte, aufrichtig, und noch dazu jemand, den sie auch attraktiv fand ... Lass den Unsinn, sagte sie sich. Werde gesund, und dann ab nach Hause. Sich in hilfloser Lage in Tibet in einen Retter zu verlieben, war ja nun wirklich keine Grundlage für irgendetwas. Sie räusperte sich. »Los, ich stehe jetzt auf. Weg da.«

Er ging beiseite, und Cora erhob sich vorsichtig. Ein Bein, dann das andere, verletzte. Sie stand! Jetzt, wo sie alleine aufgestanden war, ließ sie es zu, dass er seinen Arm um ihre Schulter legte. Er umfasste auch stützend ihre Hüfte. Wenn sie sich jetzt fallen ließ ... Stattdessen richtete sie sich ganz auf, löste sich von ihm und machte vorsichtig ein paar Schritte. Ging doch ganz gut. Cora stützte sich an der Felswand ab und ging, leicht humpelnd, zum Höhlenausgang. Geblendet schloss sie die Augen, als sie um die Biegung trat. Die Sonne war herrlich warm auf ihrem Gesicht, auf ihrer Kleidung. Erst jetzt fiel ihr auf, dass sie wieder angezogen war, ihre alte Kleidung wieder anhatte. Hoffentlich war das auch der Mönch gewesen ... Sie drehte sich zu ihm um und lächelte ihn an. Er saß ganz ruhig auf seiner Schlafstatt, in seine alte Decke gehüllt, die Gebetsmühle in der Hand. Im Halbschatten wirkte sein faltiges Gesicht noch undurchschaubarer. Cora nickte ihm zu, dann faltete sie ihre Hände vor der Brust und verbeugte sich leicht. Er lächelte sie an und faltete ebenfalls die Hände vor der Brust. Die Sonne schien in sein Gesicht, und plötzlich flatterte der Schmetterling an ihm vorbei. Es war ein friedliches Bild, vielleicht das friedvollste, das sie je gesehen hatte.

Schon bald würde sie die brutalsten Bilder ihres Lebens vor Augen haben.

26. KAPITEL

Jiang hatte sich alle Anrufe verbeten und seine Bürotür geschlossen. Zuerst einen Tee, das war ihm heilig (seine Frau lächelte immer, wenn er als kommunistischer Kader eine Handlung als heilig bezeichnete) und beruhigte sein Nerven. Er musste denken, in Ruhe. Auf der einen Seite bekam er gerade sehr viel Druck von oben, und das war in seinem Fall nicht nur der Generalsekretär der Kommunistischen Partei, der de facto mächtigste Mann Chinas, manche sagten der Welt, sondern auch der gesamte Ständige Ausschuss des Politbüros, also die sieben mächtigsten Männer Chinas. Die herrschten über ein Fünftel der Menschheit. Mit denen konnte man schlecht diskutieren. Der Druck von der Straße wuchs ebenso; es kamen immer mehr Meldungen von Demonstrationen in allen Provinzen herein. Das Mandat der Regierung war in Gefahr. Letztlich war die Kommunistische Partei ja die Nachfolgeorganisation des alten Kaiserreiches, und der Kaiser von China war von jeher der Sohn des Himmels gewesen, auf die Erde gesandt, um hier zu regieren. Dazu hatte er ein Mandat des Himmels, Tian Ming. Regierte er schlecht, was sich in Naturkatastrophen wie Erdbeben, Überschwemmungen, gesichteten Kometen oder Ähnlichem offenbarte, hatte das Volk das legitime Recht, den Kaiser zu stürzen. Der Einfachheit halber hatte man ihn meist umgebracht, dachte Jiang, der ein guter Kenner der chinesischen Dynastiegeschichten war. Noch heute war der chinesische Ausdruck für Revolution schlicht ›das Mandat ändern‹. Das implizierte eben nicht einen Umsturz im Sinne der Französischen Revolution, bei der eine andere Herrschaftsform angestrebt worden war, sondern nur einen Austausch des Herrschers. In China hatte so etwas wie 1789 in Paris nie stattgefunden. Solange eine Revolution erfolgreich war, war sie auch gerechtfertigt. Gelang es jetzt der Regierung nicht, die aufkommenden Unruhen in den Griff zu bekommen, verlor sie das Vertrauen der Bevölkerung. Und die Mächtigen würden sicher bei dem dafür Verantwortlichen beginnen, die Schuld zu suchen. Das war er. Man würde ihn unter einem Vorwand – Korruption war gerade ein beliebter Vorwurf, der in die Kampagne des Generalsekretärs passte – hinrichten. So einfach war das in China manchmal.

Aber nun hatte er ja von seiner Tochter gehört, wie es offensichtlich wirklich um die Situation im Lande bestellt war. Seine Beamten in den lokalen Umweltorganisationen hatten ihn belogen; sie hatten falsche Wasserwerte nach oben geliefert. Die aus Deutschland importierte Technologie maß die Wasserqualität in den Kläranlagen ebenso wie in den großen Kanalsystemen; längst hätte er gewarnt werden müssen, wie es wirklich im Lande aussah. Niemand hatte es gewagt, das zu tun. Warum? Die Motivation war einfach zu durchschauen. Statt auf juristische Mittel zu setzen, um Verantwortung für die eigene Leistung in den Beamten zu verankern, hatte China schon lange und sehr erfolgreich das Kadersystem verwendet. Das hieß, dass jeder in der Hierarchie der Partei aufsteigen konnte, wenn er sich die entsprechenden Verdienste erwarb, also auf seiner Ebene für die Umsetzung der Parteirichtlinien sorgte.

Meritokratie nannte man das. Da jeder Kader den Ehrgeiz besaß aufzusteigen, wurden so über die letzten dreißig Jahre sehr erfolgreich Politikvorgaben der Zentralregierung lokal umgesetzt. Natürlich lief das Ganze aus dem Ruder, wenn auf mehreren Ebenen zielgerichtet betrogen wurde. Das war hier der Fall; Umweltschutzvorgaben wurden schon immer sehr lax gehandhabt. Mit Bestechung konnte man jede Richtlinie umgehen. Das hieß, dass seit Jahren in seinem Verantwortungsbereich falsche Zahlen nach Beijing gemeldet worden waren, und er und seine Vorgänger hatten es nicht gewusst. Jetzt drohte ihm alles um die Ohren zu fliegen. Und obendrein hatte er das Leben seiner eigenen Enkelin riskiert. Ohne seine Tochter wäre ihm die Bedeutung wohl nicht klar geworden; er hätte einfach wie üblich Maßnahmen ergriffen, um die Demonstrationen zu beenden, und natürlich auch die Wasserqualität verbessert, ja. Aber seine Tochter hatte ihm die Augen geöffnet für die Schuld, die er auf sich geladen hatte. Er, also die chinesische Regierung, war es dem Volk schuldig, es zu beschützen.

Was sollte er tun? Er war der Partei verpflichtet; nicht nur, weil er Mitglied der Regierung war, sondern auch, weil er tatsächlich daran glaubte, dass nur die Partei imstande war, das Land zu regieren und erfolgreich in die Zukunft zu führen. Er wollte die Vorgaben umsetzen. Also musste er dem Druck der Straße wie auch dem Druck von oben entsprechen und in Tibet die Sprengungen beginnen. Aber was er von seiner Tochter gehört hatte, hatte sein ganzes Weltbild ins Wanken gebracht. Er hatte sich nie Gedanken gemacht um die Umwelt, dieses abstrakte Konstrukt, das seine Tochter so in den Mittelpunkt aller Überlegungen gestellt hatte. Die wirtschaftliche Entwicklung war es doch, die voranzutreiben war, die Partei musste ein Fünftel der Menschheit ernähren! Da konnte er doch nicht bei jeder Entscheidung über seltene Tiere oder Wasserqualität nachdenken! Man sah ja, wohin das in Europa oder den USA führte! Wirtschaftliche Stagnation, Umweltverbände, die gegen alles und jeden protestierten. So hätte China nie in nur 30 Jahren die Weltspitze erreicht. Aber wenn doch etwas dran war? Wenn nur mit nachhaltiger Entwicklung eine Chance bestand, auf Dauer das eigene Überleben zu retten? Seine Tochter hatte ihm so eindrücklich die weltweiten Zusammenhänge dargelegt, dass er das nicht ignorieren konnte. Wie brachte er den umweltpolitischen Anspruch seiner Tochter mit den wirtschaftspolitischen Vorgaben seiner Chefs in Einklang? Er konnte nur verlieren, egal, wie er sich entschied.

Nachdenklich blies er in seinen Tee, um die noch oben schwimmenden Teeblätter nicht in den Mund zu bekommen. Das Mandat des Himmels musste bestehen bleiben. Die Partei musste Stärke zeigen. Aber eine Umweltkatastrophe in Tibet, und davon hatte dieser weinerliche Projektingenieur dort oben ja gesprochen, wäre unvermeidbar, wenn gesprengt wurde.

Jiang ließ die kostbare Tasse aus dem besten Porzellan aus Jingdezhen fallen. Scherben und Teeblätter und heißes Wasser ergossen sich über den Schreibtisch und seine Hose. Natürlich! Das war es doch! Eine Naturkatastrophe, genau das hatte jahrhundertelang immer wieder das Mandat des Kaisers beendet. Wenn er jetzt seinen Vorgaben nachkam und damit ein Erdbeben in Tibet auslöste, mit all den furchtbaren Konsequenzen, würde er direkt zum Sturz der Partei beitragen! Gerade um die Partei zu stärken, durfte er nicht sprengen! Es gab keinen Widerspruch, er hatte soeben mithilfe seiner Tochter in bester marxistischer Manier den dialektischen Widerspruch aufgelöst. Nicht zu sprengen, würde die Stärke der Partei zeigen. Nicht mit Gewalt, sondern mit sorgfältiger Überlegung, mit Planung, in Abstimmung mit den Nachbarländern würde die Partei ihre Kraft zur Erneuerung und ihre Unverzichtbarkeit beweisen. Sie würde mit Indien verhandeln müssen, ja, auch Zugeständnisse machen, aber mittelfristig würde sie ihre Macht so erhalten können. Das war doch die Nachhaltigkeit, von der Lianhua gesprochen hatte. Und dem Druck der Demonstranten draußen konnte man bis dahin mit einer großen Rede des Generalsekretärs im landesweiten Fernsehen nachgeben. Er musste zeigen, dass die Partei verstanden hatte; nicht das Volk zu besänftigen, war der Weg, sondern ihm zuzuhören. Das war das neue Mandat des Himmels. Und er, Jiang Jianguo, würde den Weg bereiten durch seine Entscheidung. Er würde die Partei gut aussehen lassen, er würde China vor einem möglichen Krieg mit Indien bewahren. Ja, er war sich sicher: Es durfte nicht gesprengt werden. Er musste die Sprengung verhindern, und er würde dafür sorgen, dass seine Regierung die Wasserversorgung Chinas auf stabile, nachhaltige Grundlagen stellte. Hatten sich nicht die Inder erst neulich wieder darüber beschwert, dass China ihre Rechte nicht berücksichtigte? Auch da konnte sein Chef Pluspunkte in der internationalen Gemeinschaft sammeln. Er war Jiang, der General des Schachs, er hatte Macht, und er würde sie einsetzen zum Wohle Chinas. Und dann konnte er endlich in Rente gehen, zurück nach Fujian, mit seiner Enkelin spielen, Tee trinken. Konfuzius hatte recht gehabt. Mensch und Natur in Einklang. Kein Widerspruch, sondern zutiefst chinesisch, seit alters her.

27. KAPITEL

Als sie am Fuße der Treppe das Motorrad erreichten, musste Cora sich auf einen Felsen setzen, um auszuruhen. Die Stufen waren steil und durch den Regen der Nacht rutschig; Danli hatte große Mühe gehabt, sie herunterzubringen. Ihr ganzer Körper schmerzte, nicht nur die tiefe Wunde am Oberschenkel, sondern auch ihr Kopf, ihr Rücken, ihre Arme ... Egal. Weiter. Sie mussten hier weg. Wie es Ganesh wohl ergangen war, fragte Cora sich, als sie auf dem Rücksitz hinter Danli Platz nahm und sich an ihm festhielt. Ob er seinen Plan verwirklichen konnte? Sie musste ihn dringend sprechen. Sie musste wissen, wie es weiterging, was sie tun konnte.

Nach 20 Minuten Fahrt kamen sie an dem Kloster vorbei, in dem der brutale Überfall geschehen war. Am Eingang stand ein Mönch und kehrte die Straße; Danli hielt an und winkte ihm zu. Als er den Chinesen erkannte, winkte der Mönch heftig zurück, schließlich rief er etwas und lief zurück in den Hof des Klosters. Dann trat er wieder durch das Tor, kam heraus, hielt etwas in der Hand. Rasch kam er näher und drückte es Danli in die Hand. Sein Telefon! Es sah reichlich mitgenommen aus, schien aber zu funktionieren. Danli hielt es hoch (dieser seltsame Glaube, dann sei der Empfang besser, existierte wohl auch in China, dachte Cora amüsiert) und rief dann: »Netz! Ja, es geht, hier direkt am Eingang. Los, wir rufen NIB an.«

»Und Ganesh«, fügte Cora mit Nachdruck hinzu.

Besetzt! Beide Telefone besetzt! Das konnte doch nicht wahr sein! Danli versuchte es immer wieder. Schließlich gab er auf und sagte: »Wir müssen warten. Wenn wir hier wegfahren, haben wir wahrscheinlich kein Netz mehr. Am besten wäre es, wenn ...« In diesem Augenblick klingelte sein Telefon.

»Ja?«, rief er aufgeregt hinein. »Wer? Ah, Ganesh. Warten Sie, ich gebe Ihnen Cora.« Danli reichte Cora das Telefon, die sich an die Klostermauer gelehnt hatte.

»Ganesh! Wie geht es dir? Wo bist du? Ist alles okay?«

»Das fragst du mich?«, tönte es aufgeregt aus dem Handy. »Wo seid ihr? Wir machen uns solche Sorgen! Ihr seid in höchster Gefahr! Ihr müsst sofort aus dem Gebiet verschwinden!«

»Wieso? Ich bin in Sicherheit, keine Sorge! Den Kampf habe ich überlebt, Ma Danli lebt auch!«

Ganesh verstand gar nichts mehr. Kampf überlebt? Ma lebte? Ja, warum denn nicht? »Also, wir haben nicht viel Zeit«, mahnte er. »Erzähl ganz kurz und knapp, was bei euch los ist.«

Cora riss sich trotz ihrer Schmerzen zusammen und berichtete so kurz, wie ihr das möglich war, vom Überfall in Lhasa, vom Kloster, von den Ragyapas. Als sie bei den Geiern ankam, hörte sie, wie Ganesh scharf die Luft einsog. »Das kenne ich«, sagte er. »Das haben wir hier in Mumbai auch. Die Parsen haben ihre Türme des Schweigens, mitten im teuersten Business District. Dort werden die Toten auch von den Geiern entsorgt. Nett, wenn so ein Geier unterwegs etwas verliert ... wir haben da ein Haus gegenüber ... Hört zu. Es geht nicht mehr nur um einen Staudammbau und eine Explosion. Ihr müsst da weg. Ich habe mit unserem Freund in Darmstadt gesprochen, du weißt. Er wird alles in die Wege leiten, aber dabei hat er etwas festgestellt. Das, was wir befürchtet haben, wird passieren, heute wahrscheinlich. Aber viel schlimmer als erwartet.« Deutlicher konnte er am Telefon nicht werden. Die Polizei sollte eine vermisste technische Expertin suchen; wenn sie mitbekam, dass Cora mehr wusste, war sie in Gefahr.

Cora und Ma schwiegen.

»Vielleicht der einzige Weg aus Sicht der Parteispitzen, zu zeigen, wie stark sie sind und dass sie sich auch vor der Meinung des Auslands nicht fürchten. Ich denke, Ganesh hat recht«, sagte Cora schließlich nachdenklich. »Es ist möglich. Ja, es erscheint sogar logisch. Und ebenso logisch ist unser nächster Schritt.«

»Klar«, sagte Danli. »Nichts wie weg hier. Los, komm!«

Cora sah ihn entgeistert an. »Das meinst du doch nicht ernst? Wir müssen da hin, wir müssen die Katastrophe verhindern! Ganesh, ich brauche die genauen Koordinaten!«

»Das wirst du nicht tun«, sagte Ganesh ruhig. »Du hörst auf Ma und fährst zurück nach Lhasa. Mit deinem Heldeneinsatz ist niemandem gedient. Das lasse ich nicht zu. Wenn das eintritt, was ich befürchte, dann können wir nur auf die Gnade der Götter hoffen!«

Danli wollte schon fragen, welche Götter denn zuständig seien, verkniff sich aber die Bemerkung, als er Coras warnenden Blick sah.

Cora hielt die Hand vor das Telefon und sagte zu Danli: »Irgendwie muss ich ihn fragen, worum es eigentlich geht. Nur eine Sprengung für einen Staudamm? Das gibt es doch ständig hier, wenn ich es richtig verstanden habe. Es muss um mehr gehen. Wie sollen wir das rauskriegen? Ich kann doch nicht einfach fragen, hier am Telefon!«

»Gib mal her!« Danli griff sich das Handy. »Hallo, Ganesh, hier ist Danli. Wir brauchen noch Hinweise, was da eintreten könnte. Lass dir was einfallen!«

Cora blickte ihn entgeistert an. »Na super«, sagte sie. »Sehr subtil.«

Danli grinste. »Ist doch ein schlaues Kerlchen, dein Inder. Dem fällt schon was ein. Warte.«

»Cora?«, tönte es aus dem Telefon. »Erinnerst du dich an dieses Spiel, das du mir versucht hast beizubringen? Typisch deutsch, für Ausländer unlösbar?«

»Stadt, Land, Fluss!«, flüsterte Cora Danli zu, der sie verständnislos anschaute. »Das habe ich versucht, ihm zu erklären. Aber als Ausländer geht das natürlich nicht. Aber so hat er Deutschland kennengelernt.« Und an Ganesh gerichtet: »Ja, und?«

»Das letzte Wort. Wird auf die ersten beiden gelenkt. Morgen. Heute. Jetzt. Am Sohn Gottes.«

Cora verstand ihn sofort. Natürlich! Das letzte Wort, hatte er gesagt. Stadt, Land, Fluss. Also der Fluss. Wird auf Stadt und Land gelenkt. Und welcher Fluss? Der Sohn des Gottes Brahma. Auf Sanskrit hieß das *Brahmaputra*. Ganesh hatte ihr von den heiligen Flüssen Indiens erzählt, in den langen Nächten, als sie ihm im Dunkel gelauscht hatte oder wenn sie, wenn das Licht noch an war, in seinen großen, tiefbraunen indischen Augen zu versinken drohte. So war das eben mit ihnen beiden, da gab es eine Verbindung, sie, die Soulmates. Man verstand sich ohne Worte. Okay, dafür war jetzt wirklich nicht der Augenblick, mahnte sie sich. Der Brahmaputra wurde auf die Städte gelenkt? China wollte den Brahmaputra umlenken?

»Moment, Ganesh. Ich rufe zurück.« Sie legte auf. »Danli, hör zu. China will den Brahmaputra umlenken, auf die Städte. Macht das Sinn?«

Danli schaute sie mit großen Augen an. »Das hat er gesagt? Ich wusste ja, schlaues Kerlchen. Ich habe dir doch erzählt, der Yarlung Tsangpo heißt in Indien Brahmaputra. Er fließt hier bei uns vorbei, wir sind ganz nah dran, dann etwas nach Norden, und plötzlich macht er eine große Biegung nach Süden. Da gibt es diese Schlucht, die tiefste Schlucht der Welt. Ich wusste, dass China dort mehrere Staustufen bauen möchte, um die gewaltige Hydroenergie zu gewinnen, die dort möglich ist. Das erkläre ich dir noch, aber es wäre schon eine Katastrophe, da Sprengungen hier im Gebirge unkalkulierbar sind. Aber wenn sie wirklich den Fluss nach Norden leiten, damit die Städte und das Land Wasser bekommen – da gab es Pläne, ja, schon vor vielen Jahren, schon unter Mao. Aber das wurde immer verworfen, viel zu gefährlich. Man müsste das neue Flussbett durch Gebirge sprengen, die über 4.000 Meter hoch sind, kilometerlange Tunnel bohren, ganze Flüsse untertunneln. Und das in einem der seismisch aktivsten Gebirge der Erde. Der Himalaya lebt, gewissermaßen, er hebt sich doch noch. Das weißt du doch. Wenn die das machen wollen, geht das nicht mit ein paar Bohrungen und etwas Dynamit. Da gibt es nur eine Möglichkeit, um schnell an Ergebnisse zu kommen.« Er machte eine Pause und kratzte sich am Kopf.

Cora blickte ihn ungeduldig an. »Und? Was für eine Möglichkeit?«

»Nuklear. Die bereiten eine Nuklearsprengung vor, Cora. Das ist es, was dein schöner Inder uns sagen wollte. Oh shit.«

Cora überging den Seitenhieb auf Ganesh. Ihre Augen blitzten wütend. »Das geht nicht, Danli. Das dürfen die nicht. Da sterben Tausende von Menschen, der ganze Berg wird verseucht, das Wasser doch auch! Man kann doch nicht verseuchtes Wasser nach Norden transportieren! Das hilft doch niemandem. Und was macht Indien dann? Ohne Wasser? Und Bangladesch?«

Danli sah sie an. »Was meinst du, wie schmutzig das Wasser ist, das schon jetzt aus dem Süden nach Norden umgeleitet wird? Es ist teilweise nicht mal für industrielle Zwecke zugelassen. Die Regierung muss zeigen, dass sie handelt. Und das wird sie tun. Es ist ja nicht unbedingt die ganze Regierung, ein einziger ehrgeiziger Minister reicht schon. Der will sich unsterblich machen, das haben andere sicher auch schon versucht. Ich glaube ehrlich gesagt nicht, dass das ganze Politbüro so etwas befürworten würde; da gibt es zu viele interne Machtkämpfe. Und das sind ja Fachleute, keine kommunistischen Kader wie früher. Wir haben heute in der Regierung Ingenieure, Betriebswirte, Juristen et cetera. Die würden nicht leichtfertig einen Krieg mit Indien riskieren. Aber wenn der zuständige Minister unter Erfolgsdruck steht, dann versagen die Kontrollmechanismen. Und Tausende sterben sagst du? Passiert das nicht auch im Krieg? Wer hat denn Afghanistan angegriffen? Nicht China, nein, die USA. Wer hat den Irak überfallen? Wer schaut zu, wie in Syrien Hunderttausende Zivilisten, Frauen und Kinder, im Krieg sterben? Ihr seid das. Niemand unternimmt etwas. Und dann regst du dich auf, weil vielleicht ein paar Tausend Tibeter sterben und dafür Millionen Chinesen besser leben können? Sieh mal die Relationen. Ist das nicht eine seltsame Moral, Tibet verteidigen, aber Syrien aufgeben?«

Cora war entsetzt. »Sag mal, du kannst doch nicht die Menschen hier opfern, nur weil an anderen Orten der Welt auch schlimme Dinge passieren? Und hier kann man etwas verhindern, das viel größer ist. Ein Krieg zwischen zwei Weltmächten könnte ausbrechen; da können wir nicht zusehen und sagen, die USA sind auch keine guten Menschen! Was ist denn das für eine Argumentation! Verantwortung abschieben geht gar nicht. Wir haben eine Verantwortung, auch für Menschen in der ganzen Welt. Ich komme aus Rheinland-Pfalz, die Grenze meiner Verantwortung liegt doch nicht am Rhein! Nein, Danli, so leicht kannst du dich hier nicht aus der Angelegenheit stehlen. Jeder Mensch ist verpflichtet, sich im Rahmen seiner Möglichkeiten auch für andere Menschen einzusetzen. Das hat nichts mit christlicher Nächstenliebe zu tun; das ist einfach anständig und ein Gebot der Mitmenschlichkeit. So etwas müsst ihr in China doch auch haben!«

»Natürlich haben wir auch Mitmenschlichkeit. Natürlich denken auch wir an andere Menschen. Aber ich wollte dir nur die Doppelmoral aufzeigen, die gerade ihr im Westen habt. Ereifert euch über eine Region, von der ihr nichts wisst, wie Tibet, aber kümmert euch nicht um das Elend vor eurer Haustür! So. Und jetzt machen wir, dass wir hier wegkommen, Cora. Das ist zu groß für uns. Wir können nicht gegen den chinesischen Staat kämpfen!«

Cora sah ihn ruhig an. Ihre Augen funkelten kampfeslustig. Ihr Jagdinstinkt war wieder erwacht. Sie hatte Schmerzen, überall, sie war hundemüde, sie hatte Atemnot von der Höhe und von der ganzen Anstrengung. Aber sie würde nicht aufgeben. Nicht jetzt und nicht hier. »Wir werden nicht fliehen! Wir werden uns einmischen und versuchen, das Schlimmste zu verhindern! Wir fahren an den Brahmaputra!« Sie sah ihn an. »Und, mein lieber Danli, du brauchst nicht mitzukommen. Ich schaffe das auch allein. Fahr ruhig nach Hause. Und das meine ich ernst. Du hast Familie, deine Frau und dein Baby warten auf dich. Ich habe niemanden, der auf mich wartet. Geh du nach Hause. Ich …«

Weiter kam sie nicht. Ein Konvoi von Polizeiwagen kam über die Straße vor das Kloster gefahren und bremste mit quietschenden Reifen. Mehrere Polizisten in einer Uniform, die an amerikanische SWAT-Teams erinnerte, stiegen aus. Die Waffen im Anschlag, brüllten sie etwas und näherten sich langsam.

»Runter«, schrie Danli. »Leg dich sofort auf den Boden! Die schießen. Die suchen dich!«

Cora beschloss, ausnahmsweise Danli nicht infrage zu stellen und einfach zu gehorchen. Es schien das Richtige. Sie legte sich auf den Boden, was ihr erneut ein Stöhnen entlockte, und schloss die Augen. Wieso suchte die Polizei sie? Es wusste doch niemand, wo sie war? Das Rätsel löste sich schnell, als einer der Polizisten näherkam und Danli ansprach. Der antwortete, auch auf dem Boden liegend, und nach wenigen Sätzen senkten die Chinesen die Waffen.

»Wir dürfen aufstehen«, sagte Danli leise. »Sie haben verstanden, dass du nicht in Gefahr bist. Sie sind auf der Suche nach dir und dachten, ich hätte dich entführt. Sie werden uns mitnehmen und zur Polizeistation bringen, dann ausfliegen.«

»Ausfliegen? Ich will nicht ...«

»Cora, sei ruhig. Das hier sind die chinesischen Sicherheitsbehörden. Die machen keinen Spaß oder diskutieren mit einer Ausländerin, die sich in eigentlich gesperrtem Gebiet in Tibet aufhält. Wir tun, was die wollen. Punkt!«

Cora schwieg. Er hatte ja recht. Sich mit den Behörden anzulegen, war gerade in China keine gute Idee. Aber – die Sprengung! Sie konnte doch nicht einfach weglaufen! Sie musste etwas unternehmen. Aber was? Allein? Sie wusste ja nicht einmal, wohin sie hätte fahren sollen. Sie waren jetzt etwas nördlich des Brahmaputra, ja, also weiter östlich kamen der große Bogen nach Süden und diese Schlucht. Aber wie weit war das? Wie kam man da hin? Es hatte keinen Sinn, sie musste aufgeben. Mit hängendem Kopf ließ sie sich von einem Polizisten zu einem Van führen. Danli und sie stiegen hinten ein, vorn saßen zwei Polizisten. Der Konvoi fuhr an und die Straße entlang, die Danli ohnehin hatte fahren wollen. Zurück Richtung Lhasa.

Es regnete wieder, und die Gegend sah nun ziemlich trostlos aus. Kahle Berge, eine enge Straße am Abhang, hin und wieder ein Blick in die Ferne, wenn ein Tal sich weitete, aber durch den Nebel war die Sicht sehr begrenzt. Am Straßenrand gelegentlich Yaks und ihre Hirten, die wie aus dem Nichts aufzutauchen schienen. Cora hing ihren Gedanken nach. Was für ein frustrierendes Ende! Sie wollte doch eingreifen, Menschenleben retten, und nun saß sie auf dem Rücksitz eines Fahrzeugs, schön warm und angeschnallt, als wäre es die Eifel oder der Westerwald. Und da draußen bahnte sich etwas Furchtbares an ... wenn sie Ganesh nur helfen könnte! Sie beobachtete die LKW-Kolonnen, die ihnen entgegenkamen. Alles Militär, endlose Reihen, die trotz Nieselregen und abschüssiger Straßen mit überhöhter Geschwindigkeit fuhren. Die Soldaten da drin hätten sicher gern mit ihr getauscht, dachte sie. Welche Ironie!

Als sie eine Stunde später auf einem Rastplatz anhielten, verließen die Polizisten das Auto, um zu rauchen, und gesellten sich zu ihren Kameraden. Danli und Cora saßen noch immer auf dem Rücksitz. Der Rastplatz stand voller LKW, die hier noch einmal auftankten, bevor sie weiter nach Osten oder Westen fuhren. Cora betrachtete die Wagen, den Regen, die etwas abseits unter einem Unterstand rauchenden Polizisten. Danli sah zu ihr herüber, dann folgte er mit seinen Augen ihrem Blick.

»Cora«, sagte er leise. »Nein!«

»Doch«, erwiderte sie. »Ich gehe, du bleibst. Gib mir dein Handy.« Mit diesen Worten griff sie sich das Telefon, öffnete leise die Schiebetür des Vans auf der dem Rastplatz abgewandten Seite und krabbelte heraus. Dann lief sie langsam und gebückt zu einem der LKW, hob hinten die Plane an, ließ sie sofort wieder fallen und rannte zum nächsten. Dort hob sie ebenfalls die Plane an, sah sich um, zog sich mit einem trotz ihrer Schmerzen eleganten Schwung hinauf und verschwand unter der Plane. Kaum war sie außer Sicht, ließ der Fahrer des LKW schon den Wagen an und fuhr langsam los. Der Konvoi mit circa 50 LKW, alle von der chinesischen Volksbefreiungsarmee, fuhr Richtung Ost-Tibet.

Als die Polizisten zu ihrem Van zurückkehrten, war die Rückbank leer. In einem der LKW aber saß neben einer deutschen Ingenieurin aus dem fernen Deutschland ein chinesischer Ingenieur, der leise vor sich hin fluchte. Er war natürlich nachgekommen; er konnte unmöglich diese unglaubliche Frau allein lassen. Sie trieb ihn in den Wahnsinn mit ihrem Sturkopf, sie riskierte ihrer aller Leben, sie war einfach nur anstrengend, offensichtlich auch lebensmüde. Er kannte keine Chinesin, die so war wie diese Deutsche. Und das war, wie er realisierte, auch der Grund, warum er sie nicht allein lassen konnte.

Sie fuhren nun schon mehr als drei Stunden ohne Pause. Es war denkbar unbequem; sie kauerten nebeneinander, der Regen prasselte auf die Plane, es war eiskalt, und die Luft schien immer dünner zu werden. Sie fuhren auf einen Pass, sie hatten schon mehrere überquert, die über 5.000 Meter hoch waren, wie Danli sagte. Es konnte nicht mehr weit sein, was auch immer das Ziel war. Cora hatte ausgerechnet, dass sie auch bei dieser Geschwindigkeit vermutlich schon längere Zeit direkt am Fluss entlangfuhren und bald die entscheidende Stelle erreicht haben mussten. Aber dann? Selbst wenn die LKW anhielten, selbst wenn die beiden blinden Passagiere nicht entdeckt wurden – was unwahrscheinlich war –, was sollten sie dann tun? Zu zweit die Volksbefreiungsarmee aufhalten? Auch Cora hatte keinen Plan, sie konnte die Situation überhaupt nicht einschätzen.

Sie fuhren jetzt bergab; ziemlich rasant, das war zu spüren. Cora und Danli hielten sich aneinander fest, viel mehr konnten sie nicht tun. Sie hörten das Brummen der Dieselmotoren, das Hupen in den Kurven.

Und dann brach das Chaos aus. Der LKW, auf dem sie saßen, bremste unvermittelt und so heftig, dass sie beide erst gegeneinander und dann aus dem Wagen geschleudert wurden. Der ihnen folgende Lastwagen prallte frontal auf; beide LKW kippten um und überschlugen sich mehrfach, als sie den Abhang hinunter in eine Schlucht fielen. Cora war auf eine Wiese am Straßenrand geschleudert worden, und als sie verzweifelt versuchte, sich im Fallen an einem Busch festzuklammern, sah sie auch den Grund für den Unfall: Eine große Yakherde schob sich gemächlich über die Straße. Es waren sicher über vierzig Tiere, die unvermittelt an einer Biegung aus dem Nebel aufgetaucht waren. Cora rutschte über die nasse Wiese, sie riss im Fallen Grasbüschel aus, einen Strauch, mehr wuchs hier ja nicht; schließlich prallte sie sehr schmerzhaft gegen etwas Großes, das da im Weg war. Ihre erste physische Begegnung mit einem Yak hatte sie sich anders vorgestellt. Das Yak offensichtlich auch; es kamen wohl nicht oft blonde Frauen auf tibetischen Wiesen ins Fallen. Es schaute interessiert auf sie herunter, während Cora versuchte, auf dem glitschigen Boden aufzustehen, und sich dabei notgedrungen an dem langen, zotteligen Fell des verwunderten Tieres hochzog. Nun waren Yaks ja sehr gutmütige Tiere, wie sie im Reiseführer gelesen hatte – und Pflanzenfresser. Hoffentlich hatte der Autor sorgfältig recherchiert.

Sie stand endlich, gut, und versuchte, einen Überblick zu bekommen. Überall umgekippte LKW, laut rufende und vor Schmerz schreiende verletzte Soldaten, dazu der Nebel, der Regen. Wo war Danli? Sie konnte ihn ja nicht rufen, musste selbst hinter dem Yak Deckung suchen, damit sie nicht gesehen wurde. Sie war jetzt mitten in der Yakherde, alles große, beeindruckende Tiere, größer als Kühe, mit schwarzem, verfilztem, stinkendem Fell und durchaus imposanten Hörnern. Cora überquerte mit der Herde, immer hinter das Tier gebückt, das ihren Fall gebremst hatte, die Straße. Langsam entfernten sie sich von dem Konvoi. Wo war nur Danli? Sollte sie zurückgehen und ihn suchen? Keine gute Idee. Die Herde hatte nun vollständig die Straße überquert und zog den gegenüberliegenden Berg hinauf. Cora schob sich langsam an den Rand und duckte sich dann hinter einen großen Felsen. Sie war durch und durch nass; mit der Ruhe setzte auch der Schmerz wieder ein, ihr ganzer Körper brannte. Als sie an sich herunterschaute, sah sie, wie sich ein blutiger Fleck auf ihrem Oberschenkel ausbreitete; die Wunde war wohl wieder aufgerissen.

Der Nebel lichtete sich etwas, gerade genug, dass sie einen Überblick bekam. Unmittelbar vor ihr öffnete sich ein breites, tiefes Tal; die Straße am Abhang unter ihr war übersät mit LKW und Soldaten, viele waren verletzt, manche LKW umgekippt oder bereits den Abhang hintergerutscht. Im Tal waren Gebäude zu erkennen, drei oder vier, flache, wie Bauschuppen aussehend. Davor, auf einem weiten Platz, standen bereits zahlreiche Militärfahrzeuge. Das musste es sein. Hier würde es passieren, sonst wären die LKW hier nicht hergekommen. Und Danli hatte gesagt, es könne nicht mehr weit sein. Da musste sie hin. Den Abhang hinunter, irgendwie an den Soldaten vorbei, dann ins Tal. Und dann? Sie hatte keine Ahnung, was sie eigentlich tun sollte. Das würde sich ergeben, wenn sie erst mal dort war. Und sie musste ihre Wunde versorgen, sie durfte nicht zu viel Blut verlieren. Sie ließ ihren Blick schweifen; da drüben könnte sie eventuell im Schutz mehrerer

Felsblöcke die Straße überqueren, etwas abseits des Konvois. Es suchte sie ja niemand, das war ihr Vorteil. Langsam schlich sie über den schlammigen Boden, versuchte, sich an Grasbüscheln und Steinen festzuhalten, bis sie die Felsen erreicht hatte. Der Nebel kam wie gerufen, er stieg aus dem Tal empor, und alles verschwand in einer grauen Suppe. Schnell über die Straße, jeden Moment konnten die Wolken, nichts anderes war Nebel ja in dieser Höhe, wieder aufreißen.

Cora humpelte über die Straße und rutschte den Hang gegenüber hinunter; niemand beachtete sie. Dann war sie weit genug weg, um sich wieder etwas aufzurichten und gebückt weiterzulaufen. Sie kam an einem Haufen von bunten Wimpeln vorbei, die man hier, schon an einem Seil aufgenäht, auf den Boden gelegt hatte; sicher, um sie später aufzuspannen. Sie riss einige der Stofffetzen ab und wickelte sie sich um die pochende Wunde am Oberschenkel. Das musste jetzt reichen, um die Blutung etwas zu stoppen. Jetzt hinunter ins Tal. Einen Weg gab es nicht; es ging einfach über eine Wiese, wie sie auch auf einer Schweizer Alm hätte wachsen können, hinab, gelegentlich unterbrochen von Felsen oder kleinen Steinen. Sie hatte völlig das Zeitgefühl verloren; der Schmerz, die Atemnot, das Adrenalin – wie in Trance rannte sie immer weiter, fiel hin, rappelte sich wieder auf.

Endlich war sie nahe an den Gebäuden; jedenfalls so nahe, wie sie, ohne Gefahr gesehen zu werden, gelangen konnte. Was nun? Sie konnte nicht weiter; dort standen zu viele Soldaten. Sie rauchten, telefonierten, schienen keine Eile zu haben. Ob sie falsch war? Vielleicht war das hier gar nicht der Ort, wo sie hinwollte? Cora überlegte. Irgendetwas hatte sie übersehen. In ihrem Unterbewusstsein war da etwas, etwas sehr Wichtiges, aber sie kam nicht drauf, was hatte sie gesehen? Sie wusste, sie hatte die Lösung gesehen.

Und dann sah sie es. Die Soldaten. Sie rauchten. Aber sie telefonierten auch. Es gab ein Netz hier! Wenn sie nur ihr Handy hätte! Sie setzte sich hin, in den Schlamm, das war nun auch egal. Etwas pikste sie in die Seite. Was war das? Sie griff in ihre Jackentasche. Danlis Handy! Sie hatte es ihm doch abgenommen, als sie den Van verlassen hatte. Ein schneller Blick aufs Display. Netz! Schwach, zwei Balken, aber immerhin G3. Cora schaute sich um, alles ruhig. Ganesh hatte vorhin am Klostereingang angerufen; sie drückte auf die Nummer und rief zurück. Bitte, lass ihn rangehen, dachte sie.

28. KAPITEL

Projektingenieur Zhao arbeitete konzentriert an seinem Laptop, als das Telefon klingelte. Es gab so viel zu tun. Der Minister hatte die Vorbereitung der Sprengung befohlen; die in Beijing stellten sich das so einfach vor. Als ob man einfach ein paar Dynamitstangen in den Berg steckte und sich die Ohren zuhielt, wie man das im Film sah! Sie waren hier in etwa 4.000 Meter Höhe, im Himalaya! Um den ersten von mehreren Staudämmen zu errichten, er hatte insgesamt eine Kaskade von neun Staustufen geplant, hatte es Jahre der Vorbereitung bedurft. Direkt im Bogen des Yarlung Tsangpo musste das Projekt errichtet werden, um die maximale Hydroenergie zu gewinnen. Die geologisch beste Region hierfür befand sich genau hier, wo er jetzt war, zwischen Nyingchi und Motuo. Manche Gebiete hier waren erst vor wenigen Jahren überhaupt erstmals von Menschen betreten worden! Der ewige Regen machte den Bau von Straßen fast unmöglich; auch war es schwierig, Einheimische zu finden, die mit ihrer Ortskenntnis den Chinesen hätten helfen können. Das heißt, können schon, aber wollen nicht. Die glaubten hier an Geister und Dämonen und all so etwas; Zhao schüttelte immer wieder den Kopf. Sie weigerten sich, die große Schlucht des Yarlung zu betreten, geschweige denn hinabzuklettern. Viele Expeditionen, sogar ausländische, waren gescheitert. Das gesamte Gebiet war von den Tibetern für heilig erklärt worden und damit nicht zu betreten. Schließlich war es doch gelungen, die Schlucht komplett zu untersuchen und zu vermessen. Man hatte das gesamte Gebiet kartografiert und geologisch untersucht. Sorgfältige Planungen, wo genau welche Talsperren zu errichten waren, waren vorausgegangen; alles schien bestens vorbereitet. Er musste nur auf den Befehl aus Beijing warten. Die Sprengungen waren detailliert vorbereitet; ein bestimmter Berg musste im wörtlichen Sinne zuerst aus dem Weg geräumt werden, um Platz zu schaffen für schweres Gerät, das dann weitere Wege schaffen würde. War dieser Berg erst einmal gesprengt, wäre ein deutliches Zeichen gesetzt, dass die Regierung es ernst meinte mit der Wasserversorgung Chinas. Und er, Zhao, hatte mit seinem Team alles minutiös geplant. Seit Wochen transportierten LKW der Volksbefreiungsarmee Sprengstoff in die Region, und seine Leute brachten die Ladungen an den richtigen Stellen an. Alles lief in seinem Computer zentral zusammen; er musste nur die entsprechende Software starten, und die Explosion würde in Gang gesetzt.

Aber ein hohes Risiko war es dennoch; niemand wusste, was die Detonationen in dieser seismisch empfindlichen Region auslösen würden. Was würde passieren? Wie viel Menschen würden sterben, weil er einem Befehl gehorcht hatte? Was hatte das Erdbeben in Nepal ausgelöst? Seit er Vater war, hatte sich seine Einstellung zum Leben und zur Natur gewandelt. Er sah oft in die Augen seines Kindes, die voller Urvertrauen waren, und überlegte, welche Welt er ihm hinterlassen würde. Wie sollte er seinem Kind einmal erklären, dass er in einer entfernten Region Chinas etwas Furchtbares getan hatte, nur um seinen Job zu behalten? Er war nicht so materialistisch wie die meisten Chinesen; er war Anhänger des Daoismus.

Und da galt der klare Leitsatz, die spontane Naturordnung auf menschliches Denken und Handeln zu übertragen. Der ideale Mensch greift nicht in die Natur ein, lässt nicht zu, dass man die Natur beeinträchtigt. War das chinesische Wort für Natur nicht ›spontan‹? Das, was von selbst entsteht? Wie konnte man es da willkürlich zerstören?

Das Telefon klingelte ununterbrochen. Zhao hatte Angst, es könne der entscheidende Anruf aus Beijing sein. Aber es half nichts, er musste gehorchen, er hatte ja keine Wahl. »Wei? Hallo?«

»Hier ist das Büro des Provinzgouverneurs. Genosse Provinzgouverneur Bao möchte Sie sprechen. Warten Sie bitte kurz.«

Bao? Was wollte der denn? Zhao war verwirrt. Er hatte wirklich genug Sorgen, musste er sich jetzt noch mit dem Gouverneur auseinandersetzen?

»Wei. Bao hier. Sie sind Genosse Zhao? Zuständig für die Sprengungen am Yarlung?«

»Ja, Genosse. Ich bin zuständig. Der Vize-Minister hat mich schon angewiesen, alles vorzubereiten, um …«

»Hören Sie mir gut zu, Zhao. Mich interessiert der Vize-Minister nicht. Wir sind hier in Tibet, und das ist mein Herrschaftsbereich. Glauben Sie, ich will hier versauern, unter all diesen Yak fressenden Tibetern? Ich werde dafür sorgen, dass ich wenigstens reich zurückkomme. In dem Gebiet, in dem Sie sprengen möchten, gibt es eine Mine. Eine Goldmine, um präzise zu sein. Die gehört mir. Wenn Sie die Sprengung so vornehmen, wie das Ihr Vize-Minister geplant hat, ist mein Zugang zur Mine für immer versperrt. Das lasse ich nicht zu. Sie werden genau tun, was ich Ihnen sage. Haben Sie mich verstanden?«

Zhao starrte entgeistert auf den Hörer. »Was meinen Sie, Provinzgouverneur? Ich erhalte meine Anweisungen aus Beijing, und wenn Minister Jiang anruft, dann …«

»Maul halten!«, brüllte es aus dem Hörer. »Sie sollen zuhören! Ich habe seit Monaten alles vorbereitet, und Sie werden mir das nicht verderben! Auch nicht der Jiang aus Beijing! Ich werde Ihnen sagen, wo und wie Sie sprengen, und es wird nicht Ihr Schaden sein! Sie werden nämlich weiterleben! Andernfalls kommen Sie in ein wunderschönes Arbeitslager, viel frische Luft, körperliche Ertüchtigung eingeschlossen! Haben Sie mich verstanden? Und Sie wären der Erste, der das mehr als sechs Monate überlebt.«

Zhao erbleichte. Er war am Ende. Zwischen dem Vize-Minister und dem Gouverneur würde man ihn aufreiben. Was sollte er tun? Wem gehorchen? Egal, was er tat, es war vorbei. Seine Frau, sein Kind, was sollte nur werden?

»Also, es ist einfach«, fuhr der Gouverneur inzwischen fort. »In Ihrer Abwesenheit letzten Monat habe ich von Ihrem Stellvertreter alles vorbereiten lassen. Sie werden nicht den vorgesehenen Berg sprengen, um Platz für den Staudamm zu schaffen, sondern einen anderen Berg. Der ist etwas weiter nördlich gelegen, wird daher meine Mine nicht beeinträchtigen.«

»Aber«, wandte Zhao ein. »Da haben wir nichts geplant. Man kann dort nicht sprengen, der Fels ist viel zu dick, das ...«

»Oh, machen Sie sich keine Sorgen.« Die Stimme des Gouverneurs war plötzlich gefährlich ruhig geworden. Freundlich geradezu. »Ich sagte ja schon, alles geplant. Ihr Stellvertreter bringt Ihnen einen Laptop. Das Passwort heißt ›Goldene Freiheit‹, ha. Das war meine Idee, gut, nicht wahr? Es ist alles vorinstalliert, Sie werden sehen. Und wenn mein Anruf kommt, aktivieren Sie das installierte Programm. Die Sprengung läuft ja vollautomatisch. Ach ja, noch etwas. Machen Sie die Augen zu, bevor Sie auf die Entertaste drücken. Könnte hell werden über den Berggipfeln ...«

»Was meinen Sie, Genosse? Hell?«

»Wir könnten sehr viel Zeit sparen, wenn Sie einfach besser zuhören würden, Zhao. Ich habe das berechnen lassen. Wenn wir nuklear sprengen. Kleine, kontrollierte Sprengungen, um schnell die Voraussetzungen für den eigentlichen Baubeginn zu schaffen. Vorbereitet hatten wir das ohnehin, aber nie wirklich ernst gemeint. Aber jetzt muss ich handeln, bevor dieser Idiot in Beijing es tut und mir alles kaputt macht.«

»Aber ...« Zhao glaubte sich verhört zu haben. »Der Fall-out, der radioaktive Fall-out ist schwer kalkulierbar. Verseuchung der Umgebung, viele Tote in der einheimischen Bevölkerung, Umwelteinflüsse ...«

»Kein Wort mehr, verdammt! Sprengen Sie, Mann, sobald ich es Ihnen sage! Die Kollateralschäden lassen Sie meine Sorge sein. Das ist Tibet, das kriegt die Welt doch gar nicht mit! Was interessieren mich irgendwelche verdammten tibetischen Mönche? Die glauben doch sowieso an die Wiedergeburt, oder? Eben. Sind sie eben schneller ein Leben weiter, ha! Und Sie, denken Sie an Ihr eigenes Leben.«

Aufgelegt. Zhao sank auf den Stuhl zurück. Eben noch hatte er geglaubt, der Sprengbefehl des Vize-Ministers aus Beijing sei das Schlimmste, was ihm passieren konnte. Und jetzt sollte er nicht nur den Befehl aus Beijing missachten, nein, er sollte auch noch für die schlimmste Entscheidung verantwortlich sein, die China je treffen würde. Eine nukleare Sprengung im Himalaya. Das konnte nicht sein. Das durfte nicht sein. Der Gouverneur war verrückt. Ein Mann würde das ganze Land ins Unglück stürzen. Bao hieß er, ›grausam‹ hieß das, ›brutal‹. Das passte ja.

Was konnte er, Zhao, ein kleiner Projektingenieur, tun? Er war doch nur ein Rädchen im großen Getriebe. Ein Bauer, der auf dem Schachbrett geopfert wurde.

29. KAPITEL

Zhao glaubte, durchzudrehen, als das Telefon erneut schrillte. Er dachte nur an seine Frau und sein Kind. Der Gouverneur hatte ihm klar mit dem Tod gedroht. Sollte er einfach nicht abnehmen? Sich taub stellen und abwarten. Verzweifelt fuhr er sich immer wieder durch die Haare. Er hatte vor wenigen Minuten noch mit seiner Frau gesprochen; es hatte für ihn wie ein Abschied geklungen. Sie war fröhlich wie immer; hatte ununterbrochen von Haushalt und Kind und von all dem gesprochen, was ein Familienleben nun einmal ausmachte. Normalerweise interessierte ihn das ja auch, aber jetzt hatte er das Gefühl, sie eigentlich unterbrechen zu müssen: Sei ruhig, hör mir zu, es ist wichtig, ich weiß nicht, ob ich wiederkomme. Ich liebe dich, pass auf unser Kind auf. Aber das ging doch nicht, er konnte sie nicht mit der Verzweiflung zurücklassen, ohne zu wissen, ob wirklich etwas Schlimmes bevorstand. Also lachte er über ihre Geschichten, wie er das immer tat, fühlte mit ihren Sorgen, war unbekümmert und versprach, bald bei ihr zu sein. Aber eigentlich wollte er seine Verzweiflung herausschreien und sie um Trost und Rat bitten. Was sollte er nur tun?

»Wei?«

»Bao hier. Es ist so weit. Ihr Stellvertreter ist gleich bei Ihnen, er verfügt über alle nötigen Instruktionen. Sie werden die Explosion starten. Ich bin live über den Laptop zugeschaltet, also keine Spielchen.« Der Provinzgouverneur hatte schon aufgelegt.

Verzweifelt blickte Zhao aus dem Fenster des flachen Gebäudes. Vor ihm, auf dem großen Platz, standen mehrere LKW. Er sah, wie ein kleiner, deutlich angefetteter Mann mit Bürstenhaarschnitt auf sein Gebäude zukam. Lu, sein Stellvertreter, der sich an den Gouverneur verkauft hatte, hoffte wohl auf einen beruflichen Aufstieg. Der war immer schon ein Intrigant gewesen, der sein Fähnchen nach dem jeweils herrschenden Wind gerichtet hatte. Seine geringe Körpergröße bescherte ihm wenig Glück bei den Frauen; das glich er wohl durch übertriebenen beruflichen Ehrgeiz aus. Zhao verachtete ihn, aber jetzt schien Lu das Spiel gewonnen zu haben. Sein siegesgewisses Grinsen sprach Bände. Unter dem Arm trug er einen Laptop. Er war nur noch wenige Meter von der Eingangstür entfernt.

Zhao dachte nicht mehr nach. Er handelte. Rasch stopfte er das Foto seines Sohnes, das er die ganze Zeit in der Hand gehalten hatte, in seine Hemdtasche. Er rannte zur Tür, stieß sie auf, prallte gegen den verdutzten Lu, entriss ihm die Laptoptasche und rannte quer über den Platz auf einen der LKW zu. Schnell kletterte er in die Fahrerkabine und warf den Computer auf den Beifahrersitz; der Motor lief, wie immer. In dieser Höhe den Motor abzustellen war riskant, besser, ihn immer laufen zu lassen. Schon hatte er den Gang eingelegt und rollte auf den schmalen Kiesweg zu, der die Auffahrt zur Landstraße darstellte. Hinter sich hörte er durch das tiefe Brummen des Diesels laute Rufe, dann einen Schuss. Der rechte Außenspiegel zersplitterte, Zhao gab Gas und raste den Weg empor. Soldaten, die gerade herunterliefen, stoben zur Seite; hinter ihm war jetzt ein Motorrad aufgetaucht, auf dem ihn Lu verfolgte. Ihm blieb nicht viel Zeit, aber vielleicht reichte der Vorsprung. Er musste nur über einen nahen Kamm, dann in die benachbarte Schlucht. Dort war alles für die konventionelle Sprengung vorbereitet. Der Sprengstoff war platziert; es ging ja im ersten Schritt darum, Platz für die weiteren Erdarbeiten zu schaffen. Dazu war zunächst ein gewaltiger Felsüberhang zu beseitigen; die Trümmer würden dann von der darunterliegenden Straße abtransportiert werden. Wenn es ihm gelang, den Sprengstoff zu zünden, der dieses Hindernis beseitigen sollte, war die Mine des Gouverneurs, die dahinter lag, verloren. Die Wucht der Explosion würde den Eingang verschütten und die bereits ausgehobenen ersten Meter völlig zerstören. Auch gäbe es praktisch keine Möglichkeit mehr, an das in dem Eingang der Mine stehende schwere Gerät heranzukommen, das mühsam aus dem chinesischen Tiefland herangeschafft worden war. Es würde Monate dauern, Ersatz zu beschaffen und die Mine wieder freizuräumen; bis dahin würde der Winter begonnen haben und jegliche Erdarbeiten unmöglich machen. Kurz, aus Sicht des gierigen Politikers bestand kein Grund mehr, nuklear zu sprengen. Das war sein Plan, er konnte es nicht zulassen, dass ein Einzelner das ganze Land in eine Katastrophe riss. China war sein Vaterland, er war stolz, Chinese zu sein, und er würde dafür sterben. Für seine Familie konnte er nur das Beste hoffen; beten hatte er nie gelernt. Jetzt wünschte er sich, er könne es. Er hatte keine Alternative mehr.

Zhao raste über die Bergkuppe und auf der anderen Seite hinunter. Dort stand sein Baucontainer, darin war sein eigener Computer. Im linken Spiegel, der ihm noch verblieben war, sah er, wie das Motorrad näherkam, aber auf der unbefestigten, abschüssigen Straße konnte es nicht schneller fahren. Mit quietschenden Bremsen kam er kurz vor dem Container zum

Stehen, er sprang aus dem Wagen und rannte die wenigen Meter. Gerade wollte er die Tür aufreißen, als ihm etwas die Beine wegriss und er in den Schlamm stürzte. Ein furchtbarer Schmerz breitete sich aus, seine Beine brannten wie Feuer. Erst dann wurde ihm bewusst, dass er getroffen worden war, er hörte den Schuss erst im Nachhinein. Er wollte sich aufrichten, zum Container, aber es ging nicht. Ein zweiter Schuss traf ihn direkt in den Rücken. Die Wucht warf ihn nach vorn, aber da war nichts. Kein Weg, kein Container. Nur der Abhang, und unten die Schlucht. Er fiel, rutschte, krallte sich an einer Wurzel fest. Hing mit einer Hand, begann, das Bewusstsein zu verlieren. Als ein Gesicht über ihm auftauchte, das er nur undeutlich wahrnahm, flüsterte er: »Im Container ... Laptop ... Sprengung ... sofort auslösen ...«

Dann riss die Wurzel aus dem nassen Boden. Als er fiel, zog sein letztes Telefonat mit Vize-Minister Jiang, unmittelbar vor dem entscheidenden Anruf von Bao, als dieser den Befehl zur Sprengung gab, noch mal an ihm vorbei. In dem sicher ungewöhnlichsten Telefonat, das Projektingenieur Zhao je geführt hatte, sprach einer der wichtigsten Männer Chinas in ruhigem, überlegtem Ton zu ihm und erklärte ihm, was er tun solle. Er sprach von Nachhaltigkeit und Chinas großer Zukunft unter den Weltmächten, von globaler Verantwortung und den Möglichkeiten, die jeder hatte, seinen Beitrag zu leisten. Und Zhao hörte erst verwirrt und verängstigt, dann ruhiger und konzentrierter zu. Der Vize-Minister erklärte, er habe seine Meinung geändert, aber er wolle ihm auch erklären, warum. Keine Sprengung, nicht jetzt, nicht in dem vorgesehenen Umfang. Als Jiang fertig war, bat Zhao, offen und ehrlich sprechen zu dürfen. Das war immer riskant, aber er hatte das Gefühl, der Minister würde ihn nicht bestrafen. Und er erzählte, was der Provinzgouverneur gesagt hatte, wie er ihn bedroht hatte, was er plante. Jiang hörte zu, und sein Zorn wuchs. Genau diese Art von lokalen Fürsten war es, die China ins Unglück stürzten, die korrupt waren und dem Staat und der Gesellschaft schadeten. Die Kampagne der Partei, um gegen die Korruption vorzugehen, nahm langsam Fahrt auf; es wurde höchste Zeit dafür. Seine Vorgesetzten hatten erkannt, dass China so nicht zur Weltmacht aufsteigen konnte. Und er würde seinen Teil dazu beitragen, genau wie Zhao seinen Teil beitragen konnte. Gemeinsam besprachen sie, was zu tun war. Als Zhao auflegte, wusste er, er würde seinen Teil dazu beitragen, China besser zu machen. Als er fiel, wusste er, dass er es zumindest versucht hatte. Das allein zählte. Man musste es versuchen.

Den Aufprall Hunderte von Metern tiefer spürte Projektingenieur Zhao schon nicht mehr.

Danli sah den Chinesen in die Schlucht fallen. Er hatte ihn nicht retten können, keine Chance auf diesem glitschigen Abhang. Langsam robbte er zurück und stand auf. Sprengung? Container? Er sah sich um. Es gab nur einen Container hier. So schnell er es mit seinen Verletzungen konnte, humpelte er darauf zu. In dem dem Unfall nachfolgenden Chaos hatte er Cora aus den Augen verloren. Er hatte versucht, sich im Nebel davonzuschleichen; als Chinese fiel er nicht auf, und außerdem war ja sowieso jeder mit sich selbst beschäftigt. Er ging aufrecht und wie ein normaler Beteiligter zwischen den Wagen hindurch, auf der Suche nach Cora, aber er konnte sie nicht finden. Als sich der Nebel zu lichten begann, sah er unten am Ende des Abhangs eine Ansammlung von niedrigen Schuppen, davor Militärlastwagen und Soldaten. Da war es dann wohl, dachte er, da muss ich hin. Vielleicht gelingt es Cora auch dorthinzukommen. Er fand einen schmalen, gewundenen Pfad, der ihm trotz des Regens besser erschien, als quer über die Wiese zu rutschen. Langsam, sich immer wieder an Wurzeln oder niedrigen Sträuchern festklammernd, begann Danli den Abstieg. Immer wieder sah er sich vorsichtig um, ob ihm jemand folgte, aber das war nicht der Fall. Oben auf der Straße waren noch immer das Rufen und Geschrei der Soldaten zu hören; mehrere LKW lagen über den Abhang verstreut auf der Seite, viele Soldaten mussten sich schwer verletzt haben. Seine Kleidung war zerrissen, er blutete aus einer leichten Kopfwunde und an den Armen und Händen, die er sich aufgeschürft hatte. Als er endlich das Ende des Abhangs erreicht hatte, kauerte er sich hinter einen LKW am Straßenrand. Und jetzt? Wohin? Wo war nur Cora? Wenn er nur sein Handy gehabt hätte, aber das hatte ja Cora mitgenommen! Diese sture Deutsche. Unglaublich, was sie auf sich nahm, und das in China, für ein Land, das sie nicht kannte, das ihr doch egal sein konnte. Er bewunderte sie sehr, gleichzeitig verstand er nicht, warum man sein Leben für etwas Sinnloses riskierte. Und gegen die chinesische Regierung zu kämpfen, war nun wirklich sinnlos. Sie würde es nicht schaffen, irgendetwas in Tibet zu verhindern, und er wurde mit hineingezogen und saß hier schwer verletzt an einem tibetischen Abhang, vor ihm Soldaten der Volksbefreiungsarmee, die nicht zögern würden, einen Spion – nichts anderes war er in ihren Augen, falls sie ihn erwischten – zu erschießen.

Danli hatte beobachtet, wie ein Chinese auf einem Motorrad angefahren kam. Er stieg ab, nahm eine Laptoptasche aus dem Motorradkoffer und ging auf einen der Schuppen zu. Während Danli noch überlegte, wie er das interpretieren sollte, wurde die Tür des Schuppens plötzlich von innen aufgerissen. Ein Mann stürzte heraus, entriss dem verdutzten Motorradfahrer die Laptoptasche und rannte auf einen der LKW zu. Erst als er dicht neben sich spürte, wie die Tür aufgerissen wurde, merkte Danli, dass es genau der Lastwagen war, hinter dem er sich versteckt hatte. Jeden Moment würde er losfahren, und er, Danli, säße im besten Blickfeld aller Soldaten auf dem Platz vor den Schuppen. Ihm blieb nur eine Möglichkeit. Rasch humpelte er nach hinten, zog sich mühsam am LKW hoch und verschwand unter der Plane. Nicht schon wieder, dachte er. Dann raste der Wagen los, und Danli hatte Mühe, sich festzuhalten, als es mit halsbrecherischer Fahrt erst den Berg hoch ging und dann plötzlich genauso schnell wieder einen Weg hinunter. Er wurde hin und her geschüttelt, und dann hielt der Wagen mit quietschenden Bremsen. Der Fahrer musste abgesprungen sein, Danli hatte die Fahrertür gehört, dann rannte jemand davon. In diesem Moment näherte sich ein Motorrad, und dann durchschnitt ein Schuss die Stille. Danli hörte einen lauten Schmerzensschrei. Vorsichtig hob er die Plane hoch. Das Motorrad lag auf dem Weg; der Kerl, der vorhin mit dem Motorrad angekommen war, lief auf den LKW zu, in dem er, Danli, saß! Der andere, der vorhin aus dem Schuppen gerannt war, rutschte gerade über den Rand des Abhangs hinweg, eine Blutspur hinter sich her ziehend. Was um alles in der Welt ging hier vor sich? Danli kletterte leise aus dem LKW und näherte sich dem Abgrund, hinter dem der eine Mann verschwunden war, als der Schütze sich von der anderen Seite her dem Lastwagen näherte. Dann hatte Danli gerade noch die letzten Worte des Sterbenden vernommen, bevor dieser in die Tiefe der Schlucht stürzte.

»Stehen bleiben!« Der scharfe Ruf ließ keinen Zweifel daran, wie ernst er gemeint war. Danli, der schon die Türklinke des Containers in der Hand hatte, blieb sofort stehen.

»Okay, so ist es gut. Hände über den Kopf. Und kein Unsinn, Sie haben ja gesehen, was passiert, wenn man mir nicht gehorcht!« Schritte kamen näher. Danli wusste, dass er sowieso erschossen werden würde. Er war Zeuge eines Mordes geworden, warum sollte der andere ihn am Leben lassen? Als er die Pistole an seinem Rücken spürte, dachte er an seine Frau, an sein Kind. Sollte es so enden, hier in Tibet, in dieser verlassenen Schlucht? Er hatte das nicht gewollt, er hatte Cora gleich gesagt, es habe keinen Sinn, und jetzt dieser Mord und die letzten Worte des Sterbenden ...

»Ich weiß alles!«, sagte er, einer plötzlichen Eingebung folgend. »Ich weiß, was die Sprengung bedeutet, und ich kann Ihnen helfen!«

»Helfen? Sie? Wie das denn?« Ein höhnisches Lachen folgte. Aber der Druck der Pistole hatte sich etwas gelockert; Danli hatte nur diese Chance. Er musste weitersprechen. »Ich drehe mich jetzt um, und Sie hören mir zu«, sagte er mit fester Stimme. Ohne die Wirkung abzuwarten, drehte er sich langsam um, ließ die Hand aber nicht vom Türgriff des Containers. Als er seitlich zu seinem Feind stand, sah er, wie klein dieser war. Und wie nervös, man merkte, dass er von der Situation ebenso überfordert war wie Danli selbst. Okay, dachte sich Danli, jetzt oder nie. Er zog den Ellbogen hoch und schlug ihn dem Chinesen gegen die Schläfe, dann riss er die Tür auf und verschwand im Container. Die Tür verriegelte er von innen.

Der stellvertretende Projektingenieur Lu war durch den überraschenden Schlag zu Boden gegangen. Jetzt stand er wieder auf. So ein verdammter Mist! Er hatte den Laptop seines Chefs auf dem Beifahrersitz des LKW gefunden; damit konnte er theoretisch die Nuklearsprengung auslösen. Aber das nützte ihm gar nichts, wenn dieser Idiot, der sich da eingemischt hatte, im Container den anderen Laptop fand und mit der Sprengung die Mine verschüttete! Er musste unter allen Umständen verhindern, dass das passierte. Aber wie? In den Container kam er nicht hinein; durch die Stahltür zu schießen, war auch keine Option. Das ging nur im Film. Wütend stampfte er mit dem Fuß auf und drehte sich um. Da sah er den LKW. Nachdenklich wanderte sein Blick vom LKW zum Container, dann zum Abhang, der direkt daneben begann. Und ihm kam ein Gedanke.

Besetzt! Wie konnte Ganeshs Nummer jetzt besetzt sein, dachte Cora wütend. Er wusste doch, dass sie in Gefahr war. Dann merkte sie, wie unsinnig ihr Vorwurf war, und beruhigte sich etwas. Sie legte auf und setzte sich wieder hinter den Felsen. Was tun? Wohin gehen? Wie in den Bauschuppen kommen? War das überhaupt der richtige? In diesem Moment klingelte das Handy. Sie hatte den Ton nicht abgestellt! Schnell nahm sie ab, aber ein Soldat hatte erstaunt in ihre Richtung geblickt.

»Ganesh? Hör zu, ich bin jetzt an so ein paar Schuppen, ich weiß nicht, ob ...«

»Du bist richtig. Ich wollte dir gerade die Koordinaten durchgeben, die wir hier haben«, hörte sie Ganeshs vertraute, tiefe Stimme zu ihr sprechen, während sie beobachtete, was auf dem Platz vor ihr geschah. »Wir haben den Satelliten programmiert, wir sehen live zu, was in Tibet passiert. Also erst mal nur ich; sobald es spannend wird, schalte ich das auf die Leinwand im großen Konferenzsaal. Dann sieht die Welt zu. Hör zu: Die Aktivitäten, die wir beobachtet haben, finden dort statt, wo du bist. Ich habe gesehen, wie die LKW am Abhang verunglückt sind, das ist der richtige Ort. Ich habe das Handy orten lassen, von dem du mich gerade angerufen hast, die Koordinaten stimmen überein. Aber jetzt bist du allein, ich weiß nicht, wo genau die Kommandozentrale ist. Ich kann dir nur sagen, dass solche Sprengungen natürlich von einem Computer aus vorgenommen werden, aber das weißt du ja selbst.

Also such dir einen Computer, einen Laptop wahrscheinlich. Ich ...«

»Laptop? Natürlich, das ist es!«, rief Cora aus. »Ich muss los!«

Sie legte auf und wollte gerade aufstehen, als sie in die Mündung einer Maschinenpistole blickte. Der misstrauische Soldat war dem Klingelton gefolgt und starrte sie jetzt an. Er hatte vieles hinter dem Felsen erwartet, aber keine blond gelockte Ausländerin in einer durchnässten Bluse. Mit offenem Mund starrte er auf ihre Haare, dann glitt sein Blick über ihr Gesicht und auf ihre Brust. So einen Anblick kannte er nur von den Computerspielen, mit denen er seine Freizeit verbrachte. Cora stand langsam auf, dann warf sie ihre Haare zurück, dass sie um ihren Kopf wirbelten, lächelte ihn an und streckte ihre Brust heraus. Der verschreckte Soldat war so klein, dass diese jetzt genau auf der Höhe seiner Augen war. Er stand wie versteinert. Cora zögerte keine Sekunde. Sie riss dem völlig verdutzten Soldaten die Pistole aus der Hand und schlug ihm gleichzeitig mit der Handkante an den Hals. Er sackte lautlos zusammen. Sie blickte sich um. Die anderen hatten nichts mitbekommen; es regnete wieder stärker, und der Nebel wurde dichter. Im Laufschritt rannte sie, das Gewehr in der Hand, zu einem der Motorräder. Sie musste dem LKW folgen, in dem der Typ mit dem Laptop eben verschwunden war. Das musste der entscheidende Computer sein, alles andere machte keinen Sinn. Da, ein Soldat wollte soeben wegfahren. Sie schlug ihn von hinten mit dem Gewehr gegen den Rücken, dass er vom Motorrad fiel, dann legte sie sich den Riemen des Gewehrs um die Schultern, sprang auf und brauste los. Es gab nur einen Weg, sie brauchte nur den Spuren zu folgen. Hoffentlich reichte die Zeit. Und wo war Danli? Sie fuhr, so schnell sie konnte, aber der Boden war schlammig, und es ging steil bergauf. Als sie die Bergkuppe erreicht hatte, fuhr sie langsamer; sie konnte durch den Nebel kaum etwas erkennen. Da hörte sie weiter unten einen Schuss. Rasch lenkte sie das Motorrad in diese Richtung und fuhr mit halsbrecherischer Geschwindigkeit den Berg hinunter. Plötzlich tauchte vor ihr schemenhaft etwas Großes auf, sie hörte ein ungewöhnliches, kreischendes Geräusch. Cora hielt an und sprang vom Rad. Da sah sie es. Ein LKW rammte wieder und wieder einen Container, der gefährlich nahe am Abgrund der Schlucht stand. Langsam rutschte dieser immer näher an die Felskante. Cora sah in der Fahrerkabine einen Chinesen, der verbissen aufs Gas drückte und immer wieder Anlauf nahm. LKW und Container waren beide schon völlig verbeult, aber es würde nicht mehr lange dauern, bis der Container über die Kante rutschte. Da hörte sie einen Schrei, der aus dem Baucontainer zu kommen schien. Cora? Konnte es sein, das sie ihren Namen gehört hatte? Aber wer um alles in der Welt kannte hier in Tibet ... Danli! Danli war da drin! Cora rannte zu dem LKW, schrie den Chinesen an, er solle aufhören, aber der hörte sie gar nicht, fuhr wie besessen immer wieder gegen den Container. Es gab nur eine Chance. Sie legte an und schoss ins Führerhaus. Das Glas zersplitterte, der Wagen, der gerade wieder Anlauf genommen hatte, schoss nach vorn, schrammte dicht am Container vorbei, versetzte diesem noch einen Stoß und stürzte dann über die Felskante in die Tiefe.

Cora rannte zum Container, der jetzt über der Felskante hing und gefährlich schwankte. Sie schlug gegen die Tür; aber Danli kam nicht heraus. »Die Tür! Sie hat sich verklemmt«, rief er von innen. »Ich kann sie nicht öffnen! Sie geht nach innen auf!«

»Okay, ich trete dagegen, geh weg!«, rief Cora. Sie hatte keine Zeit, aber sie konzentrierte sich dennoch. Das hatte sie schließlich jahrelang trainiert. Sie sprang hoch und trat einmal fest gegen die Tür; im Moment des Aufpralls zog sie sich schon wieder zurück, sodass die gesamte kinetische Energie des Trittes in der Tür verblieb. Das machte die einzigartige Technik des Karate aus. Die Tür sprang auf, und Danli taumelte heraus, blutüberströmt.

»Los, weg hier, schnell!«, rief er Cora zu.

»Und der Laptop? Ist da ein Laptop?«

»Vergiss das, Cora, das Ding stürzt gleich ab!«

»Ich brauche den Laptop! Ich muss die Sprengung verhindern!« Mit diesen Worten stieß Cora Danli beiseite und sprang in den Container, der schon gefährlich schief hing. Ein kurzer Blick durch den Raum; überall waren Papiere verstreut, ein Tisch und zwei Stühle lagen auf dem Boden. Ein Schrank stand offen, auch dort nur Chaos. Sie wollte schon wieder hinaus, als ihr Blick auf etwas Schwarzes fiel, das unter einem Stuhl hervorschaute.

»Komm jetzt«, schrie Danli draußen in höchster Panik.

Cora bückte sich und griff nach dem Laptop. Sie rannte zur Tür. In diesem Moment kippte der Container nach hinten. Die Stahltür schlug mit solcher Wucht gegen Cora, dass sie umstürzte und halb innen, halb außen lag. Der Container rutschte den Hang hinab, dann überschlug er sich. Cora wurde herausgeschleudert und schlug gegen die Erde, die den Abhang an dieser Stelle bildete. Sie griff nach etwas, um sich festzuhalten, aber da war nichts. Ihr Körper drehte sich, sie sah tief unter sich die Schlucht und die Fluten des Brahmaputra. Ihre Füße hatten sich irgendwo verhakt, sie rutschte nicht weiter.

»Ich schaffe das nicht lange«, hörte sie eine Stimme über sich. »Kannst du auch mal was tun?«

Danli hatte ihre Füße im letzten Moment gepackt und hing jetzt selbst halb über dem Abgrund. Langsam zog er sie hoch;

sie half, so gut sie konnte. Als er sie oben über den Rand gezogen hatte, fielen beide erschöpft in den Schlamm.

»Der Laptop, Danli! Wo ist er? Ich habe ihn verloren!«

»Nicht wirklich. Hier ist er. Du hast ihn rausgeworfen, du sture Deutsche! Seid ihr alle so? Nie aufgeben?«

Cora schaute ihn von der Seite an. Sie lächelte. »Nein, wir sind nicht alle so. Aber ich kenne in meinem Jägerteam noch mehr solche Frauen … Und? Angst vor deutschen Frauen?«

Danli stöhnte nur auf. Cora stand auf und zog auch Danli hoch. Dann griff sie nach dem Laptop. »Ob der noch funktioniert?«, fragte sie, mehr sich selbst als Danli.

»Und wenn, was willst du machen? Bist du jetzt auch Expertin für Sprengungen? Weißt du, wie man so etwas macht?«, fragte Danli erschöpft.

»Nein, lass mich mal sehen«, sagte sie und klappte den Laptop auf. Eine unbekannte Software war geöffnet, ein Programm lief ab, so viel war zu erkennen. Offensichtlich hatte jemand die Sprengung noch initiiert; wie konnte man sie stoppen? Cora scrollte an das untere Seitenende, und dort war es. »Abort« stand dort auf einem Button, »Abbruch«. Im Kino waren solche Vorgänge meist nicht rückgängig zu machen, aber natürlich konnte man jedes Programm auch stoppen. Viel zu verlieren hatte sie ja nicht. Sie drückte auf »Abbruch«, und die rote Linie, die sich schon zu zwei Dritteln über den Bildschirm bewegt hatte, stoppte.

Danli sah sie von der Seite an. Er sagte nichts mehr. Cora holte ihr Handy aus der Jacke, das sie dort verstaut hatte, als der arme Soldat noch einen Anblick verdauen musste, gegen den jedes Computerspiel verblasste.

»Ganesh? Ich bin so weit. Geh auf Sendung. Ich habe die Sprengung deaktiviert, alles ist gut. Du kannst jetzt auf Live-Schaltung gehen. Dann sehen alle die Details der Vorbereitungen, die Baucontainer, die LKW, die kopfüber in der Schlucht liegen, den Fluss. Ich habe keine Ahnung, was passieren wird, aber ich denke, es gibt hübsche Bilder in den Abendnachrichten. Das sollte die Aufmerksamkeit der Welt auf Tibet und das Thema Wasser lenken.«

30. KAPITEL

Der letzte Tag der Konferenz war angebrochen. Ganesh hatte einen Großteil der Nacht online mit Darmstadt zugebracht, um die Details der Satellitenübertragung zu klären. Technisch war das kein Problem, es ging nur um die genauen Koordinaten und den Zeitpunkt der Übertragung. Das infrage kommende Gebiet war riesig und unübersichtlich, und sie mussten gemeinsam Hunderte von Quadratkilometern absuchen und die Bewegung der großen Transporte verfolgen. Die ESA hatte gute Vorarbeit geleistet und große Datenmengen nach Indien geschickt, sodass Ganesh sich die Aufzeichnungen der letzten Wochen ansehen konnte. Gemeinsam setzten sie das Puzzle zu einem sinnvollen Ganzen zusammen und erhielten schließlich zuverlässige Hinweise auf ein bestimmtes, gut einzugrenzendes Gebiet am Brahmaputra, nahe der Stadt Nyingchi. Von hier aus war es nicht weit bis zum großen Bogen des Flusses nach Süden, und in dieser Region, irgendwo zwischen Nyingchi und Motuo, würden die Staudämme beziehungsweise Talsperren gebaut werden. Und, dem Vortrag des chinesischen Kollegen zufolge, würden die Chinesen hier versuchen, den Fluss umzuleiten. Folglich würde hier die Explosion stattfinden, falls es Cora nicht gelang, sie vorher zu stoppen. Als Ganesh am frühen Morgen seinen Laptop in seiner Wohnung in Thane zugeklappt hatte, konnte er kaum noch die Augen offen halten. Aber gleichzeitig stand er unter Strom, da er im Begriff war, die wohl spannendste Live-Schaltung des Jahres zu starten. Wenn alles gut ging, würden Hunderte Journalisten auf seiner Konferenz und damit in der Folge weltweit Millionen Menschen zusehen, wie sich in Ost-Tibet eine Explosion ereignete. Konventionell, natürlich, davon ging er aus. Das sollte reichen, um internationale Proteste auszulösen. Sollte es zum Äußersten kommen und die Chinesen doch eine, wenn auch kleine nukleare Explosion starten, was Ganesh sich ebenso wenig wünschte und vorstellen konnte wie jeder andere vernünftige Mensch, stand die Welt am Rande eines Krieges. Denn das hätte bedeutet, dass China tatsächlich den Brahmaputra umleiten wollte, und das wiederum würden sich Indien sowie die Staaten Südostasiens nicht bieten lassen. Wie würden die USA reagieren? Abgesehen von den üblichen Protestnoten natürlich. Aber das spielte jetzt keine Rolle, es ging darum, für seine eigenen Werte und Rechte einzustehen.

Gut. Er musste sich konzentrieren, schlafen konnte er später. Heute oder nie. Auf dem Weg ins Taj Hotel checkte er noch mal alle Daten. Er sah weg, als ein bettelndes Mädchen an die Scheibe des Wagens klopfte, und konzentrierte sich auf seine Unterlagen. In China gab es so etwas nicht, das wusste er; die Diktatur hatte solche bittere Armut ausgerottet. War das Recht auf Essen nicht auch ein Menschenrecht? Weshalb ließ die indische Regierung es zu, dass es solches Elend gab, während die Politiker immer reicher wurden? Und mit welchem Recht stellte er die chinesische Regierung an den Pranger, weil sie in Tibet Menschenleben riskierte, wenn doch in Indien jeden Tag das gleiche tausendfach geschah? Ja, er würde weiter für seine Werte kämpfen, für Menschenrechte, Umweltschutz, Nachhaltigkeit und alles andere. Aber er durfte nicht vergessen, das wurde ihm angesichts des bettelnden Mädchens wieder einmal bewusst, dass, wenn man mit dem Finger auf einen anderen Menschen zeigte, gleichzeitig drei Finger der Hand auf einen selbst deuteten.

Da kam er ja. Die junge Inderin, die seit Tagen jeden Morgen darauf wartete, dass der elegant gekleidete Dr. Sethna die Konferenzetage betrat, war ganz aufgeregt. Sie schenkte ihm jedes Mal ihr bezauberndstes Lächeln, fuhr sich mit der Hand durch die langen, offen getragenen und fast blauschwarzen Haare, hatte ihren schönsten Salwaar Kameez ausgesucht. Aber heute schien er desinteressierter denn je, falls das noch möglich war; seine Haare lagen kreuz und quer, der Anzug war zerknittert; unrasiert war er auch. Dr. Sethna murmelte flüchtig eine Begrüßung und verschwand sofort im großen Konferenzsaal, wieder einmal eine enttäuschte Mitarbeiterin des Hotels zurücklassend.

Als Ganesh den Raum betrat, winkte er sofort eine der Damen der Konferenzorganisation zu sich. »Ist alles vorbereitet?«, fragte er nervös. »Ich hatte um eine zusätzliche Leinwand gebeten, einen Beamer und einen Techniker, der nur für die Internetverbindung zuständig ist. Da darf heute nichts schiefgehen, haben Sie mich verstanden? Es ist von allerhöchster Wichtigkeit. Ich mache Sie persönlich dafür verantwortlich!«

Ganesh wusste, wenn man in Indien allgemeine Aufgaben verteilte, ohne eine Person konkret zu benennen, die zuständig war und vor allem verantwortlich, würde nie etwas geschehen. Die sorgsam gehütete Tradition Indiens, auf alle Anfragen mit einem fröhlichen »No Problem!« und dem dazugehörigen Kopfwackeln zu reagieren, danach aber keinesfalls etwas zu unternehmen, war ihm wohl bekannt. Also hatte er schon gestern alles organisiert und jeden persönlich angesprochen, der gnadenlos zur Verantwortung gezogen werden würde, wenn etwas schieflief. Nicht, dass ihm das dann noch etwas nützen würde. Die Live-Übertragung durfte nicht schiefgehen. Er sah zu, wie mehrere Helfer in ihren grauen Hemden und Hosen einen Beamer und eine Leinwand hereintrugen und sorgfältig aufbauten. Das hätte schon längst erledigt sein sollen, aber er hatte nichts anderes erwartet. Dann suchte er den Techniker, der noch nicht im Hause war, aber sicher bald einträfe, wie ihm glaubhaft versichert wurde. Ganesh versuchte, indisch gelassen zu reagieren, aber seine Zeit in Deutschland hatte ihn bis zu einem gewissen Grade verdorben. Er achtete auf Pünktlichkeit, hatte gern alles geordnet und korrekt erledigt, geriet in Unruhe, wenn nicht alles perfekt war. Wie ein Deutscher eben. Das führte hier in Indien nur zu unnötigem Stress. Alles würde rechtzeitig fertig werden, das tat es immer.

Und so war es dann auch. Als die Teilnehmer den Raum betraten, in Gruppen heftig über die letzten Tage diskutierend, war alles perfekt. Es war der letzte Tag, ein paar wenige Vorträge sollten die Ergebnisse zusammenfassen, dann stand eine Paneldiskussion auf der Agenda, in der Ganesh sowie vier weitere bedeutende Vertreter ihrer jeweiligen Staaten das Thema diskutieren und Wege aufzeigen sollten, sich im nächsten Jahr wiederzutreffen und die Zeit bis dahin gut zu nutzen. Was auf solchen Konferenzen eben immer am Schluss stand.

Ganesh hatte sich in die erste Reihe gesetzt, aber ganz am Rande, sodass er jederzeit aufstehen und telefonieren konnte, falls nötig. Auf seinem Laptop liefen lautlos Bilder aus Tibet ein; die ESA hatte für eine perfekte Verbindung gesorgt, alles war gut zu erkennen. Das hieß, alles, was eben zu erkennen war, also Berge, Seen und gelegentlich ein Yak. Mäßig spannend so weit.

Inzwischen hatte der Vertreter Chinas wieder das Wort. In Anbetracht der Aufregung um seine Ankündigung hatte er darum gebeten, sich rechtfertigen zu dürfen, und man hatte ihm dies zugestanden. Er sprach diesmal ohne Folien, hielt völlig frei eine Rede. Die Teilnehmer hatten schon gemurrt, als er den Saal betrat, aber nun herrschte Stille. Man war gespannt, ob er die Ankündigung zurücknehmen würde, dass China den Brahmaputra umleiten wolle. Zur Überraschung aller begann Professor Li jedoch ohne die üblichen einleitenden Worte sofort mit einem Frontalangriff auf alle anwesenden Staaten: »China ist entgegen den hier vorgebrachten Argumenten und Anschuldigungen nicht der einzige Staat, der Staudämme baut. Nehmen Sie den Mekong: Nur die Hälfte seiner Länge verläuft durch China, danach fließt er durch Laos, Kambodscha und Vietnam. Und was geschieht dort? Laos hat mindestens neun Staudämme geplant, und das mit dem seltsamen Hinweis, da der Strom ohnehin schon in China gestaut werde, könnte Laos es auch ja auch im eigenen Land tun. Was bedeutet dies wiederum für das flussabwärts gelegene Vietnam? Das Mekongdelta wird in seiner jetzigen und für Vietnam lebenswichtigen Form zerstört. Durch geringeren Wasserstand und geringere Fließgeschwindigkeit, wie sie die flussaufwärts in Laos errichteten Staudämme bewirken, kann umgekehrt mehr Salzwasser vom Meer ins Delta eindringen und große Schäden anrichten. Wo ist da die Rücksichtnahme? Und was erschwerend hinzukommt: Laos braucht diese Hydroenergie überhaupt nicht! Es würde die Dämme errichten, um Energie zu exportieren. Das heißt, man schadet den Bauern, zerstört die Umwelt, muss eventuell Menschen umsiedeln, und das ausschließlich, um ein nicht benötigtes Produkt, nämlich Energie, herzustellen. Was genau wirft Laos denn China dann vor? Selbst Kambodscha hat mit dem Bau eines

Staudamms am Mekong begonnen. Und wer profitiert primär von der laotischen Energie? Thailand wird der Hauptabnehmer sein. Ich verbitte mir jegliche Kritik der Staaten Laos, Kambodscha und Thailand.

Kommen wir zu Ihnen, verehrte Vertreter des Staates Myanmar. Ihr Land ist berüchtigt für den Raubbau an der Natur, seien es seltene Tropenhölzer, Edelsteine oder Jade. Mehrere Staudämme sind auch bei Ihnen geplant, an den Flüssen Salween und Irawadi. Ja, ich weiß, überwiegend mit chinesischer Beteiligung. Aber werfen Sie uns allen Ernstes vor, bei Ihnen zu investieren, und wenn Sie dann die Staudämme genehmigen, ist China schuld? Gerade bei Ihnen gibt es eine weltweit einzigartige Artenvielfalt, die durch die Staudämme in Mitleidenschaft gezogen wird. Schuld Chinas? Bitte keine Kritik von Seiten Myanmars!

Weiter. Pakistan baut im umstrittenen Kaschmir, auf das bekanntlich mehrere Staaten Anspruch erheben, einen eigenen Megadamm, um seine Ansprüche zu zementieren. Das hat nichts mit Völkerrecht zu tun. Auch Nepal plant zahlreiche Dammbauten und hat uns dabei um Hilfe gebeten. Ich verbitte mir Kritik aus Pakistan und Nepal!

Gut, kommen wir zu dem größten Problem von allen, sprechen wir über Indien! Ja, ich weiß auch hier, Indien sieht unsere Projekte mit großer Unruhe und Sorge. Aber Indien selbst ist einer der größten Verursacher von Problemen durch den Bau von Staudämmen! Indien möchte Hydroenergie aus einer Region in den Süden transportieren, die gar nicht zu Indien gehört! Arunachal Pradesh ist bekanntlich chinesisches Territorium, und dort Staudämme zu bauen, ist illegal. Und genau dort, am Brahmaputra, soll der Schwerpunkt der indischen Dammbauaktivitäten liegen! Megadämme werden in einer seismisch sensiblen Region gebaut. In den nächsten zehn Jahren will Indien seine diesbezüglichen Kapazitäten verdoppeln! Und warum? Ganz einfach. Nach internationalem Recht werden die Rechte eines Flussanrainers, der sich diesen Fluss mit anderen Staaten teilen muss, gestärkt, wenn er den Fluss bereits wirtschaftlich nutzt. Das heißt, Indien baut Dämme am Unterlauf des Yarlung und an seinen Nebenläufen, um seine Stellung bei potenziellen Verfahren gegen China in der Zukunft zu stärken. Klingt das nach umweltgerechter Verantwortung? Aber wie dem auch sei, Indien baut Staudämme. Im Himalaya! Und wir reden nicht von einer Handvoll. Nach offiziellen Angaben plant Indien, fast 300 Dämme zu bauen! 300! Mit welchem Recht wirft Indien uns Chinesen vor, zu sehr in die natürliche Geografie einzugreifen?

Lassen Sie mich noch ein paar Worte zu den Aktivitäten sagen, die Indien bezüglich der Umleitung eigener Flüsse plant. Ich habe mir die Mühe gemacht, das noch einmal im Detail herauszuarbeiten. Indien plant, etwa 30 neue Verbindungen zwischen bestehenden Flüssen zu schaffen. Wir sprechen von 14.000 Kilometern neu zu bauenden Kanälen, von Dämmen, von Stauseen. 14 dieser 30 Projekte werden im Himalaya stattfinden, und es werden 170 Milliarden Kubikmeter Wasser transferiert werden. Brahmaputra und Ganges werden miteinander verbunden; bestehende Verträge mit Bangladesch werden gebrochen. Investitionen von etwa 100 Milliarden US-Dollar sind geplant. Und warum? Weil Indien seine wasserarmen Regionen im Westen und Südwesten versorgen muss. Wo genau liegt der Unterschied zu unseren chinesischen Projekten?

Meine Damen und Herren, ich denke, das sollte genügen, um hinreichend bewiesen zu haben, dass es keineswegs nur um China geht. Alle hier anwesenden Länder sind involviert, und niemandem steht das Recht zu, anklagend auf uns zu zeigen. Vielen Dank.«

Im Raum herrschte Stille. Niemand konnte widersprechen, schließlich hatte Professor Li sachlich absolut recht. Als die ersten Wortmeldungen einsetzten, die berechtigterweise darauf hinwiesen, dass China ja die meisten Bauprojekte in all den genannten Ländern forcierte und vor allem finanzierte, hörte Ganesh nicht mehr zu. Er wurde zusehends nervöser. Während er immer wieder auf die Uhr sah und auch sein Handy nicht aus den Augen ließ, machten sich noch einige von denjenigen, die sich zu Wort gemeldet hatten, wichtig. Dann gab es eine kurze Pause, anschließend war die Podiumsdiskussion vorgesehen. Gerade wollte sich Professor Li zu Ganesh gesellen, um ihn etwas zu fragen, als dieser die Hand hob. »Einen Moment bitte«, sagte er entschuldigend und deutete auf sein Mobiltelefon. »Das hier ist wichtig.« Damit ließ er den verdutzten Chinesen stehen und ging hinaus.

»Ja, Cora, was ist?«, schrie er fast vor Aufregung. »Wo bist du?«

»Ganesh?«, hörte er eine ferne, verzerrte Stimme. »Ich bin so weit. Geh auf Sendung. Ich habe die Sprengung deaktiviert, alles ist gut. Du kannst jetzt auf Live-Schaltung gehen. Dann sehen alle die Details der Vorbereitungen, die Baucontainer, die LKW, die kopfüber in der Schlucht liegen, den Fluss. Ich habe keine Ahnung, was passieren wird, aber ich denke, es gibt hübsche Bilder in den Abendnachrichten. Das sollte die Aufmerksamkeit der Welt auf Tibet und das Thema Wasser lenken.«

»Was heißt das?«, rief er ins Telefon. »Bist du sicher? Du hast wirklich die Sprengung deaktiviert? Wir wollten doch Bilder der Sprengung um die Welt senden!«

»Nun, sicher bin ich mir nicht«, klang es munter aus dem Hörer. »Vielleicht explodiert der Himalaya doch … Nein, natürlich nicht. Alles gut. Hier kämpften zwei Chinesen um einen Laptop, wenn ich das richtig gesehen habe. Die atomare Explosion hätte längst stattgefunden; es gibt keinen Grund, damit zu warten. Da hast du dich geirrt. Aber die Welt muss erfahren, was hier los ist. Und da ich nichts sehen kann, berichte mir bitte, was Ihr seht.«

»Okay, perfekt. Ich muss erst alle Teilnehmer in den Raum rufen. Dann senden wir live. Und Cora, bitte sei vorsichtig, wenn du nach Lhasa zurückfährst. Pass auf dich auf!«

In Ost-Tibet blickte eine blutende, erschöpfte deutsche Ingenieurin an ihrer zerrissenen Kleidung, ihren aufgeschürften Händen und Knien hinab, sah den Blutfleck auf ihrem Oberschenkel, wo die Wunde sich wieder geöffnet hatte, dachte an ihre Kopfschmerzen, ihre blauen Flecken am ganzen Körper und antwortete lächelnd: »Keine Sorge, Ganesh, ich passe auf. Mir passiert nichts.« Dann legte sie auf.

Ganesh machte seiner Mitarbeiterin das vereinbarte Zeichen. Sofort ertönte der Gong, der alle Teilnehmer wieder in den Saal rief. Mehrere Helferinnen gingen zusätzlich durch die Reihen und baten alle, sich umgehend wieder im Saal einzufinden. Als sie diesen betraten, sahen sie, wie auf der großen Leinwand, die eben noch unbeachtet in der Ecke gestanden hatte und nun in der Mitte direkt auf dem Podium platziert war, eine Berglandschaft zu sehen war. Ein Kameraschwenk ließ einen atemberaubenden Ausblick über die schneebedeckten Gipfel zu; jetzt war die Aufmerksamkeit aller geweckt. Was war das? Ein paar hübsche Bilder zum Abschluss?

Dr. Sethna, der indische Konferenzleiter, stand mit seinem Mikrofon vorn an der Leinwand und begann zu sprechen, noch bevor sich alle gesetzt hatten. Es wurde ruhig im Raum.

Als Cora aufgelegt hatte, fasste Danli sie an der Schulter. »Mir reicht's für heute«, sagte er zu ihr. »Mir tut alles weh, ich blute, ich habe keine Lust mehr. Ich wäre beinahe gestorben, und dann habe ich mit angesehen, wie dieser eine Chinese den Abhang runtergestürzt ist, nachdem er mir seine letzten Worte zugerufen hat. ›Sprengung! Wichtig!‹ Na, ich wüsste Besseres, wenn mein letztes Stündchen gekommen ist. Ich will nach Hause. Okay? Du bist ja sicher eine tolle Frau und könntest noch tagelang so weiterkämpfen, aber ich nicht. Wir fahren!«

Cora schaute ihn von der Seite an und legte den Kopf schief, wie immer, wenn sie nachdachte. »Nein, du irrst, ich möchte auch nach Hause. Wir haben unseren Job gemacht, wir haben eine Katastrophe verhindert. Das reicht erst mal. Ich stimme dir ausnahmsweise zu, wir fahren zurück nach Lhasa. Ich denke, das war's.«

Sie stiegen auf das Motorrad, und Cora fuhr langsam den Weg noch. Danli saß hinter ihr; es ging ihm nicht gut, und er hatte Cora gebeten, zu fahren. Cora fuhr schon nach wenigen Metern immer langsamer.

»Was ist los? Geht's nicht schneller?«, fragte Danli von hinten.

»Irgendetwas stimmt nicht. Mein Gefühl sagte mir, wir haben etwas übersehen«, sagte Cora nachdenklich. »Was hatte der Chinese zu dir gesagt?«

»Bevor er runterfiel? Irgendwas von Laptop und Sprengung und sofort auslösen, glaube ich. Das hätte er wohl gern gehabt. Das haben wir ihm ja gründlich verdorben!«

»Aber wieso auslösen?«, grübelte Cora, die inzwischen angehalten hatte. »Wieso sollte er die Sprengung auslösen wollen? Der ihn erschossen hat, das war doch wohl der Böse, sozusagen. Der Gute, um im Bilde zu bleiben, war also der, der starb. Und der wollte eine Sprengung auslösen? Das macht doch keinen Sinn.«

»Cora!«, stöhnte Danli. »Jetzt gib Ruhe! Du hast eine Katastrophe verhindert, reicht das nicht? Willst du auch noch alle Rätsel lösen, die China bereithält? Ein Chinese hat einen anderen erschossen, furchtbar, ja, aber nicht unser Problem. Los jetzt, weiter!«

»Meine Damen und Herren, bitte nehmen Sie Platz. Ich möchte die Vertreter der Presse bitten, ihre Kameras bereitzuhalten und zu filmen, was sie jetzt hier sehen. Wir stellen das Material dann auch online. Sie sehen hier einen Ausschnitt einer Landschaft in Ost-Tibet, live von einem Satelliten hierher nach Mumbai übertragen.«

Es war totenstill im Saal geworden. Die Anwesenden schienen zu spüren, dass etwas Besonderes im Gange war. Niemand sprach, niemand telefonierte. Alle Kameras waren auf Ganesh gerichtet.

»Uns liegen verlässliche Informationen vor, dass in Tibet genau das beginnt, wovon wir zu Beginn der Konferenz sprachen. Eine Explosion, die den Baubeginn des größten Staudammprojektes der Welt markiert. Ein Projekt, das, wenn es in der Dimension ausgeführt wird, wie wir es vermuten, die Wasserversorgung von Hunderten von Millionen von Menschen in Südostasien gefährden wird. Ein Projekt, das in der Folge zu Krieg führen kann, Krieg um Wasser. Meine Damen und Herren, das darf nicht passieren! Deswegen diese Bilder, deswegen die Live-Übertragung. Berichten Sie zu Hause, lassen Sie die Welt wissen, was hier im Himalaya passieren kann, aber nicht darf. Nicht nur in China, auch in Indien und Südostasien. Wir müssen den wahnwitzigen Staudammbauten an den Flüssen Asiens Einhalt gebieten, solange es noch geht. Dieser

Aufruf geht an alle Länder, die hier Staudämme bauen, explizit auch an Indien! Die Explosion in Tibet konnte in letzter Minute gestoppt werden, aber sie kann in der Zukunft dennoch stattfinden. Tragen Sie dazu bei, dass das nicht passiert!«

Mit diesen Worten trat Ganesh beiseite. In den folgenden Minuten sahen die Konferenzteilnehmer Detailaufnahmen chinesischer LKW-Kolonnen, die in Richtung der großen Schlucht des Brahmaputra fuhren; sie sahen, wie der gewaltige Fluss sich erst nach Norden wand und dann einen scharfen Knick nach Süden machte; sie sahen, wie Bauarbeiter damit beschäftigt waren, schweres Gerät zu verladen. Das sollte reichen, dachte Ganesh nach einigen Minuten, das wird die Welt sehen wollen.

»Also«, dachte Cora noch immer laut, ohne auf Danli zu achten. »Wenn der Gute eine Sprengung auslösen will, dann muss das ja einen guten Grund haben. Was könnte der Grund sein, eine Sprengung auszulösen, eine konventionelle, vermute ich mal. Alles andere wäre ja Wahnsinn. Also, der einzige Grund, eine konventionelle Sprengung auszulösen und das als letzten und daher wohl dringendsten Wunsch mitzuteilen, bevor man stirbt, kann doch nur sein ...« Sie legte den Kopf wieder schief. Dann sprang sie mit einem Ruck vom Motorrad, das mit Danli darauf umfiel. »Es gibt nur einen Grund! Er wollte eine nukleare Sprengung verhindern! Danli! Aus irgendeinem Grund kann eine konventionelle Sprengung eine atomare verhindern! Und ich habe die konventionelle verhindert! Das heißt, dass ...«

»... die atomare stattfinden wird. Tamade!«, rief Danli aus. Cora brauchte keine Übersetzung, um sich vorzustellen, was der Fluch wohl bedeutete. In diesem Moment lief ein Zittern durch den Berg. Cora sah Danli an. »Tamade!«, sagte sie.

Ganesh wandte sich von der Leinwand ab und wollte gerade ein paar Worte an die gebannt nach vorne starrenden Zuschauer richten. Als er das Mikrofon in die Hand nahm, sah er, wie einige der in der ersten Reihe sitzenden Journalisten die Augen plötzlich weit aufrissen. Rasch drehte er sich um. Die Leinwand schien zu zittern, aber das war ja nicht möglich, warum sollte sie, aber dann er sah, wie die fast fünfhundert Menschen im Saal ebenfalls erzitterten, so wie der Berg, der gerade im Bild war. Er schien sich zu verschieben, und dann brach ein gewaltiger Krater auf, Gesteinsmassen fielen ins Tal, das ganze Bild, die ganze Leinwand war einziges Chaos. Im Raum ertönten Schreckensschreie, die Journalisten griffen zu Handys und Kameras, alle waren aufgesprungen. Ganesh traute seinen Augen nicht. Was geschah dort? Cora hatte doch die Sprengung deaktiviert? Wenn sie es getan hatte, was sah er dann auf dem Satellitenbild? Im Berg klaffte jetzt ein Loch, das wie eine riesige Wunde aussah. Ein ganzes Tal war verschwunden; wo eben noch LKW gefahren waren, war – nichts mehr. Nur Gesteinsmassen, Geröll, Chaos. Und dann war alles wieder ruhig, lag da, als ob es immer schon so ausgesehen hätte.

Ganesh starrte auf das Bild, das sich ihm bot. Die Gewissheit wurde unerträglich, es gab nur eine Möglichkeit. Cora hatte die konventionelle Detonation gestoppt. Und jetzt stand sie in Tibet, und dort hatte irgendjemand eine Detonation gezündet. Das musste die nukleare Sprengung gewesen sein. Und alles unter den Augen der Weltöffentlichkeit. Die nukleare Katastrophe hatte stattgefunden. Live.

Cora! Er musste sie sofort anrufen. Im Saal war das Chaos ausgebrochen, alles rannte durcheinander und zum Ausgang. Man brauchte ihn hier nicht. Immer wieder wählte er Coras Nummer, aber Tibet war nicht erreichbar. Er lehnte sich an die Wand; das konnte nicht sein. Nicht Cora, seine Cora, er hatte sie doch erst vor wenigen Tagen wiedergefunden, nach all den Jahren der Stille. Aber er war machtlos, er, der Elefant, machtlos wie im Schach. Er konnte nicht über den Fluss, zu ihr, ihr helfen.

Was sollte er nur tun?

31. KAPITEL

Das Erdbeben hatte nur wenige Sekunden gedauert. Cora fasste sich zuerst.

»Los, weg hier!«, rief sie Danli zu, der noch immer völlig versteinert auf dem Boden neben dem Motorrad saß, als wollte er sich daran festhalten. Er stand auf, hob das Krad auf und hielt es fest, bis Cora saß, dann sprang er auf und klammerte sich an ihre Jacke. Sie brausten den Weg hoch, auf die Bergkuppe zu. Cora hielt an. Unten im Tal herrschte völlige Auflösung. Soldaten riefen und liefen wild durcheinander, manche waren in LKW geklettert und fuhren los, andere schienen auf Befehle zu warten. Cora checkte Danlis Handy, das sie noch immer hatte. Sie hatten kein Netz mehr, aber eine SMS von Ganesh war noch auf dem Display erschienen.

»Kleine Atomexplosion ausgelöst, alles live verfolgt, geht jetzt online, war östlich von euch, macht, dass ihr wegkommt!«, stand dort.

»Na gut, das klingt besser als befürchtet«, sagte Cora nachdenklich. »Es war wohl nur eine kleine Explosion, um ein Hindernis zu beseitigen oder Ähnliches. Aber Hauptsache, die Weltöffentlichkeit war dabei. Dennoch verstehe ich nicht, wie die chinesische Regierung das zulassen konnte. Es war doch klar, dass so etwas nicht unbemerkt vom Rest der Welt passieren kann. So ein Risiko einzugehen! Das macht keinen Sinn.«

»Oh, sie ist wieder auf Sinnsuche«, lästerte Danli. »Sei doch froh, dass wir da heil rauskommen. Du suchst Sinn in der Handlung des Politbüros? Das ist zu hoch für uns, das ist Weltpolitik. Das verstehen wir nicht.«

»Bist du jetzt zynisch oder meinst du das ehrlich?«

»Manchmal ist das dasselbe«, sagte Danli, jetzt wieder ernst. »Komm jetzt, zou ba! Gehen wir!«

»Und wie? Wir kommen nicht bis Lhasa mit dem Motorrad«, stellte Cora sachlich fest. »Wir brauchen einen LKW.«

»Nicht wieder unter die Plane, ja, bitte?«, flüsterte Ma.

»Nein, diesmal darfst du vorne sitzen. Weil du heute so brav warst.« Cora lächelte ihn an, und für dieses Lächeln wäre er auch wieder unter die Plane geklettert. Aber das behielt er für sich.

Cora fuhr langsam den Weg hinunter; niemand kümmerte sich um die beiden auf dem Motorrad. Unten angekommen, sahen sie sich um.

»Kannst du einen LKW fahren?«, fragte Cora Danli, ohne viel Hoffnung zu haben, eine positive Antwort zu bekommen.

»Ja, klar. Mein Vater fuhr einen, und ich durfte oft mitfahren. Ich habe keine Übung, aber ich weiß, wie es geht«, antwortete er lässig. »Warum fragst du?«

Sie knuffte ihn in die Seite. »Witzig. Aber ich bin beeindruckt. Ma, das Pferd. Ich habe dir doch gesagt, es wird im Laufe des Spiels immer wichtiger. Erst rettest du mir das Leben, jetzt fährst du sogar LKW! Auf geht's!«

Sie kletterten in einen der LKW, und Danli fuhr los. Es gab nur eine Straße, die von hier fortführte, und sie reihten sich in die lange Kolonne von Lastwagen ein, die es alle eilig zu haben schienen, von diesem Ort fortzukommen. Nach einer Weile sagte Cora, die bis dahin stumm neben Danli gesessen hatte: »Wir sind ein gutes Team. Macht Spaß mit dir. Deine Frau hat einen guten Typen gewählt.«

Der LKW ruckelte hart, als Danli sich verschaltete, aber er fing sich wieder. »Alles okay«, sagte er verlegen und schaute krampfhaft geradeaus. Sein Gesicht brannte vor Freude und Stolz.

Sie fuhren zwei Stunden, ohne viel zu sprechen. Die Kolonne fuhr inzwischen weit auseinandergezogen, und manchmal waren sie völlig allein auf der Straße. Cora hatte mehrfach versucht, Ganesh zu erreichen, aber das Netz war offensichtlich abgeschaltet worden. Nichts zu machen. Sie konnten weiterhin nur vermuten, was geschehen war. Jemand hatte doch eine atomare Sprengung ausgelöst, aber wer und wo, wussten sie nicht. Ob Ganesh etwas gesehen hatte, das Rückschlüsse erlaubte? Sie mussten jetzt erst mal so weit weg wie möglich; niemand konnte wissen, wie sich der radioaktive Fallout verteilen würde. Sie fuhren die ganze Nacht hindurch; als sie an einer Tankstelle Rast machten, versuchte Danli, etwas Neues zu erfahren. Cora hatte sich unter der Plane hinten auf dem LKW versteckt; sie wäre sofort verhaftet worden. Als Danli zum Wagen zurückkehrte, sah er bedrückt aus. »Ich konnte nicht viel erfahren. Der Tankwart wusste nur, dass die anderen Soldaten, die schon vor uns hier vorbeigekommen sind, etwas von einer großen Explosion erzählten. In der ganzen Region hier im Osten Tibets funktioniert weder das Internet noch das Telefonnetz. Alles abgeschaltet. Und da er Tibeter ist, hat er besondere Angst. Er war nicht sehr gesprächig, kann ich ihm nicht verdenken. Wir sollten machen, dass wir hier wegkommen.«

Obwohl er todmüde war, fuhr Danli immer weiter. Sie mussten weg, nach Westen, nach Lhasa, und dann raus aus Tibet.

Wenn man sie denn ließ. Vielleicht warteten die Sicherheitsbehörden, das allseits gefürchtete gonganju, Amt für öffentliche Sicherheit, wie es etwas beschönigend hieß, schon am Flughafen auf sie? Sie waren immerhin der Polizei entkommen, und die funktionierte hier in Tibet besonders gut. Aber darüber konnten sie nachdenken, wenn es so weit war; es hatte keinen Sinn, jetzt zu spekulieren. Es gab keinen anderen Weg raus aus Tibet. Der Zug würde genauso kontrolliert werden, ebenso der Landweg in die östlich gelegene Provinz Sichuan hinunter oder sogar der sogenannte Friendship Highway, die Straße nach Nepal. Und für Danli gab es ohnehin kein Fliehen. Sie hatten im Grunde ja nichts Verbotenes getan. Nur sich etwas über die Maßen eingemischt, wie Cora es formulierte, als Danli seine Bedenken mit ihr teilte. Was sollte schon geschehen? Dennoch hatte Danli große Angst vor der Polizei; er war Chinese, und die Sorge vor der Obrigkeit war wohl begründet. Es gab nun einmal keine Rechte des Individuums, wie Cora sie ihm von Deutschland geschildert hatte; kein funktionierendes Gerichtswesen, an das sich jeder wenden konnte und wo man auch fair behandelt wurde, keine Polizei, die einen beschützte.

Während sie so durch die tibetische Nacht fuhren, ohne Handy völlig von der Welt abgeschnitten, zwischen 3.000 und 5.000 Metern Höhe in einer der menschenleersten Regionen der Welt, hielt Cora Danli die Nacht über mit Geschichten aus dem Westerwald wach. Sie erzählte von ihrer Jugend, wie sie in einem kleinen Dorf aufgewachsen war, sich immer schon mehr mit den Jungs abgegeben hatte als mit den Mädchen, mit deren Themen wie Schminken, Nagellack und Zickenkrieg sie nichts hatte anfangen können. Mit den Jungs konnte man reden, auch mal ruhig sein, besser lernen, und sie musste weniger auf ihre Kleidung achten, die von den Mädchen ihrer Klasse kritischer beurteilt und kommentiert wurde als von den Jungs, für die man sich doch eigentlich so anzog. Dass sie, Cora, hübsch war und bei den Jungs immer im Mittelpunkt stand, schadete sicher auch nicht. Sie erzählte, wie ihr Vater sie durch alle Kirchen in Rheinland-Pfalz, Deutschland und Europa geschleppt hatte; für ihn war diese Art Bildung sehr wichtig gewesen. Als junges Mädchen hätte Cora lieber Urlaub gemacht wie ihre Freunde, am Strand oder beim Skifahren; jetzt, als Erwachsene, war sie froh um das, was sie dabei gelernt hatte. Und Cora dachte, dass ihre jetzige Reise- und Abenteuerlust sicher auch daher kam, dass sie mit ihrem Vater so viel gereist war. Sie verdankte ihm viel. Aber, ob er auf sie stolz gewesen war, wusste sie nicht. Er hatte es nie gesagt, nicht ein einziges Mal. Jetzt hätte sie gern mit ihm gesprochen. Zu spät.

Danli hörte zu, aber sie hätte auch das Telefonbuch von Mainz vorlesen können; er genoss es einfach, ihre Stimme zu hören, das hielt ihn wach und gab ihm ein gutes Gefühl. Und er hatte endlich auch etwas für sie tun können; ein bisschen kam er sich schon wie ein Held vor. Er hatte sie an dem Abhang gerettet! Das war doch etwas. Also tagträumte er vor sich hin, wie er sie aus diversen lebensgefährlichen Situationen errettete, und sie erzählte weiter Geschichten aus ihrer Jugend. Schließlich, es war schon fast vier Uhr morgens, hielten sie in einem kleinen Dorf an. Danli parkte den LKW hinter einem Schuppen, sodass er von der Straße nicht zu sehen war, und legte sich für zwei Stunden schlafen. Cora hielt Wache und spielte mit dem Laptop herum, den sie geistesgegenwärtig mitgenommen hatte. Aber sie fand nur chinesische Dateien, online gehen konnte sie nicht, und schließlich legte sie ihn wieder weg.

Gegen sieben weckte sie Danli. »Los, weiter. Bist du fit?«

Danli gähnte und streckte sich. »Klar, wer braucht schon mehr als die drei Stunden Schlaf?«, knurrte er. »Gibt es hier auch etwas zu essen?«

»Da musst du schon selbst los; ich glaube, es ist keine gute Idee, wenn eine blonde Ausländerin morgens um sieben in einem tibetischen Dorf nach Essen fragt. Auf Deutsch!«

Danli sah sie an und grinste. »Auch wieder wahr. Ich schau mal, was ich kriegen kann.« Und schon zog er los. Als er eine Viertelstunde später zurückkam, hatte er eine Plastiktüte unter dem Arm.

»So, Frühstück!«, rief er. Er packte ein paar Mantou aus, chinesische Hefeklöße, eine Thermoskanne mit lücha, grünem Tee, und schließlich einige Tausendjährige Eier. Sie waren schwarz-grün verfärbt und schienen ihrem Namen alle Ehre zu machen, aber Danli erklärte, sie seien bestens. Die Farbe erhielten sie, weil sie in Stroh gewickelt in einem Tongefäß in den Boden vergraben, und nach mehreren Tagen, wenn die Fermentierung bereits eingesetzt hatte, hervorgeholt wurden. Chinesen liebten den speziellen Geschmack.

»Perfekt«, sagte Cora. »Gut gemacht. Du fährst, ich füttere dich. Los!«

Weiter ging es durch die Täler und über die Pässe Tibets. Immer wieder sahen sie riesige Bänder mit Gebetsfahnen quer über die Hügel gespannt und aus Pflanzen gelegte Mandalas, die sich über einen ganzen Berg erstreckten. In der Ferne sah man Klöster, deren Dächer golden in der aufgehenden Sonne schimmerten.

»Sag mal«, unterbrach Cora die etwas bedrückte Stimmung. »Wir hatten auf dem Hinweg doch immer wieder mal Straßenkontrollen. Wo sind die? Niemand hat uns bisher kontrolliert.«

»Ja, das habe ich auch schon bemerkt. Ich wollte dich nur nicht beunruhigen«, sagte Danli vorsichtig.

Cora sah ihn ungläubig von der Seite an. »Beunruhigen? Nach alldem, was wir zusammen durchgemacht haben, glaubst du, eine fehlende Straßensperre würde mich beunruhigen? Ich fasse es nicht. Also, was glaubst du, wo sind die?«

»Nun, ich denke, jeden Moment könnte eine kommen. Vielleicht haben sie wegen der Explosion die Soldaten abgezogen und anderswo eingesetzt. Das Problem wird sein, was wir dann machen. Wir sind bald an der Kreuzung, die nach Lhasa führt. Dort gibt es sicher Kontrollen, und zwar für alle, die in die Hauptstadt wollen. Keine Ahnung, was wir tun sollen.«

»Ja, aber dann brauchen wir einen Plan!«, sagte Cora wütend. »Du kannst das Problem doch nicht einfach vor dir herschieben und mir nichts sagen! Danli! Wir sind ein Team. Los, denk nach. Was gibt es für Möglichkeiten? Was wollen die, was fragen die?«

»Die fragen nicht, die wollen unsere Ausweise sehen, dann wissen sie, woher wir kommen und wohin wir wollen. Und wenn sie deinen sehen, gibt es Ärger. Du hast keine Erlaubnis, auf einem LKW quer durch Tibet zu fahren. Schon gar nicht mit einem illegalen Fahrer.«

»Und das heißt was? Wir dürfen in keine Kontrolle kommen, aber wir müssen nach Lhasa. Gibt es einen anderen Weg? Da vorn ist ein Rasthof, wir halten an und überlegen mal.«

»Nein, es gibt von hier aus nur eine Straße. Ich fahre hier rein und dann sehen wir weiter.« Er bog in den Rasthof ein. »Wo soll ich halten?«, fragte er. »Hier ist alles voller Soldaten.«

»Wo versteckt man ein Buch? Im Bücherregal!«, antwortete Cora ruhig. »Stell dich zwischen die ganzen Armeelaster, da fällst du nicht auf.«

Sie parkten, und Danli stellte den Motor ab.

»Gut, es gibt nur eine Straße, nur eine Möglichkeit, nach Lhasa zu kommen. Wir müssen dorthin, weil es nur einen Flughafen gibt, von dem aus wir aus Tibet rauskommen, richtig?«

»Richtig«, antwortete Danli mutlos.

»Ich gehe mal auf die Toilette. Da hab ich immer gute Ideen«, sagte Cora und zog sich eine Armeemütze, die im Laster lag, tief in die Stirn, um ihre Locken darunter zu verstecken. Sie schnappte sich noch eine grüne Armeejacke und zog, betont lässig gehend, in Richtung des Hauptgebäudes los. Danli drückte sich tief in seinen Sitz und hoffte, dass kein Soldat kommen und ihn um eine Zigarette bitten würde.

Als Cora nach fünfzehn Minuten noch immer nicht zurückgekehrt war, begann er sich Sorgen zu machen. Plötzlich klopfte es an sein Fenster, und er fuhr zusammen. Cora stand da und bedeutete ihm, schnell mitzukommen. Er griff sich den Laptop, stieg aus, und sie zog ihn wortlos mit sich. Sie gingen zwischen den Lastern durch und umrundeten das Hauptgebäude. Auf der Rückseite stand ein großer Reisebus. Danli sah diverse ausländische Touristen, die vor dem Bus standen und sich unterhielten. Cora legte ihren Finger auf den Mund und ging mit ihm an der Hand einfach zwischen allen Ausländern hindurch auf den Bus zu. Sie stieg ein, Danli folgte ihr und setzte sich ganz hinten neben sie.

»Hör zu«, sagte Cora leise. »Ich habe mit denen geredet. Das sind deutsche Touristen. Der Fahrer ist momentan nicht da, und ich habe ihnen eine romantische Geschichte erzählt, ich sei mit meinem tibetischen Freund durchgebrannt, wir lieben uns so sehr, und wir müssen fliehen. Die finden das superspannend und helfen uns, sind alle große Tibetfans. Wir bleiben einfach hinten im Bus sitzen, das ist auf jeden Fall besser, als im LKW erwischt zu werden. Also sag kein Wort, du kannst nur Tibetisch, fast kein Englisch, klar? Notfalls müssen wir etwas verliebt tun. Du musst eben etwas schauspielern.«

Der Bus füllte sich wieder, und alle setzten sich hin. Einige Deutsche blickten verschwörerisch nach hinten und lächelten oder hielten den Daumen hoch, aber niemand sagte etwas zu ihnen. Als der Fahrer und der tibetische Führer, den jeder Bus dabeihaben musste, eingestiegen waren, wurde kurz gefragt, ob alle da seien; die Deutschen nickten eifrig. Danli hatte die Mütze jetzt tief im Gesicht, und Cora mit ihren blonden Haaren fiel weder dem Fahrer noch dem Tibeter auf; diese Ausländer sahen doch fast alle gleich aus. Als sie wenig später an der entscheidenden Kreuzung Richtung Lhasa ankamen, wurde Danli sehr nervös. Er war schließlich chinesischer Staatsbürger und somit schutzlos, sollte es zu einer Verhaftung kommen; Cora als Ausländerin würde wohl nichts passieren. Zu seiner großen Überraschung kam aber auch eine Stunde, nachdem sie die Kreuzung passiert hatten, noch immer keine Kontrolle. Er sah Cora fragend an, die zuckte jedoch nur mit den Schultern. Aber dann beugte sie sich doch vor und fragte eine Dame, die vor ihr saß: »Wissen Sie, wann wir in Lhasa ankommen? Auf dem Hinweg hatten wir so viele Kontrollen, ich wundere mich, dass es jetzt keine gibt.«

Die Deutsche drehte sich erstaunt um: »Meine Liebe, da können Sie lange warten. Wir fahren nicht nach Lhasa. Wir waren am Yandrok See, ein Traum, sage ich Ihnen, der sieht ja von oben aus wie ein Skorpion, dieses blaue Wasser, unglaublich, einer der heiligen Seen Tibets, und dann im Kloster Ganden.«

Cora versuchte, ruhig zu bleiben. »Nicht nach Lhasa, sagen Sie? Wo fahren wir denn hin?«

»Na, ins Basislager des Mount Everest! Wussten Sie das nicht? Heute Abend sind wir da und können fantastische Bilder vom höchsten Berg der Welt machen, hat uns der Guide versprochen! Ist das nicht toll? Der Bus kommt da nicht hin, deshalb müssen wir nachher alle in Jeeps umsteigen.«

Langsam lehnte sich Cora wieder zurück. Base Camp Mount Everest! Davon hatte sie immer geträumt. Aber jetzt wäre sie lieber nach Lhasa gefahren. Was sollten sie denn da oben? Sie mussten ja doch so schnell wie möglich wieder weg dort. Aber das kam jetzt nicht infrage; sie saßen in diesem Bus und waren auf dem Weg nach ganz oben.

Sie drehte sich zu Danli um. »Danli? Ich habe eine gute und eine schlechte Nachricht. Die gute zuerst. Mit mir erlebst du Dinge, die du ohne mich nie erleben würdest. Absolute Höhepunkte. Die schlechte ist, dass der Höhepunkt diesmal auf über 5.000 Meter liegt. Wir fahren zum Mount Everest!«

Stille. Dann schob Danli langsam die Armeemütze hoch und sah sie ungläubig an. »Tamade!«, war alles, was ihm einfiel. Auch diesmal brauchte Cora keine Übersetzung.

Fünf Stunden später erreichten sie die Stelle, wo sie in Jeeps umsteigen mussten. Die Straße wurde jetzt immer schlechter, und die letzten 100 Kilometer waren nur eine Schlaglochpiste, bumpy road, wie der Guide freudig lächelnd verkündete. Danli und Cora mischten sich unter die Touristen und setzten sich schnell in einen der wartenden japanischen Jeeps, zusammen mit einem deutschen Touristenpärchen etwa gleichen Alters. Glücklicherweise kontrollierte hier niemand mehr, und es ging zügig weiter; die Fahrer wollten noch vor Anbruch der Dunkelheit das Basislager erreichen. Die Straße wand sich zunächst langsam an einem ausgetrockneten Flussbett entlang in die Höhe; sie befanden sich auf einer Hochebene auf etwa 4.000 Meter Höhe. Es handelte sich eher um eine Piste als um eine befestigte Straße; sie war mit Steinen übersät, und der

Fahrer ihres Jeeps bemühte sich, den größten jeweils auszuweichen. Dies führte zu einer äußerst kurvenreichen Fahrt, die mit einer Geschwindigkeit von etwa 40 Stundenkilometern begann und dann immer langsamer wurde. Der Weg stieg nun steil an; rechts fiel der Abgrund beinahe senkrecht ab, während sich die Straße links in den Felsen zu drücken schien, als sei ihr selber nicht ganz wohl. Nur selten kamen ihnen Fahrzeuge entgegen; diese Straße führte ausschließlich ins Camp, und wer von dort zurückfuhr, tat dies am Morgen, nachdem er eine Nacht dort verbracht hatte. Jetzt war später Nachmittag, und es lagen noch fast drei Stunden Fahrt vor ihnen; inzwischen fuhren sie nur noch etwa 20 Stundenkilometer. Die Straße wurde immer enger; Cora fragte sich, was wohl passierte, wenn ihnen ein Fahrzeug hier entgegenkam. Es gab schlicht keine Ausweichmöglichkeit.

Die schmale Straße führte geradewegs zum höchstgelegenen Kloster der Welt, Rumbuk, das sich nur wenige Hundert Meter vom eigentlichen Aussichtspunkt befand. Neben dem Kloster gab es ein Gästehaus, jedenfalls bezeichnete es der Reiseführer so. Man konnte aber auch in Zelten übernachten, in die jeweils bis zu etwa 20 Personen passten; das war dann vielleicht romantischer, sicher aber noch ungemütlicher als das Gästehaus.

Sie fuhren durch ein Flussbett, das wenig Wasser führte. Die Regenzeit war noch nicht voll angebrochen, und die meisten Straßen waren noch intakt. Der Jeep fuhr jetzt sehr langsam, manchmal nur im zweiten Gang, um die Achsen auf der von Schlaglöchern übersäten Straße zu schonen. Sie hatten seit Stunden keinen Menschen mehr gesehen, nur ab und zu überholte ein verrückter Fahrer eines anderes Jeeps, dem das zu langsam ging. Viele Chinesen waren hier unterwegs, bemerkte Danli, der in die überholenden Jeeps blickte. Einer fuhr besonders halsbrecherisch; als er auf ihrer Höhe war, mitten in einem Fluss, schaute die drinnen sitzende Chinesin aufmerksam herüber. Danli wunderte sich, sagte aber nichts zu Cora. Dann war der Wagen auch schon vorbei und verschwand in einer Staubwolke, als er den Fluss verließ und den Anstieg auf den nächsten Berg begann. Überhaupt die Berge; sie waren schneebedeckt und von faszinierender Schönheit. Gelegentlich begegneten sie einer Yakherde. Unglaubliche Tiere, dachte Cora, dass sie in dieser Höhe überleben. Das Fell war so dicht, dass sie in einem Schneesturm in dieser Höhe stehen konnten, ohne zu erfrieren; im Sommer stellten sie sich dagegen oft in einen Fluss, um sich abzukühlen.

Sie hielten an. Die letzte Pause vor dem Basislager. Alle vertraten sich die Beine; auf dem Parkplatz standen noch mehrere Jeeps anderer chinesischer Touristen, es war relativ voll und unübersichtlich, und so konnte auch Danli aussteigen. Er verschwand hinter einer Wegbiegung, und Cora setzte sich auf einen Felsen und betrachtete die Landschaft. Wenn das ihr Vater wüsste! Seine Tochter am Mount Everest! Es war immer sein Traum gewesen, und jetzt, wo sie fast dort war, dachte sie an ihn.

Als sie wieder losfuhren, schaute Danli aus dem Fenster. Zwischen den anderen Wagen stand eine Chinesin und fotografierte; obwohl das viele taten, kam es ihm doch so vor, als ob sie seinen Jeep fotografierte. Nein, das konnte nicht sein, wozu sollte sie das tun? Dann hatte sie sich auch schon abgewandt, und er verlor sie aus den Augen, als sie den Parkplatz verließen.

Endlich waren sie im Basislager des Mount Everest angekommen. Ein kleiner Hügel, dahinter dann links oben am Berghang das Kloster, Rumbuk. Rechts lagen ein paar flache Steingebäude in eine Mulde gedrückt, das Gästehaus. Geradeaus stieg die Straße noch mal an. Der Fahrer deutete nach vorn. »Everest!«, sagte er begeistert. Alle schauten nach vorn. Und wirklich, vor ihnen, noch immer weit weg, aber in der klaren Luft und der Höhe doch irgendwie zum Greifen nahe, erhob sich unglaublich majestätisch ein schneeweißer Berg. Die Abendsonne ließ den Schnee rötlich aufleuchten, der Himmel war noch blau, um den Gipfel sah man die berühmte Wolke, die ihn meist umgab, aber wie eine Fahne von ihm weg wehte. Qomolangma, der höchste Berg der Welt, weitere 3.000 Höhenmeter entfernt, aber das schien nicht viel zu sein. Einen Moment waren alle still; es war ein Anblick, der wohl niemanden kalt ließ. Vor diesem Berg war jeder klein. Cora fiel eine Zeile aus dem »Watzmann« von Wolfgang Ambros ein, »Watzmann, Watzmann, Schicksalsberg, Du bist so groß, und i nur ein Zwerg ...«

Der Jeep parkte zusammen mit den anderen vor dem Gästehaus. Cora und Danli verschwanden in dem allgemeinen Gewühl und den begeisterten Rufen der Touristen und liefen ein paar Meter weiter. Dort warteten Busse, die die anderen Touristen, vor allem Chinesen, zu dem Zeltlager brachten. Das erschien ihnen sicherer als das Gästehaus, wo zwei zusätzliche Personen sicher mehr auffielen als in den Zelten. Sie fuhren über einen kleinen Hügel, und nach fünf Minuten standen sie auf einem großen Platz, auf dem etwa 20 grüne Armeezelte aufgebaut waren. Die Chinesen verschwanden und verteilten sich lärmend auf die einzelnen Zelte, und Cora und Danli folgten ihnen einfach. Innen waren die Zelte geräumiger, als sie von außen aussahen, aber sie waren voller Chinesen, die schon angefangen hatten, ihre Zigaretten und den Schnaps auszupacken.

Cora schaute ihnen entgeistert zu. »Schnaps und Zigaretten? Hier, in dieser Höhe? Sind die verrückt? Die können draufgehen. Komm, wir bleiben so lange wie möglich draußen!« Es war noch hell, und sie konnten den letzten Hügel besteigen, der sie vom besten Aussichtspunkt trennte. Es waren nur wenige Stufen, aber sie gingen langsam; es war kalt, ein eisiger Wind blies, und die Höhe machte beiden zu schaffen. Als sie oben auf dem Hügel standen, erstreckte sich zwischen ihnen und dem Mount Everest nur noch eine weite, flache Ebene. Ganz nah sah er aus, als könne man mal eben hinüberlaufen. Still standen beide nebeneinander, in den Anblick vertieft. Schließlich bückte sich Cora und hob ein paar kleine Steine auf. »Die nehme ich mit«, sagte sie leise. »Ich lege sie meinem Vater aufs Grab.«

Sie stiegen wieder hinab und gingen auf die Zelte zu; es war jetzt dunkel geworden. Über ihnen, am Abhang, lag das Kloster Rumbuk; es waren nur wenige Höhenmeter, aber sie hatten keinen Bedarf mehr, dort auch noch hinaufzusteigen. Sie mussten schlafen; die letzte Nacht war kurz gewesen, und wer wusste, wie es weiterging. Das Zelt war voll; alles war in dichten Rauch gehüllt und erfüllt vom lauten Rufen der Chinesen, die hier bei Schnaps und Zigaretten Karten spielten. Cora seufzte. Es würde wohl keine ruhige Nacht werden. Sie legten sich in ihren Kleidern hin, zogen die Decken so gut es ging über den Kopf und versuchten zu schlafen. Danli war sofort eingeschlafen, er hatte Kopfweh und war todmüde. Die Chinesin, die sich ihnen gegenüber auf einen freien Platz gelegt hatte, war ihm nicht aufgefallen.

Cora hatte auch Kopfschmerzen, aber sie war nicht müde. Sie hatte im Jeep ein wenig geschlafen; die Unebenheiten der Straße machten ihr nichts aus. Jetzt lag sie wach unter ihrer Decke. Der Qualm störte sie, der Lärm auch; sie fühlte sich insgesamt einfach nicht wohl. War es die Höhe oder das ungute Bauchgefühl, dass etwas nicht stimmte? Schließlich wickelte sie sich aus ihrer Decke und stand auf. Das hatte hier keinen Zweck, sie würde ohnehin nicht schlafen können. Sie beschloss hinauszugehen; vielleicht gab es eine schöne, mondhelle Nacht, und sie hätte noch mal einen Ausblick auf den Berg. So etwas sah man nur einmal im Leben, dachte sie. Langsam ging sie durch die noch immer Karten spielenden Chinesen hindurch; eine Chinesin, die ihr gegenüber gelegen hatte, schien auch wach zu sein und blickte sie an, ohne eine Miene zu verziehen. Cora verließ das Zelt. Sie ging ein paar Schritte und atmete tief ein. Das tat gut. Die Nacht war ziemlich klar; der Mond schien, aber es zogen immer wieder Wolken vorüber und verdeckten ihn kurz. Cora entschied sich, nochmals auf den kleinen Hügel zu steigen, der den besten Blick bot. Bei Nacht musste es fantastisch sein. Einen Versuch war es wert. Nach einem kurzen Blick zurück auf ihr Zelt ging sie ruhigen Schrittes die wenigen Meter bis zur Treppe, die auf den Hügel führte; ein eisernes Geländer half, den steilen Aufstieg zu bewältigen. Oben angekommen, musste sie kurz Luft holen. Ihre Kopfschmerzen wurden besser, der Qualm im Zelt hatte ihr mehr zu schaffen gemacht als die Höhe an sich. Sie sah, dass sie ganz allein war. Gut. Sie setzte sich auf einen Felsen, der in der Mitte des Hügels als Bank diente und der mit vielen bunten Wimpeln bedeckt war, die man darumgebunden hatte. Cora schaute. Sie sah den Berg nur schemenhaft; es war zu dunkel, der Mond nicht hell genug. Aber die Stille war unglaublich, die Leere um sie herum, und wenn sie nicht gewusst hätte, dass nur wenige Meter entfernt Hunderte von Menschen schliefen (oder es versuchten), hätte sie glauben können, der letzte Mensch auf der Welt zu sein.

Da sah sie im Mondlicht einen besonders schönen Stein, der weiß schimmerte und auf den jemand etwas geschrieben zu haben schien. Es sah aus wie Schriftzeichen. Sie bückte sich, um ihn für ihren Vater aufzuheben. Das rettete ihr das Leben.

32. KAPITEL

Meili drehte sich noch einmal um. Es war noch früh, und es gab keinen Grund, jetzt schon aufzustehen. Rüdiger hatte sich auf den Weg nach Tibet gemacht, um diese verdammte Deutsche endlich aus dem Weg zu räumen. Ihre Konstruktion, mit der sie seit Monaten die Firma NIB ausnahmen, hatte so perfekt funktioniert, und dann kam diese Ingenieurin und vermasselte alles. Die Deutschen wäre ihnen nie auf die Schliche gekommen, sie kamen ja auch selten nach China und verstanden nichts von den Gepflogenheiten, von dem Guanxi-System, den Gefälligkeiten, mit denen man hier Geschäfte machte. Und das chinesische Umweltministerium profitierte ja auch davon, also was konnte passieren? Sie hatte sich in Erwartung der zukünftigen Gewinne eine Wohnung gekauft, in bester Lage am Strand von Qingdao, und war jetzt entsprechend verschuldet. Wenn herauskam, was sie taten, war sie pleite. Und wenn das Ministerium sie fallen ließ, drohte ein Verfahren wegen Korruption, und das endete schnell mit einem Genickschuss. Daher hatte sie Rüdiger gezwungen, selbst nach Tibet zu fahren und sich zu kümmern. Er wollte erst nicht, hatte etwas erzählt von wegen, er sei Anwalt und dürfe sich da nicht die Hände schmutzig machen, aber sie hatte ihm klargemacht, dass er genauso bestraft werden würde wie sie, wenn es nicht gelang, die Deutsche zum Schweigen zu bringen. Sie wusste zu viel oder konnte es zumindest noch herausbekommen. Nein, Rüdiger musste selbst fahren. Und Tibet war bestens geeignet, dort passierte immer wieder etwas, und es drangen keine Nachrichten nach außen. Also war Rüdiger abgeflogen, er kannte ja den Reiseplan dieser Remy und ihres chinesischen Ingenieurs Ma. Er wusste, wann sie in Lhasa ankommen und wo sie wohnen würden. Über NIB hatte er sich schon vor Coras Ankunft die Handynummer von diesem Ma besorgt, um ihn im Bedarfsfall kontaktieren zu können; das sollte sich noch als Vorteil erweisen.

Meili lächelte zufrieden und zog sich das seidene Betttuch über ihren nackten Körper. Diese deutschen Männer waren so leicht zu beeinflussen, so leicht zu verführen! Sie waren oft einsam hier in China, und wenn ihnen dann eine attraktive Chinesin schöne Augen machte, spielten sie gleich den reichen Kolonialherrn und wollten sie mit ihrem Geld und ihrer Macht beeindrucken. Wie albern! Die meisten Chinesinnen nutzten die Ausländer nur aus, bereicherten sich an ihnen oder genossen einfach das schöne Leben in den luxuriösen Hotels und die Reisen und Geschenke. Und dann, wenn sie genug hatten, suchten sie sich einen anderen. Es gab immer wieder neue. Sobald sie ihre Wohnung abbezahlt hätte, würde sie sich auch von Rüdiger trennen. Aber so lange musste sie durchhalten.

Als sie aber nach zwei Tagen gegen Abend noch nichts von Rüdiger gehört hatte, wurde sie unruhig. Er hatte versprochen, das Problem gleich in Lhasa zu erledigen, und das wäre laut Plan genau jetzt. Wieso rief er sie nicht an? Sie hatte es selbst mehrfach auf seinem Handy versucht, aber er nahm nicht ab. Gegen Mitternacht war noch immer nichts passiert, keinerlei Kontaktaufnahme. Meili schlief unruhig in dieser Nacht. Am nächsten Morgen rief sie einen Freund an, der bei einer Telefongesellschaft arbeitete und ihr noch etwas schuldig war. Sie ließ Rüdigers Handy orten. Zu ihrem Erstaunen meldete ihr Freund, das Handy sei in Ost-Tibet, mehr könne er nicht sagen. Was war geschehen? Hatte Rüdiger der Remy hinterherfahren müssen? Unruhig wartete Meili weiter; sie konnte nichts tun. Etwas war schiefgelaufen, so viel war klar. Rüdiger hätte sich sofort bei ihr gemeldet; er war Deutscher, der vergaß nicht, was er versprochen hatte.

Schließlich hielt sie es nicht mehr aus. Sie nahm sich Rüdigers Laptop, was er ihr streng verboten hatte, und durchsuchte sein Adressbuch. Sie fand die Telefonnummer von Mas Handy und gab sie sofort an ihren Freund weiter. Der ortete das Handy ebenfalls in Ost-Tibet, am Abend dann weiter westlich, Richtung Lhasa. Meili wusste, was sie zu tun hatte. Sie flog nach Tibet, um Rüdiger zu helfen. Dieser Schwächling war nicht mal in der Lage, mit einer Frau fertig zu werden, die noch dazu nie in China gewesen war. Dann musste sie sich eben selbst darum kümmern. Wieder ein Grund, sich bald von ihm zu trennen. Noch in Lhasa erfuhr sie, dass sich Mas Handy weiter nach Westen bewegte, an der Hauptstadt vorbei. Meili buchte einen Jeep und verfolgte das Signal. Schnell wurde klar, was das Ziel war: das Base Camp. Warum in aller Welt, das verstand Meili nicht, und warum Rüdiger sich nicht meldete, auch nicht. Aber sie musste sich jetzt erst um das wichtigere Problem Cora Remy kümmern, dann konnte sie mit Rüdiger sprechen und sich überlegen, ob sie ihn gleich fallen ließ.

Als sie ihren Fahrer drängte, schneller zu fahren, überholte dieser eine ganze Reihe von weißen Jeeps, die offenbar zusammengehörten. Das Signal kam näher; konnte das sein? War sie den beiden schon so nahe? Sie blickte in die Wagen, die sie überholte; in einem saß ein Chinese, der sie aufmerksam ansah. Aber sie konnte keine Ausländerin entdecken. Als sie schließlich einen Parkplatz erreichten, stieg sie aus. Das Signal hatte sie verloren, kein Empfang mehr hier oben. Da kamen die anderen Jeeps angefahren; Meili tat, als sei sie eine Touristin, und machte eifrig Fotos von der Gegend, während sie unauffällig die ausländischen Touristen beobachtete, die da in Gruppen beisammenstanden. Ihr Blick schweifte von einer Frau zur anderen, bis sie sie schließlich entdeckte. Da! Das musste sie sein. Rüdiger hatte sie beschrieben, etwas zu positiv, fand Meili, so hübsch war sie nun auch wieder nicht. Aber sie hatte die Deutsche sicherheitshalber noch gegoogelt und ihr Foto auf ihr eigenes Handy gespeichert. Kein Zweifel, sie hatte sie gefunden. Unauffällig tat sie weiter, als suche sie mit ihrer Kamera die Berggipfel ab, und drehte sich langsam weg. Dann, als auch die Ausländer abgefahren waren, stieg sie in ihren Jeep und wies den Fahrer an, langsam hinterherzufahren. Sie konnte die beiden jetzt nicht mehr verlieren.

Als Meilis Jeep ins Camp rollte, ließ sie ihren Fahrer etwas abseits parken. Sie ging vorsichtig durch die in Gruppen zusammenstehenden Ausländer, die inmitten all der Chinesen nicht zu übersehen waren. Die Remy war nicht dabei! Das konnte nicht sein, wo war sie? Dann sah Meili die Ansammlung von Zelten, die etwas weiter vorn im Tal aufgebaut waren. Ob sie dort waren? Als sie das erste Zelt betrat, jubelte sie innerlich auf. Das war einfach gewesen! Die beiden standen in einer Ecke und unterhielten sich. Offenbar wollten sie hier schlafen. Schnell reservierte Meili eine Matratze für sich und verließ das Zelt, um die Umgebung zu erkunden. Sie musste die beste Möglichkeit finden, die Remy ein für alle Mal unschädlich zu machen. Wenn sie nur nicht solche Kopfschmerzen gehabt hätte! Schon sich die Schuhe zuzubinden, war eine körperliche Anstrengung. Sie biss die Zähne zusammen und lief durch das Zeltlager. Nein, zu viele Menschen, zu auffällig. Schließlich kehrte sie ins Zelt zurück; es würde sich etwas ergeben, sie durfte nur nicht einschlafen, sie musste die Remy im Auge behalten.

Als Cora aufstand, um das Zelt zu verlassen, beobachtete Meili sie genau. Ma schien weiterzuschlafen, sehr gut. Schnell stand sie auf und folgte der Deutschen; etwas zu schnell, wie sie sogleich merkte. Ihr wurde kurz schwarz vor Augen, die Anstrengung war doch zu groß. Sie hielt sich an der Plane fest, die den Eingang des Zeltes darstellte. Der Schwindel wurde stärker, jetzt wurde ihr auch noch übel. Sie blieb stehen. Gut, jetzt ging es wieder. Wo war Cora hin? Da vorn, sie sah sie langsam die Treppe zum Hügel ersteigen. Perfekt, da oben war es sicher einsam. Langsam, um die Kopfschmerzen nicht weiter zu verschlimmern, ging die Chinesin hinterher. Als die Deutsche oben angekommen war und um eine Biegung hinter einem Felsen verschwand, stieg auch Meili die Treppe hoch. Es waren keine zwanzig Stufen, aber sie brauchte fast fünf Minuten dafür. Mehrmals musste sie anhalten und sich auf die Stufen setzen. Jetzt nur nicht aufgeben, so nah am Ziel, sagte sie sich. Was diese Deutsche schaffte, würde sie ja wohl auch noch hinbekommen. Als Meili die oberste Stufe erreicht hatte, sah sie sich um. Ein großer Felsen in der Mitte des Hügels versperrte ihr die Sicht; die Remy musste dahinter sein. Vorsichtig umkreiste sie den Felsen, einen großen Stein in der Faust, den sie aufgehoben hatte. Da sah sie die Deutsche. Sie starrte in den Himmel und schien nichts um sich herum zu bemerken. Meili hob die Faust, machte einen Schritt nach vorn und schlug zu. In diesem Moment bückte sich die Remy, und der Schlag ging ins Leere. Von der Wucht mitgerissen, stolperte Meili und fiel hin, direkt vor Cora.

Cora hatte den wunderschönen Stein, nach dem sie sich gebückt hatte, noch nicht in der Hand, als plötzlich ein Schatten auf den Boden vor ihr fiel und dann ein Chinese direkt vor ihr auf den Boden stürzte. »Was …«, wollte sie gerade sagen und ihm aufhelfen, als sie nicht nur sah, dass es eine Frau war, sondern auch, dass diese einen Stein in der Faust hielt und sie hassverzerrt anstarrte. Es war die Chinesin aus dem Zelt! Wer war sie? Da stand Meili auch schon auf und hob die Faust erneut, Cora reagierte diesmal sofort und trat ihr gegen die Fußknöchel, sodass Meili erneut zu Boden fiel. Cora setzte sich auf ihre Brust und drückte ihr den Hals zu. »Was wollen Sie?«, rief sie auf Englisch, erhielt aber keine Antwort. Die Chinesin wehrte sich nach Kräften, aber Cora war unglaublich stark. Als sie sah, dass die Chinesin vor Anstrengung keine Luft mehr bekam, ließ sie von ihr ab, stand auf und zog sie mit hoch. Die Chinesin keuchte und rang nach Luft, Cora setzte sie auf einen großen Stein. »Noch mal, was wollen Sie von mir?«, fragte sie wütend. Sie hatte wirklich genug von all den Überfällen der letzten Tage. Hörte das denn nie auf?

»Rüdiger Landmann ist mein Freund. Sie zerstören alles, was wir aufgebaut haben. Ich werde Sie hier nicht entkommen lassen«, flüsterte Meili mehr, als dass sie es sagen konnte. Ihr wurde schon wieder schwarz vor Augen. Cora zuckte zurück. Landmann? Der Anwalt? Das war seine Freundin? Jetzt wurde ihr einiges klar.

»Wo ist er? Wo ist mein Freund?«, fragte Meili, schwer atmend.

»Landmann? Der ist tot.« Cora war jetzt eiskalt. Der Kerl hatte sie zweimal umbringen wollen, sogar an die Geier verfüttern wollen, und jetzt wollte diese Chinesin es auch noch versuchen? Das konnte ja nicht wahr sein.

Meili saß wie versteinert. Tot? Rüdiger war tot? Die Deutsche hatte ihn getötet! Mit einem Wutschrei sprang sie auf und stürzte sich mit letzter Kraft auf Cora. Die war überrascht, damit hatte sie nicht gerechnet. Sie fielen zusammen zu Boden und rollten auf die Treppe zu; Cora versetzte Meili einen Faustschlag ins Gesicht, dass deren Kopf nach hinten flog und ihr Oberkörper die Treppe hinunterrutschte. Aber Meili ließ sie nicht los, und die beiden Frauen fielen zusammen die steile Eisentreppe hinunter. Hart schlug Coras Kopf gegen das Geländer, und sie verlor kurz das Bewusstsein. Als sie wieder zu sich kam, lagen sie beide am Fuße der Treppe; Meili rührte sich nicht. Cora wälzte sich von ihr herunter und stand vorsichtig auf. Meili blutete aus der Nase; schien aber sonst keine sichtbaren Verletzungen zu haben. Cora fühlte ihren Puls. Nichts. Der Kampf in der eiskalten Luft in über 5.000 Meter Höhe, zu Füßen des Mount Everest, hatte sie zu viel Kraft gekostet; ihr Herz hatte ausgesetzt. Meili war tot.

Cora schaute sich aufmerksam um. Alles ruhig. Niemand schien ihren Kampf bemerkt zu haben. Nichts wie weg hier, dachte sie. Eine Tote im Base Camp war nichts, mit dem sie in Verbindung gebracht werden wollte. Sie schlich so schnell wie möglich zum Zelt zurück. Dort war inzwischen Ruhe eingekehrt; die Chinesen schliefen alle und schnarchten laut. Cora legte sich auf ihren Platz neben Danli, der tief und gleichmäßig atmete. Sie wickelte sich wieder in ihre Decke. An Schlaf war nicht zu denken. Morgen würden sie irgendwie nach Lhasa kommen müssen, aber wenn die Polizei im Camp eintraf, würde sie Untersuchungen anstellen, und dann wäre ein Entkommen schwierig, wenn nicht unmöglich. Man würde die Tote wohl nicht in Verbindung mit Danli und ihr selbst bringen können, aber man würde sie fragen, wie sie hierhergekommen waren und warum. Als Cora sich umdrehte, spürte sie etwas Hartes an ihrer Hüfte. Sie tastete nach ihrer Jackentasche. Der Stein, den sie aufgehoben hatte und der ihr das Leben gerettet hatte. Es waren tatsächlich Schriftzeichen darauf. Sie musste Danli unbedingt morgen fragen, was sie bedeuteten. Mit diesen Gedanken schlief sie schließlich doch ein, wälzte sich aber den Rest der Nacht unruhig hin und her.

»Wei! Qilai ba! Aufstehen!« Cora wachte auf, weil sie jemand unsanft in die Seite stieß und lautes Rufen zu vernehmen war. Langsam öffnete sie die Augen. Ein Soldat in Uniform stand über ihr, die Maschinenpistole schussbereit auf sie gerichtet. Sie sah zu Danli hinüber, der gerade ebenso unsanft geweckt wurde. Der Rest des Zeltes war leer, nur sie beide und die beiden Soldaten. Das sah nicht gut aus. Sie erhoben sich und gingen mit erhobenen Händen vor den Soldaten aus dem Zelt. Auf dem Platz davor hatten sich alle versammelt; die chinesischen Touristen sowie die Deutschen, und sahen sie an. Die Soldaten schoben sie in Richtung eines wartenden Minibusses, der mit laufendem Motor an der Straße stand. Jeweils hinter und vor dem Minibus sah Cora einen Polizeijeep, voll mit Soldaten. Cora sah zu Danli hinüber, der traurig zurücklächelte. Das war es dann wohl, schien er zu sagen.

Cora und Ma wurden in den Wagen geschoben; vorn neben dem Fahrer saß ein Soldat; hinten, wo sie sich hinsetzen mussten, saß bereits ein älterer Chinese im dunkelblauen Mao-Anzug. Er schien kein Soldat zu sein; jedenfalls hatte er keine Uniform an. Er schaute sie prüfend an, sagte aber kein Wort. Als die Türen geschlossen waren, fuhr der Konvoi an. Cora blickte noch einmal zurück. Das war also ihr Besuch im Basislager des Everest gewesen, wahrlich ein Erlebnis. Der Berg war heute gut zu sehen, ein strahlend blauer Himmel erstreckte sich über ihm. Die Wolke, die man sonst fast immer sah, war heute nicht da; nichts schien den Ausblick zu trüben. Es musste fantastisch sein, über den Berg fliegen zu können, dachte Cora bei sich. Jetzt einfach darüber hinwegfliegen … zu Ganesh!

»Also, Frau Dr. Remy, wir müssen reden«, wurde sie unsanft aus ihren Gedanken gerissen. Der ältere Chinese hatte zum ersten Mal gesprochen. Er klang bestimmt, klar, ein Mann, der Entscheidungen zu fällen gewohnt war. Aber nicht unfreundlich, fand Cora.

»Ich möchte«, fuhr der Chinese in gebrochenem Englisch fort, »dass Sie mir alles erzählen. Alles, meine ich. Mein Dolmetscher«, er zeigte auf den jungen Mann auf dem Beifahrersitz, »wird alles übersetzen. So, bitte jetzt. Und ausführlich, wir haben ja Zeit.«

Cora sah ihn konzentriert an. Sie waren nicht verhaftet worden, dachte sie; das hier war keine Festnahme. Der Chinese schien ehrlich interessiert; er schaute ruhig zu ihr herüber; sie meinte, fast so etwas wie Sympathie in seinen Augen zu lesen.

»Gut, als ich heute Nacht noch einmal an die Luft wollte ...«, begann sie, wurde aber sofort unterbrochen.

»Nein, Frau Remy«, sagte der Dolmetscher höflich. »Bitte von vorn. Fangen Sie in Qingdao an. Was passierte, nachdem Sie im Hotel eingecheckt hatten?«

Qingdao? Cora blickte erstaunt zu Danli, aber der zuckte nur mit den Schultern. Dann sah sie zu dem älteren Chinesen neben ihr, und dieser nickte kurz. Nach kurzem Schweigen sagte er schließlich: »Also gut. Vielleicht ist es einfacher, wenn ich mich kurz vorstelle. Ich bin Vize-Minister im chinesischen Umweltministerium, zuständig unter anderem für die Wasserversorgung der Volksrepublik China. Mein Name ist Jiang Jianguo. Und ich brauche Ihre Hilfe.«

33. KAPITEL

Jiang lehnte sich zurück. Cora hatte ihm alles erzählt; sie hatte von Qingdao berichtet, dem Überfall im Büro von NIB. Dann hatte sie die Fahrt nach Shanghai geschildert, wo sie Ma getroffen hatte; die Zugfahrt nach Tibet, den Überfall auf der Dachterrasse des Hotels in Lhasa. Die Fahrt nach Nyingchi, das Kloster, den Mord an Dorjee und den zweiten Überfall auf sie. Dann das Plateau, den Kampf mit Landmann, sein Ende. Schließlich die Fahrt zum Brahmaputra, den Kampf am Container, die Explosion. Ihre Rückfahrt, die Fahrt im Jeep ins Base Camp, den erneuten Mordversuch an ihr, den Tod von Meili. Sie ließ nichts aus, auch nicht ihre Kontakte zu Ganesh und dessen Hilfe bei der Live-Übertragung. Sie ging ein Risiko ein; sie kannte diesen Mann nicht. Aber ihr Bauch sagte ihr, dass es in Ordnung sei, und eine wirkliche Wahl hatte sie ohnehin nicht. Wenn sie Danli und sich selbst heil aus dieser Angelegenheit herausbekommen wollte, musste sie mit offenen Karten spielen.

Als sie geendet hatte, schwieg Jiang eine Weile. Er hatte sie nicht einmal unterbrochen, nicht eine Frage gestellt. Jetzt sah er sie aufmerksam an, als ob er sie prüfen wollte. Dann schaute er nachdenklich aus dem Fenster. Sie hatten die »bumpy road«

hinter sich gelassen und waren wieder auf einer gut ausgebauten Straße unterwegs zur Hochebene. Cora hatte lange und detailliert gesprochen, und der Dolmetscher hatte alles sorgfältig übertragen. Manchmal, wenn er ein Wort nicht kannte oder wenn er zögerte zu übersetzen, wie bei der Schilderung der heimlichen Fahrt auf dem LKW oder der Flucht vor der Polizei, half Danli aus. Ansonsten hatte der Ingenieur kein Wort gesagt; Name und Titel des Chinesen hatten ihn völlig eingeschüchtert. Er wusste, was dieser alles bewirken konnte. Er hatte noch nie einem so mächtigen Mann gegenübergesessen. Cora auch nicht, aber es interessierte sie auch nicht. Macht war nicht etwas, das sie beeindruckte; sie war von Menschen um ihrer selbst willen beeindruckt, mochte sie oder liebte sie, oder eben auch nicht.

»Hören Sie zu«, begann Jiang schließlich, als müsse er sich erst überwinden, mit dieser Ausländerin so zu sprechen, wie er das jetzt tat. »Ich erzähle Ihnen jetzt, was ich weiß, und dann müssen wir das irgendwie zusammenbringen. Sie brauchen mich, um nach all den Straftaten, die Sie begangen haben, wieder aus Tibet und auch aus China herauszukommen; ich brauche Sie, um meinen Job nicht zu verlieren. So ehrlich bin ich zu Ihnen, da Sie ehrlich zu mir waren. Ich kenne den größten Teil Ihrer Geschichte und kann daher beurteilen, ob Sie mich angelogen haben. Haben Sie nicht; Sie haben es nicht einmal versucht. Das beeindruckt mich; wissen Sie, als Politiker in meiner Position wird man normalerweise ausschließlich angelogen.«

Er wirkte plötzlich sehr müde, als habe er das alles satt. Cora bemerkte erst jetzt, wie grau sein Haaransatz war; er hatte sich offensichtlich die Haare schwarz gefärbt. Das machten viele Chinesen, um jünger zu wirken, hatte ihr Danli erzählt. Man musste eine Menge erlebt und auch eingesteckt haben, um so weit in der chinesischen Nomenklatur zu kommen wie dieser alte Mann, dachte Cora. Von außen, im Fernsehen, sah man immer nur diese ausdruckslosen Gesichter, die alle gleich wirkten und von denen man in Deutschland nichts wusste; wer in Deutschland kannte denn auch nur den Namen des mächtigsten Mannes in China, der sicher mächtiger war als der amerikanische Präsident? Und man sah sie nur als Marionetten der chinesischen Diktatur. Aber es waren auch Menschen, und Cora hätte jetzt gern mehr über Jiang erfahren. Wie lebte er, hatte er Familie, Frau und Kinder, welche Sorgen hatte er? Das war wohl nicht möglich, das wusste sie; mächtige Menschen mussten sich abschirmen, schützen, nicht nur physisch, auch psychisch, durften sich nicht zu weit öffnen, sonst machten sie sich angreifbar. Aber hatten sie deshalb kein Recht auf Privatsphäre, auf echte Freunde, auf Liebe? Kam die Macht immer um den Preis der persönlichen Einsamkeit? Darüber hätte sie gern mit diesem mächtigen Chinesen gesprochen. Und er wirkte auf sie, als würde er gern mit jemandem sprechen, der ihm, wie Cora, so fern war, dass er nicht gefährlich werden konnte.

Jiang fuhr fort: »Ich weiß nicht, ob Sie das verstehen können, aber ich bin an oberster Stelle für die Wasserversorgung in China zuständig. Das heißt, dass viele Millionen von Menschen von meinen Entscheidungen betroffen sind. Wir führen seit Jahren große Umleitungsprojekte in China durch, und egal, was andere Nationen dazu sagen, China braucht das Wasser sowie die gewonnene Hydroenergie. Also machen wir, was das Beste für uns ist. Zumindest dachte ich immer so. Aber durch ein sehr persönliches Erlebnis«, hier stockte er kurz, und Cora sah kurz den Menschen hinter dem Politiker, »bin ich darauf aufmerksam geworden, welche Verantwortung wir Politiker auch tragen. Es geht nicht nur um uns, in dieser Welt hängen wir alle voneinander ab. Was China entscheidet, betrifft die ganze Welt, und das müssen wir berücksichtigen. Das habe ich gelernt. Wir entwickeln unser Land und helfen einer Milliarde Menschen, ein besseres Leben zu führen, aber das ist nicht genug. Wir müssen auch mit unseren Nachbarn in Frieden leben; niemand will Krieg. Und das Thema Wasser ist in den letzten Jahren immer drängender geworden; in China, aber eben auch in Indien und den anderen Staaten, die von uns abhängen, was die Wasserversorgung betrifft. Ich habe verstanden, dass wir nicht nur dafür sorgen müssen, dass unsere Landsleute Wasser bekommen, sondern auch, dass die Qualität entscheidend ist. Wenn Babys daran sterben, dass sie verschmutztes Wasser trinken, dann machen wir etwas falsch. Was für eine Welt hinterlassen wir unseren Kindern? Wir brauchen Technologie aus Ländern wie Ihrem, Frau Dr. Remy, und Sie brauchen uns als Märkte. Ich habe begonnen, meine eigenen Projekte infrage zu stellen, und ich lasse derzeit vieles, was ich in den letzten Jahren unternommen und befohlen habe, überprüfen. Ich habe nicht mehr viel Zeit, und ich möchte nicht noch mehr Vorwürfe meiner Tochter hören, ich würde unseren Nachkommen ein vergiftetes Land hinterlassen.

Ich habe in Tibet, am Brahmaputra, ein großes Wasserprojekt initiiert. Dazu müssen Staudämme gebaut werden, und dazu bedarf es Sprengungen. Ich hatte den zuständigen Verantwortlichen angewiesen, dies entsprechend auszuführen. Und ich fühlte mich gut dabei, weil ich wusste, es ist richtig und wichtig für China. Und was das Ausland dazu sagen würde, war mir egal. Aber dann erfuhr ich, dass ein korrupter Provinzgouverneur hier in Tibet seine eigenen Ziele über die der Partei, über die des Landes stellte und in einer wahnwitzigen Aktion sogar vor einer atomaren Explosion nicht zurückschreckte, um sich persönlich zu bereichern. Das hat nichts mit China zu tun, das ist oder besser war der Plan eines Einzelnen. Macht korrumpiert nun einmal. Wissen Sie, der Gouverneur von Tibet wollte sich eine Goldmine sichern, und dazu durfte die konventionelle Sprengung nicht stattfinden, da sie seine Mine verschüttet hätte. Also vereinbarte ich mit dem Projektleiter, dass er die Sprengung doch durchführen sollte, auch wenn ich in der Zwischenzeit von meinen eigenen Plänen einer konventionellen Sprengung aus den genannten Gründen abgekommen war; ich würde den Gouverneur inzwischen verhaften lassen. Wie Sie wissen, hat das nicht funktioniert; er wurde gewarnt, weil meine eigenen Leute gegen mich arbeiten. Der Handlanger des Gouverneurs hatte kurz vor seinem Tod noch die nukleare Sprengung in Gang gesetzt, kurz bevor der Gouverneur verhaftet wurde. Zum Glück war es eine kleine Explosion und unterirdisch, sodass wir den Schaden begrenzen zu können glauben. Der Fallout ist nicht so hoch wie zunächst befürchtet. Der Imageschaden für unser Land ist jedoch unermesslich, da dank Ihres indischen Freundes die ganze Welt zugesehen hat. Eigentlich müsste ich ihm dankbar dafür sein, denn nun wissen auch meine Vorgesetzten, wie gefährlich unsere Aktivitäten in Tibet sind. Was meinen Sie, was in der internationalen Presse los war, seit die Explosion live um die Welt ging? Wir haben jetzt alle Dammbauprojekte in Tibet gestoppt und werden uns mit den Staaten Südostasiens an einen Tisch setzen. Natürlich bauen wir weiter; wir brauchen die Energie. Aber wir werden die Auswirkungen abstimmen und überlegen, wie mögliche Verschlechterungen der Wasserversorgung in Indien durch uns abgemildert oder entschädigt werden könnten. Aber das kann nicht einseitig geschehen, auch Indien muss in Verhandlungen mit Bangladesch eintreten, Vietnam und Laos müssen aufhören, den Mekong zu stauen; dies gilt entsprechend für Myanmar und den Irawadi. Wenn alle zusammenarbeiten, können wir zu einer Lösung gelangen. Aber wir lassen uns nicht den Schwarzen Peter zuspielen; China ist nicht allein schuld an der Problematik.

Nun zu Ihnen. Wir hatten Sie im Visier, seit Sie nach Tibet fuhren; alle Ausländer, die hierherkommen, werden routinemäßig überwacht. Als dann das Hotel von dem Überfall berichtete und die Polizei einschaltete, setzten wir Beamte auf Sie an, ließen Sie aber zunächst gewähren. Dann erreichte die Polizei ein offizielles Hilfegesuch der Firma NIB, Sie zu suchen. Das konnten wir nicht ignorieren und verhafteten Sie. Dass Sie uns dann entwischt sind, war ein Fehler; das wird auch Konsequenzen haben. Wir verloren Sie tatsächlich aus den Augen. Ich fand Sie erst wieder, als ein Soldat berichtete, er habe eine blonde Ausländerin nahe der Kommandozentrale gesehen. Er hat Sie physisch sehr detailliert beschrieben«, hier zuckte sein Mundwinkel fast unmerklich, »aber wir fanden Sie auch dann nicht. Aber wir wussten, dass Sie nach Lhasa mussten, und als Sie nicht rechtzeitig zu Ihrem Flug erschienen, gab es nicht viele Möglichkeiten, wo Sie sein konnten. Ich war bereits gestern in Tibet eingetroffen, um an den Brahmaputra zu fliegen, aber als mir heute Morgen eine Tote im Base Camp gemeldet wurde, flog ich sofort hierher. Sie sehen, Leichen pflastern Ihren Weg, sehr erstaunlich für eine deutsche Ingenieurin. Sie sind eine seltsame Frau. Sie geben nicht auf, Sie mischen sich in Dinge ein, die Sie nichts angehen. Sie können kämpfen, Sie sind zäh und schlau. Ich bin beeindruckt. Wir bringen Sie jetzt nach Lhasa, und dann fliegen wir gemeinsam nach Fuzhou.«

Cora blickte erstaunt auf. »Fuzhou? Wieso fliegen Sie mit nach Fuzhou?«

Jiang lächelte. »Fujian ist meine Heimatprovinz, und ich kann es mir nicht leisten, Sie noch mal entwischen zu lassen. Wer weiß, wer dann zu Tode kommt ... Nein, wir sind gleich am Hubschrauberlandeplatz, und mein Pilot bringt uns nach

Lhasa. Meine Maschine wartet bereits auf uns. Heute Abend sind wir in Fuzhou. Sie sind mein Gast; Sie wohnen bei mir. Keine Widerrede«, sagte er und hob abwehrend seine Hand. »Ich weiß, Sie möchten Ihren Bruder treffen. Er kommt zum Abendessen. Und ich brauche Ihren kompletten Bericht für meinen Vortrag vor dem Politbüro. Ich werde mich für das verantworten müssen, was in Tibet geschah. So etwas darf nicht wieder passieren. Nie wieder. Solange einzelne Kader ihre Macht missbrauchen, wird China immer in Gefahr sein. Wir können das nicht ganz verhindern; Korruption und Machtmissbrauch gibt es überall auf der Welt. Aber wir müssen daran arbeiten. Und Sie, Frau Dr. Remy, haben Dinge erfahren, die Sie nie hätten erfahren dürfen. Aber Sie haben auch entschieden dazu beigetragen, dass das Betrugskomplott in Qingdao aufgedeckt wurde. Das hat meiner Behörde und mir letztlich Pluspunkte eingebracht. Dazu brauche ich Sie. Danach können Sie ausreisen, wann immer Sie wollen.«

Danli räusperte sich. »Ähm, ich würde gern zurück nach Shanghai, meine Familie wartet, und ...«

Jiang sah ihn nachdenklich an. »Genosse Ma, Ihre Rolle in dem Ganzen ist mir bekannt, und ich muss sagen, Sie haben einige Gesetze gebrochen. Das wird Konsequenzen haben, richtig?«

Cora unterbrach ihn sofort: »Moment, Herr Minister, so geht das nicht! Ma ist mein Freund, er hat mir das Leben gerettet, und ich bestehe darauf, dass er völlig straffrei bleibt und sofort zu seiner Familie zurückkehren kann. Sonst werde ich nicht mit Ihnen kooperieren!«

Jiang musste jetzt doch laut lachen. »Ich weiß nicht, wann das letzte Mal jemand zu mir gesagt hat, dass er auf etwas besteht! Und mir gedroht hat! Das ist ja unglaublich. Reden Sie mit allen Menschen so? Ich kann mit meinen Entscheidungen ein Fünftel der Menschheit beeinflussen, und Sie weigern sich, mit mir zu arbeiten, wenn ich nicht Ihre Forderungen erfülle? Herrlich. Machen Sie sich keine Sorgen, Ihrem Freund wird nichts geschehen. Ich weiß doch, was er für Sie und für China getan hat. Sie sind mutig gewesen, Genosse Ma. Mei wenti, kein Problem, Sie können sofort nach Hause. Ich gehe davon aus, dass ich mich auf Ihre Diskretion verlassen kann. Richtig? Hao, gut. Kommen Sie nicht mit nach Fuzhou?«

Danli schüttelte den Kopf. »Nein, ich würde gern nach Hause. Ich bin nicht Cora, ich meine Frau Dr. Remy. Die letzten Tage waren die aufregendsten meines Lebens, ich will sie nicht missen. Aber jetzt möchte ich zu meiner Familie. Es reicht.« Er blickte unsicher zu Cora hinüber. Sie lächelte ihn so warmherzig an, dass er fühlte, wie sein ganzer Körper brannte. Ihr Blick genügte, um ihn völlig aus der Bahn zu werfen. Er musste hier weg. Weg von ihr.

Eine halbe Stunde später hatten sie die Hochebene erreicht, und bald kam ein Hubschrauber in Sicht, der mit laufendem Rotor auf einer Wiese wartete. Jiang, Danli und Cora stiegen ein und waren kurz darauf in der Luft. Während Jiang telefonierte und Danli versuchte, Coras Blick auszuweichen, aber gleichzeitig möglichst nicht aus dem Fenster zu schauen, wo unter ihnen nichts war als eisige Wildnis, konzentrierte Cora sich auf das, was vor ihr lag. Sie würde sich von Danli verabschieden müssen, der ihr das Leben gerettet hatte und der ihr sehr ans Herz gewachsen war. Als Freund, auf den sie sich verlassen konnte. Sie sah ihn lächeln, und sie wusste, dass da von seiner Seite mehr war als nur Freundschaft, aber sie ließ es nicht an sich heran. Keine Komplikationen. Mit Männern hatte sie noch nie Glück gehabt, auch wenn alle dachten, dass sie doch freie Wahl unter vielen Bewerbern haben müsste. Eine

Frau wie Cora, schön, schlau, stark, mutig – viele verliebten sich in sie. Aber ihr Ex hatte sie betrogen, andere waren zu schwach gewesen, um mit ihr mitzuhalten, und sie konnte keinen Mann gebrauchen, auf den sie herabschaute, der mit ihrer Selbstständigkeit nicht klarkam oder auf den sie auch noch aufpassen musste. Mit Ganesh war das anders; er war auf seine Weise stark, auf seine Weise ihr sogar überlegen, einfach weil er anders war. Weil er Dinge konnte und tat, die sie nicht tun konnte oder von denen sie nichts verstand. Aber dann wieder war sie ihm in vieler Hinsicht überlegen, und das machte den Reiz aus. Sie würde die nächtelangen Diskussionen nie vergessen. Seine spirituelle Seite hatte etwas in ihr berührt, hatte etwas angedeutet, von dem sie gern mehr erfahren hätte. Da war mehr, das wusste sie. Und darauf war sie neugierig. Das hatte sie mit keinem anderen Mann so erlebt. Und natürlich tat ihr seine Bewunderung gut. Als sie daran dachte, wie er sich um sie gesorgt hatte, durchlief sie ein Zittern. Vor Freude. Aber Ganesh war weit weg, in Indien, sie hatte ihn lange nicht gesehen. Keine Option derzeit, dachte sie. Sie würde nach Deutschland zurückkehren und ihren Job machen. In der Bahn bleiben. Alles andere würde sich ergeben.

Danli dachte an seine Familie, und er freute sich sehr auf sie. Endlich zu Hause sein, endlich wieder ein normales Leben in Ruhe führen. Cora war eine faszinierende Frau, und ja, er gab zu, dass er sich in sie verliebt hatte. Aber wenn das ihr Leben war, dann war er sicher nicht dafür geschaffen, dieses zu begleiten. So ein Dickkopf, immer das zu tun, was sie für richtig hielt, ohne auf die Konsequenzen zu achten! Eigentlich bewundernswert, ja schon. Wahrscheinlich war sie ein Büffel im chinesischen Horoskop, das würde passen, dachte er lächelnd. Aber immer die Gefahr suchend, und dabei so mutig! Eine Frau zum Träumen, gewiss, aber nicht zum Leben. Zufrieden blickte er aus dem Fenster. Unter sich sah er einen schneebedeckten Gletscher, der abrupt an einem steilen Abhang endete. Der Hubschrauber flog eine steile Kurve und stieg auf; Danli drehte sich schnell wieder um und suchte einen festen Punkt auf dem Sitz vor sich, auf den er sich konzentrieren konnte.

Jiang beendete sein Telefonat mit Beijing. Die Firma Great Wall war liquidiert worden; wichtiger aber war, dass er den korrupten Beamten in seinem eigenen Ministerium, der sich an dem Deal mit dem Deutschen bereichert hatte, gerade noch hatte verhaften lassen können. Er war schon am Flughafen gewesen, alles gut vorbereitet für die Ausreise nach Deutschland, wo sein gut gefülltes Konto auf ihn wartete. Stattdessen würde er nun in einer Gefängniszelle sitzen, bis sein Prozess begann. Aber Jiang musste dafür sorgen, dass sich so etwas nicht wiederholen konnte. Er musste die Kontrollmechanismen verstärken, selber aufmerksamer werden. Wenn diese Deutsche mit dem seltsamen Namen, Remy, nicht die Kopie der Papiere, die sie im Büro in Qingdao gefunden hatte, noch aus ihrem Shanghaier Hotel an NIB gefaxt hätte, das sie wiederum an die chinesischen Behörden weitergegeben hatte, wäre der Betrug wohl nie ans Licht gekommen. Oder ihm, Jiang, wäre irgendwann sein ganzes Ministerium in einem Skandal um die Ohren geflogen. Er verdankte ihr viel, dieser mutigen Frau. Sie würde sich sicher gut mit seiner Tochter verstehen, dachte er lächelnd; die war ja auch so. Mutig, frech, stand für das ein, was sie für richtig hielt. Ohne Rücksicht darauf, was geschehen konnte, ohne Rücksicht auf ihr eigenes Leben gar. Solche Menschen brauchte China, brauchte jedes Land.

Als sie auf dem militärischen Teil des Flughafens in Lhasa landeten, wartete Jiangs Maschine bereits. Das Gepäck wurde umgeladen, und Jiang verschwand nach kurzem Abschied von Danli im Flugzeug. Cora und Danli standen auf dem Rollfeld; er würde mit einer regulären Linienmaschine nach Shanghai zurückkehren. Danli kam sich wie ein Teenager vor, der sich von seiner großen Flamme verabschieden soll, weil die Sommerferien vorbei sind. Er war völlig unsicher, wie er sich verhalten sollte. Umarmen? Küssen? Eine wildfremde Frau? Undenkbar. Aber Hände schütteln nach allem, was sie gemeinsam erlebt hatten? Er dachte daran, wie sie vor wenigen Tagen hier in Lhasa auf dem Hoteldach gekämpft hatten, wie sie ihn in ihr Zimmer und damit in ihr Bett eingeladen hatte, völlig natürlich, und er die halbe Nacht kein Auge zugetan hatte. Wie er sie gerettet hatte an dem Abhang, wie er in ihre Augen gesehen und sich darin verloren hatte. Er dachte an die langen Gespräche im Zug nach Tibet, in der Bar in Shanghai. Er dachte ... und da hing sie schon an seinem Hals, sie umarmte und drückte ihn fest. Bevor er sich versah, hatte sie ihn auf den Mund geküsst, und dann drehte sie sich um und ging schnell zu dem wartenden Flugzeug, die Gangway hinauf und hinein. Und war weg.

Danli hatte sich doch einen Text zurechtgelegt, aber den konnte er jetzt nicht mehr anbringen. Er seufzte, steckte die Hände in seine Jackentasche und stapfte in die Wartehalle. Da spürt er etwas Hartes, Rundes in seiner Jacke und zog einen Stein hervor. Den Stein, den Cora aufgehoben hatte, gestern am Base Camp, bevor sie überfallen worden war. Der ihr das Leben gerettet hatte. Bei der Umarmung eben hatte sie ihm den Stein in die Jacke geschoben. Schriftzeichen waren darauf geschrieben, keine chinesischen, sondern tibetische. Dorjee hatte sie ihnen damals erklärt, als sie durch die Altstadt von Lhasa liefen. Om mani padme hum. Das bekannteste, wichtigste Mantra des Buddhismus. Man konnte es nicht wirklich übersetzen, es war mehr ein Spruch, der auch durch den Klang wirkte, ein Ausdruck des Mitgefühls für alle Lebewesen. Er war tief gerührt. Cora drückte damit mehr aus, als alle Worte es hätten tun können. Ihre Gefühle für ihn wie auch ihre Wünsche für ihn, für sein weiteres Leben. Danli drehte sich um und blickte zu dem Flugzeug, das schon begonnen hatte, auf die Startbahn zu rollen. Er bildete sich ein, an einem Fenster ein Gesicht zu sehen. Aber vielleicht war es eine Täuschung. Egal. Er winkte zurück und hielt den Stein hoch. Er lachte. Dann ging er zurück in das Flughafengebäude.

34. KAPITEL

Hohe Mauern verbargen das Anwesen des Vize-Ministers in Fuzhou. Die Nachbarn waren ebenfalls hohe Kader; normale Menschen hatten hier keinen Zugang und sollten auch nicht sehen, wie die Mächtigen lebten. Die Straße war unscheinbar, aber eine reine Privatstraße; am Eingang der Sackgasse standen Polizisten und bewachten die Zufahrt. Der schwarze Audi A6 glitt durch die Auffahrt, nachdem die Tore sich wie von Geisterhand geöffnet hatten, und hielt vor einer alten Villa aus der Kolonialzeit.

Sie stiegen aus, und Jiang begleitete Cora in sein Haus und zeigte ihr, wo sie sich nach der langen Reise duschen und umziehen konnte.

Interessiert blickte Cora sich um, als sie eine halbe Stunde später das Wohnzimmer betrat. Geschmackvolle Einrichtung, dachte sie, schöne Holzmöbel, ein dicker Teppich, an den Wänden Rollbilder mit Landschaftsdarstellungen. Quer über dem Esstisch hing eine große Kalligrafie, Hunderte von Schriftzeichen, wunderschön ebenmäßig mit Tusche geschrieben. Auf dem Klavier standen Bilder der Familie, Cora sah eine Frau etwa ihres Alters mit einem Baby auf dem Arm.

Jetzt betrat auch Jiang wieder das Zimmer.

Cora lächelte ihn an. »Vielen Dank für Ihre Gastfreundschaft. Das ist sehr freundlich, aber wirklich nicht nötig. Ich hätte auch bei meinem Bruder im Wohnheim wohnen können ...«

»Ja, sicher, ich weiß, was Sie ertragen können«, lachte Jiang. »Die Wohnheime unserer Universitäten sind doch meist recht spartanisch ausgestattet ... Waschbeton als Fußboden, Bett, Schreibtisch, Stuhl, fertig. Und erst die Mensa ... Nach allem, was ich höre, würden Sie sich nach tibetischem Tsampa zurücksehnen! Aber ein sauberes Bad ist doch auch etwas Schönes nach alldem, was Sie in Tibet erlebt haben, nicht wahr?«

Cora lachte auch. »Ja, doch. Etwas anders als im Base Camp ...« Sie verstummte. Menschen waren ihretwegen gestorben, und das machte ihr zu schaffen. Natürlich war es nicht ihre Schuld, aber dennoch, sie fühlte sich verantwortlich.

Jiang schien ihre Gedanken zu lesen, er sagte: »Sie tragen keine Schuld, Frau Dr. Remy. Sie wurden angegriffen, Sie haben sich gewehrt. Machen Sie sich keine Vorwürfe. Es ehrt Sie, dass Sie es tun, aber es ist nicht richtig. Sie haben China einen großen Dienst erwiesen, als Sie die Korruption in Qingdao aufdeckten; dass Sie sich in Tibet eingemischt haben, war mutig. Was ich durch meine Tochter, aber auch durch Sie gelernt habe, ist ungemein wertvoll. Wir müssen uns mit unseren Nachbarn auseinandersetzen, friedlich. Wir werden einen ranghohen Meinungsaustausch mit den Indern vereinbaren, aber es werden nicht nur Politiker reden. Das ist schon oft genug gescheitert. Wir werden Wissenschaftler aus beiden Staaten hinzuziehen, Umweltökonomen, Klimaforscher und so weiter. Es geht um ökologisches Wachstum. Unsere Führung denkt, im Gegensatz zu dem, was das Ausland manchmal glaubt, sehr pragmatisch. Das wird kein einfacher Prozess; Ressentiments aus vielen Jahren sind nicht mit einem Schlag wegzudiskutieren. Aber es ist der einzige Weg, damit wir alle friedlich weiterwachsen können. Sonst müssten wir Schwellenländer unser Wachstum einschränken. Das ist unmöglich.«

»Wissen Sie«, sagte Cora nachdenklich und legte ihren Kopf schief. »Es kann nicht darum gehen, das Wachstum zu bremsen oder einzuschränken. Das ist nicht realistisch und auch nicht wirklich gewollt. Es geht um die Richtung, in die das Wachstum geht. Weg vom fossilen Kapitalismus, hin zu einer Entkoppelung von Wohlstandsproduktion und Naturverbrauch. Wir können die Weltbevölkerung nicht reduzieren, das steht fest. Wir können nicht auf Konsum verzichten, das will niemand, jedenfalls die Reichen nicht, und die Armen können es gar nicht. Wir können aber auf technologische Innovation setzen, effizienter werden, mehr ökologische Stoffkreisläufe implementieren, mehr erneuerbare Energien einsetzen. Das alles können wir sehr wohl. Das Weltsozialprodukt muss anders wachsen. Das müssen die Politiker verstehen, überall auf der Welt. Das müssen die Menschen wollen, und sie müssen ihre Politiker dazu zwingen, dieses Ziel anzugehen. Jetzt. Wenn Sie, Herr Jiang, hier in China dafür sorgen, dass sich die Einstellung zur Natur und zum Wachstum ändert, bewirken Sie unglaublich viel für die Welt. Und das Gleiche muss auch in Indien geschehen, in Südostasien. Sonst werden Shanghai und Mumbai ebenso im steigenden Meeresspiegel untergehen wie Guangzhou, Karachi, Bangkok, Kalkutta, Tianjin oder Dhaka. Und wir im Westen müssen verstehen, dass wir ebenso daran beteiligt sind, was hier geschieht. Wenn in Island ein Vulkan ausbricht, können in Hongkong keine Flüge mehr durchgeführt werden. Wenn in Japan durch einen Tsunami eine Kernschmelze stattfindet, hat das Auswirkungen auf die Lebewesen aller Weltmeere. Und ein Asien, in welchem sich Pakistan und Bangladesch mit Indien um Wasserrechte bekriegen, während gleichzeitig Indien und China sich um das Wasser Tibets streiten und alle zusammen Hunderte von Megastaudämmen errichten, mit unabsehbaren Folgen für die ganze Welt, das kann doch niemand wollen. Wir im Westen sollten aber auch nicht mit dem Finger auf die Chinesen oder die Inder zeigen, sondern bei uns selbst anfangen. Denn wir sind ja reich, wir können sofort anfangen, etwas zu ändern.«

»Bravo! Das ist doch einmal eine Aussage!« Unbemerkt von Cora hatte eine Frau das Zimmer betreten, Anfang dreißig, ein Baby auf dem Arm. Cora erhob sich. Jiang stellte voller Stolz seine Tochter vor: »Das ist Lianhua, meine Tochter. Und das hier, das ist die kleine Lihua. Ist wieder gesund und munter. Lianhua, darf ich vorstellen, Frau Dr. Remy aus Deutschland. Aus unserer Partnerprovinz Rheinland-Pfalz, genau genommen. Ihr werdet euch gut verstehen!«

Cora und Lianhua begrüßten sich. Der Funke sprang sofort über. Nach kurzer Zeit waren sie in ein Gespräch darüber vertieft, wie man Politikern beider Seiten die Problematik nahebringen und was der Einzelne dazu beitragen könnte. Sie verabredeten, miteinander in Kontakt zu bleiben. Jiang nickte anerkennend und stolz. Das gefiel ihm. Europa und Asien an einem Tisch, gewissermaßen. In Form zweier starker Frauen.

Später, zum Abendessen, kam dann auch Coras Bruder hinzu. Er fiel seiner Schwester überglücklich um den Hals; er hatte schon von ihren Abenteuern gehört und war ziemlich begeistert. Jiang fragte ihn noch einmal, warum er eigentlich in Fuzhou studierte.

»Also, ich studiere in Ludwigshafen am Rhein, in Rheinland-Pfalz. Da gibt es eine Hochschule und ein Ostasieninstitut. Wir studieren eine Kombination aus Betriebswirtschaftslehre und chinesischer oder japanischer Sprache, Recht,

Marketing und anderen landesbezogenen Themen. Die Absolventen meines Studienganges arbeiteten dann meist für deutsche Unternehmen in China, weil wir die Sprache, also Chinesisch, nicht nur sprechen, sondern auch lesen und schreiben konnten. Teil des Studiums ist nämlich im dritten Jahr ein einjähriger Studienaufenthalt in China. Ich bin nun seit etwa neun Monaten hier und ganz begeistert von China, den Chinesen und der traumhaften Landschaft in Fujian.«

Die Sprache lernte er mit großem Fleiß, wie er weiter berichtete; allerdings hatte Cora den dumpfen Verdacht, dass er das weniger in der Universität tat als im einschlägigen Nachtleben. Sein Chinesischdozent hatte ihm angeblich dazu geraten, mit der ungewöhnlichen Aussage, eine Sprache lerne man am besten übers Kopfkissen. Wieso der Dozent so gut Chinesisch sprach, blieb ungewiss.

Cora fragte nach der Toilette und ging dann durch den Flur, aufmerksam die Bilder und Gegenstände betrachtend, die Jiang wohl von seinen vielen Auslandsreisen mitgebracht hatte. Ihr Blick fiel auf ein Schachspiel. Schach! Jiang spielte anscheinend gerade eine Partie; die Steine waren aufgebaut, und es sah nicht gut aus für Schwarz, soweit sie das beurteilen konnte.

Als sie ins Wohnzimmer zu den anderen zurückkehrte, fragte sie ihn geradeheraus: »Herr Jiang, entschuldigen Sie meine Direktheit. Sie wissen ja, die Deutschen. Fallen immer gleich mit der Tür ins Haus, statt sich vorsichtig vorzutasten.«

Jiang lächelte sie freundlich an. »Mei wenti, kein Problem! Fragen Sie nur. Was haben Sie auf dem Herzen?«

»Das Spiel. Schach. Ich habe es im Flur gesehen, es ist wunderschön. Sie spielen? Rot, hoffe ich?«

Der Vize-Minister betrachtete sie verblüfft. »Meine liebe Frau Remy, Sie erstaunen mich schon wieder! Sie kennen sich mit chinesischem Schach aus? Da gibt es nicht viele lao wai, Ausländer! Und Sie erkennen, dass es schlecht steht um Schwarz? Respekt. Leider muss ich gestehen, dass ich Schwarz bin. Meine liebe Frau hier«, er nickte mit dem Kopf zu ihr hinüber, die die ganze Zeit ziemlich schweigsam dagesessen hatte, »sie ist leider ziemlich gut. Also, ähm, sie ist sogar sehr gut. Können Sie mir helfen? Kommen Sie, kommen Sie.«

Aufgeregt war er aufgesprungen und zog Cora in den Flur. Das Brett war auf einem mit bunten Intarsien eingelegten Holztisch aufgebaut; rechts und links standen zwei bequeme Sessel. Jiang setzte sich und bedeutete Cora, auch Platz zu nehmen. »Also, ich bin Schwarz, und ich bin am Zug. Sehen Sie? Was soll ich tun? Meine Armee ist aufgerieben, mein General erschöpft; ich weiß nicht weiter. Also? Was meinen Sie?«

Nachdenklich betrachtete Cora das Brett mit den schönen Holzsteinen, die mit roten und schwarzen Zeichen bemalt waren. »Was wollen Sie denn, Herr Jiang?«, sagte sie und legte ihren Kopf ein wenig schief. »Wollen Sie gewinnen? Wirklich?«

»Natürlich will ich gewinnen«, sagte Jiang verblüfft. »Wer wollte das nicht? Wozu spielen wir denn sonst?«

Cora lächelte fein. Schließlich sagte sie: »Ich glaube, es war Schopenhauer, der deutsche Philosoph, der gesagt haben soll: ›Es ist im Leben wie im Schachspiel: Wir entwerfen einen Plan; dieser bleibt jedoch bedingt durch das, was im Schachspiel dem Gegner, im Leben dem Schicksal zu tun belieben wird.‹ Aber im Leben kann es nicht das Ziel sein, den Gegner schachmatt zu setzen. Remis muss das Ziel sein. Das ist der Unterschied zum Schach. Sehen Sie? Remis. Unentschieden. Nicht China gewinnt, nicht Indien, niemand. Wenn einer gewinnt, verlieren alle.«

Mit diesen Worten schob sie ihren Sessel zurück, um aufzustehen. Dabei stieß sie gegen das Schachbrett, und alle Steine fielen durcheinander auf den Boden. Sie wollte sich entschuldigen, aber Jiang sagte ganz ruhig: »Das ist schon in Ordnung. Jetzt kann keiner mehr gewinnen. Aber es war wohl nötig, dass erst das Chaos entstand, dass Sie erst die Steine durcheinandergebracht haben. Wir fangen ein neues Spiel an. Das hier endet Remis.«

Als Cora gegangen war, saß Jiang nachdenklich in seinem Sessel, blickte auf die auf dem Boden verstreuten Holzteile, dann wieder hinüber zum Wohnzimmer, aus dem Gelächter und Gesprächsfetzen zu hören waren. Und er dachte an Cora. Remy. Und ihm wurde klar, dass nicht nur in chinesischen Namen viel Wahrheit steckte, auch deutsche Namen trugen manchmal eine Botschaft in sich.

NACHWORT

Wenn Sie glauben, dass das, was Sie eben zu Ende gelesen haben, Science Fiction war: nein! Sie denken vielleicht, so weit würde es nie kommen. Aber leider ist es so: Was Sie über China und Indien gelesen haben, über den Himalaya und das Wasser, über die Auswirkungen auf unser Klima und die globalen Implikationen: All das ist Science, also wahr und recherchierbar, soweit das bei chinesischen Quellen möglich ist. Nur Cora, und was sie persönlich erlebt hat, ist Fiction. Zum Teil jedenfalls.

Also kein bewusst überspitztes Katastrophenszenario, um die Leser zu fesseln, sondern alles schon morgen möglich und denkbar. Ein Krieg um Wasser ist realistisch, findet schon statt, nur eben noch nicht in dem hier geschilderten Ausmaß. Aber was wir im Jahre 2015 erlebten, nämlich ein Erdbeben in Nepal, bei welchem ganze Dörfer um mehrere Meter verschoben wurden, und dies vermutlich aufgrund der Tektonik der Platten, der Kontinentaldrift: All das kann durch mögliche und vielleicht sogar nötige Sprengungen im gleichen oder viel schlimmeren Ausmaß wieder geschehen. Eines muss jedoch auch ganz klar gesagt werden: Der Schwarze Peter liegt nicht bei einer bestimmten Nation, sondern alle hier diskutierten Nationen sind Teil des Problems. Und müssen somit auch Teil der Lösung sein.

Nur mit Kommunikation ist diese zu finden, und das ist mein Anliegen. Ich beschäftige mich seit Jahrzehnten mit Kommunikation mit und unter Asiaten und habe viele der Themen dieses Buches oft mit zahlreichen Freunden, Politikern, Wissenschaftlern und auch einfach Betroffenen in China, Indien und Südostasien diskutiert. Seit meinem Studium in Shanghai 1982/83 bewegen mich die Fragen der Entwicklung Asiens und die daraus resultierenden globalen Implikationen vor allem unter politischen, wirtschaftlichen und ökologischen Gesichtspunkten.

Ich reise seit 50 Jahren nach und durch Asien, per Schiff (Genua – Mumbai 1962), Bahn (Heidelberg – Shanghai 1982, Shanghai – Lhasa 2014 etc.), Flugzeug (Propellermaschinen über dem südwestchinesischen Dschungel 1982), Auto (Tibet), Bus, Fähren, Rikscha etc. überall in Südostasien. Ich habe alle hier beschriebenen Orte selbst besucht, manche seit Jahrzehnten immer wieder. Im tibetischen Base Camp des Mount Everest auf 5.200 Meter habe ich (wie Cora) mit meinen Kindern Marc Aurel und Amelie übernachtet (danke euch für eine Traumreise!). Nur in Ost-Tibet habe ich mir etwas schriftstellerische Freiheit erlaubt.

Wenn man etwas nicht weiß, braucht man einen Wegweiser, heißt es. Ich danke meinen Wegweisern: Frau Elisabeth Emmert, Bundesvorsitzende des Ökologischen Jagdverbandes, für die Einführung in das Thema Jagd und den Abbau meiner diesbezüglichen Klischees; Frau Irene Scheidweiler, Gründerin der Vecoplan AG, für Erfahrungen aus ihrem Leben; unserem Kinderarzt und Freund Dr. Henning Meyer-Hohnloser für die Erklärungen zur Zyanose; der lieben Menghui Göttle für viele leckere Jiaozi und die Beschreibung ihrer Zubereitung.

Ich danke Ralf Kramp und dem ganzen tollen Team von KBV, dass sie den Mut hatten, mir und sich dieses Buch zuzutrauen. Dank natürlich an Nicola Härms, meiner unerbittlichen Lektorin, die mir jeden schmerzhaften Eingriff in den Text mit einem gleichzeitigen Lob für mein Buch schmackhaft gemacht hat. Respekt! Ich habe viel gelernt.

Ohne Eveline Lemke wäre das Buch nicht so geworden, wie es nun vorliegt. Als Staatsministerin für Wirtschaft, Klimaschutz, Energie und Landesplanung hat sie mir wichtige Hinweise gegeben, wo ich in Rheinland-Pfalz kompetente Ansprechpartner finde; als Freundin hat sie mich mit Ideen, vor allem aber mit (anstrengender!) Kritik angespornt, nie mit dem schon Geschriebenen zufrieden zu sein. Danke!

Und ich danke meiner geliebten Frau Lisa, die mich seit Jahren drängte, dieses Buch zu schreiben. Jetzt ist es fertig. Ein gutes Gefühl, etwas abzuschließen, das man immer schon tun wollte. Danke, dass du das als Erste erkannt hast.

Manuel Vermeer

AM SEIDENEN FADEN

Taschenbuch, 360 Seiten
ISBN 978-3-95441-624-0
14,00 EURO

Showdown im Himalaya

Die chinesische Seidenstraße droht die ganze Welt unter ihren Machteinfluss zu bringen. Die USA, aber auch Indien sind in höchster Alarmbereitschaft. Da gerät die deutsche Ingenieurin Dr. Cora Remy, die mit ihrem indischen Freund Ganesh in Myanmar Urlaub macht, mitten in einen Anschlag auf einen ehemaligen CIA-Agenten und wird dabei verletzt.

Wie hängt diese Tat mit dem Mord an dem amerikanischen Außenminister in Beijing zusammen? Weltweit folgt ein Attentat auf das nächste, die Großmächte verdächtigen sich gegenseitig, und die Lage eskaliert.

Kann es Cora gelingen, ein geplantes Attentat auf eine internationale Konferenz zu verhindern? Wer sind die wahren Hintermänner des Terrors? Das Schicksal der Welt hängt am seidenen Faden!

»Ein spannender Thriller, in welchem viel Wissen über die politischen Machtspiele, die gegensätzlichen Sichtweisen und die wirtschaftlichen Verflechtungen zwischen Asien und dem Westen eingebaut ist. Lesen!«
(Dr. Peter Roell, Präsident des Instituts für Strategie-, Politik-, Sicherheits- und Wirtschaftsberatung / ISPSW, Berlin)

Manuel Vermeer

TOD AM TAJ MAHAL

Taschenbuch, 360 Seiten
ISBN 978-3-95441-431-4
13,00 EURO

Atemlose Jagd durch Indien

Eigentlich wollte die deutsche Ingenieurin Cora Remy nur ihren Freund Ganesh in Indien besuchen, doch der ist spurlos verschwunden, offenbar entführt von der skrupellosen indischen Sandmafia. Hat er sich zu sehr in deren kriminelle Machenschaften eingemischt?

Sand ist eine ungemein kostbare und zunehmend knapper werdende Ressource der weltweiten Bauwirtschaft, ein Handelsgut von unschätzbarem Wert. Der üppig vorhandene Wüstensand ist zum Bauen nicht geeignet, selbst die Araber importieren Sand.

Cora macht sich auf die verzweifelte Suche nach Ganesh. Vom weltberühmten Taj Mahal führt die Spur sie quer durch Indien, bis an die gefährliche pakistanische Grenze, hinunter in das Zentrum der deutschen Indienaktivitäten nach Pune und schließlich nach Mumbai. Dort hält sich der Sandlord auf, der bei seinem kriminellen Handel vor nichts zurückzuschrecken scheint. Als Cora sich mit ihm anlegt und in Dharavi, dem größten Slum Asiens, in Gefangenschaft gerät, scheint ihr Leben wie feiner Sand in einer Sanduhr zu zerrinnen ...

»... bei all der Spannung und Problematik wundert man sich immer wieder, wie wenig man über die ferne Kultur und über die Menschen weiß. (...) Das lässt sich ändern: Mit einem Buch, das sich flüssig lesen lässt wie Wasser.« (Mannheimer Morgen zu »Mit dem Wasser kommt der Tod«)

Heike Rommel

ABGRUND AUS SCHWEIGEN

Taschenbuch, 336 Seiten
ISBN 978-3-95441-702-5
15,00 EURO

Tödliche Stille in Bielefeld

Das Rot des Weins auf den schwarz-weißen Fliesen
sah mit einem Mal aus wie Blut.
»Ich bin sehr müde«, brachte er heraus und spürte,
dass er sich kaum noch aufrecht halten konnte …

Der erfolgreiche Makler Mark Sieger steht mit Familie und Geliebter mitten im Leben und ist froh, als sich endlich eine Kaufinteressentin für die »Problemimmobilie«, einen heruntergekommenen alten Hof, findet. Doch den erfolgversprechenden abendlichen Maklertermin überlebt er nicht.

Zu Lebzeiten hat sich Sieger wenig Freunde gemacht, und so kann sich das Team des Bielefelder KK11 um Kommissar Domeyer kaum über einen Mangel an Verdächtigen beklagen: die frustrierte Ehefrau, die Mieter, die die geplante Luxussanierung fürchteten, der Cousin, der sich womöglich für die Schließung seines Tattoostudios rächen wollte …

Kurz darauf ereignet sich in Siegers Umfeld ein tödlicher Unfall, doch die Polizei vermutet, dass es sich auch hier um Mord handelt. Könnte das Motiv für beide Taten in der Vergangenheit liegen? Zu spät erkennen die Ermittler das Naheliegende und die tödliche Bedrohung durch ein Opfer, das kein Opfer mehr sein will …

Herbert Pelzer

NIEMAND

Taschenbuch, 352 Seiten
ISBN 978-3-95441-608-0
14,00 EURO

Langsam kriechen die Schatten der Vergangenheit heran

Als an einem Wintertag ein ausgesetzter Säugling auf den verschneiten Feldern am Nordrand der Eifel gefunden wird, tauft man den Jungen auf den Namen Martin Niemand – sein Schicksal scheint vorherbestimmt. Doch dank seines unbändigen Willens und der fürsorglichen Zuwendung einiger Dörfler gelingt es ihm, zu einem erfolgreichen Mann heranzuwachsen und eine Familie zu gründen. Dann fallen die Bomben, und das Glück findet ein jähes Ende.

Als Martins Sohn Kaspar Jahre später aus der amerikanischen Kriegsgefangenschaft zurückkehrt, steht er fassungslos vor den Trümmern seines Elternhauses, und obwohl auch er sich bemüht, sein Leben zum Guten zu wenden, gerät es zu einer Achterbahnfahrt: Er betätigt sich als Schwarzmarkthändler, schuftet in der Brikettfabrik und verfällt als Brauereiarbeiter dem Alkohol.

Eine Leiche, die eines Tages vor seinem Wohnhaus gefunden wird, weckt grausame Erinnerungen. Es ist nicht der erste geheimnisvolle Tote im Umfeld seiner Familie. Kaspar sieht keinen anderen Ausweg, als im zwielichtigen Milieu der Dürener Nordstadt unterzutauchen ...

»Ein Dutzend Tote und eine rabenschwarze Stimmung.«
(Aachener Zeitung zu »Es wird jemand sterben«)

Ralf Lano

EIN ECHO AUS STÄHLERNER ZEIT

Taschenbuch, 392 Seiten
ISBN 978-3-95441-663-9
15,00 EURO

Der erste Fall für den Eifeler Dorfschmied

1946 – Die Kriegsheimkehrer finden in der rauen Abgeschiedenheit der Eifelhügel traumatisierte Menschen und beschädigte Dörfer vor. Einer von ihnen ist Karl Bermes, der Schmied des Örtchens Disselbach in der Nähe von Bitburg.

Er ist noch nicht lange aus der Gefangenschaft zurückgekehrt, als sein bester Freund Werner bei der Detonation einer Mine am Rande des Dorfes getötet wird. Karl ist sehr schnell klar, dass es sich nicht um einen Unfall handelt, sondern um einen gezielten Anschlag.

Unweit der Unglücksstelle wurde mitten im Wald ein ehemaliges Lager des Arbeitsdienstes von der französischen Besatzung zum Flüchtlingslager umfunktioniert, das eine Menge undurchsichtiger Fremder ins Dorf bringt. Karl beginnt nachzuforschen. Eine der Neuankömmlinge ist Pauline, die Tochter des Lagervorstehers, die für Karl in jeder Hinsicht wichtiger wird, als er sich das hätte vorstellen können.

Nach und nach offenbart sich ein schreckliches Geheimnis, und Karl gerät in einen Strudel gefährlicher Ereignisse.

Eine hochspannende Nachkriegsgeschichte –
der fulminante Auftakt zu einer neuen Romanreihe

Kai Magnus Sting

MORD IM WÜSTENEXPRESS

Taschenbuch, 376 Seiten
ISBN 978-3-95441-683-7
15,00 EURO

Mumien, Mord und mörderische Mücken

Als Rentner Alfons Friedrichsberg von einem alten Freund an den Nil gerufen wird, lässt er sich nicht zweimal bitten und besteigt zusammen mit Jupp Straaten und Willi Dahl den legendären Wüstenexpress, der von Oer-Erkenschwick nach Ägypten fährt.

Aber die Fahrt im Luxuszug verläuft nicht so gemütlich wie erhofft. Ein Mord an zwölf Fahrgästen, ein blassblauer Bademantel, der durch die Waggons geistert, sieben abgetrennte dicke Zehen und eine Schallplatte mit dem Hit »Schatz, ich grüß Dich aus der Ferne« spielen eine wesentliche Rolle. Zudem heizen eine mordende Mumie und diverse antike Sagengestalten den drei Freunden ordentlich ein. Und dann wäre da ja auch noch der hochgiftige Stechrüssel der libyschen Dressurmücke …

Die drei Hobbydetektive erleben ihr bisher größtes Abenteuer. Atemberaubend, spannend, skurril, kurios und überaus witzig.

»Das nächste dolle Ding von Sting.
Agatha Christie dreht sich im Grab um?
Nein, sie schlägt Purzelbäume!
Sting macht's möglich. Wie eine Kanne Espresso auf Ex.
Die Wüste bebt!«

CHRISTOPH MARIA HERBST